ECOUL IUBIRII

Descrierea CIP a Bibliotecii Naționale a României
POPA, ELIANA

Ecoul iubirii / Eliana Popa. - Bucureşti : Bookzone, 2020

ISBN 978-606-9008-96-6

821.135.1

Grafician copertă: Maria Stoian
Redactor: Crina Brăiloiu
Corector: Florescu Andreea
Tehnoredactor: Alexandra Cătuneanu

Editura Bookzone
Şoseaua Berceni nr. 104, sector 4, Bucureşti
Comenzi şi informații:
Telefon: +40 774 091.579; +40 770 584.429
E-mail: office@bookzone.ro
www.bookzone.ro

Eliana Popa

ECOUL IUBIRII

Bookzone
BUCUREŞTI, 2020

Rațiunea tace, când bătăile inimii te strigă.
Ecoul iubirii răsună în toată ființa mea.

Ioana

„Căutam mereu puterea şi încrederea în afara mea,
Dar acestea vin dinăuntru.
Erau acolo dintotdeauna."
Anna Freud

Ninge continuu de câteva zile, acoperind tot ce ştiam că există. Recunosc cu greu strada, pe care maşinile de deszăpezire au lăsat-o în voia sorţii. Nu e nimeni. Nicăieri. Ascult viscolul urlând sălbatic de partea cealaltă a ferestrei, troienind zăpada în jurul gardului din metal care înconjoară clădirea. Îmi pare construit ca o fortăreaţă menită să ne protejeze sau poate ca o închisoare care să ne întemniţeze. Oricum, nu mai contează. Cerul de plumb stă să se prăbuşească, strivind tot.

— Trebuia să stăm acasă azi. E cod portocaliu de viscol în tot judeţul.

Îi aud vocea străpungând zgomotul de fundal, dar îmi e teamă să-mi întorc privirea, îmi e teamă să-mi părăsesc povestea. Continui să privesc captivată dansul sinucigaş al fulgilor de nea topindu-se pe geamul aburit, să urmăresc copacii cum îşi lovesc disperați crengile goale de fereastra înaltă implorând ajutor. Invidiez suferința lor.

Îmi lipesc palma de sticlă, simțindu-i textura, testându-i fragilitatea.

Limita asta subțire, transparentă e singura frontieră între frig și căldură, între moarte și viață, între un iad alb care nu-i al meu și un rai obositor care nu mă recunoaște. Sunt captivă în purgatoriu, într-un echilibru precar între bine și rău, incapabilă să-mi găsesc locul. E imposibil să aleg și improbabil să fiu aleasă.

Îi simt chemarea și aș vrea să ies prin sticlă! Mă imaginez afară, în mijlocul nimicului, învelită cu mii de fulgi de zăpadă. Cu unul câte unul m-aș acoperi ușor, luptând cu căldura corpului meu, luptând cu tot ce vrea să mă tragă de partea opusă. Inima ar începe să-mi bată haotic, pompând sângele fierbinte prin fiecare venă, răsuflarea mi s-ar accelera, încercând să mă mențină conștientă. Corpul meu ar lupta cu îndârjire cu gerul crunt, iar instinctul de supraviețuire și-ar revendica zadarnic controlul. Aș rămâne impasibilă, așteptând finalul, prea obosită să pot relua lupta, fericită că s-a terminat. Aș ceda.

Mă văd dispărând în nămeți, de parcă nu aș fi existat vreodată. Văd natura netezind troiene peste corpul meu înghețat, cu aceeași măiestrie cu care a învelit toată vegetația. Mă pierd din ce în ce mai mult în peisajul apocaliptic.

Imaginea vie din mintea mea îmi provoacă o plăcere bolnavă care îmi inundă ființa și iese apoi prin toți porii.

— Ioana, tu auzi ce îți spun?

Mă întorc brusc și întâlnesc privirea pătrunzătoare a Ellei.

— Ziceam că s-a anunțat cod portocaliu de vreme rea...

— Da... te-am auzit de prima dată..., bălmăjesc, încercând să revin „acolo".

— Şi de ce nu ai răspuns? La ce te gândeai?

— La nimic..., mă eschivez, deşi ştiu că nu funcţionează.

— Da, da... cum să nu! Mă sperii, fato! îmi zice, între reproş şi panică sinceră.

Afişez un zâmbet şters menit să o liniştească, dar prietena mea îşi dă ochii peste cap şi îşi mută privirea în revista de modă pe care o analizează cu o atenţie ritualică, la începutul fiecărei luni. Încerc să mă întorc „acolo", uitându-mă din nou pe fereastră, însă chemarea a încetat. Paradoxal, dezamăgirea mă eliberează.

— *Poate nu e locul, poate nu e timpul.* Căldura mă loveşte de nicăieri. Îmi înmoaie corpul, făcându-l să se relaxeze. Mă trage uşor pe spate, rezemându-mă de spătarul scaunului. Mă înconjoară râsete şi şoapte. Răsuflările lor fierbinţi îmbibă aerul pe care îl respir, dându-mi senzaţia că inhalez tensiune pură. Închid ochii pentru a nu-i vedea agitându-se efervescent în jurul meu. Iubiri de adolescenţi, certuri cu părinţii, tentaţii ruşinoase, petreceri zgomotoase, o lume pe care nu o înţeleg. Mă oboseşte. Raiul lor mă cheamă şi mă împinge, mă vrea şi mă reneagă. Devin confuză şi nerăbdătoare. Îl vreau, sperând să mă găsesc pe mine. Mă caut în zecile de adolescenţi, îi privesc cum se scaldă într-o fericire superficială din care aş vrea să gust. Îi invidiez, dar refuz să mă identific cu ei. Nu le înţeleg glumele, nici bucuriile, nici interesele. Sunt prea diferită pentru a putea nega asta.

Zgomotul de fundal mă năuceşte. Şuşoteli şi râsete înfundate, bătăi de inimă ce se îmbină într-o simfonie prost orchestrată, toate se joacă cu mintea mea, punându-mi la îndoială luciditatea.

Involuntar, arunc o privire rapidă în jur, încercând să identific sursa zgomotelor, poate din nevoia de a-mi justifica anxietatea. Monica se joacă obsesiv cu un pix, Gabriela plescăie o gumă de mestecat, Ana loveşte în bancă cu unghiile ei lungi, vopsite într-o culoare de prost gust, Andrei şi Mihai povestesc ceva care îi amuză.

Fiecare sunet mă loveşte în moalele capului. Nervozitatea se transformă în calmitate şi viceversa... Sunt cuprinsă de stări ciudate, intense, greu de înțeles, imposibil de explicat. Inspir şi expir controlat de câteva ori. Asta mă ajută de obicei. *Pot face față!* Până la urmă, suntem „ființe care se pot adapta la orice!"

În această clipă, cugetarea lui Dostoievski îmi pare mai greşită ca niciodată. *Sau poate eu sunt cea greşită în raport cu teoria lui.* Eu sunt singura ciudată, doar mie îmi e imposibil să mă adaptez, să fac parte din ceva... Un zâmbet lăuntric mă face să mă calmez. *Mă mint. De fapt, nu vreau să mă adaptez! Nu am încercat niciodată cu adevărat.*

Uşa se deschide, iar eu încerc să revin în prezent, să uit sau să-mi aduc aminte. Aud fiecare pas apăsat scârțâind pe parchetul vechi din stejar şi asta mă irită, dar încerc din răsputeri să mă concentrez.

E un bărbat scund, trecut de vârsta pensionării. Poartă acelaşi costum negru, murdar de praf de cretă, păr cărunt, aranjat atent cu o cantitate prea mare de gel, barbă albă şi buze subțiri, lipite strâns.

Are mereu aceeaşi atitudine distantă şi aspră, care mă duce cu gândul la comunism. Ochii lui sunt singurii ciudați, scânteiază puternic sub sprâncenele stufoase, ca şi cum ar privi ceva mai mult decât chipuri. Profesorul de matematică a fost mereu un amalgam de antiteze ce se contopesc luptând cu legile naturii.

Salutul în sincron, specific claselor primare parcă mă trezeşte.

— Bună ziua! răspunde cu o voce gravă fără să ne privească.

Îşi trage apoi ferm scaunul şi se aşază. Inspiră adânc şi îşi drege vocea, în timp ce răsfoieşte catalogul. Niciodată nu face prezența, ne ştie pe fiecare, aşa că îşi notează discret cine lipseşte.

Toată clasa îl priveşte cu respirația tăiată, în timp ce el deschide o servietă veche din piele ecologică, cojită de vreme, pentru a scoate un teanc gros de coli. Le aşază pe catedră şi păşeşte către băncile din față.

— Înainte de a vă spune rezultatele simulării pe care ați susținut-o săptămâna trecută, trebuie să vă pun o întrebare.

E foarte serios, mai serios decât de obicei, deşi nu credeam că aşa ceva ar fi posibil. Privirea nu îi pare ațintită undeva anume, şi totuşi ne vizează pe fiecare.

— Voi ce vreți de la viață?

Tresar! La o aşa întrebare nu mă aşteptam. Nu din partea lui.

El, care nu vedea mai departe de matematică, niciodată nu a părut interesat de ceea ce am avea de spus. Matematica este nucleul în jurul căruia gravitează toată viața lui.

Ce aş putea să-i răspund acestui om? Nu am fost niciodată blocată de o întrebare de a lui şi îmi dau seama abia acum de ce. Sunt mereu stăpână pe situație pentru că analizez oamenii, anticipez mişcările lor şi le calculez pe ale mele. Şi, totuşi, acum m-am blocat. Nu mă aşteptam la o întrebare atât de profundă. Nu mă aşteptam să-i pese.

Toţi suntem blocaţi. Fiecare din motive diferite. Unii poate pentru că nu şi-au pus întrebarea asta niciodată, unii pentru că nu au un răspuns, alţii pentru că nu ştiu ce ar vrea el să audă, iar eu... pentru că niciodată nu am formulat planul meu ca pe un răspuns la întrebarea altcuiva. E doar pentru mine, doar pentru întrebările mele.

Inspir adânc şi tac. Toţi au tăcut.

– Ei bine, reia el încurajat de tăcerea noastră, sper că planurile voastre de viitor nu se bazează pe un câştig la loto şi că nu aveţi drept modele nulităţile promovate de mass-media. Sper că veţi alege să fiţi oameni de calitate, copii! Învăţaţi, citiţi, dezvoltaţi-vă! Investiţi în ceea ce e cu adevărat important în viaţă! Investiţi în voi!

Ne priveşte blând şi mustrător în acelaşi timp, făcând cuvintele să i se transforme în săgeţi care ochesc inima fiecăruia dintre noi.

Domnul profesor se aşază din nou la catedră, ia prima lucrare şi desface cu o riglă colţul din dreapta, unde se ascunde numele unuia dintre noi. Pauza de câteva secunde pare o veşnicie, mişcările lui exacte par filmate în *slow motion*, făcând timpul să se dilate necontrolat. Toţi suntem tensionaţi, şi fiecare are felul său de a reacţiona la stres. Unii îşi rod unghiile, unii oftează, alţii bat din picior, doar Ella tastează, şi, din nou, telefonul meu e bombardat de SMS-urile ei. Probabil sunt alte comentarii despre cum sunt îmbrăcaţi colegii, planurile ei pentru weekend sau mai ştiu eu ce lucruri „normale" vrea să-mi împărtăşească.

Încerc să mă calmez controlându-mi respirația, dar vibrația telefonului pare picătura chinezească. Senzația de stres se amplifică și simt că explodez. Mă întorc spre banca Ellei și o surprind, ca de obicei, pierdută în ecranul telefonului ascuns între caiete.

— *Termină!* îi urlă toată ființa mea, dar nu apuc să spun nimic pentru că vocea lui mă face să tresar.

— Ioana! Mă ridic în picioare încercând să ignor telefonul ce încă îmi vibrează în buzunar, încercând să par relaxată, să par normală, dar el știe că nu e așa, o văd în ochii lui. Își drege vocea, apoi continuă.

— Ca de obicei, lucrarea ta a fost cea mai bună, dar ultimul exercițiu e greșit. Poți să îți iei foaia de examen să o verifici.

Mă blochez pentru o secundă. Mintea mea este acaparată de un singur cuvânt: GREȘIT... *Greșit? Cum ar putea să fie greșit? Cum să greșesc la simularea de BAC?*

Merg ca teleghidată spre catedră, în timp ce capul îmi pulsează haotic, iar picioarele se mișcă independent. Domnul profesor mă privește cu un zâmbet șters, în timp ce îmi întinde colile de hârtie. Spun un „mulțumesc", cred, din reflex. Nu conștientizez ce fac, de fapt nu pot să mă gândesc la nimic, nimic altceva, decât că am greșit. Exercițiul meu e greșit!

Mă întorc în bancă și îmi așez lucrarea în față, capul îmi bubuie sub presiunea sângelui pompat prea rapid și simt nevoia să îmi ascund mâinile sub bancă pentru a nu le vedea nimeni tremurând.

În jurul meu, lucrurile își urmează cursul firesc. Colegii mei își primesc lucrările, împreună cu toate comentariile de rigoare. Doar eu am rămas blocată. Timpul parcă s-a oprit, gândurile mele se derulează haotic, mă bombardează fără milă testându-mi parcă rezistența.

Nu îmi permit să greșesc. Nu e o opțiune. Inspir adânc, încercând să mă concentrez, și mă uit iar la lucrare.

Nota 9.20... mediocru... Trebuie să-mi dau seama unde am greșit. Scot o altă foaie de hârtie și încep să rezolv ultimul exercițiu.

— Nu e greșit! strig dintr-odată, ridicându-mă în picioare.

Toată clasa mă fixează cu privirea, iar eu îmi pierd vocea pentru o clipă. Inspir și continui, potolindu-mi tonul.

— Mă scuzați! Putem verifica împreună ultimul exercițiu? Sunt

sigură că nu e greșit.

— Sigur, Ioana. Poți veni la tablă! îmi spune el calm, prefăcându-se că nu observă agitația pe care am produs-o în clasă.

Pășesc hotărâtă spre tablă, lăsându-mi lucrarea pe catedră. Aud șușotelile colegilor mei: *E chiar obsedată! Să faci atâta vâlvă pentru un 9? E doar o simulare, disperato!*

Comentariile lor au un efect ciudat asupra mea. Nu mă deranjează, din contră. Încerc să îmi ascund zâmbetul plin de satisfacție și încep să rezolv exercițiul, lăsându-mi mintea să rătăcească pe meleagurile copilăriei. Am trăit atât de multe momente asemănătoare, încât nici măcar senzația de déjà-vu nu mai are rost. *Să vorbească! Oricum nu vreau să mă placă!*

Las creta pe marginea tablei și mă întorc spre cei din clasă, ca și cum uitasem de prezența lor. Ei își dau ochii peste cap, iar eu le zâmbesc indiferentă, în timp ce domnul profesor analizează tăcut rezolvarea.

— Ai dreptate, Ioana, e corect. O să modific nota.

— Vă mulțumesc!

Da, de data asta chiar am gândit acel „*Mulțumesc*!" şi l-am spus

din toată inima.

Ora se termină curând şi, odată cu ea, o altă zi de şcoală şi o altă săptămână.

— Hei! îmi spuse Ella, aşezându-se cu fundul pe banca mea, pare că meditațiile în particular chiar m-au ajutat. Nu am mai luat o notă atât de bună la mate din clasa a V-a. Mulțumesc!

Rămân tăcută, privind-o nedumerită. Nu ştiu ce să spun. Nu am fost atentă când a primit lucrarea şi nu ştiu cu ce calificativ a fost notată. Eram foarte concentrată pe exercițiul meu „greşit".

Ella îmi observă dezorientarea şi mă priveşte mustrător, fluturând foaia de hârtie umplută de pix roşu.

— Ioana, am luat 7. M-au ajutat mult lecțiile tale. Mulțumesc!

— Cu drag, Ella! Scuze că am fost atât de absentă. Nu am citit nici mesajele.

— Eee... m-am obişnuit. Ăsta e farmecul tău!... Stai puțin! Ce mesaje?

— Mi-a sunat telefonul încontinuu în timpul orei, credeam că

eşti tu, ca de obicei, te auzeam cum tastezi, spun eu, încercând să-mi scot telefonul din buzunar.

Verific cu mâna tremurândă ultimele apeluri şi inima îmi îngheață.

— Ioana, eşti bine? Cine te-a căutat?

— Sunt bine, trebuie să plec.

Mă strecor cu greu prin mulţimea de liceeni cuprinşi de febra weekendului. Geaca groasă şi lungă îmi încetineşte mişcările. Încerc să o sun, nu răspunde, iar apelul meu se termină cu intrarea căsuţei vocale, care mă îndeamnă să las un mesaj. Încerc din nou, acelaşi rezultat.

Capul mi se învârte şi simt cum ameţesc, aerul pe care îl inspir nu are loc în plămâni, şi expir fără să mă satur de oxigen. Mă cuprinde o căldură intensă, care nu sunt sigură că are legătură cu temperatura. Am nevoie de aer, de spaţiu...

Ies, în sfârşit, afară unde gerul aspru mă loveşte ca o palmă menită să mă trezească. Inspir şi expir de câteva ori aerul îngheţat ce îmi arde traheea, apoi îmi verific din nou telefonul. Am două apeluri pierdute de la bunica şi încă trei de la mătuşa Nuţi.

După încă două guri de aer decid să o sun pe ea.

— Alo, sărut mâna!

— În sfârşit...

— Tanti Nuţi, ştiţi ceva de bunica? Nu răspunde la telefon şi am apeluri pierdute şi...

— Da, da. Sunt cu ea. A fost externată azi la cerere. M-a sunat pe mine, că tu nu ştiu unde ţii telefonul ăla. M-am dus până în Râmnic să o iau din spital, şi doar ştii că sunt bolnavă şi eu şi mă doare piciorul de toamna trecută...

— Externată la cerere? E bine? întreb eu, întrerupându-i monologul.

— Eee... Cum să fie bine? E aşa cum o ştii.

— O iau pe Daria de la grădiniţă şi vin acasă.

— Vino! Să nu uiţi să-mi laşi nişte bani şi ia şi ceva de mâncare.

N-am apucat să mănânc nimic azi.

– Bine. Merg ca un zombi pe stradă fără a observa ce se întâmplă în jurul meu. Picioarele mi se afundă în zăpada proaspăt aşezată, iar vântul vrea să mă doboare. Mă lupt cu întreaga natură ca să înaintez, şi nu numai. Mă lupt cu mine însămi. Gândul că s-ar fi putut întâmpla ceva cu bunica m-a paralizat pentru un moment. Sunt dezamăgită de propria reacție, de propria persoană. Îmi dau seama că nu sunt atât de puternică pe cât ar trebui sau pe cât se aşteaptă ea să fiu. Ştiu că e bolnavă, ştiu că sfârşitul e aproape. Ar trebui să fiu pregătită pentru asta, dar nu sunt.

E egoist din partea mea să mă gândesc la mine, la suferința pe care mi-o provoacă boala bunicii. Trebuie să mă adun şi să fiu puternică pentru ea. Dacă e nevoie să plece, vreau să o facă împăcată, fără să-şi facă griji pentru mine.

Nu e prima oară când îmi spun aceste lucruri, poate e a mia oară când o fac, şi totuşi ştiu că mă mint. Cuvintele nu se reflectă şi în ceea ce simt. Recit doar rânduri dintr-un monolog scris parcă de altcineva. Adevărul e că nu pot fi puternică şi nu-mi pot ține în frâu egoismul. *Ce o să mă fac fără ea?* Ea e tot ce am, e tot ce am avut vreodată. Îmi urăsc propria slăbiciune, neputința, urăsc când lucrurile nu depind de mine.

Disperarea mă cuprinde încet, dar sigur, cu fiecare pas pe care îl fac, lăsând cuvintele bunicii să-mi răsune în cap ca o mustrare: *Termină cu bocitul! Tu eşti o învingătoare, nu o victimă!* Mi-aş dori să aibă dreptate. Mi-aş dori să mă simt o învingătoare. Mereu mi-am dorit să fiu aşa cum vrea ea să fiu.

Mă lipesc de uşa de la intrare a grădiniței. Fața îmi e împietrită ca o mască. Mă chinui în zadar să îi dau expresivitate. Încerc câteva zâmbete chinuite, apoi îmi frec energic obrajii şi mâinile care au început să se dezgheţe. Renunţ. Mă alătur pentru câteva minute părinţilor care îşi fac de lucru în sala de aşteptare până când uşa clasei se deschide, iar copiii ies buluc. Daria aleargă şi mi se aruncă în braţe.

– Mi-a fost dor de tine! îmi strigă, în timp ce mă strânge cu putere.

– Şi mie, nu ne-am mai văzut de vreo 20 de ore.

– Ba nu. Nu ne-am mai văzut de ieri!

– Ai dreptate! Mergi să-ţi iei la revedere de la colegi şi de la doamna educatoare. O să-i mai vezi tocmai săptămâna viitoare! Nici nu am terminat bine propoziţia, că Daria a şi dispărut. O privesc fermecată cum se plimbă prin mulţime, cum îşi îmbrăţişează cu căldură doamnele educatoare şi colegii. Daria este un ghemotoc de emoţii umblător, iubeşte fără motiv şi din toată inima. Uneori cred că iubeşte pe oricine, iubeşte doar de dragul de a iubi, fără să se întrebe dacă e iubită sau nu la rândul ei, iubeşte într-un mod firesc, greu de explicat.

Daria îşi târăşte cu greu picioarele prin zăpada înaltă, iar ritmul nostru este destul de domol.

– Te iau în braţe?

– Daaa.

O ridic greoi şi o lipesc de pieptul meu.

– Ioana…

– Da.

– Tu ai un iubit?

– Nu, nu am, spun eu vizibil amuzată.

– De ce?

– Nu sunt destul de mare, acum trebuie să învăţ.

– Prostii, eşti mare. Ştii că vecina de la etajul doi are iubit? I-am văzut în scara blocului când se pupau, şi ea nu e mare ca tine, nu e la liceu.

— Ahaa, îndrug eu în lipsa unui răspuns mai inteligent.

— Vrei să-ți spun un secret?

— Da, spune-mi!

— Şi eu voi avea un iubit.

— Da, normal că vei avea, dar mai e până atunci.

— Două zile.

— Poftim?!

— Voi avea un iubit luni. Mami mi-a spus că pot avea un iubit când mai cresc şi duminică fac 5 ani, deci am crescut. Luni voi avea un iubit.

Zâmbesc, o strâng puternic la piept şi o sărut pe frunte. Oricât de îngrijorată aş fi, oricât de multe aş avea de făcut, Daria reuşeşte mereu să mă înveselească. Deşi eu sunt cea plătită pentru a avea grijă de ea, adevărul e că îmi face mai mult bine decât i-aş putea face eu vreodată.

Ea e mereu fericită, o fericire molipsitoare, care pare ireală. *Poate aşa sunt copiii, poate aşa trebuie să fie, poate aşa am fost şi eu. Oare am fost?* Nu îmi amintesc de mine fericită, de mine fără griji, de mine copil. Când mă gândesc la copilăria mea, mi-o amintesc pe bunica, mereu îngrijorată pentru ziua de mâine, îmi amintesc sandviciurile cu margarină pe care le uram, dar care constituiau prânzul meu în fiecare zi.

Îmi amintesc aleea cu castani pe care o urcam în fiecare dimineață pentru a ajunge la şcoală şi copiii care râdeau de tenişii mei cârpiți şi de hainele prea mari, primite de la preotul din sat. Nu eram fericită, însă nici tristă, eram doar serioasă, concentrată, hotărâtă. Mereu am fost prima din clasă, mereu citeam şi învățam mai mult decât ne cerea profesoara. Voiam în fiecare zi să fiu mai bună, mai bună decât mine cea de ieri, mai pregătită, mai matură, mai puțin copil... Până când am pierdut copilăria. Sau ea m-a pierdut pe mine.

Acum, retrăiesc acei ani prin ochii Dariei. Mă pierd voit în poveştile ei fantastice, renunț la control şi mă las cuprinsă de farmecul jocurilor ei. Datorită ei redescopăr lucruri pe care nu le mai observasem de mult. Mă bucur din nou de ploaie şi de atingerea ierbii pe tălpile goale, de cântece vesele şi de poveşti inventate. Daria e oaza mea de fericire, de linişte, de copilărie. Ea e singura care nu îmi judecă slăbiciunile, singura care îmi permite să fiu eu fără să mă simt vinovată.

Urcăm în autobuzul supraaglomerat ce leagă Râmnicu Sărat de Topliceni. O aşez pe Daria pe un scaun cedat de un tânăr, iar eu mă poziționez în picioare în fața ei, pentru ca ceilalți călători să nu o lovească.

– Abia aştept să-l văd pe tati, îmi spune ea zâmbind.

– Ştiu. Sunt sigură că şi lui îi e dor de tine.

Zâmbeşte din nou şi îşi întoarce privirea către geam, apoi începe să fredoneze un cântecel despre broscuțe, bătând din palme la refren.

O mint şi inima mi se strânge de vinovăție, dar nu îi pot spune adevărul. Nu pot să o văd plângând. În aproape trei ani de când ne cunoşteam, a plâns doar de câteva ori: când a căzut şi şi-a julit genunchiul, când şi-a tuns păpuşa şi apoi i s-a părut urâtă, când şi-a uitat cartea de colorat în ploaie şi atunci când mama ei nu a putut ajunge la serbarea de sfârşit de an. Atunci a fost prima dată când a suferit cu adevărat. Atunci lacrimile ei au fost altfel, ochii ei oglindeau o durere profundă, o durere de adult. Se simțea părăsită, neiubită, neimportantă, era o durere prea mare pentru inima ei de copil.

Va fi devastată când va afla că tatăl ei nu va veni în Râmnic de ziua ei. I-a promis... Cum poate să-i facă asta?

Aud fără să ascult cântecul Dariei, cu mintea inundată de gânduri şi de dubii, şi pare că minutele se dilată şi se contractă fără sens lăsându-mă fără noțiunea timpului.

Coborâm din autobuz în acelaşi ger înțepător. Vântul pare mai puternic fără protecția blocurilor din oraş, ne loveşte necruțător.

— E frig! îmi spune Daria cu buza de jos tremurând.

— Ştiu. Nu mai avem mult.

Îmi dau jos eşarfa şi i-o înfăşor în jurul gâtului acoperindu-i nasul roşu. Cei câțiva zeci de metri de la stație până acasă i-am parcurs în mai mult de 10 minute.

— Daria, aşteaptă puțin în camera mea, te rog! Merg să vorbesc cu bunica. Nu durează mult.

— Pot să mă uit la cărțile tale?

— Ştii regula, da?

— Sunt atentă, nu rup paginile, nu le colorez şi nu fac gălăgie.

Îi zâmbesc şi o privesc cum se îndreaptă entuziasmată către camera mică din capătul holului. Aştept să intre, apoi deschid uşa dormitorului bunicii.

În cameră domneşte întunericul, iar ochii mei au nevoie de timp pentru a se putea adapta. Clipesc apăsat de câteva ori, apoi rămân lipită de uşă, cu răsuflarea tăiată. Simt cum mă apasă tot, pereții îngălbeniți de fum, masa încărcată cu medicamente, draperiile aşezate neglijent, raza plăpândă de lumină ce intră prin colţul drept al geamului şi, mai ales, mirosul greu de boală. Toate instinctele mă îndeamnă să ies, toată fiinţa mea îmi spune să fug de acolo, dar picioarele îmi sunt parcă înfipte în podea.

Cea care zace pe patul alb nu mai e bunica mea de mult. O privesc detaşată ca pe un tablou sinistru. O mână subţire îi cade grea pe lângă pat, prea slabă pentru a mai opune rezistenţă gravitaţiei. Pielea îi e nefiresc de albă, ochii, altădată pătrunzători, acum stau închişi, adânciţi în orbite. Buzele vinete şi uscate sunt uşor întredeschise, de parcă ar fi vrut să spună ceva, dar a adormit.

Închid ochii şi inspir singura rază de lumină din cameră. Încerc să mi-o proiectez în minte aşa cum era acum câteva luni, înainte de boală, mereu pe fugă, mereu agitată, numărând şi planificând, deţinând controlul. Parcă o văd stând în picioare în faţa calendarului lipit pe perete, încercuind cu pixul câteva date importante: când vine pensia, când primesc salariul şi bursa, când trebuie plătit curentul, când trebuie să cumpărăm lemne şi alte câteva date care „nu sunt treaba mea".

M-am întrebat mereu de unde avea atât de multă energie? Cum putea un trup atât de plăpând să adăpostească un munte de putere, cum puteau ochii ei mici să ascundă un ocean de iubire? Cum puteau palmele ei aspre să-mi şteargă orice durere? Când eram mică, mă aşezam lângă ea şi măsuram în minte cât trebuie să mai cresc pentru a fi ca bunica. Anii au trecut şi sunt mai înaltă cu un cap decât ea, dar am înţeles că nu în înălţime trebuie să cresc pentru a fi la nivelul ei.

O ştiu de când mă ştiu pe mine, o ştiu doar pe ea. Ea e tot ce am şi am avut vreodată. Modelul meu de *aşa da,* aşa nu, slăbiciunea şi puterea mea. Singura care m-a iubit când propria mamă a încetat să o mai facă. Are un mod diferit de a iubi, rece, cu puține gesturi tandre şi fără declarații siropoase. E o iubire mută, dar atât de puternică, încât nu are nevoie de modalități de exprimare.

— Trezeşte-o, Ioana!

Vocea pițigăiată a lui tanti Nuți mă face să tresar. Are obiceiul enervant să se strecoare peste tot ca o fantomă.

— Trezeşte-o! Voia să vorbească cu tine, îmi repetă ea aproape mustrător. Încerc să mă apropii de pat, însă picioarele refuză să se mişte. Vreau să spun ceva, dar buzele îmi rămân încleştate. O privesc cum stă acolo, inertă, şi îmi e frică să încerc să o trezesc. *Dacă nu se trezeşte?*

— Ioana...

La auzul vocii ei, aerul din pieptul meu țâşneşte într-un răsuflat zgomotos. *S-a trezit!* Mă apropii încet şi mă aşez în genunchi lângă pat.

— Unde e Daria? mă întreabă cu vocea stinsă.

— E în camera mea, se joacă.

— Ai adus săracul copil prin frigul ăsta. De ce ai venit? Credeai că mor până mâine? Privirea ei pătrunzătoare mă face să mă ruşinez. Inspir adânc şi îi prind mâna între ale mele.

— De ce ai plecat din spital? o întreb blând.

— Ăia vor să mă jecmănească. Mă tot țin acolo şi îmi dau două

pastile pe zi. Pot să le iau şi eu acasă, nu trebuie să le plătesc lor spitalizarea. Ştiu că mor. Măcar să mor în patul meu.

— Plăteam eu, bunica, nu trebuia să îți faci griji pentru bani.

— Te-ai îmbogățit cât am dormit eu? Păstrează banii pentru facultate, fetițo! Nu mai strica orzu' pe gâște!

Îi ridic mâna rece și mi-o lipesc de față. Simt cum degetele ei osoase se mișcă necontrolat în mâna mea, încercând să-mi mângâie obrazul. Lacrimi fierbinți îmi umplu ochii și încerc să nu clipesc pentru a nu le da voie să curgă. *Nu îmi permit luxul ăsta.*

— Hai, pleacă! Ai grijă de copilul ăla!

— Bine, mă întorc mâine.

— Crezi că plec undeva?

— Bunica, în legătură cu duminică, Cristina mi-a cerut să merg cu Daria la București, să-l vadă pe tatăl ei.

— Și ce te mai gândești? E un loc de muncă bun, copilă, nu îți bate joc! Dacă au nevoie de tine, du-te! Pe mine tot aici mă găsești.

Pe fața ei se vede urma unui zâmbet, apoi ochii se ascund iar sub pleoapele grele. Îmi lipesc buzele fierbinți de mâna ei, simțind într-un mod ciudat cum sângele îi pompează prin vene.

Imediat ce ies din camera, dau nas în nas cu tanti Nuți, care mă așteaptă pe holul de la ieșire.

— Nu mai are mult! Trebuie să facem pregătirile, îmi spune brutal de sinceră, ca de obicei.

Inima începe să îmi bată cu putere, gata să sară din piept, un amestec de furie și de neputință îmi umple toată ființa, făcându-mi ochii să ardă. Îi prind mâna în timp ce o privesc în ochi și îi strecor puținii bani pe care îi mai am în palmă.

— Ăștia sunt pentru medicamente și mâncare, nu pentru sicriu. Nu a murit încă, rostesc apăsat printre buzele abia deschise.

— Ce te enervezi aşa? Crezi că eu vreau să moară? Nu vreau, dar ce să facem? Dacă Domnu' o cheamă la El, fie că vrem, fie că nu, tot moare.

O îmbrac pe Daria şi ies în curte fără să salut. Inima stă să-mi sară din piept şi mâinile îmi tremură nervos. Închid ochii strâns şi îi deschid rapid, lăsând soarele, reflectat de luciul zăpezii, să se spargă în frânturi pe retina mea. Mă arde!

Nu înţeleg ce gândesc, nu înţeleg ce vreau, nu înţeleg ce simt. *Pe cine sunt supărată, de unde atâta furie şi spre ce se îndreaptă?* Daria mă priveşte nedumerită. Îi strâng mânuţa firavă în palmă, iar ea o închide moale ca într-o îmbrăţişare. Merge pe lângă mine fără să scoată un cuvânt, dar îi simt privirea cum mă cercetează. Respiraţia ei se accelerează, dovadă că se chinuie să ţină pasul cu mine, şi în scurt timp se opreşte, epuizată.

— Ioana, eşti supărată?

— Nu. Tonul meu aspru o face să-şi tragă mâna din palma mea. Simt răceala, locul din care s-a desprins mânuţa ei începe să mă doară. Mă las pe vine şi îi privesc ochii mari, plini de lacrimi.

— Eşti supărată pe mine? Nu am stricat nicio carte. Am fost atentă. Şi nu am făcut gălăgie, nu am deranjat-o pe buni.

— Nu,Daria,nuevinata.Eusuntdevină.Iartă-mă! Mânuţele ei mici mi se prind în jurul gâtului, iar trupul plăpând se lipeşte de al meu. Aş sta aşa o veşnicie, în mirosul părului ei moale, proaspăt spălat, în căldura difuză pe care o simt prin haine, cu suspinuri şoptite la ureche.

— Nu vreau să fii supărată. Buzele ei calde se lipesc de obrazul meu îngheţat.

— Nu mai sunt, şoptesc eu cu un zâmbet prea larg pentru a fiadevărat.

Câteva ore mai târziu, totul e uitat, inima mea şi-a recăpătat pulsul normal, mintea îmi e ocupată cu organizarea zilelor ce vor urma, iar Daria, entuziasmată că mergem la Bucureşti să îşi vadă tatăl, ţopăie energic prin casă.

Lucrurile par normale, liniştite, o linişte înfiorătoare ce parcă premeditează un dezastru, însă uneori dezastrele sunt doar în capul meu. Nu mă pot bucura de frumuseţea unui moment din cauza fricii absurde că nu va dura mult. Uit să trăiesc în prezent, de teama viitorului. Sunt mereu în gardă. Îmi e teamă că pierd controlul, îmi e frică de lucrurile care nu depind de mine.

De câteva luni, toate momentele mele de linişte au fost urmate de crizele bunicii, de ore lungi petrecute pe holurile spitalelor, de doctori nepăsători şi meschini, de veşti proaste.

Îmi privesc reflexia ştearsă în sticla ferestrei şi simt cum mă afund în întuneric, odată cu oraşul. O noapte neagră s-a aşternut în tăcere, fără niciun avertisment. Oraşul freamătă în lumini galbene, deranjante, iar cerul negru e brăzdat pe alocuri de razele albe ale lunii. Doar în mine nu luminează nimic, sunt goală şi tristă ca o clădire părăsită, ca un cer pe care luna refuză să-l mai lumineze. Închid ochii şi o văd pe bunica, aşa cum era odată, îi simt mâna aspră cum se joacă în părul meu, simt miros de lapte fiert şi aud lemne trosnind în foc. Aş vrea să mă întorc, să mă întorc în copilărie şi să mă bucur, să mă bucur chiar şi de lucrurile pe care le uram atunci, să mănânc pâine coaptă pe plită şi să o ascult pe bunica cum mă ceartă. Vreau să mă bucur de rarele mângâieri, de îmbrăţişările rapide cărora nu apucam să le simt căldura, să mă bucur de tot ceea ce sunt pe cale să pierd.

Trăiesc între trecut şi viitor, trasă în direcţii diferite de fiecare în parte. Nu îmi găsesc locul în prezent. Amalgamul de gânduri care se luptă în mintea mea mă lasă fără energie. Răsuflu greu, cu şuierat uşor, încercând să-mi recapăt forţele. Clipesc apăsat şi o privesc pe Daria. *Poate că peste ceva timp voi vrea să fiu aici, acum, şi să mă bucur de acest moment.*

Mă aşez în pat lângă ea şi o cuprind în braţe, îmi ascund nasul în părul ei despletit. Miroase a somn, a vise...

Ioana

„Oamenii supraviețuiesc nu prin grija față de ei înșiși, ci prin iubirea celorlalți față de ei."
Lev Tolstoi

E sâmbătă dimineața, prea devreme pentru ca orașul să se trezească. Străduțele mici dintre blocuri au devenit pietonale de când angajații primăriei au hotărât că nu are rost să le deszăpezească. Nu mai e nimeni, sunt singurul punct negru în peisajul imaculat. Zăpada îmi scârțâie sub picioare, lăsându-mă să-mi ascult gândurile în ritmul pașilor mei. E liniște. Prea liniște!

E ciudat să fii singur! Gândul acesta nechemat îmi trimite un fior rece în tot corpul. Mă simt ca strânsă într-un pumn imens, iar respirația mi se accelerează pe măsură ce panica se intensifică. Singurătatea stă la pândă. Mă uit paranoic în jur, încercând să-mi dau seama de unde o să atace. Grăbesc pasul ca și când m-ar urmări și, fără să-mi dau seama, încep să alerg. Văd autobuzul și mă simt salvată. Urc în grabă și rămân o clipă în picioare, lângă șofer, încercând să-mi calmez bătăile inimii.

— Bună dimineața! îmi spune el apăsat, făcând aluzie la lipsa mea de politețe.

Îmi trag cu greu sufletul şi îi răspund. Îi arăt abonamentul, după care mă îndrept spre unul dintre scaunele din spate, ignorând comentariile lui legate de „tinerii din ziua de azi, care nici bună ziua nu ştiu să dea".

Viteza mă ameţeşte! Copacii acoperiți cu zăpada grea par că aleargă în direcția opusă. Îmi las capul în palme, încercând să mă concentrez, dar nu reuşesc să mă opun senzației de anxietate care tot creşte.

Cobor fără să-mi dau seama şi mă îndrept spre casă. Toate mişcările îmi sunt automate. Realizez că nu gândesc nimic din ceea ce fac. Mă întreb dacă bunica e trează. Uneori, nu poate dormi, alte ori, nu se poate trezi. *Efectele medicamentelor,* au spus medicii. Mă apropii de uşă fără să o ating, ascultând cum se zvârcoleşte în pat chinuită de dureri înfiorătoare. Încep să tremur! Inspir adânc, umplându-mi plămânii de aer, şi intru.

Îndată ce deschid uşa, mă loveşte un miros de acru, puternic. Tot aşternutul e acoperit cu vomă.

— Ioana, mai fă-mi o injecție!

— Când ai făcut-o pe ultima? întreb retoric, convinsă ca nu are nici cea mai mică idee.

Mă uit la însemnele lăsate de tanti Nuți. Ar mai fi două ore până la următoarea injecție, dar ce mai contează? Mă reped spre masă şi iau morfina. Doar serul ăsta blestemat îi mai poate alina durerile. Înfig acul sub pielea subțire, ca de hârtie, şi împing cu grijă lichidul din seringă. Pun presiune pe punctul roşu lăsat de înțepătură şi îi mai țin mâna câteva minute, până ce se cufundă într-un somn adânc.

Profit de timpul în care doarme pentru a curăța camera şi pentru a schimba lenjeria.

Aerul rece intră pe fereastra deschisă şi spală o parte din mirosul de boală din cameră. Prospeţimea zăpezii şi lumina albă mă fac să zâmbesc vag. Nu am mai văzut de multă vreme camera aceasta în lumină naturală. Bunica preferă să fie întuneric. Mă las purtată înapoi în timp, înainte de toate astea, înainte de întuneric, înainte de boală. Pentru o clipă, pare că nimic nu s-a schimbat cu adevărat, pentru o clipă totul e la fel ca înainte. Inspir lung, lăsându-mi ochii să se închidă. Încă o clipă în lumea mea perfectă, încă o clipă! Aud un geamăt şi deschid ochii involuntar, iar imaginea din mintea mea se dispersează rapid, dizolvată de realitate, de coşmarul care e acum realitate!

Las camera în ordine şi ies pe verandă, sorbind dintr-o cană de ceai.

— Ce bei acolo? mă întreabă tanti Nuţi, în timp ce se aşază lângă mine. Cafea?

— Nu. Ceai, îi răspund scurt.

— Mi-ai făcut şi mie?

— Mai e pe aragaz.

— Pune-mi şi mie o cană! îmi cere, tolănindu-se pe trei sferturi de canapea. Pfiu, ce obosită sunt! Toată ziua am robotit! Nu ai deloc grijă şi de mine. Uiţi ca sunt bătrână şi eu.

O las vorbind. Intru în bucătărie şi torn o altă cană de ceai fierbinte, apoi i-o înmânez.

— Bun mai e... Da' parcă îi mai trebuie zahăr. Fugi şi adă! Mă doare piciorul ăsta de nu mai pot! Să mă tragi şi pe mine cu nişte alifie diseară!

Îi dau zahărul şi rămân tăcută, încălzindu-mi mâinile de cana fierbinte, în timp ce tanti Nuţi se plictiseşte să se tot plângă şi începe să-mi povestească cu patimă despre rude pe care nu le cunosc.

— Cât a mai muncit săracul şi a murit singur ca un câine, nu a avut nici cine să-l îngroape. Da' ce, crezi că a rămas aşa? Nuuu... după înmormântare, au venit copiii să se certe pe avere. Îţi spun, aşa o să se întâmple. Eu zic să vorbeşti cu ea să-ţi lase casa. Moare mâine, poimâine şi tu rămâi pe drumuri.

Încuviinţez din cap fără să scot o vorbă, sperând că în scurt timp o să tacă. Privesc pierdută bolta de viţă-de-vie de deasupra verandei. Pare uscată! Poate am tăiat-o prost. De obicei, o tăia bunica. Toate lucrurile le fac prost, în comparaţie cu bunica. O să moară totul odată cu ea. O să moară via, şi copacii din livadă, şi muşcatele de la geam, şi trandafirii din grădină. Totul va muri, lăsându-mă pe mine în urmă. *Voi rămâne singură!*

Un ţipăt scurt şi ascuţit îmi scapă printre buzele strânse, iar lacrimile ţâşnesc necontrolate. Îmi dau seama că plâng prea târziu pentru a mă mai putea opri sau ascunde măcar.

Tanti Nuţi mă mângâie pe spate şi îmi şopteşte:

— Lasă... Nu mai plânge! Vorbesc eu cu ea să-ţi facă acte până moare.

Ziua trece greu cu tanti Nuţi. Încerc să o evit pe cât posibil, dar are o poftă de vorbă nemaipomenită. Mă urmăreşte pur şi simplu povestindu-mi prostii sau punându-mi zeci de întrebări.

— Mă-ta ştie care e situaţia?

— Nu, nu cred.

— Tu chiar nu vorbeşti deloc cu ea?

— Nu.

— Păcat, mamă, păcat de Dumnezeu! Răspunsurile mele monosilabice nu satisfac suficient setea de conversaţie a lui tanti Nuţi, aşa că schimbă subiectul.

— Să-i faci baie în seara asta. Abia a venit din spital şi deja pute!

— Îi fac.

— Să nu te superi că îţi spun asta, i-aş face eu, dar mă doare mâna de când am căzut pe gheaţă. Abia de mai pot să o mişc... Da' de mâncare ce faci?

— O supă de pui.

— Supă? Eu nu pot trăi aşa. Fă o tocană, ceva!

— Bunica nu poate mânca tocană.

— Şi ce? Vrei să mor şi eu odată cu ea? Dacă ea nu mănâncă, nici eu nu pot să mănânc? Să vezi cum tai eu cocoşul ăla şi fac o friptură! Drăcia dracului... Morţii cu morţii, viii cu viii. Abia îmi pot stăpâni nervii. Femeia asta are un dar incredibil de a-mi împinge răbdarea la limite. Inspir adânc şi îmi văd de treabă. *Ar trebui să îi fiu recunoscătoare că are grijă de bunica cât sunt eu plecată.* Îmi repet asta de când s-a mutat la noi şi încă nu am reuşit să o simt cu adevărat. Doar simpla ei prezenţă mă irită. A stricat cumva echilibrul nostru când a venit în casă. Eram doar noi două: eu şi bunica. Aveam tabieturile noastre, discuţiile noastre, programul nostru bine pus la punct, toate lucrurile erau mereu aşezate acolo unde trebuie. Totul era perfect! Apoi a intrat ea în casă ca un bas asurzitor într-o orchestră şi nimic nu a mai fost la fel. Uneori, mă întreb dacă într-adevăr boala bunicii e de vină pentru toate schimbările astea sau e doar ea, tanti Nuţi, piază rea.

Mă trezesc în gemetele chinuite ale bunicii. Aş vrea să dispar! Oricum sunt degeaba, nu pot face nimic, sunt doar un spectator mediocru la acest spectacol grotesc.

Înainte să intru în camera, inspir adânc ca şi când m-aş pregăti să îmi ţin respiraţia pentru un timp. Verific foaia de tratament. Încă trei ore până la următoarea injecție cu morfină, încă două până la porția de pastile, încă una până la masă. Mă uit spre pat, iar corpul pe jumătate dezgolit al bunicii mă sperie. Trupul ei osos e îmbrăcat neglijent cu o haină de piele albă care i-a rămas prea mare, lăsându-mă să văd fiecare detaliu al scheletului ei. Imaginea mă înfioară, îmi pare că văd însăşi moartea cum o trage încet spre abis. O învelesc rapid şi ies din cameră. Închid ochii şi expir, încercând să-mi şterg acea imagine de pe retină. O aud pe tanti Nuți cum bombăne prin curte, aşa că o caut înainte să dispară cine ştie unde.

– Bună dimineața, tanti Nuți!

– Pfff... Bată-te-ar norocu', ce m-ai speriat. N-ai plecat?

– Acum plec.

– Să îmi aduci şi mie ceva de la Bucureşti, am auzit că toate sunt

mai bune în capitală, spune ea, chicotind ca un copil.

– Îți aduc. Să ai grijă de bunica şi să mă suni dacă se întâmplă ceva!

– Da, da... Du-te liniştită!

Numai liniştită nu sunt, de câte ori o las pe bunica cu ea. De fiecare dată când crede că nu o vede nimeni, cotrobăie prin casă de parcă nici ea nu ştie ce caută, dar speră să găsească. Vorbeşte mult şi zgomotos, însă mereu pare că ar mai avea ceva de spus, ceva care îi stă pe limbă, dar nu poate fi rostit încă.

Inspir aerul rece şi îl simt cum pătrunde adânc până în piept făcându-mi plămânii să se umfle şi să se dezumfle regulat. Verific ceasul. Sunt în grafic. Trenul pleacă la zece.

Cristina mă aşteaptă în bucătărie, fumând o ţigară pe geamul deschis.

— 'Neaţa, ţi-am făcut ceai, îmi spune, făcând semn spre ibricul ce abureşte pe aragaz.

— Bună dimineaţa, mulţumesc! Cana de ceai îmi încălzeşte degetele, iar aburii denşi îmi dezgheaţă nasul. *E o senzaţie plăcută când cineva are grijă de mine!* gândesc, ascunzându-mi zâmbetul vinovat în spatele cănii. Senzaţia de bine dispare rapid alungată de un fior rece ce îmi străbate tot corpul. *Sunt slabă! Nu-mi permit să fiu slabă!* Las cana pe masă şi mă prefac că nu s-a întâmplat nimic.

— Ioana, nu ştii cât îţi sunt de recunoscătoare că mergi cu Daria la Bucureşti. Ar fi fost foarte tristă dacă nu l-ar fi văzut pe taică-su nici de ziua ei.

— Ştiu. Îl iubeşte mult...

— Aşa e... şi nenorocitul ăla nu se sinchiseşte să vină nici măcar o dată pe an să o vadă, îmi zice ea revoltată.

— Daria încă doarme? o întreb îngrijorată ca nu cumva să audă discuţia.

— Da. O trezeşti tu? Eu trebuie să plec, spune Cristina, în timp ce îşi trage ultima gheată în picior.

— Da, sigur. Te sunăm când ajungem.

— Perfect! Mulţumesc!

— Spor la treabă! O urmăresc pe geam cum intră în maşină, apoi mă întorc la cana mea de ceai. *E o senzaţie plăcută ca cineva să aibă grijă de mine!* Inspir adânc şi savurez acest sentiment. Nu e nimeni în jur, nimeni care să-mi vadă slăbiciunea, nimeni care să mă judece. Acum pot fi copil.

O călătorie lungă de trei ore cu un tren vechi care scoate zgomote asurzitoare, şi totuşi Daria îşi menţine entuziasmul pe tot parcursul drumului.

— Ioana!

— Da, îi răspund fără să-mi ridic ochii din cartea începută ieri.

— Tu mereu citeşti. De ce îţi plac cărţile?

Zâmbesc şi îi fac semn să se apropie.

— Cărţile sunt portaluri magice, îi şoptesc ca şi când i-aş împărtăşi un secret.

— Serios?! exclamă entuziasmată aşezându-se şi mai aproape de mine. Ca în desenele animate?

— Da. Fiecare carte te primeşte înăuntrul ei ca tu să-i afli povestea.

— Dar... Cum? Cărţile tale nici măcar nu au poze!

— Cum să nu? Cuvintele creează imagini aici, îi spun eu, atingându-i cu un deget tâmpla.

— Când o să fiu mare, o să-mi împrumuţi cărţile tale?

— Sigur!

Bucureştiul e prea mare pentru noi, gara, prea aglomerată, oamenii, prea grăbiţi, iar aerul, prea rarefiat pentru a-mi umple plămânii. *Oare cum voi trăi eu în oraşul ăsta? Cum voi fi capabilă să îl numesc ACASĂ, când nimeni nu mă cunoavte şi eu nu cunosc pe nimeni?*

Daria zburdă nerăbdătoare printre mulţimea de oameni, punând zeci de întrebări pe care nu le pot urmări.

— Ce poezie crezi că ar trebui să îi spun?

— Poftim?

— Ce poezie să îi spun lui tati? O să mă întrebe ce am învăţat la grădi.

— Care îţi place cel mai mult. Sunt sigură că îi va plăcea şi lui.

Privesc ceasul nervoasă şi nerăbdătoare, e aproape ora prânzului, mai avem încă o oră până la întâlnire. Încerc să mă orientez repede şi să găsesc un taxi. Aş putea întreba pe cineva, dar pe cine? Marea de oameni se mişcă omogen ca un banc de peşti în ocean, însă nimănui nu pare să-i pese de celălalt.

Nebunia asta mă oboseşte. Mă uit din nou la ceas, din nou la Daria, apoi încep să caut ieşirea. Inspir şi expir de câteva ori, nemulțumită.

– Bună ziua, mă adresez eu unei doamne corpolente, îmi puteți spune, vă rog, de unde să iau un taxi?

– Unde trebuie să ajungi? mă întreabă, trecând peste formalități.

– În parcul Herăstrău.

– Mai bine iei metroul. Trebuie să schimbi la Piața Unirii, dar ajungi mai repede. Mă îndrumă, întinzând degetul spre un semn albastru undeva în depărtare, dincolo de marea de oameni.

Mă întorc să-i mulțumesc, dar a dispărut.

Zgomote şi lumini puternice sunt reflectate necontrolat, lovindu-se de pereți, de plasme uriaşe, de geamuri fumurii, de oameni îmbrăcați caraghios, de mine. Peste tot sunt reclame imense care te îndeamnă să cumperi ceea ce nu ai nevoie şi altele care te conving că ai nevoie de ceea ce cumperi.

Ieşim din pasajul subteran în fața Arcului de Triumf.

Bucureştiul e neobişnuit de cald pentru această perioadă. Pare că soarele puternic a speriat frigul şi că iarna a plecat în grabă, lăsând doar câteva mormane de zăpadă murdară lângă stâlpi.

Intrăm într-un parc mare, cu alei largi, străjuite de statui imense. Grandoarea ne întâmpină de la primii paşi. Copacii bătrâni sunt tăiaţi atipic, trunchiul lor e vopsit în culori vii, iar pământul e acoperit de un gazon perfect verde ce contrastează puternic cu petele de zăpadă. E o natură schimonosită în încercarea eşuată de a fi mai atrăgătoare. Doar Daria savurează peisajul ăsta anacronic, dezolant.

– Ce frumos e aici! şi cald! Unde e? Unde ne întâlnim cu el?

– O voi suna pe Cristina să ne spună, OK?

– Da, sun-o!

Cristina răspunde imediat, ca şi când ar fi aşteptat telefonul meu.

– Ioana, am încercat să te sun şi aveai telefonul închis sau nu aveai semnal.

– Da. Probabil, eram în metrou.

– Ioana... Nicu nu vine.

– Poftim?! Inima mi s-a făcut cât un purice, respiraţia mi s-a accelerat, iar ochii mi s-au umplut de lacrimi instantaneu. *Nu vine, tatăl Dariei nu vine!* Îmi e frică să rostesc cuvintele astea, îmi e frică să o privesc pe Daria când le va auzi.

– Ioana, mai eşti?

– Da.

– Mi-a trimis un SMS acum o jumătate de oră, nenorocitul. Cică a plecat din Bucureşti cu treburi urgente şi că o să se revanşeze... Aud fără să ascult. Orice scuză e ridicolă. O privesc pe Daria cum aleargă pe alee în cercuri, prefăcându-se că e avion. *Nu ştie nimic încă.*

– Îi spui tu Dariei? întreb cuprinsă de laşitate.

– Off, da. Dă-mi-o la telefon!

Urmează două minute lungi de nelinişte. Arunc o privire la Daria, însă nu aud ce spune. Nu ştiu dacă să mă apropii sau nu, aşa că rămân pe loc. Nu ştiu nici dacă o fac pentru mine sau pentru ea. Doar stau. Simt nevoia să nu aud.

Daria se îndreaptă spre mine întinzându-mi telefonul.

– Mami vrea să vorbească cu tine.

E tristă, o tristețe adâncă, una căreia nu-i pot face față. Întind mâna, iau telefonul şi îl pun la ureche.

– Alo...

– Ioana, i-am promis Dariei ca o duci la grădina zoologică dacă tot sunteți acolo. E tristă, dar pare că a înțeles. *Nu a înțeles! Ştiu că nu a înțeles. Cine ar înțelege aşa ceva? Eu nu* înțeleg. Gândurile mele aproape că țipă. Nici Cristina nu crede că a înțeles, o simt în vocea ei întreruptă.

– Bine, o să mergem la grădina zoologică.

– Ioana... Mulțumesc!

Mă întorc din instinct să o prind pe Daria de mână, dar palma mea rămâne goală.

– Daria! Unde e Daria? Inima îmi bate cu putere şi respirația mi se opreşte. Trupul începe să-mi tremure şi membrele să se mişte necontrolat. Cristina s-a panicat şi îmi strigă ceva în telefon.

– Daria a dispărut, repet ca pentru mine.

– Cum să dispară, Ioana?

Închid telefonul şi încep să o strig. O strig alergând, în timp ce picioarele parcă nu mă mai ascultă. Alerg ca teleghidată, fără țintă. Copaci vopsiți, statui imense, piste de biciclete, oameni ce încearcă să se distreze, miros de gaze de eşapament, tonul de apel al telefonului, strigătele mele necontrolate, bătaia inimii care se zbate să sară din piept... toate mă lovesc cu putere şi simt cum se prăbuşesc peste mine. Simt cum eu mă prăbuşesc peste ele. Încă alerg, alerg fără puteri, ca dintr-un instinct de supravieţuire. Întreb oamenii din jur dacă au văzut un copil alergând. Întrebare stupidă. În jurul meu sunt zeci de copii care aleargă. Încerc să mă concentrez, să îmi adun gândurile dintr-o mie de zări. Întreb din nou dacă au văzut o fetiţă cu geacă roşie alergând singură. Întreb pe toată lumea, poate că întreb fără să mă adresez cuiva anume.

Un domn pe bicicletă mă aude şi se opreşte.

– Era o fetiţă cu codiţe împletite şi o geacă roşie, alerga spre

bulevard şi cred că plângea.

– Daria. Unde? Unde era, unde s-a dus? De ce nu aţi oprit-o?!

– Nu e treaba mea, domnişoară. Trebuia să aveţi grijă de copil.

S-a dus în partea aia.

Încep să alerg spre direcţia indicată de degetul lui, fix direcţia opusă celei în care alergasem până atunci. Ochii îmi sunt uscaţi de vântul rece, uit să clipesc şi vederea mi se înceţoşează. M-aş opri o clipă să-mi trag răsuflarea, dar nu am timp. O văd lângă bordură, la 50 de metri în faţa mea. Pulsul ridicat mă împiedică să vorbesc, înghit puţina salivă ce o mai am în gură şi o strig cu răsuflarea tăiată.

– Daria...

– Lasă-mă, vreau să mă duc la tati!

Începe să alerge iar, exact în intersecţie.

– Daria, stai!

Văd semaforul cum îşi schimbă culoarea în roşu şi încep să alerg mai repede, cu capul înainte, mai repede decât pot picioarele să mă ducă, alerg spre ea în timp ce ea se pierde printre maşini. *Încă un metru şi o să o prind în braţe.*

Urmează un scârţâit asurzitor de frână, apoi zgomotul unei buşituri puternice, lumini intense ce îşi pierd forma şi strigăte de groază... Unul ar putea fi al meu, dar nu sunt sigură. Simt o durere ascuţită pe care nu o pot localiza şi mă prăbuşesc pe asfaltul umed şi rece. Totul se întunecă şi nu mai pot reacţiona.

Daria, bunica, liceul, profesorii, Ella, toate se plimbă în voie prin capul meu fără nicio barieră care să impună ordine. *Mor? Sau poate am murit deja.* Încerc să deschid ochii, însă pleoapele îmi sunt prea grele, încerc să ascult, dar nu desluşesc niciun cuvânt, doar un sunet de fundal şi ţiuitul urechilor mele. *Nu pot să adorm, îmi e frică. Dacă nu mă mai trezesc? Daria, bunica...* Încerc să mă menţin cât de cât conştientă. Nu ştiu ce se întâmplă cu mine sau în jurul meu. Depun tot efortul să mă mişc, dar nimic nu se întâmplă. Mă cufund în întuneric.

Simt pe faţă o căldură cunoscută, o atingere fină şi jucăuşă. E Daria. Aş recunoaşte atingerea ei dintr-o mie. Încet, încet zgomotul de fundal prinde contur.

— Cea mică e bine. Nu. Încă nu s-a trezit, mergem să vedem un doctor. Nu cred că e grav. Vă sun imediat ce se schimbă ceva. O să le aduc eu acasă. Staţi liniştită!

E o voce de bărbat, o voce caldă şi liniştitoare... *Cea mică e bine... Daria e bine...* adorm din nou, fără voie, pierzând şi firava legătură pe care o mai aveam cu realitatea.

Ioana

„Îți aduci aminte ziua când ai luat soarele
Şi mi l-ai pus în suflet?"
Lucian Blaga

Corpul meu pluteşte. Simt un miros delicat de levănțică şi atingerea moale a unui material necunoscut. Întind mâinile în încercarea de a simți mai mult şi îmbrățişez strâns aşternutul. *Atât de pufos, atât de plăcut!* Întorc capul urmărind parfumul, dar o durere puternică mă smulge din lumea mea perfectă. Deschid ochii pe jumătate, privind printre gene ca printr-o perdea. Lumina galbenă a apusului inundă toată încăperea.

Ce s-a întâmplat? Unde mă aflu? Unde e Daria? Brusc, întâmplările recente dau buluc în mintea mea, ințețind durerea. Mijesc ochii şi o caut cu privirea. Nu e. Sunt singură. *Singură, dar unde?*

Decorul din jurul meu pare desprins dintr-un scenariu de film. Camera albă, spațioasă, cu ferestre uriaşe, e mobilată simplist şi modern. Draperiile cad grele ca o cortină ce nu a fost trasă vreodată, iar covorul pufos parcă mă îndeamnă să fiu prima persoană care îl atinge. Totul este impecabil, impersonal şi rece. E o ordine glacială.

Fiecare lucru e aşezat într-un loc bine stabilit, gândit poate de un arhitect talentat. Probabil e o casă nouă în aşteptarea proprietarului. E imposibil ca cineva să locuiască aici... Sau... nu?

— Bună seara!

Vocea schimonosită, cu un puternic accent străin mă face să tresar. Îl fixez cu privirea pe bărbatul scund şi robust, cu început de calviţie, care mă priveşte binedispus din uşă. Îmi zâmbeşte larg, dezvelindu-şi dinţii galbeni, aliniaţi greşit.

Încerc să mă ridic pentru a-l vedea mai bine, dar durerea mă ţintuieşte la orizontal. Mişcarea bruscă îmi face capul să explodeze de durere. Văd fiecare pas al lui în reluare, în timp ce gândurile mele se desfăşoară greoi şi derutant.

Încerc să mă adun şi îi vorbesc.

— Unde sunt? Ce s-a întâmplat?

Bărbatul bălmăjeşte ceva ce nu înţeleg şi continuă să se apropie zâmbitor. Mă ridic cu greu şi mă reazem de spătarul patului.

— Unde sunt?

Nimic. Brusc, nu mai vorbeşte. Afişează doar un zâmbet tamp şi scoate din buzunar o lanternă micuţă pe care mi-o pune în ochi. Clipesc din reflex şi mă trag spre marginea patului, încercând să pun distanţă între noi. *Ce se întâmplă?* Întinde o mână încercând să mă atingă!

— Termină! Ce faci? Încerc să mă feresc coborând din pat, dar durerea ascuţită îmi semnalează că ceva nu e în regulă. Îmi verific picioarele sub aşternut. Genunchiul meu drept e bandajat şi... nu mai port pantaloni. *Cineva m-a dezbrăcat!* Inima începe să-mi bată cu putere şi îmi mut privirea asupra bărbatului care insistă să se apropie, insistă să mă atingă. Strâng pilota pe lângă mine dintr-o nevoie inconştientă de a mă simţi acoperită. Bărbatul e la câţiva centimetri de mine, iar panica se intensifică. Întind mâna spre noptieră şi prind o vază grea, transparentă.

— Nu te apropia!

Vocea îmi tremură, mâinile mi-au transpirat, iar sângele îmi fierbe în vene, făcând mişcările mele să devină necontrolate. Strâng cu putere vaza, în timp ce bărbatul mă urmăreşte împietrit, parcă îngrozit de reacţia mea. Sunt pregătită să lovesc, când aud un chicotit ce nu vine de la niciunul dintre noi.

— Eşti mai drăguţă când dormi. Ştiai asta? Ştiu vocea asta. E aceeaşi voce din maşină. Vocea care spunea că Daria e bine. Un bărbat înalt, cu o constituţie atletică, ne priveşte amuzat din tocul uşii.

— Tu cine eşti? îl întreb agitată.

Îmi zâmbeşte fără să-mi răspundă, apoi i se adresează domnului robust într-o germană fluentă. Îi spune că poate pleca, apoi se apropie şi se aşază pe pat lângă mine. Mă priveşte în ochi şi îşi pune mâna peste a mea, îndemnându-mă să eliberez vaza.

— Pare că nu mai ai nevoie de doctor. De fapt, tocmai voiai să omori unul.

Atingerea lui, zâmbetul, privirea îmi fac inima să bată haotic, fără ritm. Aş vrea să spun ceva, dar o senzaţie necunoscută îmi străbate fiinţa, consumându-mi toată energia. *Nu ştiu ce să spun. Ar trebui să-i cer scuze? Ar trebui să îl întreb unde sunt? E atât de aproape! Ar trebui să îi cer să se îndepărteze!* Îmi amintesc brusc că nu port pantaloni şi sângele începe să-mi alerge prin vene, făcându-mi obrajii să ardă. Nu ştiu de ce, dar prezenţa lui mă intimidează.

— Unde îmi sunt hainele? întreb cu vocea sugrumată de emoţie.

Nu îmi răspunde, doar îşi îndreaptă privirea spre un fotoliu din partea cealaltă a camerei.

– Poţi să ieşi, te rog? Vreau să mă îmbrac.

Zâmbeşte şi pleacă fără să spună un cuvânt. Rămân blocată, privind în urma lui până ce uşa se închide. Mă întind din nou în pat, inspirând şi expirând regulat de câteva ori, apoi mă ridic greoi, cercetându-mi rănile. Piciorul mă doare la mişcări bruşte, am o vânătaie mare pe coapsă şi un bandaj la tâmplă. Cred ca pare mai grav de cât este. În linii mari, mă simt bine.

Mă îmbrac şi ies din cameră, hotărâtă să o găsesc pe Daria.

– Ioana, te-ai trezit! îmi spune ea imediat ce deschid uşa. Mă aplec spre ea, lăsându-i braţele mici să mă cuprindă într-o îmbrăţişare caldă şi dureroasă.

– Eşti bine? o întreb în timp ce analizez noua cameră ce pare

un living.

– Da... mă uitam la desene, spune, arătând spre o plasmă uriaşă.

– Trebuie să mergem acasă.

Vocea mea e din ce în ce mai slabă şi senzaţia de confuzie se intensifică. Oricât aş încerca să mă concentrez, gândurile mele nu se adună. Întrebări fără răspuns se plimbă haotic în mintea mea. *Ce s-a întâmplat,* de fapt? Unde sunt? Cine e bărbatul acela?

Întreaga cameră se învârte şi simt nevoia să mă sprijin de ceva. Întind mâna încercând să ajung la canapea, dar e prea departe. Picioarele mi se înmoaie şi îmi pierd echilibrul. *Voi cădea!* Închid ochii fără să vreau şi mă las în voia gravitaţiei. Încă o secundă şi mă trezesc în brațele lui. *Mă simt jenată, dar în siguranță!*

— Pare că nu ești pregătită să te ridici.

Mă duce din nou în dormitor și mă așază pe pat, în timp ce eu încerc să îi evit privirea. M-a ținut în brațe. Trupurile noastre au fost atât de aproape, că i-am simțit respirația pe pielea mea. Mi-am lipit capul de pieptul lui și i-am ascultat bătăile inimii. Degetele lui mi-au atins pielea. *Oare și el a simțit la fel?*

— Ioana, trebuie să vorbim!

Vocea lui sigură și privirea profundă mă dezarmează. Încuviințez din cap, e mai ușor decât să spun ceva. Închide ușa și se apropie din nou. Îmi pune o palmă pe frunte, și eu înghet. Atingerile lui au o intimitate aparte, îmi transmit fiori în tot corpul, îmi fac mintea să se blocheze.

— Îți amintești ce s-a întâmplat?

— Da.

— Bine, atunci trebuie să înțelegi că te-ai lovit destul de puternic.

Ai două copci la cap și o rană la picior. Trebuie să ai grijă de tine. Doctorul care te-a consultat mi-a spus că ești anemică. Mănânci cum trebuie? Te odihnești?

Întrebările lui manifestă o grijă bizară. *De ce îi pasă? Ce să-i răspund? Poate întreabă doar din complezență.* Gândul acesta mă întristează și mă liniștește, totodată. A trecut ceva timp de când nu mănânc și nu mai dorm cât trebuie, dar și mai mult timp de când cineva a părut interesat de asta.

— Unde suntem? De ce m-ai adus aici? De ce nu suntem la spital? Ai anunțat poliția? Întreb haotic tot ce îmi vine în minte fără să aștept răspuns, și nici el nu se grăbește să îmi dea unul. Mă urmărește atent, în timp ce buzele i se curbează într-un zâmbet sarcastic. Ochii lui negri mă privesc pătrunzător, convingându-mă că, orice ar spune în momentul următor, are dreptate.

— Preferai să te duc la spital? Probabil acum erai încă pe holuri aşteptând o consultaţie. Şi poliţiei ce i-aş fi putut spune? *O adolescentă care alerga, căutând un copil, a sărit în faţa maşinii mele şi am lovit-o?* Poţi să le povesteşti tu asta, dacă vrei, îmi spune, întinzându-mi un telefon.

Roşesc. Nu întind mâna pentru a lua telefonul. *Are dreptate. A fost vina mea.* Mă simt vinovată. Mă simt... nu ştiu cum mă simt. E o senzaţie de inferioritate şi tot ce spun pare o greşeală. Nu pot nici să-l privesc în ochi, că ceva se schimbă în interiorul meu.

Vocea îmi tremură şi mintea mi se goleşte.

— Trebuie să plecăm spre acasă! Şoptesc eu, într-un sfârşit.

— I-am promis Cristinei că vă duc eu imediat ce îţi revii.

— Cristina?! Ai vorbit cu ea?

— Da. A sunat cât erai inconştientă. Când te simţi pregătită, îmi spui şi mergem. Aprob din nou printr-un gest discret. *Unde sunt cuvintele mele?*

De ce nu pot să spun nimic? Off, par o proastă! Simt nevoia să spun ceva inteligent. De ce îmi pasă de părerea lui? E clar, nu pot să gândesc. Poate lovitura la cap cauzează toată confuzia asta. Da... asta trebuie să fie! O să treacă!

Parcurgem drumul de la Bucureşti la Râmnicu Sărat într-o linişte totală. Daria desenează pe o carte, bărbatul misterios conduce, iar eu îmi folosesc toată energia încercând să nu îl privesc. Niciun cuvânt. Timp de două ore, nu a spus nimic. Nici nu mai ştiu cum sună vocea lui. Din când în când, îi mai zâmbeşte Dariei în oglinda retrovizoare, pe mine nici nu mă priveşte. Şi dacă m-ar privi? *Aş avea curaj să mă uit în ochii lui?* E ciudat să-mi pun problema de curaj într-o situaţie atât de banală. Am trecut prin multe încercări, dar niciodată nu mi-a fost atât de frică să fac ceva. Nu mi-a fost frică poate pentru că deţineam controlul, măcar asupra mea. *De ce e atât de diferit acum? De ce mă simt atât de nesigură?* Vreau să se termine, să ajung acasă şi să uit ziua aceasta, să uit că s-a întâmplat, să mă acopere întunericul şi să mă ajute să renasc dimineaţă.

Cristina ne aşteaptă în faţa blocului. Îşi frământă mâinile nerăbdătoare privind în zare. Maşina opreşte la câţiva metri distanţă de ea, iar Daria coboară grăbită să o îmbrăţişeze. Rămânem doar noi doi, respirând acelaşi aer, atât de aproape, şi totuşi cu un zid de tăcere care ne desparte. Aş vrea să-i spun ceva, însă nu ştiu ce, şi nici dacă aş şti nu cred că aş îndrăzni. Situaţia mă face să mă simt inconfortabil. Deschid portiera şi cobor rapid, fără să-l privesc, fără să-l salut, fără să-i mai aud vocea.

Maşina porneşte şi dispare. Răsuflu uşurată. Nu ştiu de când îmi ţineam respiraţia. Poate inspirasem în maşină, inspirasem aerul care îi înconjura trupul, aerul îmbibat cu parfumul lui. Poate o parte inconştientă a creierului meu mi-a umplut plămânii de el în încercarea de a păstra încă un minut senzaţia.

Îmi iau la revedere de la Daria şi Cristina, apoi iau un taxi către Topliceni.

E târziu şi casa e cufundată în linişte. Intru în baie şi mă opresc în faţa oglinzii. Analizez câteva minute imaginea dezordonată reflectată. Mă apropii curioasă şi îmi aşez părul încercând să-mi descopăr chipul. *Am slăbit mult în ultima perioadă!* Faţa îmi e palidă şi buzele vineţii, ochii mari şi verzi nu mai au nicio strălucire, clipesc încet şi goi căutând frumuseţea pe chipul meu. *Oare a crezut că sunt frumoasă?* Gândul ce mi-a străfulgerat mintea mă face să mă ruşinez. *De când îmi pasă mie de astfel de lucruri?* Mă aşez în pat şi încerc să-mi chem somnul. *Dimineaţa totul va fi ca un vis, mă voi uita pe fereastră şi voi uita că s-a întâmplat!*

Mă trezesc din nou în gemete. Nimic nu pare să se fi schimbat, cel puţin nu în camera întunecată a bunicii. De fiecare dată când mă pregătesc să intru, mă gândesc oare ce ar fi bine să îi spun. *Să îi spun bună dimineaţa? Să o întreb cum se simte?* O dimineaţă bună nu a mai avut de câteva luni, urarea mea ar părea sarcastică. În plus, e atât de evident că nu se simte bine, încât nu are rost să o întreb. Mereu caut cuvintele potrivite şi nu le găsesc niciodată. De fiecare dată intru tăcută, o privesc forţat şi respir cât de rar posibil. Poate că sunt o persoană groaznică. Mă simt vinovată pentru senzaţia de dezgust pe care mi-o provoacă acea cameră întunecată.

— Buni, e timpul să mănânci.

— Nu mi-e foame, îmi spune dintr-un oftat.

— Ştiu, dar măcar puţin.

De fiecare dată purtăm aceeaşi discuţie. De fiecare dată mănâncă tot mai puţin, de fiecare dată e tot mai slabă. Boala a pus stăpânire pe ea atât de repede! A început cu nişte dureri de stomac şi cu stări de greaţă. Apoi voma tot mai des, apoi voma tot timpul. În primă fază, doctorii au spus că are gastrită, apoi ulcer şi a făcut tratamente specifice fiecărui diagnostic. Nimic nu a ajutat-o. În cele din urmă, am mers la un control la Bucureşti şi am primit vestea devastatoare: Cancer gastric. *E prea bătrână şi slăbită pentru chimioterapie, nu are nicio şansă,* aşa au spus toţi doctorii. De atunci, a început calvarul. De atunci, viaţa noastră liniştită s-a transformat în... în asta. Într-o luptă necontenită cu boala. O luptă în care pierdem tot mai mult teren. Zi după zi.

Mă pregătesc să merg la şcoală, când tanti Nuţi dă năvală în cameră.

– Ei?! Dă-mi să văd! îmi spune hotărâtă, întinzând palma.

– Ce anume?

– Pfff... ştiam eu că uiţi de mine. Nu ţi-am spus ieri să-mi aduci ceva din capitală? Asta e... nu am nicio importanţă în casa asta. Muncesc degeaba de dimineaţa până seara şi nu îi pasă nimănui de mine.

– Îmi pare rău, tanti Nuţi, am avut un accident şi am uitat.

– Hâii! Ce accident?

– Am... am căzut.

– Aaa, da' ce zbenghi ţi-ai făcut în frunte! Hai, lasă, că te mai duci

tu când începe facultatea.

– Da.

– Auzi... te-am sunat aseară şi aveai telefonul închis. Unde îl ţii?

– *Telefonul? Nu îl am, l-am pierdut poate în timpul accidentului.*

– Trebuie să plec, tanti Nuţi, întârzii la şcoală, îi spun eu, în timp ce ies pe uşă.

– Bine, bine. Vii mâine, nu?

– Da. Sărut mâna!

Ies în curte grăbită pentru a nu-i da timp să îmi mai spună ceva. *Oare unde îmi e telefonul? Ar putea fi la el?* Chipul lui îmi apare în minte, iar inima începe să-mi bată puternic. Senzaţia caldă a îmbrăţişării mi-a rămas întipărită pe piele. Închid ochii şi încă îl simt, îi simt parfumul şi privirea. *Gata, încetează, Ioana, a trecut, nu o să-l mai vezi niciodată!* Expir prelung într-un oftat adânc.

– Nu o să-l mai văd niciodată!

– Pe cine? Vocea curioasă şi total inoportună mă smulge din visare, făcându-mă să tresar. E Ella.

– Hai, spune! insistă ea, pe cine nu o să mai vezi? Sigur e cineva care îți ocupă mintea mai mult decât de obicei. Te-am strigat de când ai ieşit pe poartă şi nu m-ai auzit. Am alergat o groază după tine să te ajung.

– Scuze... Nu eram atentă. Mă gândeam...

– La cine? Hai, zi! Ştii că sunt curioasă.

– Nu e nimic... doar... mi-am pierdut telefonul.

– Pfff! Şi eu, care credeam că e ceva mai palpitant. Pentru o clipă uitasem că e vorba despre tine, îmi spune, în timp ce un chicotit zgomotos îi scapă printre buze. Hai că îți spun eu ceva interesant.

– Spune!

– Îl ştii pe Vali?

– Da.

– Am petrecut weekendul împreună... Vreau să zic... Chiar împreună.

Ochii îi sclipesc plini de entuziasm, iar buzele i se deschid într-un zâmbet larg, în timp ce îmi studiază reacția. Aş vrea sincer să mă bucur de fericirea ei, dar Vali nu e bun pentru ea. Vali nu e bun pentru nimeni.

– Ella... te rog să ai grijă!

– Da, da, lasă predicile! Pentru asta o am pe mama. Apropo, să nu cumva să te dai în vorbă. Nu ştie nimic.

— OK, confirm eu îngândurată.

— Ioana... Trezeşte-te, fato! Uită-te la poarta liceului! îl vezi? Cine o fi bombonelul ăla? Inima mi s-a oprit pentru o secundă şi uit să respir. *E el! Cum e posibil?* O prind puternic pe Ella de mână şi mă opresc, ţinând-o şi pe ea în loc.

— Opreşte-te! Eu... nu pot să merg acolo...

— O, nuuuu... Îl cunoşti! îmi spune, în timp ce pe faţa ei s-a aşternut deja zâmbetul acela buclucaş.

Buzele mi se deschid şi vreau să spun ceva, dar nu scot niciun sunet. *Ce să fac?*

— Hai să îl salutăm!

— Nu, Ella, te rog... Prefă-te că nu-l vezi. Te rog! Poate nu mă

observă!

— Poate mă observă pe mine! zice ea râzând.

— Ella, te rog!

— Offf ! Bine... Fii o mironosiţă toată viaţa! Ce bine arată! Cum îl cheamă?

— Nu... nu ştiu.

Merg cu ochii aţintiţi în pământ, ţinându-mi respiraţia care mi se pare prea zgomotoasă. Nu vreau să-l văd! Nu vreau să mă vadă. Mă apropii şi, cu fiecare pas, parfumul lui creşte în intensitate, făcându-mi mintea să îi rememoreze chipul, zâmbetul, vocea. Toată fiinţa mea îmi cere să ridic privirea şi să mă pierd în ochii lui, dar raţiunea nu mă lasă.

— Ioana!

Vocea lui mă învăluie, iar pulsul mi se accelerează. Îmi ridic ochii, privirile noastre se întâlnesc pentru o secundă, iar inima îmi galopează fără control.

— Putem vorbi puțin... singuri? mă întrebă el în timp ce se apropie.

Ella îmi dă drumul la braț și se îndepărtează încet, privindu-mă cu subînțeles. Eu rămân tăcută, subjugată de privirea lui.

— Hai, să intrăm în mașină! îmi spune prinzându-mă de mână.

— Nu. Stăm aici, răspund instantaneu, trăgându-mi mâna din strânsoarea lui.

El rămâne blocat, iar eu, șocată de reacția mea. *Par o sălbatică. De ce am făcut asta?* Am făcut-o fără să gândesc. De fapt... nu gândesc nimic când apare în peisaj și încep să mă îndoiesc că e din cauza loviturii la cap. E ca și cum un gol imens ia locul creierului meu.

— Bine. Rămânem aici, în frig, în fața liceului, spune el amuzat.

Îl privesc agitată, iar el îmi zâmbește. E mai puțin de un pas distanță între noi. *E prea aproape!* îmi spun, fără a avea curajul să mă îndepărtez. Mâna lui coboară încet pe lângă corpul meu, căutând-o pe a mea, iar eu aștept cu răsuflarea tăiată până când degetele mele simt căldura palmei lui. Cu cealaltă mână scoate ceva din buzunar și mi-l așază în palmă.

— Voiam să ți-l înapoiez. Era spart. A trebuit reparat.

Mă lasă să privesc telefonul fără să-mi dea drumul la mână. Știe exact ce face, știe exact ce spune. Toate gesturile lui sunt controlate, toate cuvintele, gândite. Mă simt în inferioritate. Sunt ca în fața unui examen pentru care sunt total nepregătită. Nu spun nimic.

— Ioana, îmi pare rău pentru modul în care am plecat aseară. Nu știam ce să-ți spun... Nu am mai cunoscut o persoană ca tine.

— Ca mine? Îşi ia un moment de gândire, lăsând tăcerea să-mi sporească emoţiile.

— Da, o persoană care încearcă să-mi omoare doctorul cu o vază

de cristal... M-am temut că eşti periculoasă. Izbucnesc într-un râs timid care îmi alungă pentru o clipă nervozitatea.

— Îmi pare rău pentru asta şi mulţumesc pentru... tot. De unde ai ştiut unde să mă găseşti? Zâmbeşte şi se uită la telefonul pe care tocmai mi l-a pus în palmă.

— Te-ai uitat în telefonul meu? întreb eu cu o urmă de revoltă în glas.

— Crezi că m-am uitat?

— Nu, spun, ferindu-mi privirea.

Vocea îmi e joasă şi plină de vină. Nu vreau să îl jignesc.

Îşi pune un deget sub bărbia mea privindu-mă din nou în ochi. Privirea lui îmi dezgoleşte mintea. Simt că-mi citeşte gândurile, că ştie exact ce cred şi cum mă face să mă simt.

— Ioana, să nu ai niciodată încredere în străini!

Obrajii mi s-au înroşit.

— Trebuie să plec, voi întârzia la ore.

— Bine, vorbim diseară.

— Poftim?!

— Te sun. Să răspunzi!

— Ce să vorbim? Noi... nu avem nimic de discutat.

Acelaşi zâmbet perfect, nici prea larg, nici prea discret, destul cât să fie remarcat de alţii, iar mie să-mi facă inima să explodeze. Mai face un pas spre mine, este atât de aproape, încât îi simt respirația pe față. Îmi așază o șuviță de păr și îmi șoptește.

– Tocmai pentru că nu avem nimic de discutat, putem vorbi despre toate nimicurile din lume.

Obrajii îmi sunt roșii ca jarul, simt asta. Mă simt atât de rușinată de parcă întregul Univers mi-ar auzi gândurile.

– Trebuie să plec.

Mă întorc cu spatele încercând să-mi ascund chipul și intru pe poarta liceului.

– Ioana!

Vocea lui mă face să tresar, întorc capul să îl privesc încă o dată.

– Eu sunt Alex.

Zâmbesc. *Alex!*

Alex

„Nu poți da vina pe gravitație dacă dragostea este cea care te doboară."

Albert Einstein

Strâng volanul atât de puternic încât unghiile mi se înfig în pielea sintetică. Încerc să-mi pregătesc pledoaria, deși sunt sigur că nu are niciun rost. *Poate nu a aflat!* îmi spun fără convingere în timp ce toată rațiunea mea îmi urlă adevărul. Nu m-ar fi chemat, dacă nu ar fi știut nimic. Încerc din răsputeri să găsesc un argument cât mai realist care să susțină comportamentul meu, însă mintea mi se învârte în gol. *De ce am făcut-o, totuși? De ce nu l-am sunat imediat ce s-a întâmplat?* Cum pot găsi o explicație pentru el, când eu nu am una nici măcar pentru mine?

Capul îmi bubuie de presiune și inima stă să îmi spargă toracele. Mă încearcă un sentiment ciudat pe care abia dacă mi-l mai amintesc. Pentru prima oară în ultimii ani, îmi e frică. Îmi e frică pentru *ea!* Gândul mă face să zâmbesc. Nu știam că mai sunt capabil de asemenea sentimente. Poate că mai există o urmă de umanitate undeva în mine. Poate că mai am o șansă!

Arunc o privire fugitivă la ceas, apoi la coloana de maşini din faţa mea. Aşteptarea mă epuizează! Trag de volan stânga şi intru pe linia de tramvai. Calc până la podea pedala de acceleraţie, încercând să scap de aglomeraţie.

Opresc în faţa casei şi aştept ca poarta să se deschidă. Mă afund în scaun, încercând să-mi relaxez muşchii şi să-mi golesc mintea. Parchez maşina în garaj, apoi intru în salon.

— Îţi pun ceai? se aude vocea Anei de nicăieri.

O caut cu privirea, în timp ce se apropie din bucătărie, sorbind dintr-o ceaşcă aburindă.

— Nu, mulţumesc! A venit Răzvan?

— Da, te aşteaptă sus.

— OK, îi răspund scurt, în timp ce urc scările.

— Alex, să ştii că a vorbit dimineaţă cu doctorul Dietrich.

Normal că a vorbit, s-a ales praful de confidenţialitatea dintre doctor şi pacient! îmi spun, în timp ce pumnii mei se strâng de furie. Simt nevoia să lovesc peretele, dar rezist eroic sub privirea Anei, care încă mă analizează. Expir zgomotos si continui să urc. Aştept în faţa uşii câteva secunde, încercând să-mi calmez respiraţia, după care intru, hotărât.

Stă în picioare lângă fereastră, ţinând în mână o ceaşcă asemănătoare cu a Anei. Îl salut, dar nu se întoarce, rămâne parcă pierdut în peisajul rece de dincolo de fereastră. Soarbe o gură de ceai, apoi se aşază pe fotoliu.

— Traficul? mă întreabă, privindu-şi ceasul.

— Da. A fost... aglomerat.

— Nu aşa e mereu Bucureştiul ăsta? Pare o parcare imensă.

— Ai dreptate.

Mă cercetează cu privirea o clipă, după care se întoarce din nou spre fereastra ce dă spre pădurea Băneasa.

— Ce părere ai despre vremea din ultimul timp? mă întreabă pe

un ton monoton.

— Răzvan...

— Parcă nu mai e iarnă anul ăsta. Nu ți se pare? mă întrerupe el.

Tensiunea crește cu fiecare secundă, iar răbdarea mea se sfârșește ca nisipul dintr-o clepsidră. Încerc să rămân calm pentru că îi știu jocul, i-am fost partener de zeci de ori. Și totuși? Când am ajuns să joc în celălalt capăt al terenului? Când am devenit adversari? Mă apropii de fereastră și mă așez pe fotoliul din dreapta lui.

— Dacă ai ceva să-mi spui, hai să vorbim!

— Să vorbim? Despre ce? A... da. Despre faptul că trebuie să aflu de la altcineva că fratele meu are probleme, că toți avem probleme. Îmi spune apăsat, punând accent pe cuvântul „toți".

— Dacă era o problemă, știi bine că ți-aș fi spus.

— Lasă vrăjeala, Alex! Cred că ne cunoaștem prea bine pentru asta.

— Ne cunoaștem prea bine și pentru jocurile tale.

Zâmbește în colțul gurii și dă aprobator din cap.

— Să trecem la subiect, atunci, îmi spune, sorbind încă o gură de ceai. Care e problema?

— Niciuna. Am rezolvat.

— Ai cumpărat-o?

— Nu. Nu e genul ăsta.

— Toți sunt de vânzare, Alex, îmi spune zâmbind relaxat. Diferă doar prețul. Cât a refuzat?

— Nu i-am oferit bani.

Răzvan se încruntă și își pune ceașca pe masă.

— Atunci, de unde știi că i-ar fi refuzat?

Rămân tăcut sub privirea lui critică.

— I-ai spus ce se va întâmpla dacă va vorbi? continuă el.

— La dracu, Răzvan!

— I-ai spus? repetă el ridicând vocea.

— Nu. Doar am dus-o acasă. Bine? Nu e un pericol, îi zic, pierzându-mi cumpătul.

Expiră zgomotos uitându-se în pământ, apoi își trage fotoliul mai aproape de al meu și îmi pune o mână pe umăr. Își ridică privirea, săgetându-mă fix în inimă. Pentru prima oară, înțeleg cum se simt oamenii care lucrează pentru noi. Își drege vocea, apoi mi se adresează pe un ton aparent calm și plin de afecțiune.

— De unde știi tu asta, frățioare? Dacă ai devenit un guru clarvăzător, spune-mi și mie, să nu mai arunc banii pe informații.

— A fost doar un accident..., încerc să explic.

— Și dacă nu a fost? mă întrerupe el, dacă totul a fost plănuit de la început pentru a intra în contact cu tine? Ție nu ți se pare ciudat să se arunce tocmai în fața mașinii tale?

Rămân tăcut, surprins de detaliile pe care le știe, dar și mai surprins de teoria pe care o dezvoltă. Ochii lui sunt diferiți azi, tulburi, roșii, iar ridurile din jurul lor, mai pronunțate. E clar că întâmplarea asta chiar îl îngrijorează.

— Poate deja i-a contactat, continuă el, poate chiar acum e la o secție de poliție. Poate în timp ce vorbim noi, băieții buni îți fac un portret robot, îți verifică plăcuțele de înmatriculare care, dacă tot veni vorba, sunt false.

— Nu se întâmplă asta. Calmează-te! Deja am investigat-o. Îi urmăresc telefonul, îi ascult apelurile. Ştiu unde e şi ce face, îi spun cu o voce calmă, în timp ce el continuă să mă privească neîncrezător, mimând un zâmbet empatic.

— O să vorbesc cu ea!

— Nu, Răzvan, lasă-mă pe mine!

Vocea mea devine rugătoare, iar el mă priveşte stupefiat.

— Ai încredere în mine! OK? îi spun în încercarea mea ridicolă de a-mi pune ceva siguranță şi nepăsare în glas.

— Am încredere în tine, frățioare! Cu viața mea şi a tuturor celor din echipă. *So... No pressure*!

Mă bate uşor pe umăr şi se ridică întorcându-se din nou către fereastră. Mă apropii de uşă, când îi aud iar vocea.

— Alex..., face o pauză, în timp ce mâna mea strânge cu putere clanța. Vreau datele ei. Mi le dai tu sau le găsesc eu. Tu alegi.

Inspir şi eliberez mânerul rece. Tot sângele îmi zvâcneşte în vene, iar inima mi se contractă puternic. Rămân întors către uşă câteva secunde până ce reuşesc să-mi calmez pulsul, apoi mă întorc şi îl privesc aparent relaxat.

— Nu e cazul. Ți-am spus că mă ocup, îi spun pe un ton aproape degajat.

— Tu pleci mâine, deci... Pentru orice eventualitate.

— Ştii că, dacă nu vorbeşte cu nimeni în primele 48 de ore, nu avem de ce să ne facem griji în privinţa ei.
Se apropie, cu ochii în podea. E la câţiva centimetri de mine când îşi ridică privirea sarcastică.

— Ce dracu se întâmplă cu tine? Ai ceva de ascuns?

— Nu spune prostii!

— Tu nu le face, Alex! îmi spune pe un ton tăios.

Inima îmi bate nebuneşte şi muşchii îmi pulsează. Rămân câteva clipe în loc susţinându-i privirea un pic mai mult decât trebuie, apoi mă întorc spre uşă.

— Alex, îmi pare rău! spune Răzvan, schimbând tonul. Sunt doar stresat. Nu trebuia să îţi vorbesc aşa.

— Ce s-a întâmplat?

— Manu a avut probleme cu gaşca lui Sandu.

— Ce fel de probleme?

— S-au întâlnit la o benzinărie în Ferentari.

— E rănit?

— Nu. Erau prea mulţi oameni în jur şi nu au avut curaj să îl atace. Doar i-au distrus maşina şi au plecat.

— După atâta timp, credeam ca am scăpat de ei. Trebuie să facem

ceva, Răzvan.

— Nu facem nimic, mă întrerupe el. Sunt doar supăraţi că ies din afacere. Nu au mai prins un contract din vară.

— Nu e o scuză. M-am săturat de ferentariştii ăştia. Trebuie să...

— Nu. Nu trebuie nimic! Nu începem din nou războiul ăsta,

Alex. Ți-am spus doar să fii în alertă. Nu vreau să faci nimic. Ne-am înțeles? Noi ne concentrăm doar pe afaceri.

Confirm din cap, iar el mă bate pe umăr după care se îndreaptă din nou spre fereastră.

— Alex, să nu-i spui Anei! Am vorbit deja cu Manu şi cu Laur, e mai bine să nu se îngrijoreze.

— OK. Ies din cameră şi închid uşa în spatele meu. Îmi iau câteva secunde pentru o respirație de yoga ce aparent mă calmează, apoi cobor în camera de zi.

— Hei! Pare că ai supraviețuit! îmi spune zâmbitoare Ana. Ceai? E cald încă.

Confirm din cap. Mă aşez pe canapea şi o privesc cum îmi toarnă licoarea în ceaşca albă cu design japonez.

— Mulțumesc! îi spun gustând lichidul amărui cu miros de iasomie.

— Deci? Ce s-a întâmplat? mă întreabă, privindu-mă cercetător.

— Nimic.

Ana aşază ceainicul pe masă şi îşi ridică ceaşca fără să mă privească.

— E vorba de gaşca lui Sandu, nu?

O privesc mirat, în timp ce ea îşi dă ochii este cap.

— Nu te mai uita aşa la mine! Poate că nu iau eu parte la discuțiile voastre, dar nici proastă nu sunt. Maşina lui Manu e bună de dus la fier vechi, iar Răzvan a fost plecat jumătate de zi, apoi a venit cu ochii roşii şi s-a închis în cameră. Unde crezi ca a fost?

— La Denisa... murmur ca pentru mine.

– Şi, ca de fiecare data, mie nu îmi spune nimeni nimic.

– Ascultă, Ana! Dacă îţi ascundem ceva e ca să te protejăm, OK?

– Ca pe Denisa?! bălmăjeşte ea sarcastic.

– Termină! Să nu te audă Răzvan vorbind aşa. Ne-am înţeles?

îi zic pe un ton autoritar.

– Îmi pare rău!

Rămânem în linişte câteva minute, sorbind din ceştile de ceai până când Ana decide să îşi continue interogatoriul.

– Tu când pleci?

– Mâine.

– Pentru cât timp?

– Cât va fi nevoie, îi răspund sec sperând ca discuţia să se încheie aici.

– Am auzit că vei fi plecat câteva luni. O să poţi să suni?

– Nu ştiu.

– Mai vine cineva cunoscut?

– Mulţumesc pentru ceai, dar trebuie să plec!

Las pe măsuţă ceaşca jumătate plină şi ies în curte, iar Ana mă urmează.

– Alex, să ai grijă! îmi spune ea din pragul uşii.

Zâmbesc forţat şi îi fac un semn cu mână, iar ea îmi trimite o bezea.

Urăsc plecările lungi, iar asta a picat mai prost ca niciodată.

Parchez maşina în faţa blocului şi mă reazem de portieră. Clădirea grea, de un gri ceauşist mă priveşte intimidant, îngheţându-mi inima. Se aude plânsetul copilului de la etajul doi şi miroase a tocană de la doamna de la parter. Ciudat cum aceeaşi clădire poate fi acasă pentru ei şi închisoare pentru mine.

Urc fără chef, apoi îmi pierd cinci minute deschizând toate yalele uşii de la intrare. *E perfect! E sigur tocmai pentru că nu atrage atenția!* mi-a spus Răzvan când mi-a arătat acest apartament, iar eu nu l-am contrazis. Ca de obicei.

Intru în living şi mă lipesc de uşă. Întunericul mă învăluie, iar singurătatea-mi urlă liniştea în ureche. *Urăsc apartamentul ăsta! Urăsc să stau singur!* Mă aşez pe canapea şi scot arma prinsă sub blatul mesei. Îi verific cartuşul, apoi o încarc, ascultând zgomotul ce străpunge liniştea. Sunt şoapte de frică. Ochesc uşa de la intrare într-o simulare idioată care mi-a intrat în reflex. *De cine mă apăr? De cine mă tem? Ce rost are?* Uneorivreau să mă descopere, vreau să se sfârşească coşmarul ăsta. M-am săturat să trăiesc cu sabia lui Damocles deasupra capului. Vreau linişte!

Ce aş avea de pierdut? Dacă m-ar descoperi poliția, aş schimba o închisoare cu alta. Dacă mă găseşte gaşca lui Sandu, poate m-ar omorî, dar nici asta nu e o perspectivă atât de rea. Nu ştiu ce e dincolo de moarte, şi misterul mă atrage. Poate e o nouă viață, o nouă şansă ca să trăiesc cu adevărat. Sau poate nu e nimic, şi tot ar fi mai bine decât viața asta de rahat.

Aşez pistolul la locul lui şi mă întind pe canapea. Nu îmi e frică! Pentru prima dată, realizez că nu îmi e frică. Sunt doar obosit, obosit de atâta falsitate. *Nimic nu e real! Apartamentul ăsta nu e o casă reală! Frica nu e reală! Eu nu sunt real!*

Acum, când am cunoscut-o pe ea, îmi dau seama mai mult ca niciodată că nimic altceva nu e real. În peisajul ăsta fals ea e singura realitate. Mi-o proiectez din amintire aici, lângă canapea, slăbită şi vulnerabilă. Îi rememorez chipul, emoția și rușinea care i se citeau în ochi când degetele mele i-au atins pielea, obrajii înroșiți și respirația tăiată. Toate emoțiile acelea atât de autentice, atât de naturale, în timp ce eu... eu nu simțeam nimic.

Reconstitui fără să vreau scena de ieri, îndreptându-mă către dormitor. Mă întind pe pat fix în locul în care a stat ea. Mângâi așternuturile care au atins-o, căutând căldura corpului ei în țesătură. O simt ca și cum ar fi încă aici. Îi văd ochii vii și triști cum încercau să mențină aparența că e în control. Îi văd privirea. Nimeni nu m-a mai privit vreodată în acest fel. Păream un salvator, păream un om bun în ochii ei. *Nu. Am fost un om bun în preajma ei.* Mă puteam preface că sunt oricine, și ea m-ar fi crezut. Pentru ea sunt ca o coală albă ce așteaptă să fie umplută cu o poveste.

Alarma telefonului îmi amintește că trebuie să o sun.

Nu trebuie! Vreau să o sun!

Ioana

„Poți să devii un om împlinit sufletește doar când scapi de frica de a pierde ceva. Iar de frica de a pierde scapi când pierzi totul și îți dai seama ce mult ți-a rămas. De ce te temi?"

Pera Novacovici

Degete mici de ploaie bat în ferestrele înalte fără draperii. Îmi lipesc nasul de sticlă, încercând să simt prospețimea. Reflexia din geam mă privește zâmbind. Simt că renasc odată cu natura, că sufletul meu se dezgheață concomitent cu ea. Simt vibrații noi și dorințe nebănuite, zâmbete ce mi se nasc în suflet și uneori se materializează pe buze.

Totul s-a schimbat, sau doar eu m-am schimbat, sau el m-a schimbat!

Acel moment, acel zâmbet, acel nume au resuscitat o parte din mine despre care nu știam că există. De aproape două luni, zilele împărțite între școală, Daria și bunica se termină cu discuțiile noastre despre nimicuri. În fiecare seară, aștept nerăbdătoare să-i aud vocea, și ritmul inimii mele se intensifică cu fiecare secundă care mă apropie de ora la care știu că va suna. Vorbim despre viață, Univers, oameni, locuri, divinitate, relații interumane, filosofie, religii, până pierd noțiunea timpului. Alex mă captivează. Are o părere aparte despre toate teoriile pe care le ştiu eu. Îmi povesteşte despre țări din Africa, despre SUA sau despre țările nordice, cunoaşte toate locurile la care eu doar visez. Ştie detalii care nu se găsesc în cărți şi are teorii cu totul diferite de tot ce am auzit până acum. Discutăm idei şi fapte, ne contraziceam şi picăm de acord că nu suntem de acord. Mă îndrăgostesc de mintea lui şi de felul său unic de a vedea lumea.

Sunt smulsă din visare de uşa sălii de clasă care se deschide pe neaşteptate. Domnul diriginte intră tăcut, fixându-mă cu privirea, o privire ciudată care îmi face sângele să înghețe.

Colegii mei îl salută, însă el e prea absent pentru a răspunde.

— Ioana, poți veni în biroul meu, te rog?

— Da, sigur, dar... trebuie să înceapă ora de chimie, îi răspund confuză.

— Am vorbit eu cu doamna profesoară. Să mergem!

Nu înțeleg ce se întâmplă, dar îl urmez tăcută, încercând să nu pun întrebări şi, mai ales, încercând să domolesc demonii din mintea mea.

— Ia loc, te rog! îmi spune deschizându-mi uşa biroului.

Mă aşez pe un scaun şi îl urmăresc cu privirea. Rămâne o clipă în uşă, după care o închide şi se aşază pe scaunul din fața mea. Chipul îi este grav şi evită să mă privească. Îşi mişcă buzele ca şi când ar repeta ceva în gând, apoi se ridică şi merge spre tonomatul de apă.

— Vrei un pahar cu apă?

— Nu. Sunt bine. Mulțumesc!

Bea un pahar plin, își mai pune unul din care doar gustă, apoi își trage scaunul mai aproape de mine și se așază.

— Ioana, trebuie să îți spun ceva. Te rog să fii puternică!

Un fior rece îmi străbate tot corpul și simt cum inima mi se oprește. O parte din mine știe deja ce o să spună, acea parte care știa de când i-am văzut privirea. Îl implor din ochi să tacă, dar el continuă.

— Am fost anunțat că bunica ta a murit. Mătușa ta a sunat acum câteva minute... Dacă ai nevoie de ceva... de orice, să știi că suntem lângă tine.

Vocea lui se transformă într-un zgomot de fundal, iar bătăile inimii mele, într-un bas asurzitor. Cuvintele mi se opresc în gât și nu îmi dau voie să reacționez. Simt cum cineva încearcă să mă sugrume. Mă ridic, ținându-mă de marginea biroului, și îl privesc fără să-l văd cu adevărat.

— Am înțeles! Pot să plec?

— Sigur, poți merge acasă. Dacă ai nevoie de...

Ies înainte să își termine fraza. Trag ușa după mine și mă lipesc de ea pentru câteva secunde. Nu reușesc să gândesc nimic și totuși o parte din mine e încă lucidă.

Merg în clasă și îmi adun lucrurile, mă scuz politicos la profesoara de chimie, care mă privește cu compasiune, și plec. Nu știu cum de pot face toate lucrurile astea. Cumva simt că nu sunt eu. Nu sunt eu cea care își mișcă membrele, nu sunt eu cea care vorbește, nici ochii care privesc nu sunt ai mei. Totul se întâmplă independent ca și cum o parte a creierului meu a activat planul de urgență.

Încerc să mă regăsesc în acțiuni și în gânduri, dar nu e nimic. Eu nu sunt nicăieri.

Bunica a...! Cuvintele nu pot exprima nimic. Nu pot exprima golul imens lăsat în sufletul și în mintea mea. Un gol atât de mare, încât nu pot simți nimic. Nu simt nici durerea, nu mai simt teama de singurătate, nu îmi simt picioarele mergând pe stradă, ori ochii privind. Nu mă mai simt pe mine. Nu știu dacă mai sunt vie. Nu știu ce a mai rămas din mine, dacă bunica mea nu mai e.

Curtea e plină de oameni. Unii sunt vecini, iar pe unii nu îi recunosc. Tanti Nuți îi servește pe toți cu vișinată în păhăruțe mici de sticlă.

— Ehhh... Asta e viața omului. Azi e, mâine nu mai e!

— Bine că a murit, săraca, prea se chinuia.

Trec neobservată pe lângă ei și intru în casă. Mirosul înțepător de tămâie îmi taie respirația. Bunica e în pat. *Doarme!* Mă apropii încet și vreau să o ating, dar un fior rece îmi străbate corpul cu o viteză năucitoare. Mâna mea se închide într-un pumn strâns și se retrage cu o secundă înainte de a atinge corpul neînsuflețit.

— Hâii, bată-te-ar norocul să te bată, m-ai speriat!

Tanti Nuți se apropie și mă lovește ușor pe spate. Mâna ei osoasă pare că atinge mai mult decât pielea, o simt ca pe o gheară înfiptă în fiecare parte a corpului. Aș vrea să mă mișc pentru a pune capăt contactului fizic, dar sunt înțepenită în podea.

— Gata, mamă, a trecut. Nu ne mai chinuim niciuna. E în Ceruri acum, lângă Domnul nostru Iisus Hristos.

Își ia mâna de pe spatele meu și își face un semn al crucii destul de mare, să-l vadă „Domnul".

Sunt dezgustată. O privesc fix fără să clipesc. Îi pot citi în ochi un zâmbet, iar pe față, o senzație de uşurare.

Ochii mei parcă iau foc. Arde în mine un fel de ură mocnită, fără niciun temei evident.

– Tanti Nuți, poți să mă laşi puțin singură?

– I-auzi la ea! Da' proastă's eu, că vreau să vorbesc cu tine. Se întoarce deranjată şi pleacă trântind uşa.

Camera cea întunecată e plină de lumânări ce dispersează o lumină galbenă, difuză. Draperiile sunt încă trase şi geamurile închise, singura schimbare e mirosul de tămâie ce îl camuflează pe cel de boală. E mirosul de moarte.

Mă dor ochii de la fum şi de la lacrimile care ar vrea să fie vărsate, capul îmi bubuie şi mâinile îmi tremură. Simt cum toate organele mele sunt cuprinse de suferință. Durerea nu mai are loc în sufletul meu, devine fizică şi mă îndoaie de mijloc. Mă sfâşie. Interiorul meu se descompune. Fiecare lumânare mă arde, plămânii îmi sunt plini de fum şi miros de tămâie. Nu mai pot respira. Îmi vine să vomit. Aproape că mă târăsc afară şi mă aşez pe verandă, de unde o aud pe tanti Nu şi cum povesteşte cu nonşalanță cât s-a chinuit din cauza bunicii.

Străinii se apropie prietenos de mine, îmi prezintă condoleanțe şi îmi povestesc ce persoană bună era bunica, deşi ştiu că unii nici măcar nu au cunoscut-o. Încerc să le mulțumesc politicos, dar fiecare cuvânt rostit trece prin mine ca un fier încins.

– Nu mai sta acolo degeaba, avem treabă. Vin oamenii ăia cu sicriul, trebuie să îi ajute cineva. Trebuie să facem mâncare pentru priveghi. Mişcă-te!

Încerc să mă adun şi să mă ocup de cele necesare, dar mă mişc necontrolat, ca un trup fără suflet. Îmi călătoresc prin minte imagini neclare, întâmplări pe care nu le pot plasa în timp. Nu mai ştiu dacă sunt în prezent sau trecut. Totul se amestecă aidoma unui uragan în capul meu, şi corpul nu îi mai poate face faţă.

– Când ziceam să facem pregătirile, te răţoiai la mine. Na, acum!

Ai aruncat banii pe pastile şi nu avem nici prosop să dăm la popă. Ne facem de râs. Să mă mai ţii şi pe mine în socoteală când zic ceva. Doar vorbeşte un om, nu rage un măgar.

Aud fără să ascult, de parcă tot ce se întâmplă trece pe lângă mine fără să mă lovească. Acţionez din reflex ca un robot sub comanda lui tanti Nuţi care ştie tot ce e de făcut, toate obiceiurile, dar, mai ales, toate superstiţiile.

Seara s-a lăsat repede, iar curtea luminată de lumânări s-a umplut de oameni necunoscuţi. Tanti Nuţi insistă să mă prezinte tuturor rudelor îndepărtate despre existenţa cărora nici nu ştiam. Aud fără să vreau discuţii ce mă privesc.

– Da, ea e nepoata ei, aia slabă cu părul strâns. Daaa... Nu prea o duce mintea, săraca, dar e fată bună.

Întregul priveghi e un spectacol sinistru. Oamenii beau, mănâncă, povestesc, râd şi fac comentarii stupide:

– Ai văzut ce frumoasă e moartă?

– Câţi bani i-au pus în batistă?

– Eee... puţini. N-au nici ele. Sunt sărmane.

Aş vrea să dispar, vreau să mă duc undeva, departe, şi să rămân acolo, să mă aşez într-un colţ întunecat şi să-mi strâng genunchii la piept. Vreau să treacă, vreau să mă trezesc din coşmarul ăsta.

— Ioana! Ce-ai? mă întreabă tanti Nuți, cercetându-mă din priviri. Revino-ți, că am nevoie de tine! Uită-te ce față ai! Sensibili mai sunteți voi, ăștia cu carte!

O privesc fără reacție, în timp ce ea mă prinde de braț și mă smucește puternic.

— Treci aici, că a venit popa! Auzi?! Vezi că am vorbit cu toți să o înmormântăm poimâine, că sâmbătă e zi cu roșu în calendar și nu se mănâncă dulce.

Aprob din cap și rămân tăcută.

Noaptea se lasă rece și grea. Oamenii au plecat, dar priveghiul trebuie să continue conform tradiției. Stau pe un scaun lângă sicriu. Nu mai e nimeni, doar bunica, doar corpul bunicii. Încerc să-mi amintesc ultima discuție cu ea, însă nu reușesc. Nu cred că am vorbit ceva. Poate am rugat-o să mănânce sau i-am făcut o injecție. Închid ochii și las noaptea să-mi călăuzească mintea. Îmi pare rău că nu am vorbit ceva. Îmi pare rău că niciodată nu i-am spus cât o iubesc. Îmi pare rău că niciodată nu am auzit-o de la ea. Câți ani am irosit ascunzându-mi sentimentele, iar acum aș cerși câteva clipe să o pot îmbrățișa și să-i șoptesc tot ce simt pentru ea.

Valul de emoții îmi bombardează mintea, inima îmi bate rar, fără voie, iar trupul se mișcă lent și necontrolat. Sunt ca într-o stare de hibernare indusă. Tot ce pot face e să-mi țin echilibrul pe scaun, să nu mă prăbușesc.

— Ioana, dă-te la o parte, să nu te lovesc, îmi spune tanti Nuți care intră pe neașteptate în cameră, trăgând după ea o rangă grea.

— Ce faci cu aia?

— Las' c-o să vezi! Mută-te de aici! îmi ordonă în timp ce mă împinge cu mâna. Îmi iau scaunul pentru a-i face loc lângă dulap, iar ea ridică ranga şi începe să lovească unul dintre sertare. O privesc stupefiată.

— Opreşte-te! De ce faci asta?

— Pentru că e încuiat, îmi răspunde scurt între două lovituri de

rangă.

— Tanti Nuţi, încetează!

— Ştii unde e cheia?

— Nu.

— Atunci, taci şi lasă-mă să îl deschid. Încă două buşituri, şi uşa sertarului se rupe. Un teanc de hârtii şi o cutie pătrată cu un lacăt micuţ cad pe podea. Tanti Nuţi mă priveşte victorioasă.

— Mai e ceva încuiat? întreabă încercând agitată toate sertarele şi uşile dulapului.

O privesc şocată cum strânge ranga în mână ca un spărgător de bănci din filmele western. Se uită apoi la lucrurile căzute din sertar şi i se opreşte privirea asupra cutiei. Ridică ranga şi se pregăteşte să o lovească.

— Tanti Nuţi, stai!

Ridic cutia şi o cuprind în braţe.

— Tu nu vezi că e încuiată? Vrei să rămână sufletul bunică-tii

închis acolo?

— De asta ai spart sertarul?

— Pff, nimic nu ştii. Dacă vrei cutia, ia-o şi du-o afară. Să nu rămână nimic încuiat în casă cu mortul.

Acum bunica mea e doar „mortul". E subiectul obiceiurilor păgâne şi creştine, prilej pentru oameni să bea şi să discute bazaconii. Nimic din ce se pregăteşte nu e pentru ea, pentru a-i celebra viaţa.

Totul are ca scop *să nu râdă lumea de noi.*

— Ioana, hai încoace, să nu lăsăm mortul singur! îmi strigă din casă.Când mă întorc, tanti Nuți se grăbește să iasă pe lângă mine. O strig, iar ea se oprește gâfâind. O privesc o secundă cum încearcă să ascundă un pachețel în rochie.

— Ce ai acolo?

— Unde?

— În buzunarul de la rochie.

— Da' iscoditoare mai ești! Am găsit și eu ceva.

— Pot să văd?

Scoate din buzunar o cutie mică și mi-o arată cu strângere de inimă. Sunt cerceii vechi ai bunicii. Obișnuia să îi poarte când eram copil.

— Ce? Nu pot să am și eu amintire ceva de la soră-mea? Ei, drăcia dracului. Tu nu ai luat cutia? Încuviințez din cap și îmi reiau locul pe scaunul meu. Sunt din aur, știu că tanti Nuți nu ar vinde aurul nici dacă ar muri de foame. Îl păstrează, „să vadă lumea că o duce bine".

Noaptea trece și începe o nouă zi de pregătire. Câteva femei s-au oferit să ne ajute să gătim mâncarea pentru pomană, în timp ce tanti Nuți supraveghează atent toată operațiunea. Eu încerc să fiu utilă, dar corpul nu cooperează.

Toată roboteală cu pregătirea pomenii, toate tradițiile care trebuie urmate fac ziua să treacă fără să-mi dau seama când. Pe seară, curtea începe să se umple iar de oameni. Primesc condoleanțele încercând să rămân prezentă, însă cuvintele lor trec pe lângă mine. Nu au nicio esență. Îmi spun toți același lucru, ca pe o poezie. Urmează o nouă noapte de priveghi.

Sunt singură din nou, și noaptea mă apasă. Stau neclintită și încerc să gândesc ceva. Nimic. Nu gândesc nimic, nu simt nimic. Nu îmi e foame, nu îmi e sete, nu îmi e somn. Mă simt o stană de piatră în calea timpului nepăsător. Noaptea își pierde din intensitate lăsând loc unei noi zile.

Totul freamătă în jurul meu. Oameni necunoscuți se plimbă haotic prin casă. Doar să-i urmăresc cu privirea mă obosește. Din când în când, se opresc să mă întrebe câte ceva.

– Unde-i panerul pentru colivă?

– În debaraua de pe hol.

– Ai văzut unde a plecat Nuți?

– Nu.

– La cât vine popa?

– La 11. Răspund ca un robot, mă mișc teleghidată, îmi caut locul și nu îl găsesc. O femeie corpolentă mă vede și mă așază lângă un lighean mare.

– Împăturește sarmalele aici, că eu trebuie să plec puțin.

Mă conformez fără să spun nimic. Încep să împăturesc sarmale alături de altă doamnă foarte în vârstă.

– O să treacă, mamă! îmi spune ea cu o voce caldă care încearcă să-mi atingă inima. Nu am nicio reacție. Toată ființa mea e amorțită.

– Ce faci aici? Geta unde e? Nu trebuia să termine ea sarmalele?

Treci încoace să vorbești cu popa. Mâna vânjoasă a lui tanti Nuți mă smucește de lângă lighean. Se apleacă lângă urechea mea și îmi șoptește:

– Trebuie să-i dăm ceva popii. Mai ai?

– Ce să am?

– Fiuuu... că proastă te mai am. Bani, ce să ai?

— Da.

— Du-te repede şi adu-i!

— Cât?

— 100 la popă şi 50 la dascăl. Agitaţia mă epuizează. Sunt ameţită şi nu mai înţeleg ce se întâmplă în jurul meu. Curtea s-a umplut de oameni. Toţi mă privesc mustrător, ca şi cum ar aştepta ceva de la mine şi nu ştiu ce. Imediat ce preotul intră în curte, se aude un ţipăt ascuţit ce mă face să tresar!

— Tanţooo, unde pleci tu, Tanţooo?

Tanti Nuţi se tăvăleşte la propriu în faţa casei lovind pământul cu pumnii.

— Ai plecat tu, şi nu m-ai luat şi pe mineee...

Încerc să mă apropii de ea, dar o doamnă din mulţime mă opreşte.

— Las-o să bocească! Aşa se face. Alaiul funerar se îndreaptă spre biserica din deal. Oamenii ies la stradă să urmărească spectacolul, iar alţii, mai cu bun-simţ, ne privesc timid prin gard. Mă simt neajutorată şi inutilă în faţa spectacolului grotesc. Înmormântarea bunicii mele e doar o paradă, nu e nimic spiritual în legătură cu ea. Tanti Nuţi coordonează tot ce se întâmplă. Alaiul se opreşte din când în când, cineva aruncă monede pe jos şi copiii se reped râzând să le adune. Periodic, tanti Nuţi se atârnă de sicriu şi începe să zbiere.

— Nu pleca fără mine, Tanţoo! Unde pleci tu şi o laşi pe surioara ta? O laşi pe nepoţica ta? Un domn corpolent mă împinge lângă sicriu, iar tanti Nuţi mă prinde de mână şi mă strânge cu putere.

— De ce nu plângi? Zi şi tu ceva! Ne faci de râs! îmi zice printre dinţi, înecată de lacrimile false. *Moartea bunicii nu e altceva decât un spectacol ieftin pentru toţi.*

Gândul ăsta repetitiv îmi străpunge inima. Vreau să se termine circul şi să pot suferi în pace. Ameţeala se intensifică şi simt nevoia să mă aşez. Îmi caut un loc ferit şi mă ghemuiesc, astupându-mi urechile. Gura îmi e uscată.

Încerc să-mi umezesc buzele cu limba. Trebuie să gândesc de două ori până şi cele mai simple acţiuni. Cred că îmi e sete, dar am ceva în gât care mă împiedică să-mi înghit şi propria salivă.

Îmi ridic ochii şi privesc spre cimitir. Mai e încă o persoană care trebuie înmormântată înaintea bunicii. Aştept! Spectacolul sinistru îşi urmează cursul conform scenariului. Tanti Nuţi alternează stările de disperare şi de calm total. Când se tăvăleşte pe jos zbierând şi lovind cu pumnii în pământ, când dă calm indicaţii celor din jur.

Preotul, însoţit de alaiul lui, se îndreaptă către locul de veci destinat bunicii, iar eu ştiu că e timpul să mă apropii.

Patru bărbaţi coboară sicriul în groapă folosind funii, în timp ce preotul cântă ceva acompaniat de dascăl şi de câteva „femei ale bisericii", apoi ne stropeşte pe toţi cu agheasma. Tanti Nuţi începe iar bocitul. Se trânteşte peste maldărul de pământ proaspăt săpat şi începe să zbiere:

– Unde pleci tu, Tanţooo? Ia-mă şi pe mine!! Nu ne lăsa, Tanţo! Uită-te la nepoţica ta!

Mă trage puternic de încheietura mâinii şi mă dezechilibrez, îngenunchind fără voie pe pământul umed. Încerc să mă ridic, dar tanti Nuţi mă ţine cu putere.

Răceala şi umezeala pământului îmi pătrund în oase, dezlănţuind fiori ce-mi străbat în goană tot trupul. Închid ochii şi aştept să se termine tot. Alte câteva minute de bocete şi zbierete, şi mâna care mă ținea mă ridică. Tanti Nuți îşi şterge lacrimile de crocodil şi îmi şopteşte calm:

– Vezi? Aşa se face. Mă cuprinde o senzație intensă de dezgust. Genunchii îmi sunt murdari de noroi, dar sufletul îmi e murdar de ipocrizie, şi totuşi nimeni nu pare să observe. Nimănui nu îi pasă. Toți se grăbesc să plece acasă pentru pomană.

Îi privesc cu plăcere cum se îndepărtează. *Se termină.*

S-a terminat!

Rămân singură lângă mormânt. E doar un maldăr de pământ pe care ard câteva lumânări. Un maldăr de pământ, două coroane de flori şi o cruce proaspăt vopsită. Asta e tot ce a rămas. Asta e tot ce mai am. Închid ochii şi îmi las mintea să-i rememoreze chipul. Secvențe scurte din copilărie se joacă prin gândurile mele. Inima mi se contractă şi se relaxează regulat, lăsând o stare ciudată de eliberare să-mi cuprindă ființa. *Am pierdut tot ce aveam. Nu mai am nimic de pierdut!* Gândul ăsta mă relaxează. Mă simt ca după o furtună care a distrus tot. M-a distrus şi pe mine! Nu mai lupt, nu mai am cu cine. Nu mai am pentru cine.

Stau singură în cimitir până ce întunericul înghite tot. Arunc cioturile de lumânări şi le înlocuiesc cu altele. Mă gândesc să plec, dar unde să mă duc? Răceala nopții mă face să sughiț. Îmi e frig! Pornesc agale pe drum şi mă opresc în fața casei, unde tanti Nuți mă aşteaptă furioasă.

– Pe unde ai umblat? M-ai lăsat singură să fac toată treaba! Eu, femeie bătrână..., îmi reproşează, în timp ce mă urmează în bucătărie. Tu vezi câte sunt de făcut? Apucă-te de curățenie! Să nu speli vasele, că faci zoaie!

Mă plimb prin casă ca un trup fără suflet. Strâng mormane de gunoaie în saci mari de plastic.

– Strânge resturile de mâncare separat! îmi spune tanti Nuți autoritar.

Mă conformez fără să ripostez, dar picioarele mi se înmoaie și mâinile îmi tremură. Nu pot face nimic.

Intru în baie și îmi dau cu apă pe față. Arăt groaznic. Nu îmi amintesc de când nu am mai dormit. *Poate am murit și eu.* Mă ghemuiesc pe podeaua rece. Ochii mi se închid și mă cufund într-un somn tulbure.

Mă trezesc a doua zi, aproape de prânz. Casa e goală. Nu e nimeni, nici măcar tanti Nuți. E liniște. Atât de multă liniște, încât îmi aud bătăile inimii. Abia acum, când toți au plecat, realizez cu adevărat ce s-a întâmplat. Abia acum îmi dau seama că nu mai e.

Intru în camera ei și mă așez pe pat. Același pat în care și-a petrecut ultimele clipe. Mirosul ei e încă acolo. *Am rămas singură! Ce fac acum?* Tot ce am avut vreodată a dispărut într-o zi. Nu mai am niciun punct de reper. Fără bunica sunt un nimeni. Nu mai am pe nimeni. Nimeni nu mă are. Sunt a nimănui.

Patul nu mă recunoaște și vrea să mă înghită, pereții se apropie și întreaga cameră se strânge în jurul meu. Rămân nemișcată, așteptând să mă distrugă.

Alex

„De-aş fi mai înfocat în nihilism, mi-ar fi cu putinţă, negând totul, să mă scutur de îndoieli şi să le birui. Dar nu am decât apetitul negării, nu şi harul ei."
Emil Cioran

Cobor din avion cu ochii în telefonul care încă îşi caută reţeaua. Pufnesc încruntat şi îl bag în buzunar, în timp ce mă îndrept spre poarta de verificare a documentelor. Urăsc cursele de linie, dar, paradoxal, sunt cele mai sigure pentru noi.

Simt telefonul vibrând chiar în momentul în care un angajat al aeroportului îmi verifică documentele. Îl ating prin materialul pantalonilor, încercând să îmi ascund zâmbetul ce se naşte undeva în interiorul meu. Iau actele fără nicio valoare şi le îndes în portofel. Încă vreo două ore şi îi voi spune adio şi acestei identităţi. Scot telefonul şi verific nerăbdător apelurile, apoi SMS-urile. Am doar un singur mesaj prin care Ghiţă mă anunţă că a ajuns. Strâng din dinţi şi decid să sun iar, deşi e aproape miezul nopţii. Fiecare ţiuit al tonului de apel pare picătura chinezească. *Vreau să răspundă. De ce nu răspunde? Ce dracu s-a întâmplat?*

— Bună seara, domnule! îmi spune Ghiță, deschizându-mi ușa de la mașină.

Urc absent bombardat de gânduri și de scenarii care se luptă pentru teritoriu în mintea mea. Pornesc *datele mobile* și îi verific locația prin GPS. Poate a pierdut telefonul sau poate s-a defectat. Dispozitivul GPS din telefonul ei îmi semnalează aceeași locație de trei zile, ca și când nu s-a mișcat. Poate e acasă, sau poate doar telefonul a rămas acolo. Poate are alt telefon. Poate a descoperit că o urmăresc.

Rememorez ultima conversație. Nimic ciudat! De fapt, toate astea sunt ciudate. Ar fi trebuit să înceteze de mult. Trebuia de câteva luni să ies din viața ei. Trebuia să se termine, și acum s-a întâmplat. *Da... E mai bine așa!* îmi zic resemnat.

În casa noastră e o adevărată petrecere. M-au așteptat cu toții aici, deși e cu mult trecut de miezul nopții.

Măcar nu trebuie să mă întorc la apartament, îmi zic consolându-mă.

— Felicitări, puștiule! E în mod sigur cel mai bun contract de anul ăsta! îmi spune Manu, în timp ce mă bate puternic pe umăr.

— Mulțumesc! îi răspund fără chef. Vin toți să mă îmbrățișeze, iar eu lupt să îmi mențin zâmbetul.

De ce nu sunt fericit? Ar trebui să fiu, nu? Asta am vrut. De fapt, e mai mult decât mi-am propus, mai mult decât ne așteptam noi. Răzvan e de-a dreptul încântat, ochii îi strălucesc și își lovește zâmbitor paharul de șampanie de cel al lui Laur. Un zâmbet adevărat! Răzvan are un zâmbet adevărat!

— Ciocnește un pahar cu noi, frățioare! mă îndeamnă, întâlnindu-mi privirea care îl analiza.

Mă apropii și iau unul dintre paharele de șampanie de pe masă.

– Pentru Alex! zice Laur ridicând paharul.

– Pentru noi toți! răspund eu acompaniat de clinchetul cristalului.

– Hai puştiule, nu ne lăsa să fierbem! Dă-ne detalii! Cum a decurs totul? Port fără chef o discuție obositoare pe care încerc fără succes să o scurtez. Le văd satisfacția în ochi şi zâmbetul pe chip, în timp ce eu mor pe interior şi nimeni nu observă. Se scurge viața din mine ca nisipul din clepsidră. Simt secundele cum îmi picură din vene, lăsându-mă să mă usuc. Beau tot paharul de şampanie, încercând să-mi recapăt echilibrul, apoi continui să zâmbesc, să povestesc, să mă prefac că trăiesc.

– E timpul! spune Laur, uitându-se spre uşa de la intrare. Toți zâmbesc şi bat cu pumnii în masă pentru suspans, în timp ce eu scot paşaportul şi buletinul din portofel într-un gest ritualic. Mă urmează afară aşezându-se în jurul focului ce arde viu într-un suport din metal.

– *Speech! Speech!* strigă ei entuziasmați. Ies din cerc făcând un pas în față, în timp ce încerc să găsesc cuvintele pe care ar dori ei să le audă. Golesc paharul de şampanie, inspir adânc şi încep.

– Bogdan Petre, spun, privindu-mi poza din buletinul pe care îl strâng în mână, se pare că mi-a purtat noroc în această călătorie, dar acum drumurile trebuie să se despartă.

Arunc documentele în foc privind plasticul cum se topeşte pe lemnele jumate arse. Ceilalți încep să aplaude, iar Manu mai aruncă un buştean pe foc.

– Îmi pare rău! îi zic, apropiindu-mă.

– De ce?

– Pentru că munca ta de săptămâni întregi se face scrum.

— Fii serios! Asta trebuie să se întâmple, şi-au făcut treaba. Să-ţi alegi nume pentru următorul! îmi spune zâmbind, în timp ce scarmănă în jar după bucăţile de plastic nearse.

— Ce zici de *Barack Obama*?!

— Hmm... cred că *Michelle* ţi s-ar potrivi mai bine, îmi zice el râzând.

— Ce-i aşa amuzant? întreabă Ana întinzându-mi un alt pahar de şampanie.

— Eiii... Manu şi glumele lui.

— Da, da... Manu şi glumele lui..., mă imită Manu, fluturând din mână ca Regina Angliei în timp ce se îndepărtează. Statura de Goliat, caracterul blând şi glumele de comediant sunt o combinaţie cel puţin ciudată, cu care greu te obişnuieşti.

— Eşti OK? mă întreabă Ana privindu-mă circumspectă.

— Da.

— Pari ciudat. S-a întâmplat ceva cât ai fost plecat?

— Nimic. Aici?

— Pe mine mă întrebi? Ştii bine că mie nu îmi spune nimeni nimic.

Îi zâmbesc în timp ce o privesc cu subînţeles.

— Ce? mă întreabă ea sorbind din paharul de şampanie.

— Ana, tu ştii mai multe decât oricare dintre noi. De fapt, tu ştii cât noi toţi la un loc. Îl citeşti bine pe Răzvan, Manu nu îţi poate ascunde nimic. Iar Laur... ai tu metode să obţii informaţii.

Ana râde dându-şi ochii peste cap.

— Tu eşti singurul care îmi scapă.

— Încă, îi zic zâmbind. Deci, îmi faci un *update*?

— Mdaaa, să vedem... Răzvan a stat cu Denisa câte 4-5 ore pe zi după ce ai plecat tu şi... Ştii cum se întoarce de acolo.

— Da... confirm, plecându-mi ochii.

— Oricum, în ultimele săptămâni pare că e mai bine. Eu nu am avut voie să ies din casă după incidentul cu Sandu şi, când am ieşit într-un final, a trebuit să-l suport pe Ghiţă care se ţinea după mine ca un căţeluş, superenervant. Manu şi-a luat altă maşină de lucru, Laur s-a accidentat la picior în timpul unui antrenament şi cam atât. Nimic demn de menţionat.

— Aha... îndrug eu, fixând-o cu privirea.

— Off, bine! Am auzit, din întâmplare, îmi pune zâmbind, o discuţie între Laur şi Răzvan. Se pare că Sandu l-a contactat pe Oleg şi îi dă preţuri exorbitante, numai să ne fure contractele. Răzvan zicea că în ritmul ăsta pierdem Ucraina, şi Laur este de părere că trebuie să plusăm. Manu nu ştie nimic încă. Probabil Răzvan te aştepta pe tine pentru o şedinţă.

— Doamne, ce noroc am eu cu tine! îi zic, sărutând-o pe creştet. Nu ştiu cum se face să auzi din întâmplare cele mai interesante lucruri.

— Da, da, lasă linguşeala! Aaa... Mai e ceva. Răzvan a fost plecat acum vreo 3 zile. Când l-a întrebat Manu unde a fost a zis că a rezolvat o problemă care îi stătea pe cap de mult. Ai vreo idee la ce s-a referit?

— Habar nu am, îi zic încercând să mă abţin să nu casc.

— Eşti obosit... Hai că te scap eu de golanii ăştia, îmi spune, trăgându-mă de mână spre ceilalţi.

— Sunt sigur că aşa a fost... Alex, mai spune-ne o dată ce faţă a făcut Ates când a semnat contractul! îmi strigă Laur vizibil ameţit de şampanie.

— Lasă asta pentru mâine, iubire! îi zice Ana, agățându-se de gâtul lui. E aproape dimineața și Alex e obosit. A avut un zbor lung și o zi și mai lungă.

— Da, ai dreptate, îi răspunde Laur, sărutându-i mâna. Cu toții ar trebui să dormim.

Aprob din cap în timp ce își iau la revedere și intră în casă.

— Chiar ar trebui să te odihnești! Arăți ca naiba! îmi spune Răzvan în timp ce adună paharele goale.

— Mai stau puțin să sting focul.

— OK. Îl urmăresc din privire, în timp ce intră în casă însoțit de Manu. Rămân singur. Verific din nou telefonul, deși știu că nu s-a întâmplat nimic, deși am decis că e mai bine să nu se întâmple, desi știu că e timpul ca Ioana să iasă din viața mea, înainte să fie prea târziu. Așa trebuie să se întâmple, iar eu am decis deja că nu-mi mai pasă! Îmi repet asta ca pe o poezie, dar, fără să-mi dau seama, îmi lipesc telefonul de ureche. Nu o sun. Doar ascult ultima conversație. Rămân așa încă o oră, în foișorul din curte, pierdut în discuții prostești, în râsete și șoapte.

Ascult amuzat dezbaterile noastre: Jane Eyre sau *Mândrie și prejudecată*? Îl va depăși Musso pe Stephen King? Se compară cititul pe iPod cu o carte tipărită? Leonardo Cohen sau Frank Sinatra? Este *Urzeala tronurilor* cel mai bun serial al momentului? Sunt poeziile lui Păunescu mai bune decât cele ale lui Eminescu? Trump președinte și intervenția rusă în acest rezultat, Olanda opunându-se intrării României în spațiul Schengen.

Zâmbesc! Sunt atât de diferit, încât nu mă recunosc. Vocea mea pare senină și mi se simte zâmbetul în glas. Ea îmi vorbește atât de natural, atât de sincer!

De când nu mai purtasem o conversație normală, cu oameni normali, o conversație fără ierarhii, fără subordonare, fără presiuni? De când nu mai comunicasem cu adevărat?

Trec degetul peste numele ei de pe ecran şi îmi folosesc toată voinţa ca să rezist tentaţiei de a o apela din nou. E aproape dimineaţă şi mă înţeapă ochii de oboseală! *Dacă aş mai aştepta câteva ore şi apoi să sun? Nu... e penibil! De ce să mai sun?* Urc în cameră şi mă aşez în pat îmbrăcat. Mă foiesc de câteva ori, apoi scot din nou telefonul. Răsfoiesc prin memorie şi selectez aleatoriu una dintre conversaţiile noastre din ultimele luni. Dau *play* şi aşez telefonul pe pernă.

Mă trezesc cu puţin înaintea prânzului. *Tocmai bine!* îmi spun zâmbind.

Mă ridic şi încerc iar să sun! Acelaşi ton de apel ce se termină brusc fără căsuţă vocală. Îmi încordez muşchii, strângând cu putere micul aparat în pumn! Îmi fac un duş şi încerc iar. Acelaşi rezultat. *Ce dracu se întâmplă?*

Cobor grăbit în salon sperând să nu văd pe nimeni. Din bucătărie vine miros de mâncare, se aud vocea „melodioasă" a lui Manu, râsul Anei şi o tigaie sfârâind. Îmi pun o ceaşcă de cafea din ibricul aburind şi ies în curte. *Ce să fac? Ce dracu e de făcut, Alex? Termină cu prostiile!*

Ştiu ce trebuie să fac, la fel de bine cum ştiu şi ce nu trebuie să fac, şi totuşi ştiu că nu voi face ce trebuie.

– Domnule? se aude dintr-odată vocea evazivă a lui Ghiţă.

Îl privesc încruntat sorbind, din ceaşcă de cafea, iar el face un pas în spate.

– Domnul Răzvan v-a rugat să mergeţi să vorbiţi cu dumnealui.

Va coborî în salon în 10 minute.

— Scuteşte-mă!

— Domnule? Ce aţi dori să îi spun?

— Nimic! răspund apăsat.

— Cred că e important! Îl fixez din ochi pe Ghiţă în timp ce rememorez discuţia de noaptea trecută cu Ana. *Ce a avut Răzvan de rezolvat urgent acum trei zile?* Simt că rămân fără aer şi inima îmi bubuie în piept. Exact de trei zile Ioana nu mai răspunde la telefon. *Ce i-a făcut?*

Intru în casă turbat de nervi şi de îngrijorare, îl caut cu privirea în salon, îl împing pe Laur, care tocmai cobora scările, şi urc în fugă până la primul etaj. Mâinile îmi tremură şi nu mă pot controla.

Intru în camera lui lovind uşa de perete.

— Ce i-ai făcut? îl întreb apăsat.

— Ce am făcut? Cui? întreabă Răzvan, ridicându-şi ochii din laptop.

— Lasă glumele! Unde ai fost acum trei zile?

— Ce-i cu atitudinea asta? Chiar nu ştiu despre ce vorbeşti, îmi spune vizibil surprins de comportamentul meu. Inspir profund şi păstrez aerul în plămâni pentru câteva secunde. *Poate am înnebunit. Poate într-adevăr nu ştie nimic, poate nu a făcut nimic.* Încerc să mă calmez în timp ce Răzvan mă analizează atent.

— Îmi spui şi mie ce s-a întâmplat? întreabă calm.

— Mi-a spus Ghiţă că vrei să discuţi cu mine. Despre ce e vorba?

îi zic, ignorându-i întrebarea.

— Voiam să îţi arăt ceva, îmi spune zâmbind, în timp ce întoarce laptopul spre mine. Mă apropii şi citesc fără interes un e-mail lung în limba rusă, prin care Alexei ne ridică în slăvi pentru tranzacţia închisă de mine în Istanbul şi ne asigură de susţinerea lui pentru următoarea licitaţie din Kiev.

– Ei, ce zici? mă întreabă Răzvan, bătându-mă pe umăr prieteneşte. Ăsta e *next level,* frăţioare! Sărbătorim în seara asta.

– OK, îi spun în grabă, îndreptându-mă către uşă. Îl aud strigându-mă, dar îl ignor. Ceva se luptă în mine, mai adevărat ca niciodată. Vreau să fiu acolo! Trebuie să aflu ce s-a întâmplat cu ea. Mă urc în maşină şi las chemarea să mă ghideze.

Conduc distras în timp ce o sun în continuu. După câteva apeluri pierdute, în sfârşit, răspunde.

– Alex...

Vocea ei stinsă mă face să tresar. Aprinde în mine emoţii ce îmi electrocutează inima şi îmi fac pielea de găină.

– Ioana, eşti bine? întreb după câteva secunde de tăcere în care i-am savurat vocea şi respiraţia ritmată.

– Nu pot vorbi acum... nu... nu sunt bine. Vorbim altă dată...

– Stai! Nu închide. În 20 de minute sunt la tine.

– Vii la mine?! repetă ea mirată.

– Da, sunt pe drum. Îţi dau un SMS când ajung.

– OK.

Ideea de a o vedea îmi face inima să bată nebuneşte, însă zâmbetul ce se naşte în mine este înăbuşit de durerea din vocea ei. *Oare ce s-a întâmplat?*

Urmăresc semnalul GPS într-un sat din apropiere de Râmnicu Sărat, apoi opresc maşina în faţa unei căsuţe bătrâneşti, dar cochete, înconjurată de un gard metalic vopsit în alb.

„Am ajuns! Te aştept afară!" Dau *send* mesajului şi cobor din maşină. Privesc prin gard trotuarul pe care ar trebui să păşească, apoi uşa care ar trebui să se deschidă, permiţându-mi să o văd. Privirea îmi alunecă deasupra uşii şi mi se taie respiraţia văzând steagul negru de doliu. *Asta s-a întâmplat!*

Rămân blocat rememorându-mi propria copilărie. Amintirile dau buluc în capul meu, răpindu-mă din prezent. Îi văd pe părinţii mei, pe Răzvan, pe cei doi poliţişti care ne-au anunţat despre accident, apoi sicriele, şi apoi nimic. Apoi doar golul lăsat în urmă, doar durerea de a fi singur, disperarea de a nu mai avea pe cine striga când îmi era frică, străinii, abuzurile din casa de copii, ieşirile nervoase ale lui Răzvan. Iar, mai apoi, viaţa asta în care mă afund ca într-o mocirlă.

Se învârt toate în mintea mea ca într-un vortex. Rămân nemişcat încercând să păstrez un calm aparent care mă sfâşie.

De ce trebuie să treacă şi ea prin asta? De ce să simtă durerea pe care am simţit-o eu? Ce fel de viaţă de rahat trăim! Unde e Dumnezeu acum? Unde sunt puterea şi slava Lui? Unde a fost atunci când au murit părinţii mei, lăsând doi copii singuri pe lume? Unde e acum, când Ioana a pierdut tot ce avea? Cum îi poţi lua tot unui om?

Ioana

„Dragostea se târăşte dacă nu poate să meargă."
William Shakespeare

Intru în baie şi mă opresc în faţa oglinzii. Sunt o epavă! Fac rapid un duş şi îmbrac haine curate. Inspir adânc şi încerc un zâmbet chinuit. Buzele mele se curbează într-o linie ciudată în neconcordanţă cu restul chipului. Renunţ!

Telefonul sună scurt anunţând mesajul pe care îl aşteptam. „Am ajuns! Te aştept afară!"

În lumina slabă a serii abia disting silueta lui Alex lângă maşină.

Buzele încep să-mi tremure pe măsură ce mă apropii. Fiecare pas îmi dezvăluie noi detalii ale trupului său. Îi rememorez chipul pe care nu l-am mai văzut de mai mult de două luni, îl asociez cu toate discuţiile despre nimicuri, şi inima mea începe să bată necontrolat. Obrajii îmi roşesc şi privirea îmi coboară în asfalt.

Sunt atât de aproape, încât îi aud respiraţia. Îmi ridic privirea şi o întâlnesc pe a lui. Ochii negri privesc în sufletul meu, mă lasă fără aer.

– Să mergem! Îmi deschide uşa de la maşină şi urc fără să spun un cuvânt. Nu îmi pasă unde mergem, oriunde ar fi mai bine decât aici. Alex nu mă priveşte. Doar conduce, încercând să-şi dea ritm respirației. Ochii plini de scântei şi buzele strânse trădează neliniştea care i-a cuprins sufletul.

Îl privesc pierdută, clipind lung. Nu am energie să-i spun nimic. O pace ciudată îmi cuprinde tot corpul, muşchii îmi sunt anormal de relaxați şi inima nu îmi mai bate. Mă las moale în scaunul maşinii fără să aştept nimic.

Am părăsit de mult oraşul. Intrăm pe un drum forestier, îngust şi întunecat. Maşina se opreşte şi Alex coboară. Îmi deschide portiera şi mă prinde de mână.

– Hai! Farurile maşinii dezvăluie o parte mică din drumul neasfaltat şi silueta copacilor de pe margine, apoi lumina se închide şi nu mai văd nimic. Razele timide ale lunii abia mă lasă să îmi observ propriile mâini. Înaintez, lăsându-mă ghidată de Alex printre crengi şi frunze uscate ce trosnesc sub paşii noştri. Intrăm în pădure. Alex merge hotărât strângându-mi mâna în palmă. În câteva secunde ne pierdem în întunericul dens al pădurii.

– Închide ochii! îmi spune cald.

– Ce rost are? Oricum nu văd nimic.

– ...Încă. Mâna lui îmi atinge uşor fața, acoperindu-mi ochii. Inspir adânc

şi uit să mai expir. Atingerea caldă, delicată îmi face inima să bată haotic. Mă simt încremenită în timp, cu ochii acoperiți, ascultând.

Vântul s-a întețit şi crengile copacilor trosnesc uşor, aud frunzele uscate foşnind sub picioarele mele, respirația lui perfect ritmată şi inima mea ce se calmează.

Palma îi alunecă uşor pe chipul meu, abia atingându-mi pielea.

– Priveşte!

Deschid ochii neîncrezătoare, dar rămân mută de uimire. Trunchiurile copacilor sunt perfect conturate! Pot vedea scoarţa acoperită de muşchi, crengi pline de muguri ce dansează în vânt. Printre coroanele goale ale copacilor se vede cerul de un albastru clar şi norii negri cum acoperă stelele. Îl văd şi-l simt pe Alex, e atât de aproape! Îi simt răsuflarea cum se joacă în părul meu şi inima bătând aproape de urechea mea. Vreau să îl ating! Îmi ridic mâna ca în transă şi o apropii încet de pieptul lui. Vreau să îi simt inima cum se contractă. Câţiva milimetri... Ezit! Degetele mele se strâng în pumn şi braţul îmi coboară pe lângă corp.

– Ioana...

Vocea lui caldă îmbrăţişează tandru fiecare sunet al numelui meu. Picioarele mi se înmoaie şi încep să tremure. Pe buzele lui renaşte sufletul meu.

– Credeai că nu poţi vedea în întuneric, dar poţi. Întunericul îşi descătuşează puteri pe care nu ştiai că le ai. Trebuie doar să-l laşi să te cuprindă, să nu mai lupţi împotriva lui. Suferinţa e tot un fel de întuneric. Nu o poţi alunga, nici învinge, trebuie să înveţi să trăieşti cu ea, să-ţi faci din ea un aliat. Nu mai opune rezistenţă!

Încerc să spun ceva, dar nu pot. Ochii mi se umezesc şi lacrimi fierbinţi îmi şiroiesc pe obraji în timp ce el mă priveşte tăcut. Nu mă judecă şi nici nu îmi cere să fiu puternică. Pot fi eu, fără să îmi fie teamă de slăbiciunile mele.

Braţele lui mă trag şi mă lipesc de pieptul său. Lacrimile îmi spală sufletul şi simt durerea captivă cum îmi năpădeşte în tot corpul. Se scurge fluid în tot trupul meu, încălzindu-l. Simt acum, mai mult ca niciodată, că Hesse avea dreptate. *Lacrimile provin din topirea gheţurilor sufleteşti.*

Plâng şi simt cum mă eliberez, simt cum inima mea rupe gratiile temniţei în care am încuiat-o. Cerul începe să plângă odată cu mine. Lacrimi reci cad din nori şi se lovesc de pielea mea, stingându-mă. Răceala ploii şi căldura braţelor lui îmi fac sufletul să tresară, inima să bată, sângele să alerge prin vene. Sunt într-o agonie dulce din care nu aş vrea să mă trezesc. Vreau să îngheţ în acest moment pentru eternitate.

Mă prinde de umeri şi mă împinge uşor, dezlipindu-mă de pieptul lui. Privirea sa poate distruge orice zid, ajunge acolo unde nimeni nu a ajuns vreodată. Doar pentru el ochii mei devin ferestre către suflet.

Îşi apleacă capul, inhalând vaporii de apă de pe pielea mea. Îi simt răsuflarea în ureche, atât de aproape, încât nu am curajul să expir.

— Ioana, nu ai idee cât de frumoasă eşti!

Am îngheţat! Privirea lui intensă mă ţintuieşte la pământ, iar inima îmi bubuie, încercând să-mi spargă pieptul. Fulgeră şi tună în mine şi în afara mea. O furtună caldă mi se naşte în inimă, apoi aleargă prin sânge, hrănindu-mi fiecare celulă.

Picături mici de ploaie mi se prind în gene şi mă lupt cu mine să nu clipesc. Nu vreau să pierd niciun detaliu. Ochii lui sclipesc în întuneric şi buzele îi tremură. Respiraţia i se accelerează devenind mai puternică decât a mea. Îşi lipeşte nasul de părul meu ud şi inspiră adânc. Palmele îi călătoresc pe braţele mele. Urcă uşor de la degete, apropiindu-se de umeri, apoi de claviculă şi de gât. Simt atingerea degetelor lui ca pe nişte impulsuri electrice ce îmi străbat tot corpul. Îmi ia faţa în palme şi mă priveşte adânc. Respiraţia mi se opreşte.

Sentimente necunoscute se joacă în inima mea, iar mintea e departe, undeva, nu are niciun cuvânt de spus. Răsuflarea îi umblă nestingherită pe chipul meu. Inimile noastre bat în tandem ca o simfonie echilibrată. Buzele lui pline coboară atât de aproape de pielea mea, încât îi simt respiraţia fierbinte cum usucă particulele de ploaie captive în pori. Tremur de teamă că mă va săruta şi de îngrijorare că n-o va face. Cerul însuşi îmi picură dorinţă în suflet. Clipesc şi inspir adânc în anticiparea momentului.

Mâinile lui mă cuprind puternic şi se înfăşoară în jurul taliei mele. Mă lipesc din nou de el, lăsându-mă să îi ascult ritmul inimii. Expiră adânc şi buzele i se lipesc fierbinte de fruntea mea rece. Sărutul lui îmi dezbracă mintea, toate gândurile mele pline de dorinţă stau goale în faţa lui. Nu mai am secrete sau sentimente asuprite. Sunt eu, mai mult decât oricând. Inima îmi aleargă liberă prin piept, savurând fiorii care o răsfaţă.

Prind rădăcini precum copacii din jur. Rădăcini ce mă leagă pentru vecie de braţele lui, de nori şi de stele, de mirosul de ploaie şi cel de răşină. Inspir sentimentele din aerul ud. Devenim doi copaci cu rădăcini îmbrăţişate. Rădăcinile lui pătrund adânc în inima mea, dându-i viaţă, făcând-o să bată din nou.

Ioana

„Inima, cu bătăile ei,
Ne aplaudă existența."
Lucian Blaga

Nu trebuie să plâng! Nu trebuie să-mi fie frică! E o prostie să visez, trebuie să fiu realistă. Trebuie să fiu serioasă! Trebuie să fiu puternică!

Am asociat atât de mult timp sentimentele cu slăbiciunea şi puterea cu indiferența! M-am ruşinat de trăirile mele şi le-am închis undeva adânc, să nu le vadă nimeni. Mi-am încuiat cea mai frumoasă parte într-o colivie de orgoliu, apoi am defilat mândră, cu ființa mutilată. Am încercat să-mi dresez inima ca pe un animal de circ şi, între două lovituri de bici, i-am cerut să fie fericită. Mi-am consumat energia, încercând să repar ceva ce nu e stricat, să mă repar pe mine şi imperfecțiunile mele perfecte. Am purtat măşti grele de indiferență care mi-au făcut până şi trupul să-şi piardă verticalitatea. Am luptat contra mea pentru o putere închipuită. Am luptat fără adversar, riscând să pierd mai mult decât miza, să mă pierd pe mine! Am luptat fară să vreau, crezând că e ceea ce îşi doresc ceilalți, crezând că e ceea ce şi-ar dori bunica să fac. Am vrut să fiu puternică fară să ştiu cu adevărat ce e puterea. Am trăit, ascunzându-mă de mine şi de cei din jur, până am uitat cine sunt cu adevărat.

Acum, vreau să las lacrimile să-mi spele durerea din suflet, să-mi deschid inima pentru a primi şi a oferi iubire, să râd cu poftă la o glumă proastă, să-mi las mintea să zburde aiurea printre visuri. Vreau să mă dezbrac de haina grea a ipocriziei şi să mă vadă toți aşa cum sunt... Umană!

Primăvara şi-a intrat rapid în drepturi. Natura râde în soare, iar sufletul meu odată cu ea. Briza caldă mi se joacă în păr şi îmi sărută gâtul, făcându-mă să roşesc şi să mă îndrăgostesc de senzualitatea mea.

A trecut deja o lună de când a murit bunica şi poate o lună de când am murit şi eu, de când am renăscut, o lună de când trăiesc. Pierderea bunicii mi-a resetat mintea şi sufletul. Pierzând tot, mi-a dispărut teama de a mai pierde ceva. Am îngropat o parte din mine, partea care cerea să moară. Mi-au murit fricile şi dorința de control, mi-a murit singurătatea din suflet şi laşitatea din glas. Mi-am golit inima lăsând-o să se umple de nou.

Uneori îmi e dor de bunica şi plâng. Plâng în casă, pe stradă sau la liceu, nu îmi pasă cine mă priveşte. Nu mai am aparențe de păstrat sau măşti de purtat. Nu se mai aşteaptă nimeni să fiu ce nu am putut fi niciodată. Sunt eu, cea adevărată. Mă bucur de mine şi de sentimentele noi ce îmi înfloresc în suflet, de briza caldă a primăverii care mi se plimbă prin păr. Trăiesc toate sentimentele pe care mi le-am negat atâția ani.

– Cui îi datorăm acest zâmbet larg? Lasă-mă să ghicesc: Alex!

Ella îşi schimonoseşte vocea şi desenează inimioare în aer cu degetul.

— E mai mult decât Alex. Sunt eu, spun zâmbind.

— Dacă zici tu, tot tu erai şi până acum. Eu cred că e Alex. V-aţi văzut?

— Nu. Nu recent.

— Să mor dacă înţeleg. V-aţi văzut de trei ori până acum şi nici nu v-aţi sărutat. Ce relaţie e asta?

— Nu sunt sigură că avem o relaţie.

— Eu sunt. Nu aveţi. Bărbaţii au nevoi, Ioana. Dacă tu nu îi dai ce vrea, găseşte la alta. Nu ai vrea să îl pierzi pe frumuşelul de Alex, nu? Zâmbesc şi rămân tăcută. Refuz să mă explic în raport cu lumea din jur, refuz să ne compar pe noi cu alte relaţii. Refuz să ascult păreri superficiale ale unor „pseudocunoscători ai iubirii".

Cine ar putea înţelege discuţiile noastre despre nimicuri, privirile înflăcărate şi miile de impulsuri electrice ce îmi străbat corpul când mă atinge? Cine înţelege aerul umed al pădurii îmbibat cu respiraţiile noastre fierbinţi, acel sărut pe frunte care ne-a făcut inimile să cânte în duet? Tot ce avem e al nostru. Atât de diferit şi atât de personal, încât nu cred că ar înţelege nimeni altcineva. *De ce să explic? Ce am de explicat?*

— Ioana... Ioana!

Ella mă strigă în şoaptă şi mă împunge cu pixul în umăr.

— Da.

Îi răspund fără să mă întorc spre banca ei, încercând să păstrez discuţia noastră clandestină departe de privirile profesoarei de chimie.

— Ce faci în weekend?

— Nu ştiu. Stau cu Daria până mâine-dimineață.

— Şi mâine?

— Pe acasă, lucruri obişnuite.

— Vii cu mine la petrecere?

— Petrecere?!

— Vali m-a invitat la o petrecere în cartier...

— Ella...

Doamna profesoară ne priveşte încruntată şi îşi drege glasul, atrăgându-ne atenția că deranjăm ora. Roşesc şi îi cer scuze. Încă douăzeci de minute şi cursul se termină, iar Ella sare imediat pe banca mea.

— Zi! Vii? mă întreabă entuziasmată.

— Ella, nu e genul meu şi ştii asta, îi spun în timp ce îmi strâng cărțile.

— Hai, te rog! Am nevoie de tine.

— Nevoie?! La o petrecere?

— Ioana, nu ți-aş cere asta dacă nu ar fi superimportant.

O privesc atent şi îmi dau seama că are dreptate. E ceva schimbat la ea şi ştiu că are legătură cu Vali. Oriunde ar ajunge relația asta, trebuie să ştie că voi fi acolo pentru ea.

— Bine.

— Mulțumeeeesc! îmi zice cu o voce pisicoasă, în timp ce mă

strânge în brațe.

— Trebuie să plec. Mă aşteaptă Daria.

— OK. Ne vedem mâine seară.

Zâmbesc cu jumătate de gură şi plec. Am sentimentul că fac ceva greşit sau că nu am făcut ceva ce ar fi trebuit să fac. *Ar fi trebuit să-i spun că nu merg, ar fi trebuit să-i spun că nici ea nu ar trebui*. Ce trebuie? Şi de ce trebuie? Cine dictează aceste norme? Cine spune ce ar trebui sau nu ar trebui să facem? Vreau să fiu alături de ea. Vreau să simtă că poate conta pe mine, indiferent de deciziile pe care le va lua. Pe de altă parte, simt că prietena mea e pe o barcă în derivă şi eu aştept să se scufunde pentru a o putea salva. Poate că vreau să aibă nevoie de mine. Poate că tot ce fac e dintr-o nevoie bolnavă de a mă simţi utilă, de a mă simţi indispensabilă. Mă întreb adesea dacă sunt un om bun sau doar încerc să par. *Dacă tot ceea ce fac este din egoism? Dacă în esenţă sunt o persoană rea?*

Privesc în curtea grădiniţei printre gratiile lungi de metal, încercând să o zăresc pe Daria. Inspir de câteva ori şi mă străduiesc să-mi alung gândurile astea ciudate. *Sunt un om bun sau măcar încerc să fiu.*

Noaptea se lasă grea, acoperindu-mi toate îndoielile, iar inima mea începe să bată din ce în ce mai repede în aşteptarea discuţiei despre nimicuri. Daria adoarme, iar eu închid uşa de la dormitor şi mă furişez în bucătărie. Timpul se dilată şi palmele îmi transpiră strângând telefonul. Urmăresc secundarul ceasului din perete şi pare că nu se mişcă.

Când simt în sfârşit vibraţiile telefonului, întregul meu corp tremură odată cu el.

– Alo!

– Ioana, îmi e dor de tine! îmi spune fără preaviz.

Inima o ia la galop, respiraţia mea se accelerează şi mâinile încep să-mi tremure şi mai tare. *E prima oară când spune asta. Ce să spun?* O voce sugrumată care nu sunt sigură că e a mea şopteşte:

– Şi mie!

Nu spune nimic. Îi ascult respiraţia în telefon şi aştept nerăbdătoare următorul sunet. *Oare m-a auzit?*

Oare chiar am rostit cu voce tare acele cuvinte? Poate totul a fost doar în mintea mea. Incertitudinea mă omoară. Îi savurez fiecare respirație, şi totuşi caut cuvintele potrivite pentru a rupe tăcerea. Nu găsesc nimic.

– Daria doarme? întreabă după o pauză năucitoare.

– Da.

– Ioana, aş vrea să te văd. Poți să cobori?

Mă ridic într-o fracțiune de secundă şi mă lipesc de fereastră. Îi văd maşina. *Alex e aici!* Inima îmi stă în loc. Alerg prin apartament ca o nebună. Nu ştiu ce să fac... *Să cobor? Da, normal că vreau să cobor. Şi Daria? Daria doarme, nu va observa. Dacă se trezeşte? Nu se trezeşte noaptea, de obicei.* Întreb şi îm răspund singură, mințindu-mă că nu ştiu ce vreau să fac în continuare, încercând să mă conving că nu e bine să cobor, dar Alex e acolo şi trebuie să-l văd!

– Ioana, mai eşti?

– Da. Cobor în 5 minute, răspund, ascultându-mi instinctul.

Îmi pun în grabă haine pe mine şi trec fugitiv prin fața oglinzii.

Am scântei în ochi şi bujori în obraji. Zâmbesc, nu cred că am fost vreodată atât de frumoasă.

Cobor cele 4 etaje ale blocului de parcă nici nu ar fi existat. Deschid uşa şi ies în stradă. Mă apropii privindu-l în ochi, fără rețineri ca dățile trecute. Tot ce simt e o dorință nestăvilită să mă arunc în brațele lui, să-i simt inima cum bate lângă a mea.

Alex mă prinde de talie şi mă ridică spre cer râzând. *Zbor!* Trupul meu e ca o pană în mâinile lui. Sufletul nu mai are loc în corpul meu mic şi vrea să evadeze. Mă pierd printre stele şi pentru o clipă sunt sigură că am fost născută pentru a zbura. Mă prăbuşesc la pieptul lui şi aş vrea ca lumea să se termine aici, acum.

Alex mă strânge puternic la piept şi îmi şopteşte ceva la ureche. Nici nu aud şi nici nu întreb ce a spus. Vreau doar să stau aici, la umbra inimii lui, lăsându-mi pielea să îi absoarbă căldura trupului prin materialul fin al cămăşii.

— Mi-a fost atât de dor! îmi spune, întâlnindu-mi privirea.

Inima mea îi soarbe fiecare cuvânt, se hrăneşte cu fiecare sunet născut pe buzele lui.

Îmi ridic mâna tremurândă şi o trec prin părul negru, ciufulit atent. Îmi las degetele să îi mângâie pielea, sprâncenele şi forma maxilarului. El îmi prinde tandru mâna, ducând-o la buze. Un sărut fierbinte îmi descătuşează degetele, care încep să-i mângâie gâtul şi coboară pe piept. Aş vrea ca mâinile mele să simtă şi să memoreze fiecare contur al corpului său. Îi simt inima cum loveşte mai puternic, respiraţia cum îşi accelerează ritmul şi nasul cum i se afundă în părul meu şi inspiră adânc. Mâinile lui coboară pe lângă ale mele şi mă cuprind de şolduri, apropiindu-mă mai mult de el. Mă priveşte intens cu o scânteie în ochi pe care nu am mai văzut-o înainte. Îşi muşcă buza de jos în timp ce îmi aşază o şuviţă rebelă de păr. Se apleacă asupra mea şi buzele noastre sunt doar la câţiva milimetri distanţă. Totul a încremenit în timp. Respiraţia mea s-a oprit, a lui a devenit mai puternică, inima mea se zbate să iasă din piept, a lui i-ar ţine companie oriunde ar alege să fugă. Buzele lui pline le ating uşor pe ale mele doar pentru o secundă. Abia le gust, că se şi îndepărtează.

Alex îmi ia faţa în palme şi mă priveşte îngândurat. Mă întreb ce s-a întâmplat. *Am făcut ceva greşit?* Îmi lipeşte fruntea de pieptul său şi mă sărută pe creştet ca pe un copil. *Nu vreau să fiu copil. Nu pentru el!*

— Îmi pare rău! Nu am niciun drept să intru în viaţa ta, îmi spune vizibil afectat.

Mintea mea încearcă să proceseze cuvintele lui, dar pare să nu reuşească. *Eşti cel mai bun lucru din viaţa mea!* aş vrea să îi strig. Îl simt cum vrea să se îndepărteze şi îmi imaginez răceala ce mi-ar cuprinde trupul dacă nu ar fi lipit de al lui. Un fel de disperare se naşte în mintea mea şi îmi controlează muşchii. Îl prind puternic de sacou şi îl trag spre mine.

— Alex, te vreau în viaţa mea.

Ochii lui au luat foc. Mă privesc arzând de parcă ar vrea să mă devoreze. Buzele lui fierbinţi se lipesc lacome de ale mele şi ne pierdem amândoi într-un sărut lung care îmi face întreaga fiinţă să se înfioare. Mii de artificii explodează în pieptul meu şi nu mai fac diferenţa dintre vis şi realitate. Nu mai ştiu unde sunt, sau de cât timp. Ne sărutăm sub stele, cuprinşi de o flacără invizibilă ce ne mistuie pe amândoi.

— Mi-am dorit atât de mult... cuvintele îmi scăpă fără voie. E doar un gând ce mi-a evadat din minte şi a păşit pe buze.

Alex zâmbeşte. Mâinile lui mă cuprind atât de puternic, de parcă ar vrea să ne contopească trupurile. Îmi bag mâinile pe sub sacou şi le lipesc de spatele lui.

Secunde, minute sau ore, nu îmi pasă de cât timp stăm aşa. Timpul nu mai e de mult o unitate de măsură.

— Ioana, voi rămâne în ţară pentru o perioadă şi mi-ar plăcea să ne vedem mai des.

Habar nu aveam că fusese plecat. De fapt, aceasta e singura confesiune pe care mi-a făcut-o despre viața lui. Nu îmi pasă unde a fost, nici unde ar fi trebuit să plece. Inima îmi râde doar la gândul că vom petrece mai mult timp împreună.

– Ne vedem mâine seară? mă întreabă, făcându-mi întreaga ființă să regrete promisiunea făcută Ellei.

– Merg la o petrecere cu prietena mea.

– OK, îngână resemnat.

– Ne vedem după? întreb fără rețineri.

– Sigur. Îmi spui când se termină. Zâmbesc sfios și confirm mișcându-mi capul. Se apleacă asupra mea și mă sărută pe frunte.

– Ar trebui să urci. Nu e bine să o lași atât de mult pe Daria singură.

– Ai dreptate! Mă depărtez încet sub privirile lui atente. Pașii mei mici simt că nu mă duc nicăieri. Mă trage spre el ca un câmp magnetic, iar eu mă lupt să mă îndepărtez. Inima mi se învârte în piept ca un dinam și am pe față un zâmbet ce nu poate fi șters. Îi aud vocea și încremenesc.

– Ioana! Mă întorc și îl privesc. Același zâmbet plin de substrat pe care îl adun din aer cu privirea și mi-l lipesc de suflet. Nu rostește nimic, dar îl înțeleg perfect. Privirea lui spune mai mult decât toate cuvintele din lume.

– Știu. Și eu simt la fel! îi strig fără cuvinte și el îmi răspunde cu un zâmbet.

Intru în casă și mă ghemuiesc lângă ușă. *M-a sărutat!* Îmi ating buzele, căutându-le pe ale lui. Inima mea nu își mai găsește liniștea. Tot ce am crezut vreodată că înseamnă un sărut e greșit. Nu mi-aș fi putut imagina niciodată aceste sentimente, aceste trăiri ce-mi dansează prin gânduri.

Mă foiesc. Îmi e imposibil să dorm. Deschid fereastra și prind câteva picături de ploaie. Tot oraşul doarme! E o noapte oarecare pentru ei şi asta mă înfurie. Toţi dorm, în timp ce mie îmi vine să strig de fericire, să sar, să dansez, să mă tăvălesc pe podea şi să lovesc din picioare. Aş vrea să ştie toţi şi să se bucure odată cu mine. Într-un final, ochii mi se închid, lăsându-mi zâmbetul să dăinuie pe buze. Mă cufund într-un somn dulce, lin, fără vise.

Mă trezeşte zgomotul uşii de la intrare, pe care îmi dau brusc seama că am uitat să o încui. Am uitat şi să îmi setez alarma, aşa că venirea Cristinei mă ia prin surprindere.

Mă ridic cu grijă de lângă Daria şi merg în bucătărie.

— Bună, Ioana! îmi urează Cristina, scoţându-şi pantofii.

— Bună dimineaţa!

— Ce-i cu faţa asta? Pari obosită. Ai dormit?

— Nu prea, răspund stânjenită.

— Am nişte pastile bune dacă vrei, sunt pe bază de valeriană, iei două când te aşezi în pat şi dormi ca un copil.

— Nuuu... nu e cazul.

— Treaba ta! spune ridicând din umeri în semn de neputinţă. Aş vrea să vorbim câteva minute. Ai timp?

— Da, sigur. S-a întâmplat ceva? Dacă e în legătură cu uşa... ştiu că am uitat să o încui... Îmi pare rău!

— Nu. Nu este asta. Nici nu observasem, dar dacă tot ai adus vorba... ştii părerea mea: niciodată nu poţi fi prea în siguranţă.

— Da, ştiu... bălmăjesc ruşinată.

— Voiam să îţi spun altceva, dar hai să facem o cafea mai întâi!

— O fac eu, tu ar trebui să te schimbi, o sfătuiesc, făcând aluzie la puloverul prea gros care o făcea să transpire.

— Offf! Ai dreptate! Am şi uitat că sunt îmbrăcată ca un urs. Nu-ţi poţi imagina cât de frig poate fi noaptea...

Părăseşte bucătăria, iar eu profit de ocazie ca să fierb un ibric cu apă. Torn jumătate din lichidul aburind în cana mea, acoperind plicul de ceai, iar în restul apei pun două linguriţe rase de cafea şi una de zahăr, exact cum îi place Cristinei. Praful aromat, diluat în apa fierbinte, răspândeşte un parfum exotic în toată camera.

— Hmmm... Ce bine miroase! spune Cristina, scufundându-se în scaun. Nu înţeleg cum de pot exista oameni care nu iubesc cafeaua.

— Dacă ar avea gust la fel de aromat ca mirosul, poate m-aş gândi să renunţ la ceai în favoarea ei, dar aşa...

— Nu ştii tu ce-i bun! O să-i descoperi puterea când vei avea un serviciu şi un copil care îţi mănâncă puterile, îmi spune dându-şi ochii peste cap.

Mă mulţumesc să zâmbesc, apoi sorb o gură mare din ceaiul meu de mentă.

— Ioana, după cum ţi-am spus, vreau să avem o discuţie serioasă. Am luat o decizie care te implică şi pe tine, aşa că trebuie să îţi spun. Ştiu că trebuia să îţi spun mai devreme, dar nu era nimic sigur... se fâstâceşte Cristina, în timp ce inima mea îşi accelerează ritmul.

— Despre ce e vorba?

— Am vorbit cu mama ca Daria să îşi petreacă vacanţa cu ea la Pardoşi. Am nevoie şi eu de câteva săptămâni de linişte. Nu mai pot! Gândeşte-te că am muncit toată noaptea şi acum trebuie să mă apuc să fac mâncare, curăţenie, să bag la spălat...

— Înţeleg... şoptesc cu răsuflarea tăiată.

— Şi pentru tine e mai bine, ai timp să înveţi pentru BAC, să ieşi cu prietenii...

O ascult cu un zâmbet tâmp uitat pe chip, încerc să procesez calm toate cuvintele ei, dar lacrimile mi se zbat în ochi şi le simt gustul amar în gât. Nu pot să mai spun nimic fără să pufnesc în plâns.

— Mai sunt câteva zile până începe vacanţa, aşa că aveţi timp să vă luaţi la revedere.

— Da... Cristina, eu trebuie să plec. Te sun mai târziu, OK?

— Da, sigur...

Mă îmbrac rapid şi îmi aşez toate cărţile în ghiozdan. O privesc încă un minut pe Daria dormind, apoi îmi lipesc buzele de fruntea ei într-un sărut ce o face să zâmbească.

— Ai grijă pe drum! Să ai o zi frumoasă! îmi urează Cristina, făcându-mi cu mâna.

Îi zâmbesc chinuit şi îi urez acelaşi lucru, dar pe interior fierb de furie, de durere, de neputinţă. Mă simt de parcă mi-a furat ceva, o consider responsabilă pentru durerea mea. Ştiu că e o prostie, dar nu mă pot controla. *Aşa trebuia să se întâmple! Ştiam că asta va urma! Oricum aş fi plecat la facultate în curând, oricum aveam să o părăsesc pe Daria,* îmi repet obsesiv. *Atunci de ce mă doare inima atât de tare?* Poate pentru că voiam să fie decizia mea. Voiam ca eu să îi spun că plec, voiam ca, măcar o dată, să fiu eu cea căreia i se va simţi lipsa. Gândurile mele egoiste mă îngrozesc. Inspir adânc şi îmi şterg lacrimile cu mâneca, încercând să mă calmez.

E încă devreme şi liniştea din jur mă lasă să mă aud doar pe mine. Soarele creşte încet după blocurile din spatele meu şi raze lungi, portocalii încearcă să mă ajungă. Stâlpii înalți, din metal, răspândesc o lumină difuză de care nu mai este nevoie, dar ei nu ştiu asta. Ei nu ştiu că e deja lumină, că soarele a răsărit. *Sunt doar stâlpi... De unde să ştie ei?*

Poate aşa sunt şi eu, o lumină în plină zi, programată să fac ceva fără să mai am un scop. Tot ce ştiam să fac era să am grijă de bunica şi de Daria. Acum, bunica nu mai e şi, în curând, nici Daria nu va mai avea nevoie de mine. Furia a dispărut lăsând loc unei tristeți profunde.

Îmi urmăresc picioarele cum se mişcă teleghidat, unul înaintea celuilalt, îndreptându-se către niciunde, acolo unde nu mă aşteaptă nimeni. Am un gol imens în stomac, simt o nevoie disperată de o îmbrățişare.

Intru cu grijă în casă, ca şi când nu aş vrea să trezesc pe cineva. Nu e nimeni de trezit. Merg în camera bunicii şi mă întind pe pat. O pace ciudată îmi pătrunde în suflet. Închid ochii şi o las să mă împresoare. E ca şi când bunica ar fi încă aici. Îi simt mirosul în aer. E impregnat în pereți sau poate în ființa mea. Inspir adânc şi îmi las inima să îl îmbrățişeze. Gândul îmi zboară fără preaviz la Alex şi întreaga ființă zâmbeşte. *Cât de norocoasă sunt că îl am!*

Las timpul să treacă peste mine, cufundată în cartea începută ieri, până ce soneria telefonului mă trezeşte la realitate.

– Alo! Da, Ella!

– Hei, eşti gata de petrecere?

Îmi arunc ochii pe fereastră şi constat că deja s-a înserat.

— O să fiu gata în 10 minute.

— Super! Te aştept la mine să plecăm împreună.

— Mulţumesc!

Îmi fac un duş şi mă îmbrac fără chef. Mai citesc două pagini din carte şi plec. Ella mă întâmpină entuziasmată.

— Abia aştept petrecerea asta... Stai puţin! spune ea, privindu-mă de jos în sus îngrozită. Tu aşa mergi?

— Da...

— Astea sunt haine de şcoală, Ioana, nu de petrecere. În fine... Hai să intrăm în casă, rezolv eu. Ella caută agitată în şifonier aruncând hainele pe podea.

— Pune asta pe tine! spune întinzându-mi o rochie roşie.

— Ella, nu e necesar. Sunt bine aşa.

— *Bine*? Glumeşti? Arăţi ca un şoarece de bibliotecă.

Poate are dreptate, îmi zic. În fapt, Ella e cea care ştie totul despre petreceri.Îmbrac rochia Ellei, după care mă las pe mâna ei pentru a mă machia şi a-mi aranja părul. După aproape jumătate de oră de muncă grea, mă priveşte satisfăcută.

— Arăţi perfect, fato! Devin geloasă. Mă apropii de oglindă şi mă privesc uimită. Nu sunt eu! Rochia e prea mulată şi cu spatele gol, iar machiajul e exagerat şi de prost gust. Nu sunt frumoasă, sau sexy, sunt doar... vulgară.

— Eu... nu pot ieşi aşa din casă, îi zic bâlbâindu-mă.

— Glumeşti? Arăţi trăsnet.

— Arăt ca o...

— Nici să nu îndrăzneşti! Mă întrerupe ea punându-mi un deget

peste buze. De mine ce zici?

Face o piruetă amplă şi se opreşte în fața oglinzii. Îşi țuguie buzele şi îşi aşază sânii în rochia verde, cu paiete, care îi acoperă doar o mică parte din trup.

— Eşti... tu, spun în lipsa unui răspuns mai potrivit.

— Iar eu arăt mereu bine! îmi zice ea cu un râs zgomotos. Abia aştept să mă vadă Vali.

— Chiar îți place de el, aşa-i?

— Îl iubesc, Ioana. Îl iubesc mult!

Încerc să îmi mențin zâmbetul, dar îmi e foarte greu. Ella observă şi mă prinde de mână.

— Hai, fato! Termină cu cugetările, că dacă overthinking-ul ar fi un sport, ai fi campioană! îmi spune zâmbind. *Carpe Diem*, Ioana, e timpul să ne distrăm!!!

— Aşteaptă puțin, îi spun, îndreptându-mă spre baie.

Îmi şterg o mare parte din machiaj, adaug o geacă scurtă peste rochie renunț la tocurile propuse de Ella, în favoarea tenişilor.

— Gata. Mergem?Ella mă priveşte dezamăgită.

— Ai stricat tot! Tu o să mori singură, fată dragă. Începem să râdem amândouă şi plecăm.

Coborâm pe nişte scări înguste în subsolul unui restaurant, unde, conform Ellei, are loc „cea mai tare petrecere". Încă de la intrare mă izbeşte un miros puternic de alcool şi tutun. Înghit în sec şi încerc să îmi mențin zâmbetul. Ella e atât de entuziasmată, încât nu vreau să fac vreo remarcă ce i-ar putea strica buna dispoziție.

– Să mergem la bar, să bem câte un *shot*!

– Poate mai târziu, Ella. Ştii că nu sunt chiar sufletul petrecerii. Mai bine mergi să îl cauţi pe Vali!

– Că bine zici! Stai pe aproape!

Într-o secundă se pierde în mulţime, iar eu rămân singură într-o mare de oameni. Muzica asurzitoare mă dezorientează. Indivizi beţi se lovesc de mine sau îmi aruncă priviri dezgustătoare. Mă strecor cu greu printre ei şi mă aşez pe o canapea, într-un separeu întunecat. Îmi scot telefonul şi încep să butonez, aşteptând să treacă timpul. *Mai stau două ore şi plec,* îmi spun gândindu-mă la Alex.

În colţul întunecat, unde am găsit refugiu, nu mai e nimeni, şi totuşi am un sentiment ciudat că sunt urmărită.

– Ce faci aici singură, păpuşă? întreabă o voce groasă.

Mă ridic din instinct, urmărind cu privirea silueta unui bărbat solid ce se îndreaptă spre mine. Luminile schimbătoare mă împiedică să-i văd faţa, dar simt nevoia să mă îndepărtez. Oricât de repede aş vrea să mă mişc, el se apropie şi mai mult, până mă prinde de mână, făcându-mă să mă opresc. Mă întorc şi îl privesc. E Vali. Mă analizează fără jenă, de jos în sus, lingându-şi buzele.

– Cine se gândea că sub hainele de tocilară se ascunde corpul ăsta sexy? îmi spune cu un rânjet dezgustător, în timp ce îşi trece un deget peste buza de jos.

– Dă-mi drumul! îi cer, în timp ce-mi smucesc mâna.

– Da' unde te grăbeşti? Te transformi în Cenuşăreasă la miezul nopţii?

Se apropie din ce în ce mai mult, până când trupurile noastre se ating. Îmi strânge brațul cu putere și mă mângâie pe față cu cealaltă mână.

— Ești chiar frumușică, știai? E păcat să nu se bucure nimeni de tine. Toată ființa mea e cuprinsă de o senzație de neliniște și de dezgust.

— Unde e Ella? întreb, încercând să îi amintesc că e iubitul prietenei mele, că eu sunt prietena iubitei lui.

— E deja beată. Probabil vomită prin baie.

Îmi smucesc mâna cu putere și reușesc să mă eliberez din strânsoarea lui, sau poate că el îmi dă drumul. Plec și încep să o caut pe Ella, dar pare imposibil de găsit. O sun și nu răspunde. Mă strecor cu greu prin mulțime, ferindu-mă de brațe care flutură în aer, în timp ce Vali mă urmărește cu privirea. Într-un final, o văd lângă bar. Respir adânc și încerc sămi calmez ritmul inimii înainte să mă apropii.

— Ești bine? o întreb așezându-mă lângă ea.

— Ioana, hai să bem! îmi zice, împingând unul dintre paharele de pe bar spre mine.

— Ai băut prea mult, Ella. Mai bine mergem acasă!

— Nu fi proastă! Sunt foarte bine. Mă distrez.

O privesc îngrijorată, încercând să îmi găsesc cuvintele, în timp ce Vali mă urmărește atent de la masa alăturată. O rază de lumină mă lasă să-i observ zâmbetul sarcastic din colțul gurii, iar asta mă enervează.

O prind, de mână pe Ella și încerc să o conving să ieșim afară.

— Nu merg nicăieri, Ioana. Stau aici cu Vali.

Îl privesc mustrător, și el se apropie râzând.

— Hei! Ce se întâmplă aici?

— Ioana vrea să mergem acasă, eu vreau să dansez.

Ella încearcă să se ridice, dar se dezechilibrează şi sunt nevoită să o ajut să se aşeze din nou.

— Ai băut prea mult. Hai să mergem! îi zic pe un ton rugător.

— Las-o să se distreze! intervine Vali, privindu-mă ironic.

— Da, Ioana, mă distrez. Rămân aici cu iubitul meu.

Se agaţă de gâtul lui Vali, însă acesta o împinge dezgustat. Îmi e frică pentru ea, sunt revoltată, speriată şi furioasă. Toată fiinţa mea vrea să-i urle adevărul despre Vali, sperând să o trezească la realitate. Deşi ştiu că asta o va răni, sunt prea slabă pentru a păstra tăcerea.

— Ella, nu poţi avea încredere în Vali. Îmi face avansuri şi sunt sigură că nu doar mie, îi spun vizibil stânjenită.

Ella mă priveşte atent şi tace pentru o clipă, apoi începe să râdă cu poftă.

— Încearcă doar să fie drăguţ. Tu crezi că oricine îţi zâmbeşte îţi face avansuri. Vali mă priveşte triumfător.

— Vorbesc serios, insist eu.

— Şi eu vorbesc serios, Ioana, îmi spune cu un ton ridicat. Fie că îţi place, fie că nu, Vali e iubitul meu. Încetează să îl mai vorbeşti de rău! O privesc pierdută. *E doar băută. Nu trebuie să iau în seamă cuvintele ei.*

— Ella, eşti prietena mea şi îţi vreau binele.

— Bine ar fi să pleci, îmi spune, împingându-mă.

– Ella...

– Pleacă!!! îmi urlă, făcând jumătate din club să-şi întoarcă privirea către noi.

Mă îndepărtez, în timp ce ea îşi mai comandă un *shot*. Sunt stupefiată. Niciodată nu mi-a vorbit aşa. *Poate chiar ar fi mai bine să plec!* Îmi fac loc prin mulţime căutând ieşirea. Urc cu greu şirul lung de scări până afară.

E puţin trecut de miezul nopţii, iar afară e răcoare şi extrem de linişte, în comparaţie cu atmosfera din subsol. Gândurile mele încep să se adune. *Oare e bine să o las pe Ella aici?* Nu sunt împăcată cu mine. *Poate ar fi trebuit să insist să vină acasă. Sau poate are dreptate. Îi e mai bine fără mine.* Mă aşez lângă zid şi comand un taxi.

– Păpuşă, unde pleci aşa de repede?

Vocea groasă mă face să tresar. Vali şi încă doi bărbaţi se apropie grăbiţi. Teama îşi face loc în inima mea cu fiecare pas pe care îl fac. *Unde să mă duc?* Îmi îndrept privirea spre restaurant, însă e deja închis. Mă întorc şi încerc să intru iar în clubul din subsol, dar unul dintre însoţitorii lui Vali mă opreşte, prinzându-mă de braţ.

– Eiii... Unde te duci? Petrecerea e aici, afară, acum, spune el în timp ce ceilalţi doi râd zgomotos.

– Da, da, aici e distracţia adevărată, completează Vali, în timp ce îmi studiază picioarele goale.

Inima îmi bate cu putere. Încerc să-mi smulg braţul din strânsoare, însă nu reuşesc. Îi cer ajutorul unui băiat care stă jos pe bordură, la câţiva metri de noi, dar e prea beat să-şi dea seama ce se întâmplă. Vali se apropie de mine, adulmecându-mi pielea.

– Du-te şi adu maşina! îi spune celui care mă ţinea de mână, în timp ce îmi prinde cealaltă încheietură.

Inima îmi îngheață. Încerc să concep un plan de evadare, dar mintea mea pare blocată de frică. Scot telefonul cu mâna rămasă liberă și îl apelez pe Alex, însă îmi e frică să-l duc la ureche. Îl țin la spate rugându-mă să răspundă, să-și dea seama că ceva nu e în regulă. Vreau să-i spun unde sunt și că am nevoie de ajutor, dar nu reușesc. Vali mă smucește și scap telefonul pe asfalt înainte să apuc să spun ceva.

— Ia uite, păpușă, ți-a venit limuzina, îmi spune Vali, împingându-mă către mașina care tocmai a oprit în parcare.

Încep să țip și să îl lovesc cu pumnii, dar nimic nu funcționează. Încerc să mă calmez și să-mi adun gândurile, apoi mă apropii de el, în timp ce îmi împing un picior între ale lui. Inspir adânc și îl lovesc cu putere. Vali se îndoaie de mijloc din pricina durerii și îmi slăbește strânsoarea. Alerg câțiva metri, dar unul dintre prietenii lui mă prinde violent de braț și mă trage, lipindu-mă de el. Se apropie de urechea mea și mă întreabă sarcastic:

— Unde fugi, păpușă? Nu îți place compania noastră? Frica mă paralizează. Nu mai am nicio șansă. Încep să tremur, iar ei mă privesc cu încântare. Se apropie taxiul pe care l-am comandat și un crâmpei de speranță se naște în inima mea.

— Ați făcut comandă? întreabă șoferul prin geamul coborât doar pe jumătate.

— Poate domnișoara, dar s-a răzgândit, vine cu noi, spune Vali, în timp ce prietenul lui îmi acoperea gura cu palma. Încerc să țip, să gem, apoi încep să plâng de frică și de neputință, dar șoferul nu schițează nicio intenție de a mă ajuta. Mă privește o secundă, apoi se uită la cei trei și pornește în trombă.

Sunt stupefiată. *M-a lăsat aici!* Simt cum strânsoarea devine mai puternică şi nu pot lupta. Parcă o parte a creierului meu deja mi-a acceptat soarta.

— Intră în maşină! îmi ordonă Vali, îndreptându-mă spre portiera deschisă.

Încerc să mă împotrivesc cu ultimele forţe, împingând cu picioarele uşa maşinii. Muşc mâna care îmi acoperă gura şi încep să strig. Aud cum să apropie o maşină, apoi o frână puternică şi mă întreb dacă s-a întors. Mă rog să se fi întors, să fi venit taximetristul sau să fi anunţat poliţia, să vină oricine, doar să mă scape din coşmarul ăsta.

— Dă-i drumul!

Vocea puternică a lui Alex mă face să plâng de fericire. *E aici!*

Sunt salvată! Nimic rău nu mi se poate întâmpla dacă Alex e aici!

— Nu te băga! îi spune Vali, strângându-mă şi mai tare.

Alex se apropie calm şi se aşază între noi şi maşină.

— Am spus să-i dai drumul!

Cei trei încep să râdă copios.

— Nu face pe eroul, că n-o să iasă bine! Uită ce ai văzut şi vezi-ţi de drum! spune unul dintre prietenii lui Vali, fluturând o rangă pe care tocmai a scos-o din portbagaj.

Alex rămâne nemişcat şi fără să trădeze vreo urmă de îngrijorare.

— Lăsaţi-o să plece şi rezolvăm asta ca bărbaţii!

— Te crezi în filme, fraiere? întreabă Vali amuzat. Fata vine cu noi! Tu te duci acasă sau la spital. Tu alegi!

Îmi e frică, pentru Alex, pentru mine, pentru Ella. Simt secundele cum trec prin mine şi nu mai suport atingerea braţelor lui Vali. Îi simt respiraţia în ureche şi transpiraţia cum îmi atinge pielea. Sunt epuizată fizic şi psihic, iar picioarele îmi cedează. Închid ochii puternic şi încerc să mă concentrez. Nu-mi dau seama ce se întâmplă sau când s-a mişcat Alex. Aud doar un geamăt înfundat şi mă simt liberă. Vali se zvârcoleşte pe asfalt, iar eu rămân şocată privindu-l.

— E OK. Du-te la maşină! îmi spune Alex calm, prinzându-mă de mână.

Sunt paralizată. Nu reuşesc să mă concentrez. Nu reuşesc să îmi coordonez mişcările. Alex mă împinge în spatele lui, poziţionându-se între mine şi ceilalţi doi bărbaţi.

— Du-te la maşină! Ioana, urcă în maşină!

Alex aproape că ţipă la mine, iar eu sunt atât de tulburată, încât nu înţeleg ce vrea. Mă prinde de umeri şi mă priveşte încruntat.

— Aşteaptă-mă în maşină! Dau din cap necontrolat şi mă îndepărtez cu greu. Mă aşez pe scaunul din dreapta şi blochez uşile. Îmi trag sufletul şi încerc să mă calmez, să rememorez ce s-a întâmplat, să conştientizez că sunt în sfârşit în siguranţa. *Dar Alex?* Luminile slabe mă împiedică să văd clar ce se întâmplă afară. Trec minute care mi se par ore, sau poate chiar sunt. Trupul încă îmi tremură şi inima îmi pompează sângele din ce în ce mai rapid. Cobor geamul şi îl văd pe Alex cum se apropie, aranjându-şi sacoul.

Urcă şi mă analizează tăcut câteva secunde, apoi porneşte maşina. Nu ştiu ce să zic. Îmi e teamă să sparg liniştea asta. Buzele îmi tremură şi îngân cu greu două cuvinte.

— Eşti bine?

— La dracu, Ioana, cum să fiu bine? Tu ai idee ce putea să ţi se întâmple? Ce cauţi în astfel de locuri? mă întreabă agitat, în timp ce strânge nervos volanul maşinii.

Rămân tăcută şi îmi plec privirea încercând să îmi ascund vina din ochi. Alex e atât de furios, încât nu îndrăznesc să zic niciun cuvânt. Oricum nu aş şti ce să răspund. Îmi pare rău că s-a întâmplat asta. Îmi pare bine că a fost acolo. Sentimente contradictorii se luptă în inima mea.

Îi prind mâna şi mi-o lipesc de inimă.

— Mulţumesc!

Mă priveşte cu blândeţe şi opreşte maşina.

— Ioana, eşti atât de fragilă, atât de uşor de rănit! Îmi sărută mâna şi oftează, apoi continuă. Nu e drept să intru în viaţa ta. Nu aş putea să mă iert dacă ţi s-ar întâmpla ceva din cauza mea!

— Despre ce vorbeşti? Tocmai m-ai salvat.

— De cine, Ioana? De nişte băieţi din cartier? Crezi că ei sunt periculoşi? Habar nu ai... Dacă aş putea să te salvez de cineva, te-aş salva de mine.

Mă străduiesc să înţeleg ce vrea să spună, dar îmi e imposibil. Aş vrea să ştiu ce gândeşte, ce simte, aş vrea să îmi vorbească, să îmi explice. *Dar ce e de explicat? E Alex şi e tot ce îmi doresc.* Îi duc mâna la gură şi îi sărut degetele, şoptindu-i printre buze.

— Alex, dacă tu eşti pericolul, nu vreau să fiu salvată!

În ochii lui se citeşte urma unui zâmbet, buzele i se deschid pentru a spune ceva, dar se răzgândeşte. Mergem în tăcere câteva străzi şi frica începe să dispară. Îl privesc pe furiş şi mă îndrăgostesc iar de el. Ochii aceia pătrunzători mă văd mai frumoasă decât îmi imaginam că pot fi. Fiecare cuvânt născut pe buzele lui îmi intră direct în inimă. Alex e tot ce mi-aş fi putut dori, e tot ce nu ştiam că îmi doresc. Nici nu ştiam că există şi că poate fi dorit.

Radioul maşinii redă o melodie atât de dragă inimii mele, *Killing me softly*. Frank Sinatra. Uit tot ce s-a întâmplat privindu-l, ascultând muzică, simţindu-i parfumul. Îmi pun mâna peste a lui, pe schimbătorul de viteze. El mă priveşte fugitiv şi zâmbeşte. Opreşte maşina pe o străduţă lăturalnică şi rămânem tăcuţi ascultând muzică.

– Mi-a fost frică, mi-a fost foarte frică pentru tine, îmi spune el într-un final.

– E OK acum, sunt bine. Nu s-a întâmplat nimic. Îmi lipesc palma de obrazul lui, îl mângâi şi îmi las privirea să îl studieze. Degetele mele se mişcă, atingându-i buzele. *Vreau să îl sărut!* Îmi gust buza de jos, încercând să anticipez atingerea, şi tind să mă apropii, dar brusc mă simt ruşinată de îndrăzneala mea. Îmi retrag mâna şi îmi plec ochii.

Alex îmi ridică bărbia cu două degete, forţându-mă să-i întâlnesc privirea. Mii de scântei se nasc în ochii lui. Privirea sa îmi electrocutează inima şi o face să bată din ce în ce mai puternic. Îmi atinge faţa, apoi degeţele îi alunecă pe gât şi coboară pe spatele gol. Atingerea lui îmi deşteaptă toate simţurile. Zeci de impulsuri electrice îmi coboară pe coloană şi se răspândesc în tot trupul. Îi privesc buzele întredeschise şi mor de dorinţa de a le gusta. Mă apropii şi îmi trec degetele prin părul lui moale. Ne privim intens, la câţiva centimetri distanţă, făcând tensiunea să crească odată cu fiecare clipă ce trece. Închid ochii şi îi simt buzele peste ale mele. Eu devin apă, şi el e însetat. El e oxigen, şi eu mor după o gură de aer. Mă prinde de şolduri şi mă ridică, mă trage peste el şi în următoarea secundă sunt în brațele lui. Mâinile lui îmi explorează delicat spatele, iar ale mele ar vrea să se înfigă în pielea lui.

O mână urcă pe gât şi mă prinde de păr, trăgându-mi capul pe spate, în timp ce buzele lui moi îmi călătoresc pe gât. Mă pierd într-un ciclon de plăcere. Îi simt respirația mai puternică şi mai fierbinte ca nicicodată şi bătăile inimii pe care nu le mai pot deosebi de ale mele. Le dau voie degetelor să se plimbe nestingherite pe corpul lui. Îi deschid cămaşa şi îi mângâi pielea, formele astea atât de bine sculptate, vreau ca mâinile mele să memoreze tot.

– Alex, eşti primul bărbat care mă sărută, primul care mă atinge. Mă bucur că eşti tu! îi şoptesc înnebunită de plăcere.

Mă priveşte în ochi timp de două respirații, apoi mă împinge, depărtându-mă de el.

– Să mergem! Trebuie să te duc acasă, îmi spune, încheindu-şi nasturii de la cămaşă.

Mă aşez pe scaunul din dreapta şi îmi pun centura. Îl privesc pe furiş încercând să-i înțeleg reacția. Alex e singura persoană pe care o cunosc şi îmi e imposibil să o citesc, să-mi dau seama ce crede, ce vrea. E singura persoană care mă face pe mine să nu mă mai recunosc. Nu înțeleg de unde are puterea asta. Cum de poate să facă din mine, cea calculată şi responsabilă, această persoană care stă aici în maşină cu el, practic un necunoscut? Cum de poate să mă facă să-mi pierd controlul sau să renunț la el de bunăvoie?

De vină e poate acea scânteie ce se naşte în ochii lui când mă priveşte, sau poate e gustul proaspăt al buzelor, sau poate acele discuții despre nimicuri ce îmi sărută mintea. Orice ar fi, oricum ar reuşi, vreau mai mult, vreau mai mult din orice e nebunia asta de care devin dependentă.

– Am ajuns, îmi spune, fără să mă privească.

– Alex, s-a întâmplat ceva?

– Ştii şi tu ce se întâmplă, simţim amândoi. Ioana, nu vreau să faci ceva ce ai putea să regreţi. Aş vrea să îi spun că nu e cazul să-şi facă griji pentru mine, că nu o să fac nimic ce o să regret, că am totul sub control, dar nu e aşa. Când sunt cu el, raţiunea mea dispare. El e un fir de chibrit aprins, şi eu o mână de paie. Nu e nevoie decât de o mică atingere şi iau foc. Nu am un răspuns şi nici nu ştiu dacă Alex ar vrea unul, aşa că mă mulţumesc să îi zâmbesc.

– Mulţumesc, pentru tot!

Îmi ia mâna şi o sărută blând.

– Noapte bună, Ioana!

Alex

„Mâna ţi se transformă când o pui în altă mână."
Paul Eluard

Nu ştiu cum s-a întâmplat sau când, nu ştiu dacă m-am opus sau dacă am cerut asta. Îmi dau seama că nu ştiu mare lucru. ştiu doar că nu ştiu nimic, cum spunea Socrate. Problema e că eu nici nu vreau să ştiu. Nu vreau să gândesc, să analizez sau să descopăr, vreau doar să simt. Vreau să las sentimentele astea să mă umple, să-mi stăpânească sufletul şi mintea. Vreau să-mi las gândul să colinde aiurea, să mă pierd în privirea ei, să-i simt parfumul delicat curgându-mi prin vene cu fiecare inspiraţie. O vreau pe ea şi mă vreau pe mine cel de lângă ea. Vreau să fiu cel pe care doar ea îl ştie, cel pe care-l văd în ochii ei.

Ioana mă fascinează! Mă transformă de parcă m-ar poseda. Îmi acaparează întreaga fiinţă şi, cu cât mă opun mai mult, îi dau mai multă putere. Nu îmi recunosc dorinţele şi sentimentele. Când sunt lângă ea, mă cuprinde o tandreţe ciudată care nu mă reprezintă. Aş fi rămas acolo pe vecie, cu ea ghemuită în braţele mele, adulmecând parfumul din părul ei, ascultându-i respiraţia tăiată şi inima bătând nebunește. Aș muri fericit cu gustul pielii ei pe buze. Lângă ea uit de mine, uit cine sunt și încep să cred că merit să o am, că merit să mă bucur.

– Alex... Alex!

Ridic privirea ca trezit din somn și o întâlnesc pe cea a lui Laur.

– Ce s-a întâmplat? întreb confuz.

– Tu să ne spui! intervine Răzvan cu un ton tăios.

Rămân tăcut, prefăcându-mă că mă uit în hârtiile pe care le am în

față. Îmi iau două secunde să respir controlat și încerc să revin în prezent. Cu cât încerc să mă distanțez mai mult, realitatea mă strigă tot mai tare, îmi urlă în ureche că e doar un vis. *Eu și Ioana... cum ar putea fi adevărat?*

– Alex, ești OK? De când ai venit din Turcia te comporți ciudat, îmi spune Manu între reproș și îngrijorare.

– Da, sunt OK, confirm cu jumătate de gură. Încerc să mă adun, să mă concentrez, să spun lucruri corecte și să ascult activ când ceilalți vorbesc. Încerc să-mi spun că sunt doar prostii, îmi fac scenarii ireale, niciodată nu se va întâmpla. Nu trebuie să mă mai gândesc la ea. Încerc. Mă jur că încerc, dar chipul ei își face loc în mintea mea cu fiecare răsuflare. Pare că o inspir și rămâne în mine, transformându-mă. Îl împinge undeva adânc pe vechiul Alex, descoperind în mine o persoană care nu știam că există.

Suport cu greu restul ședinței, încercând să particip activ la discuții, iar când, în sfârșit, se termină, mă grăbesc să ies.

– Alex, tu mai rămâi puțin! îmi cere Răzvan pe același ton autoritar care mă irită.

Mă aşez din nou privindu-i pe Manu şi Laur cum închid uşa în urma lor.

– Aşa, ascult! spune Răzvan, trăgându-şi scaunul aproape de al meu.

– Ce?

– Ce te preocupă..., îmi spune, căutându-mi privirea. Pentru un moment îmi trece prin minte posibilitatea de a-i spune totul. Aş vrea să avem o discuţie normală, cum aveam când eram copii, să mă asculte, să mă înţeleagă, să-mi dea sfaturi sau să mă tachineze, dar ştiu că aceste lucruri sunt de domeniul trecutului. Am pierdut un frate, am câştigat un şef. Să vorbesc cu el acum ar fi o prostie, îi ştiu reacţia, îi anticipez cuvintele, aşa că abandonez ideea. Nu am nevoie de nimeni care să mă trezească din visul ăsta.

– N-am nimic... îi spun într-un sfârşit, total neconvingător. Mă priveşte încruntat o secundă, după care în ochii lui se aprinde o scânteie de îngrijorare. E vorba despre Sandu? Te-a urmărit? Alex, ce s-a întâmplat? întreabă precipitat.

– Nu are legătură cu... încerc eu să spun când Răzvan mă întrerupe brusc. E ceva în neregulă cu contractul? Vorbeşte, fir-ar să fie! Dacă se întâmplă ceva, ne priveşte pe toţi.

Sângele începe să îmi fiarbă în vene şi pumnii se lovesc puternic în masă.

– Nu vă priveşte. E viaţa mea, Răzvan, doar a mea. M-am săturat să fiu legat de tine, de voi. M-am săturat ca voi să luaţi decizii pentru mine şi eu pentru voi.

– Ce dracu e în neregulă cu tine? De când vorbeşti tu aşa? mă întreabă răstit.

– De când vreau o viaţă.

– La ce te referi?

— Vreau să trăiesc cu adevărat! M-am săturat să mă gândesc doar la afaceri. M-am săturat ca astea să fie singurele probleme şi singurele motive de bucurie.

— Ce vrei să spui de fapt, Alex? mă întreabă el, privindu-mă pătrunzător.

Toate gândurile se materializează în mintea mea, toate frustrările prind viaţă şi vreau să le strig, să mă eliberez. Vreau să rostesc cuvintele care îmi bântuie mintea, deşi ştiu ce ar însemna asta pentru Răzvan, pentru Manu, Laur, Ana. Nu pot face asta! Şi totuşi egoismul şi perspectiva de a fi fericit îmi controlează mintea.

Răzvan se apropie sfidător, ştiind în sinea lui că voi rămâne tăcut, ştiind că nu voi avea curajul să o spun, dar el nu mă cunoaşte. Nu mă mai cunoaşte.

— Vreau să termin cu asta. Vreau să ies! îi zic apăsat, simţind fiecare cuvânt.

Văd surprindere şi teamă în privirea lui, poate şi un sentiment de tristeţe pe care încearcă să-l ascundă întorcându-se spre uşă.

— Imposibil, îmi răspunde scurt, în timp ce părăseşte camera. Sângele îmi aleargă prin vene şi muşchii mi se contractă involuntar. „Imposibil" e un răspuns care mă bântuie de ani. Un răspuns la întrebarea pe care nu am avut curaj să o rostesc până azi, un răspuns pe care acum mai mult ca niciodată îmi e imposibil să îl accept. Ies în grabă lovind uşa şi cobor spre garaj. Simt nevoia să plec. Vreau să evadez!

După trei ore de condus ajung, în sfârşit, la Baia de Fier. Îmi pun echipamentul de escaladă şi îmi aleg un traseu.

Fixez carabinele şi verific nodurile, bag mâna în sacul de talc şi întind pudra fină pe ambele palme.

Privesc nerăbdător peretele de stâncă, calculându-mi primele mişcări. Urc tot mai sus, lăsând în urmă lumea asta mizeră. Furia se transformă în forță şi neputința, în determinare.

Tot corpul mi se încordează, în timp ce degetele caută cu grijă cea mai sigură priză. Savurez durerea din muşchi şi o las să se plimbe în voie prin întregul corp. Îmi împing limitele la maximum, refuzând să fac pauză la primul refugiu. Cu fiecare centimetru urcat, uit de cei din jur şi de mine însumi. Las muntele să mă învăluie în senzațiile lui. Vântul îmi usucă transpirația, simt textura rocii, atingerea pudrei de talc, inima care bate haotic pompând adrenalină, durerea, tensiunea, înălțimea, liniştea, respirația mea, toate se amestecă într-un sentiment ce-mi umple ființa.

Părăsesc ultima priză, mă ridic pe creastă şi îmi desprind asigurările. Îmi iau câteva minute pentru a respira controlat. Conştientizez epuizarea fizică, endorfinele ce-mi inundă creierul şi senzația de euforie provocată de acestea. Sunt liber!

Aici, sus, libertatea are o altă dimensiune. Fără semnal la telefon, fără zgomotele oraşului, fără griji cotidiene, fără nimeni. Doar eu.

De aici, lumea pare mică şi inocentă. Oamenii se plimbă ca nişte pixeli colorați pe un desktop. Îmi place să-i privesc, să-mi imaginez viața lor perfectă, jobul obositor, familia gălăgioasă, timpul prea puțin şi banii insuficienți, părinții sau copiii neînțelegători, o viață normală pe care probabil mulți dintre ei o urăsc, dar la care eu tânjesc cu disperare.

Mă întreb cine aş fi fost dacă nu luam acea decizie. Dacă aş avea şansa să aleg din nou, aş avea curajul de a alege diferit? Da. Poate aş face-o, însă timpul nu se întoarce şi unele greşeli nu pot fi răscumpărate. Sunt greşeli care te condamnă definitiv.

Mă întind pe iarbă, inspirând natura, închid ochii şi mă relaxez. Îmi apare chipul ei în minte, cu zâmbete, cu lacrimi, cu emoţii. Rememorez textura pielii şi gustul buzelor ei. Amintirile mă înfioară. În sfârşit, simt că am ceva, ceva adevărat, care nu poate fi cumpărat. În sfârşit, am ceva, însă am ceva ce pot pierde şi asta mă obsedează. Mă simt un impostor, aşteptând în fiecare clipă ca minciuna să îi fie descoperită. Ştiu că nu o merit, ştiu că nu e real, că tot ce simte pentru mine s-ar schimba dacă ar şti adevărul, dacă m-ar cunoaşte. *Ar trebui să-i spun!* Ştiu că ar trebui, dar nu pot. Cum aş putea să stau drept în faţa ei şi să-i explic cât de slab sunt, să-i explic că eram doar un copil şi că am luat o decizie greşită, că am ales drumul uşor? Cum să-i explic ei asta? Ea, care luptă singură cu viaţa fără să-şi piardă o fărâmă din demnitate?

Îmi imaginez cum m-ar privi când ar afla, dezgustul, repulsia. Nu aş putea suporta. Nu pot! Nu pot să-i spun nimic! Nu pot renunţa la ea! O vreau! O vreau cu egoism şi cu disperare. Ştiu că e greşit, dar nu mă pot opune. Raţiunea mea vorbeşte în gol când inima se zbate în piept, strigând-o.

Ioana

„Nu iert oamenii pentru că sunt slabă.
Îi iert pentru că sunt destul de puternică încât
Să ştiu că oamenii fac greşeli."
Marilyn Monroe

Soneria telefonului mă trezeşte prematur. Întind mâna căutându-l şi răspund fără să mă uit.

— Alo.

— Ori dormi?

Recunosc vocea piţigăiată a lui tanti Nuţi.

— Bună dimineaţa! M-am trezit acum, răspund somnoroasă.

— Eşti acasă sau lucrezi?

— Acasă.

— Bine. Hai, trezeşte-te că vin la tine!

Mă uit la ceas. E puţin trecut de ora 6.

— Acum?!

— Acum plec de acasă.

— Bine.

Intru în baie şi rămân în faţa oglinzii. Machiajul de noaptea trecută mi s-a întins pe toată faţa. Arăt dezgustător, am nevoie de un duş. Apă fierbinte curge şiroaie pe pielea mea. Închid ochii şi îmi dau seama că nu mă gândesc la nimic, nu am nicio grijă, nicio temere. Ascult cum picături mari se sparg zgomotos de podea. Urmăresc cu mintea şuvoaiele de apă cum se plimbă pe trupul meu ca o mângâiere. Îmi studiez pielea şi conturul corpului. Mă privesc ca şi când m-aş vedea pentru prima oară. Îmi face plăcere şi mă simt ruşinată de gândurile ce se nasc în mintea mea.

Zâmbesc! Un zâmbet vinovat, pe care nu mi l-am mai permis vreodată.

Închid duşul şi inspir aburii din aer. E viaţa mea? Mă întreb când s-a schimbat aşa. Când m-am schimbat eu şi unde a dispărut vechea Ioana? Mă aşez în faţa oglinzii aburite şi îmi lipesc palma de ea. Desenez un cerc, cuprinzându-mi chipul. Mă apropii mai mult, încercând să mă observ. Nu am mai făcut asta de mult timp. Descopăr detalii pe chipul meu care îmi sunt străine. Eu îmi sunt mie străină!

Poza aceasta aproape perfectă care mă priveşte din oglindă, plină de pace şi de armonie, această imagine nouă şi totuşi familiară, nu mă reprezintă. Nu sunt eu. Eu sunt undeva acolo, în interior, luptând cu demonii mei, luptând pentru drepturile cu care majoritatea se nasc.

Fruntea lată şi senină ascunde ca o cortină toate războaiele care se dau în mintea mea. Ochii mari, de un verde tulbure, adăpostesc un univers întreg de visuri înecate, de sentimente netrăite, oceane de lacrimi nevărsate, teamă şi singurătate. Buzele mele şi-au cerşit dreptul de a striga de durere sau de a spune şoapte de iubire, au rămas tăcute când voiau să ţipe şi au vorbit când îşi doreau să tacă.

Toate acele lupte, câştigate sau pierdute, nu au lăsat cicatrici pe pielea mea şi nici nu mi-au făcut trupul să pară mai puternic. Ce poate oglinda reda e doar o imagine neclară a unui chip plăcut.

Aud uşa deschizându-se, apoi zgomote prin cameră, ceea ce mă face să înţeleg că tanti Nuţi deja inspectează casa. Ies din baie şi intru în dormitor.

– Pfiu, da' puturoasă te-ai mai făcut! Nici patul nu e aranjat la ora asta... Ce-i asta? mă întreabă, întinzându-mi dezgustată rochia roşie, purtată noaptea trecută. Nici nu a murit bine bunică-ta, că ai început să-ţi faci de cap?

Cuvintele ei îmi trec prin inimă ca un cuţit încins. Încerc să caut un răspuns, dar nu găsesc. Tac şi îmi las capul în pământ. Ştiu că bunica ar fi fost dezamăgită dacă m-ar fi văzut îmbrăcată ca aseară.

Ei... om vedea ce se alege de tine, până la urmă. Ai ceva de mâncare?

– Îţi pregătesc o omletă?

– Dă şi o cafea. N-am apucat să mănânc acasă, am venit la tine tot o fugă.

– S-a întâmplat ceva? întreb cu o urmă de îngrijorare.

– Hai, pune masa, şi îţi spun! Tanti Nuţi mănâncă pofticioasă şi mă priveşte pe sub ochi.

– Tu ori ai băut?

– Nu.

Măcar atât. Să ai capul limpede, că am venit să discutăm afaceri. *Afaceri!* Încerc să îmi ascund amuzamentul pentru a nu se simţi jignită. Îmi pun o ceaşcă de ceai şi aştept în linişte să-mi spună „planul de afaceri".

Termină omletă, soarbe o gură mare de cafea şi începe.

– Hai să-ţi spun de ce am venit aşa devreme.

– Sunt numai urechi.

— Îl ştii pe Dan?

— Nu cred. Care Dan?

— Dan, băiatul lui Vasile, nepotul Anicăi.

O privesc dezorientată. Toate numele astea îmi sunt străine.

— Ei lasă. Îţi spun eu. Nevasta lui Vasile, mama lui Dan, a plecat cu un beţiv acum vreo şase ani. A fugit cu el şi şi-a lăsat familia. Acum, Dan a făcut 18 ani şi a dat-o în judecată.

— Pe cine?

— Pe curva aia de maică-sa.

Ia o pauză de câteva secunde şi mă priveşte aşteptând o reacţie, dar privirea mea total dezinteresată pare să o dezamăgească.

— Tu nu înţelegi? Dan a câştigat o grămadă de bani.

— Pentru asta ai venit aşa dimineaţă? Nu îi cunosc pe niciunul dintre ei. Ce treabă au cu mine?

— Nu, că tu chiar eşti proastă! De ieri, de când am aflat, îl tot descos pe Vasile să-mi spună ce şi cum a făcut, să facem şi noi.

— Noi? repet dezorientată.

— Ce Doamne, iartă-mă nu înţelegi? O dăm în judecată pe mă-ta! Inima mi s-a oprit pentru moment. Nu pot respira. Un *tsunami* de cuvinte se pregătesc să iasă din gura mea. Înghit în sec, încercând să-mi calmez impulsul. Tanti Nuţi continuă.

— Aia a fost plecată şase ani şi acum trebuie să plătească pensie alimentară pe fiecare lună în care a lipsit. Gândeşte-te cât ar trebui să plătească mâta pe 18 ani. Tu nu mai trebuie să munceşti şi... îmi iau şi eu partea mea.

— Partea ta... repet ca în transă.

— Da. Normal! Doar eu am venit cu ideea. Crezi că am venit degeaba aşa dimineaţă? O să ai nevoie de martori la proces. Dan aşa a făcut, l-a chemat pe taică-su.

Capul mi se învârte şi inima stă să-mi sară din piept. Strâng în mână cana de ceai, încercând să mai eliberez din tensiune. Tanti Nuţi vorbeşte în continuare şi mă străduiesc să nu o aud. Vreau să mă ridic de la masă şi să plec. Vreau să plece ea. *Vreau să dispară. Aş vrea să nu o mai văd niciodată!* Ochii îmi iau foc. Propriile mele gânduri mă sperie. Inspir adânc, încercând să mă calmez.

— Tanti Nuţi, îmi pare rău că v-aţi trezit aşa dimineaţă pentru asta.

— N-are nimic. Trebuie să plănuim tot, să zicem amândouă la fel la proces.

— Nu va fi niciun proces.

— Ce?!

— Tanti Nuţi, eu nu o voi da în judecată pe mama.

— Tu eşti chiar proastă? Tu te gândeşti câţi bani poţi să scoţi de la ea?

— Am terminat discuţia asta. Mă ridic de la masă tremurând. Îmi fac de lucru în bucătărie, încercând să-mi înghit lacrimile şi să mă calmez.

— Ioana, unde ai plecat?

Vocea piţigăiată a lui tanti Nuţi devine din ce în ce mai enervantă.

Inspir adânc şi ies din nou în curte.

— Mai pune-mi o ceaşcă de cafea!

— E ibricul pe masă.

— E, dar s-a răcit.

Nu o mai suport! Gata, am ajuns la limită! Încerc din răsputeri să mă controlez. Iau ibricul şi îl pun pe aragaz. Aştept să se încălzească şi îi torn o altă ceaşcă de cafea.

– Aşa păţeşte omul când e bun. E luat de prost. Nu puteam eu să stau cuminte în patul meu?

– *Fix asta mă întrebam şi eu.* Încerc să nu o privesc şi să nu spun nimic. Am învăţat de mult să tac atunci când nu am ceva frumos de spus, iar cuvintele care-mi trec prin minte acum nu sunt tocmai frumoase.

– Ascultă-mă bine, Ioana! Să ştii că nu o să câştigi fără mine.

– Poftim?

– M-am interesat. Dacă nu ai martori, nu câştigi nimic. Mai bine să împărţim banii decât să nu iei nimic.

– Tanti Nuţi, nu va fi niciun proces.

– Ei, lasă că ştiu eu, vrei tu toţi banii. Inima începe să-mi bată cu putere şi tot sângele mi se urcă în cap. O privesc în ochi şi simt că nu mă mai pot abţine. Inspir şi expir de câteva ori, dar nu îmi mai pot înghiţi cuvintele.

– Mai bine mergeţi acasă să dormiţi.

– Mă şi izgoneşti acuma? N-am văzut aşa nesimţire! Păi n-oi avea tu nevoie de martori? Lasă că vezi tu! În genunchi să mă chemi, şi nu mai vin.

Tanti Nuţi pleacă furioasă, trântind poarta după ea. Rămân singură la masă, tremurând de nervi, de revoltă, de durere. Capul pare că îmi explodează şi mâinile nu mai pot ţine ceaşca de ceai. O las să cadă pe masă. Vreau să ţip, să lovesc, să strig, să sparg ceva. Vreau să mă descarc. Un icnet scurt îmi scapă printre buze şi lacrimile îmi dau năvală pe faţă. E o rană veche, pe care o consideram de mult cicatrizată, dar care acum sângerează mai mult ca niciodată. De când am pierdut-o pe bunica, simt şi mai mult lipsa mamei.

Uneori, mă întreb dacă e reală, dacă faptul că eu exist e o dovadă suficientă a existenței ei. Nu ştiu nimic despre ea. Sau ştiu, dar nu lucruri adevărate. Sau nu ştiu dacă sunt adevărate. E ciudat! Unele informații nu ştiu nici măcar de unde le am. Poate mi le-a spus cineva, poate le-am auzit din întâmplare, sau poate sunt doar produsul imaginației mele de copil.

A trecut atât de mult timp! Îmi dau seama că ştiu o poveste ciudată care îmbină realitatea cu fantezia, un puzzle pe care l-am construit singură umplând din imaginație golurile lăsate de piesele lipsă.

O chema Alexandra, m-a născut la 17 ani şi a rămas cu mine doar câteva luni. Când a împlinit vârsta majoratului, a plecat să lucreze în străinătate şi nu s-a mai întors. Am auzit-o odată pe o vecină vorbind cu bunica despre ea. Spunea că au lucrat împreună în Italia, am aflat atunci că s-a căsătorit şi că are un copil. Alt copil.

Poate nu îşi mai aminteşte de mine, cum nici eu nu îmi amintesc de ea. Nu ştiu cum arată, nici măcar din fotografii. Uneori, cred că îmi amintesc vocea ei, dar nu sunt singură dacă e o amintire sau o închipuire. Îi ştiu parfumul! Cred că îl mai ştiu. Acum mulți ani, am găsit un şal bine ascuns în dulapul bunicii. Nu ştiu de unde, însă ştiam că fusese al mamei. Când eram tristă, dormeam cu el. Îmi afundam nasul în materialul moale şi îmi imaginam cum mă pierd în părul mamei, îmi ştergeam lacrimile de parcă ar fi făcut-o ea, mă înveleam cu el şi simțeam cum mă ține în brațe. Aşa m-a găsit bunica într-o zi după o ceartă:

singură în cameră, plângând în şal. Cred că eram mai mică decât Daria pe atunci, dar ţin minte exact scena. M-a privit cu dezamăgire, apoi mi-a smuls şalul din braţe şi l-a aruncat în sobă. Am ţipat cât am putut de tare, i-am spus că mi-a luat tot ce aveam de la mama. Bunica arsese tot ce îi amintea de ea cu ani în urmă, poze, haine şi lucruri personale, iar acum îmi luase şi şalul. Vedeam cum ultima mea alinare e mistuită de flacări, cum se transformă în cenuşă, cum parfumul mamei mele se pierde în mirosul greu de fum.

– Dacă plângi ca o proastă, crezi că rezolvi ceva? Dispar problemele dacă îţi plângi de milă? Eu nu mai cresc o laşă. M-ai înţeles? Mi-a ajuns una. Crezi că ţi-am luat eu tot ce ai avut de la maică-ta? Trezeşte-te, fetiţo!!! Nu ai avut nimic de la ea şi nici nu vei avea. Termină cu bocitul!

Am urât-o atunci. Mi-am urât bunica, deşi era tot ce aveam. Negura resentimentelor îmi întunecau gândirea şi începusem să cred că din cauza ei a plecat mama. Abia când am mai crescut mi-am dat seama că bunica suferea mult mai mult decât mine. Şi ea o pierduse pe mama, nu numai eu. Pentru ea era mult mai greu, simţea că a eşuat ca părinte, avea amintiri care o chinuiau şi un gol ce nu mai putea fi umplut. Eu nu am avut niciodată nimic de la ea şi nu poţi pierde ceva ce nu ai. Eu singură mă minţeam şi îmi alimentam suferinţa cu scenarii de „Cum ar fi fost dacă...?". Şalul nu mă făcea să mă simt mai bine. Dimpotrivă, îmi alimenta o durere care exista doar în mintea mea. Bunica avea dreptate!

Nu ştiu când am înţeles asta, nu ştiu dacă a fost prematur sau prea târziu. Ştiu doar că a murit ceva în mine. A murit copilul care îşi aştepta mama, copilul care spera că era iubit.

Acum... Aş face-o! Aş da-o în judecată. Vreau căldura îmbrăţişărilor pe care nu le-am primit, vreau sfaturile şi alinările, vreau certurile şi cuvintele de laudă. Vreau tot ce nu am avut de la mama. Vreau o copilărie! Aş intenta un proces timpului şi i-aş cere să se întoarcă înainte ca ea să plece, să simt, măcar o dată, căldura sufletului de mamă. Pot câştiga într-un proces dreptul de a avea o familie, de a nu fi singură? Ar putea mama să-mi devină mamă? Pot eu să-i devin copil?

Toate acele suferinţe, pe care le credeam de mult apuse, au dat buzna în inima mea şi o sfâşie. E pentru prima data, după atâţia ani, când mă gândesc la mama şi plâng. Prima dată când îmi las inima să se spele de toată suferinţa pe care am adunat-o atâta timp. Până şi dreptul să plâng mi l-am câştigat greu. Măcar să mă bucur de el.

Lacrimile mă purifică, iar sufletul meu devine mai uşor.

Ioana

„Şi totuşi există iubire
Şi totuşi există blestem
Dau lumii, dau lumii de ştire
Iubesc, am curaj şi mă tem."
Adrian Păunescu

Prea mult spaţiu în care nu-mi găsesc locul, prea mult aer care nu mă satură, prea mult soare care nu mă încălzeşte. Totul e prea mult şi insuficient totodată. Sentimentul ăsta de nelinişte mă consumă. Aştept în fiecare zi să se diminueze, dar se întâmplă contrariul. E ca un bulgăre de zăpadă care creşte pe măsură ce se rostogoleşte. Inspir adânc, încercând să umplu golul din pieptul meu. Îmi aşez mâinile pe bancă, apoi sub bancă, apoi pe genunchi, apoi nu mai ştiu ce să fac cu ele. Îmi formulez un discurs în minte. *Sună banal!* Nimic din ce aş spune nu poate exprima ceea ce simt acum.

Ella intră în clasă şi trece pe lângă mine fără să mă privească, la fel ca în fiecare zi din ultima săptămână. E prima oară când nu o mai am nici măcar pe ea. O văd şi am pornirea să merg să o iau în braţe. Aş vrea să-i povestesc ce s-a întâmplat la petrecere, să-i cer iertare, să aflu dacă i s-a întâmplat ceva, dacă e bine. Aş vrea să mă asculte şi să-mi spună una dintre poantele ei, să o aud râzând la propriile glume, să râdem amândouă.

Am pierdut atât de mult în ultima vreme, încât nu credeam că a mai rămas ceva. Şi totuşi, pierderea ei mă doare cel mai tare. În restul cazurilor, lucrurile nu au ţinut de mine sau am luptat până la final. Pe Ella am abandonat-o! Am lăsat-o cu Vali şi am plecat. Mă gândesc la ce ar fi putut să mi se întâmple mie, de ce sunt capabili acei indivizi.

Ora se termină şi Ella iese grăbită din clasă. Îmi iau ghiozdanul şi o urmez. O strig. Ştiu că mă aude, dar mă ignoră. Încep să alerg şi o prind de braţ.

– Ce vrei?

Vocea ei e atât de tăioasă, încât simt nevoia să înghit o dată în sec înainte să-i răspund.

– Voiam să vorbim...

– Ce să vorbim, Ioana?

– Vreau să ştiu dacă eşti bine, dacă ţi-a făcut ceva Vali?

– Termină cu asta! Vali să-mi facă ceva? Nu o mai face pe mironosiţa!

– Ella, mi-am făcut griji pentru tine.

– Da?! De ce? Credeai că voi fi împuşcată? mă întrebă, privindu-mă pătrunzător.

– Poftim?!

– Nu pot să cred, Ioana! Credeam că te cunosc mai bine de-atât. Te-ai dovedit a fi lupul moralist. Mai nou, umbli cu interlopi?

– Despre ce vorbeşti?

– Vali mi-a spus tot.

— Ce anume?

— Că iubitul tău gelos l-a atacat.

— Ella, lucrurile nu s-au întâmplat aşa.

— Vrei să spui că Alex nu i-a ameninţat cu un pistol pe Vali şi pe prietenii lui?

— Cu un pistol?! repet surprinsă.

— Ioana, nu poţi fi atât de proastă! Tu ştii cine e Alex?

— Alex... nu ar face aşa ceva... e... imposibil.

— E imposibil? Ştii ce e imposibil? Faptul că iei apărarea unui om pe care nici nu îl cunoşti, şi pe mine mă ştii de o viaţă şi nu mă crezi.

— Te cred pe tine. Nu îl cred pe Vali.

— Nu ar minţi în legătură cu aşa ceva.

— Ella! Îmi pare rău! Orice s-ar fi întâmplat între ei, noi suntem prietene. Mă priveşte cu o urmă de ironie, apoi ochii încep să îi scapere, cuprinşi de resentimente. Îmi e frică de ceea ce gândeşte. Îmi e frică de ceea ce vrea să spună. Respiraţia mi se opreşte şi timpul stă pe loc.

— Am fost, Ioana, îmi spune în timp ce îşi smulge braţul din mâna mea şi se îndepărtează.

Rămân nemişcată, complet şocată. Inima mi-a îngheţat. *Am fost?* În mintea mea e haos. Mi-am pierdut singura prietenă. Şi pentru ce? Pentru o minciună. Vali minte. Normal că minte. I-a spus că Alex era gelos. Minte şi în legătură cu pistolul. Trebuie să fie o minciună. De ce ar avea Alex un pistol? Şi totuşi, Ella are dreptate. Nu ştiu nimic despre el. Ştiu doar ce simt şi vreau să cred că e imposibil să mă înşel în privinţa lui. Totuşi, ei erau trei, şi Alex singur. Şi s-a întors la maşină fără nici măcar o zgârietură. Nu ştiu, nu ştiu ce să cred! Cum pot fi sigură că Vali minte, când eu nu ştiu nimic despre omul pe care îl apăr? Nu ştiu nimic, şi totuşi sunt îndrăgostită nebuneşte de el. Dacă dragostea asta nu mă lasă să văd lucrurile aşa cum sunt? Dacă Alex nu e omul care cred eu că e? Cine cred că e? Nici măcar nu cred ceva. M-am îndrăgostit orbeşte, fără să ştiu şi fără să sper nimic.

Poate că moartea bunicii m-a făcut vulnerabilă şi mă agăţ de orice ca să mă simt mai bine. Dacă am fugit de singurătate în braţele lui Alex? Poate am văzut în el poarta mea de scăpare. Poate nici nu sunt îndrăgostită cu adevărat de el. Capul mi se învârte bombardat de informaţii, scenarii şi idei.

Timpul trece fără sens, nepăsător, lăsându-mi mintea să plutească undeva departe, pe ape învolburate. Mă gândesc la Alex, la Ella. Cu cât mă gândesc mai mult, sunt mai confuză şi lucrurile par şi mai greu de explicat. Aştept să sune Alex sau să vină. Nici măcar asta nu ştiu. Îl aştept în fiecare seară fără să ştiu dacă vine. Îl aştept şi atunci când îmi spune că nu vine. Îl aştept continuu, îl caut cu privirea şi atunci când ştiu că nu există nici cea mai mică şansă să îl văd.

Raţiunea mea nu mai funcţionează şi îmi e frică să nu fac o greşeală. Cuvintele lui Alex îmi răsună în gând. *„Nu aş vrea să faci ceva ce ai putea regreta!"* Eu nu sunt aşa. Lumea mea era bine definită şi calculată. Poate era tristă şi monotonă, însă ştiam la ce să mă aştept.

Lucrurile nu se întâmplau neprevăzut şi eu avem timp să mă pregătesc pentru ele. Totul se derula conform unui plan prestabilit. Nu mă trezeam niciodată dimineaţa fără să ştiu ce am de făcut. Acum, totul s-a schimbat. Aş fi dispusă să renunţ la orice pentru a-l vedea pe Alex, sunt dispusă să răspund afirmativ la orice ar propune. Aş face orice pentru o persoană pe care nu o cunosc. Eu devin o persoană pe care nu o cunosc. Mă sperii. Poate Ella are dreptate, poate sunt o proastă, dar cum să nu fiu, când nu am trecut niciodată prin lucrurile astea, când nu am mai simțit niciodată ceea ce simt acum? Cum să nu fiu, când nu am cui să-i cer un sfat, când nu am cu cine să vorbesc?

Tresar când aud soneria telefonului.

– Ioana...

Vocea lui îmi pătrunde în oase şi îmi alungă orice îngrijorare.

Mă înmoi toată şi inspir adânc, ca şi cum aş inhala halucinogene. Zâmbesc şi îi şoptesc numele atât de încet încât nu ştiu dacă am rostit cu adevărat ceva.

– Ai timp să ne vedem?

– Da, răspund automat, fără să gândesc.

– Perfect. Ajung în 20 de minute.Inima mi se opreşte. Vreau să-l văd. Vreau să-l simt! Tot trupul mi se înfioară şi pielea mea tânjeşte după atingerea lui. Închid ochii şi îmi las mintea să se răsfețe cu imaginea chipului lui. Îmi ling buza de jos, verificând dacă gustul lui e încă acolo.

Inspir şi expir controlat de câteva ori pentru a mai alunga din emoții. Mă opresc în fața oglinzii şi mă privesc mustrător: *Trebuie să vorbesc cu el! Nu mai pot trăi sub dominația* îndoielii.

Noaptea neagră mă lasă să-i văd doar silueta care mă aşteaptă lângă maşina. Păşesc grăbită, savurând fiecare respirație. Îi simt parfumul cu esențe de pin şi lemn dulce ce-mi face mintea să o ia razna din nou. Uit ce voiam să-i spun, uit toate nesiguranțele şi întrebările. Mă opresc în fața lui cu mintea goală. Îmi zâmbeşte, şi inima începe să bată nebuneşte. Mă cuprinde în braţe şi brusc toate incertitudinile mele par ridicole. *Alex e perfect!* Noi suntem perfecţi! Îmi găsesc locul meu perfect în braţele lui perfecte.

Intrăm în parc şi ne plimbăm tăcuţi prin noapte. Încerc să-mi revin şi să-mi amintesc întrebările, dar mă prinde de mână şi le uit. Mă concentrez să rememorez discuţia cu Ella, însă Alex mă priveşte în ochi şi îmi goleşte mintea. Mă sărută şi devin amnezică. Nu mai ştiu nimic, nu mai vreau să ştiu. Îl sărut iar şi mă las purtată de val. Mă las purtată până mă pierd pe mine, până nu mai ştiu unde sunt sau de ce. Parfumul lui mă îmbată, sunt prizoniera sărutărilor lui şi nu vreau să scap.

Mă trage de mână şi ne aşezăm pe o bancă. Îmi ia faţa în palme şi mă sărută pe frunte. Lumina felinarelor creează umbre jucăuşe pe chipul lui, lăsându-mă să analizez detaliat fiecare linie a feţei. Îmi lipesc palma rece de obrazul lui şi închid ochii. M-aş preface oarbă, să-l caut în întuneric şi să-i simt căldura, ca în poeziile lui Nichita.

– Îmi spui ce s-a întâmplat? mă întreabă, sărutându-mi mâna.

– La ce te referi? mă eschivez eu.

– Ioana, eşti diferită astăzi, ceva te preocupă. Vrei să-mi spui ceva? Mintea mi se limpezeşte. Încerc să formulez o întrebare. Încerc să găsesc cel mai bun mod de a mă exprima, dar îmi e greu să gândesc orice. Toate cuvintele pe care le am în minte par goale, lipsite de sens. Inspir şi încerc să mă calmez. Îmi ridic ochii pentru a-i întâlni privirea. E greu, e atât de greu să spun ceva, dar trebuie să o fac.

– Alex, vreau să ştiu mai multe despre tine! De fapt, vreau să ştiu ceva, orice. Vorbim ore întregi, însă niciodată despre tine. De ce?

Privirea lui se schimbă. Pupilele i se măresc şi expiră într-un oftat controlat. Se uită în pământ, apoi iar la mine. Îmi prinde mâna între ale lui şi mă priveşte în ochi.

— Ioana, ai încredere în mine?

— Da. Aşa cred. Nu ştiu. Alex, nici nu ştiu dacă ar trebui să am.

Nu te cunosc.

— Tot ce trebuie să ştii despre mine este că nu am simţit niciodată ceea ce simt pentru tine şi nu aş face nimic care să te rănească. Mă crezi?

Mişc afirmativ din cap. Mă priveşte într-un mod ciudat, încearcă să îmi zâmbească, dar se opreşte. Mă mângâie pe faţă lăsându-şi un deget să îmi atingă buza, apoi se ridică, ţinându-mă de mână.

— Hai, să mergem!

— Unde?

— Vreau să-mi cunoşti familia. Alex pare neliniştit. Conduce concentrându-se la drum, evită să mă privească, ceea ce-mi sporeşte curiozitatea. *Oare unde mergem? Pe cine urmează să cunosc?*

Ieşim din oraş pe drumul ce leagă Râmnicu Sărat de Bucureşti. Conduce rapid şi parcurgem cei peste 160 de km în mai puţin de două ore. Opreşte maşina în parcarea unui restaurant şi aşteaptă câteva clipe în linişte. Pare îngrijorat şi nesigur, iar asta mă demoralizează. Mă pregătesc să-i propun să renunţăm la ideea asta, dar în acel moment îşi scoate telefonul şi sună pe cineva.

— Am nevoie de puţin ajutor. Poţi veni în parcare?

Închide telefonul şi îmi zâmbeşte.

– Vom merge la o petrecere, dar ne trebuie alte haine. Am chemat pe cineva care te va ajuta, îmi spune pe un ton cald, menit să-i ascundă neliniştea.

– Alex, nu trebuie să faci asta.

– Spuneai că nu ştii nimic despre mine, mă întrerupe el. Ei bine, în seara asta vei afla multe... şi nu numai tu, spune privind spre clădire.

Nu ştiu ce să spun, însă Alex nici nu aşteaptă un răspuns din partea mea. Coboară şi îmi deschide uşa, îndemnându-mă să-l urmez.

Mă prinde în braţe şi îmi sărută fruntea.

– Totul o sa fie bine, îmi şopteşte ca şi cum ar vrea să se convingă pe el însuşi. Îngrijorarea din vocea sa mă intrigă. *Ce se întâmplă oare? De ce* îşi face atâtea griji? Aş vrea să îl întreb, dar atenţia îmi e distrasă de o femeie elegantă care se apropie hotărâtă.

– Ai întârziat, spune aceasta, agăţându-se de gâtul lui Alex.

Intimitatea dintre ei îmi face inima să bată haotic. Sângele îmi aleargă prin vene şi nu mai pot respira. Fata blondă vrea să mai spună ceva, dar Alex o opreşte printr-un

gest subtil.

– Ana, ea e Ioana, iubita mea!

Rămân fără puls şi nu pot reacţiona. *Iubita lui, eu sunt iubita lui, i-a spus blondei că eu sunt iubita lui.* O privesc victorioasă şi îi întind mâna spre a face cunoştinţă.

– Ooo, nu pot să cred… ai o iubită?! exclamă ea, ştiam eu că acunzi ceva.

Se agită şi îl pupă pe Alex pe obraz, râde şi repetă cuvintele lui, apoi se apropie şi mă îmbrăţişează puternic. Entuziasmul ei e cel puţin ciudat.

Mă aşteptam să... Nu ştiu la ce mă aşteptam, dar nu la asta. Pare o fericire atât de sinceră, încât mă dezarmează. Alex ne priveşte amuzat. Aproape că nu mai pot respira în braţele ei. Mă îmbrăţişează, îmi dă drumul, mă priveşte, apoi mă îmbrăţişează iar.

— E aşa frumoasă! spune blonda entuziasmată.

Mă priveşte ca pe o jucărie. Nu ştiu ce să zic. Nu ştiu cum să mă comport, iar Alex observă şi intervine.

— Gata, Ana! O să o sperii, îi spune râzând. Poţi să îi împrumuţi nişte haine pentru seara asta? Cred că purtaţi aceeaşi măsură.

— Da, normal.

Face doi paşi în spate şi mă priveşte lung, se apropie şi îmi aşază părul descoperindu-mi faţă.

— E perfectă! exclamă entuziasmată.

Mă simt un exponat într-un muzeu sau un animal în cuşca de la circ, nu sunt sigură, dar situaţia mă incomodează.

Alex mă cuprinde în braţe şi mă sărută pe frunte.

— E cam agitată, dar e fată bună. Vei vedea! Merg să mă schimb.

Ne vedem într-o oră.

— Pleci? întreb neliniştită.

— O să fii bine! O priveşte pe Ana care ne urmăreşte atentă, apoi îmi zâmbeşte larg şi continuă. Dacă supravieţuieşti o oră cu Ana, poţi face orice.

Începe să râdă şi îşi lipeşte buzele fierbinţi de ale mele. Ana se apropie grăbită şi mă ia de mână.

— Hai! Avem doar o oră şi multe de făcut.

— Unde mergem?

— Acasă. Urcăm într-o maşină mică decapotabilă, iar Ana demarează în forţă, umplând parcarea de praf şi de gaze de eşapament. Îmi pun centura sub privirile ei amuzate, apoi profit de timpul petrecut pe scaunul din dreapta pentru a o analiza. E o fată frumoasă, slăbuță şi înaltă, puțin mai înaltă decât mine. Poartă o rochie fină, dintr-un material strălucitor, e machiată cu bun gust, iar părul lung şi blond coboară ca într-o cascadă de bucle lejere. E foarte frumoasă! Nu e de mirare că inima mea a luat-o razna când l-a îmbrățişat pe Alex. Şi Alex a îmbrățişat-o pe ea. Acea imagine nu mi se mai şterge de pe retină. *Ce relație e între ei?* Un sentiment puternic de furie îmi face sângele să-mi alerge în vene şi capul să-mi bubuie. Încerc să mă calmez, evitându-i privirile Anei care nu încetează să vorbească.

— Am ajuns! spune ea, deschizând portiera.

Coboară veselă din maşină lăsând-o fix în fața blocului pe avarii.

— Hai, Ioana, nu avem prea mult timp, spune, alergând spre scări.

O urmez tăcută, reprimându-mi comentariile despre locul de parcare. Intrăm într-un bloc vechi, ceauşist, ce contrastează puternic cu ținuta Anei şi cu maşina scumpă pe care o conduce. O urmez pe scări până la primul etaj şi ne oprim în fața unei uşi blindate ce pare menită să apere tezaurul național. Ana scoate un mănunchi de chei din geantă şi descuie fiecare yală folosind o cheie diferită.

— Bine ai venit în umila mea căsuță! îmi spune, împingând uşa pentru a-mi face loc să intru.

— Mulțumesc! Dincolo de pragul apartamentului se desfăşoară o lume ce-mi taie respirația. Prima cameră e nefiresc de spațioasă, de o opulență nemaiîntâlnită. Păşesc cu grijă, încercând să-mi ascund uimirea, să nu stric ceva şi să o urmăresc şi pe Ana, care vorbeşte încontinuu.

– Ce bine îmi pare pentru voi! De fapt, îmi pare bine pentru mine. Nu am mai vorbit de mult cu o fată. De obicei, sunt singură printre băieți. Acum te am pe tine. Abia aştept să ne cunoaştem. Sunt sigură că vom fi prietene bune.

E foarte greu să țin pasul cu ea. E agitată şi vorbeşte atât de repede, încât nu reuşesc să îi răspund sau să adaug ceva. Nu am timp nici măcar pentru o interjecție.

– Alex are o iubită... Nu pot să cred. Şi eu sunt prima care află! Când o să-i povestesc lui Laur, să vezi ce uimit va fi! De fapt, te va vedea la petrecere, toți te vor vedea la petrecere. Nu pot să cred. Eu sunt singura care te cunoaşte. Răzvan va muri de ciudă.

– Răzvan?!

– Fratele lui Alex. Nu l-ai cunoscut încă, nu?

– Nu.

– Ei, lasă, nu contează. O să-l cunoşti. E puțin cam posac, dar e băiat bun. O să-ți placă. Toți sunt băieți buni.

– Toți?! repet eu fără control.

– Daaa, o să-i cunoşti pe toți. Hai, să te facem frumoasă! Ce ai vrea să porți? Ana deschide o uşă mare glisantă şi intrăm într-un dressing cât camera mea. Sunt înconjurată de haine şi pantofi, atât de multe că ar putea îmbrăca un oraş întreg. *De ce îi trebuie unui singur om atât de multe haine?*

– Hai, să alegem ceva potrivit pentru tine! Rochiile din partea aceea sunt noi, poți proba orice îți place, spune ea arătând spre un şir interminabil de umeraşe.

Nu ştiu cum să reacționez, aş vrea să-i spun ceva, dar nu găsesc niciun cuvânt. Sunt şocată! Nu mă satur să le privesc, să le ating, să simt cu degetele fiecare țesătură.

— Ioana!

— Da! răspund ca trezită din vis.

— Îți plac?

— Foarte mult!

— Aaaa, ce bine îmi pare! Era o posibilitate, una mică, să avem gusturi diferite în materie de modă.

Gusturi diferite? Aici sunt haine pentru toate gusturile posibile. Alegem împreună o rochie verde lungă cu o crăpătură adâncă pe picior. O îmbrac şi mă opresc în fața oglinzii.

— E perfectă! exclamă Ana entuziasmată.

Da, e perfectă! Îmi mângâie cu delicatețe pielea, se mulează pe corpul meu fără să mă strângă. Aproape că nu o simt. E uşoară şi fină ca o mângâiere.

— Încalță ăştia!

Ana îmi pune la picioare o pereche de pantofi bej cu toc înalt şi subțire.

— Nu ştiu dacă voi putea merge cu ei.

— Încearcă-i! mă încurajează ea.

Mă încalț şi mă ridic uimită de comoditatea lor. Fac câțiva paşi şi mă opresc din nou în fața oglinzii. *Sunt... sunt frumoasă! Parcă nu sunt eu.* Rochia se mulează frumos evidențiindu-mi corpul într-un mod decent, iar pantofii cu toc mă fac să par mai elegantă ca niciodată.

Ana râde şi aplaudă.

— Eşti superbă!

Îi zâmbesc timid!

— Mulțumesc!

— Lasă mulțumirile pentru mai târziu! Acum să ne ocupăm de păr şi de machiaj. Încă 20 de minute şi suntem gata. Ana mă priveşte mulțumită.

— Eşti foarte frumoasă, Ioana. Nu e de mirare că l-ai cucerit pe

Alex. Roşesc. *Eu l-am cucerit pe Alex?* Nici nu ştiam că pot cuceri pe cineva. Şi totuşi, imaginea din oglindă mă contrazice. Sunt femeie! Şi chiar una frumoasă.

Ana conduce, privindu-mă din când în când entuziasmată.

— Când o să te vadă Alex, o să facă infarct! Când o să te vadă toți, o să facă infarct. Când o să afle că eşti iubita lui Alex... nu pot să cred, încă nu pot să cred că e adevărat. Alex are o iubită!

— Îl cunoşti de mult?

— De vreo şase ani.

— Şi nu a avut niciodată o iubită? întreb eu, lăsându-mă pradă curiozității.

— Nu. Sau... cel puțin nu una pe care să ne-o prezinte, îmi spune Ana, privind îngrijorată în oglinda retrovizoare.

— S-a întâmplat ceva?

— Cred că maşina din spate ne urmăreşte.

Arunc o privire, dar nu observ nimic ce ar da de bănuit. Suntem pe o stradă circulată şi sunt zeci de maşini în jurul nostru.

— Care?

— Dacia Sandero, albastră, cu numere de Ilfov, banda din dreapta, două maşini mai în spate.

Ana trage de volan şi intră pe linia de tramvai.

— Da, ne urmăreşte, spune ea privind celelalte maşini pentru care manevra ei a fost o inspirație.

– Ana, nu cred că ne urmăreşte nimeni, îi spun încercând fără succes să o calmez.

– Scoate telefonul, şi, când îţi spun eu, îl suni pe Alex! îmi ordonă ea agitată. Mă conformez fără să obiectez. Ajungem la un semafor şi Ana este nevoită să oprească. Maşina suspectă este pe banda alăturată, dar prea în spate pentru a vedea cine e înăuntru.

– Stai calmă! îmi spune, luându-şi geanta de pe bancheta din spate.

O deschide şi bagă mâna înăuntru, căutând ceva. Stinge lumina din plafon, verifică dacă toate uşile sunt blocate şi îşi dă scaunul pe spate, îndemnându-mă să fac acelaşi lucru.

Semaforul arată verde pentru dreapta, iar maşina suspectă se apropie pentru ca în câteva secunde să ne depăşească.

Ana răsuflă uşurată şi aprinde luminile.

– Alarmă falsă! îmi spune ea zâmbind, dar niciodată nu poţi fi prea precaut, nu?

Încerc să îi răspund la zâmbet, însă faţa mea e complet pietrificată. *Ce s-a întâmplat? De cine îi e frică?*

Ne continuăm drumul fără să vorbim. Ea fredonează o melodie, iar eu nu găsesc cuvinte pentru a o întrerupe.

– Am ajuns! Va veni Alex să te întâmpine, i-am dat un SMS. Ioana, te rog să nu îi spui despre maşină. Nu vreau să îi stric seara cu prostiile mele.

– OK. Rămânem în maşină până când îl vedem pe Alex, apropiindu-se.

– Ei, ce părere ai de prinţesa ta? întreabă Ana, forţându-mă să fac o piruetă. Alex rămâne mut. Mă soarbe din priviri, iar eu mă întreb dacă sunt vizibil stânjenită. Ana se apropie de urechea mea şi îmi şopteşte:

— Te las cu Alex, eu trebuie să pregătesc ceva.

— OK, abia îngân, vocea îmi e sugrumată de emoții. Ana dispare și eu rămân blocată. Sunt mai puțin de doi metri între noi, destul de aproape pentru a-i simți parfumul, pentru a-i auzi respirația, destul de departe pentru ca întreaga mea ființă să tânjească după pielea lui. Mă apropii și Alex mă privește fascinat. Cu fiecare pas sunt mai aproape, atât de aproape încât pielea mea îi simte căldura. Se înclină și îmi întinde mâna.

— Domnișoară, îmi faceți onoarea de a mă însoți în seara aceasta?

Zâmbesc și îmi pun mâna în palma lui.

Mă privește atent câteva secunde. Ochii lui îmi spun atât de multe lucruri! Doar o privire și un zâmbet sunt mai mult decât orice conversație.

— Ești... superbă!

— Mulțumesc!

Zâmbesc și îmi cobor privirea, încercând să-mi ascund obrajii roșii.

— Capul sus, prințesă! Ești atât de frumoasă! Nu ai nimic de ascuns.

Degetele lui îmi ating bărbia, ridicându-mi privirea. În ochii lui negri, adânci, găsesc tot curajul de care am nevoie. La brațul lui aș putea cuceri lumea.

Intrăm într-un salon imens, frumos amenajat, cu candelabre uriașe, din cristal, ce împrăștie o lumină amețitoare. Deși salonul ar putea lejer să găzduiască o nuntă, e ocupat doar de o singură masă și de o mână de oameni. Toți ne privesc cuminți cum ne apropiem. Inima îmi bate cu putere și simt că amețesc. Alex își dă seama că am emoții și mă strânge de mână, zâmbindu-mi.

Persoanele de lângă masă încep să numere descrescător şi noi ne oprim. Alex începe să râdă.

– 3, 2, 1! La mulţi ani!

O ploaie de confetti ne acoperă şi îmi pierd privirea în nebunia culorilor care plutesc în aer! E superb! Îl privesc pe Alex care mă ţine puternic de mână. *E ziua lui!*

Cei patru bărbaţi de la masă se apropie să-l felicite.

– Mulţumesc! le spune Alex, făcându-mi loc între ei, vreau să vă prezint pe cineva! Ea e Ioana, iubita mea! Toţi rămân şocaţi, apoi îşi mută în sincron privirea către mine. Zâmbesc, aşteptându-mă, poate, la acelaşi entuziasm cu care am fost întâmpinată de Ana, dar ei nu par deloc încântaţi să mă cunoască. Dimpotrivă, privirile lor reci şi ostile mă stânjenesc.

Alex îmi zâmbeşte şi îmi sărută mâna care tremură de emoţie. Ana se apropie ţinând unul dintre bărbaţi de mână.

– Ioana, el e iubitul meu.

Bărbatul mă priveşte rezervat timp de câteva secunde, după care îmi strânge mâna cu putere şi se prezintă.

– Laur, încântat să te cunosc.

– Asemenea.

Un alt bărbat se apropie încruntat şi îl atinge pe Alex pe braţ. Îi spune ceva la ureche şi se îndepărtează.

– Poţi rămâne puţin cu ceilalţi? Merg să vorbesc cu fratele meu, îmi spune Alex, încercând să zâmbească.

– Du-te liniştit! intervine Ana, prinzându-mă de braţ.

Îl privesc cum se îndepărtează în direcția în care a plecat primul bărbat şi încep să mă simt nesigură.

— Vino să te prezint lui Manu, el e vărul meu şi cel mai bun prieten din copilărie, îmi spune Ana, arătând spre cel mai masiv bărbat din încăpere.

Manu pare un fel de Hulk care abia are loc în costumul elegant pe care îl poartă. Îmi întinde o mână lată şi mă priveşte blând.

— Bine ai venit, Ioana, e o plăcere să o întâlnesc pe iubita lui Alex.

— Mulțumesc, plăcerea e de partea mea.E ceva nefiresc la acest bărbat. Corpul e în antiteză cu zâmbetul, cu ochii, cu vocea blândă. Până şi mâinile lui imense au o căldură aparte şi privirea e... ciudată. Pare un copil prins în corpul unui halterofil.

Ana mă prinde de mână şi mergem mai departe.

— Trebuie să ți-l mai prezint pe Ghiță. El e şoferul. E foarte enervant uneori, dar e de încredere.

— Şoferul! repet eu doar de dragul de a spune ceva.

— Da... zice ea, dându-şi ochii peste cap. Nu ştiu de ce e aici. Cred că Răzvan l-a invitat. Ghiță pare mai mult bodyguard decât şofer. Vreau să-i întind mâna spre a face cunoştință, însă Ana mă opreşte cu un gest scurt, înainte ca acesta să observe intenția mea. Ghiță se apleacă şi se prezintă, fără a mă privi în ochi. Are o atitudine servilă pe care nu am mai întâlnit-o. Ceva mă înfioară. Poate umilința sau poate impresia că eu am provocat-o!

Ne îndepărtăm şi Ana ține să clarifice situația.

— Ghiță e şofer. Nu e din familie. Noi nu dăm mâna cu el!

Rămân tăcută, mulțumindu-mă să-mi mişc capul în semn că am înțeles. De fapt, tot ce se întâmplă e lipsit de logică pentru mine. Multitudinea de informații se acumulează fără a fi asimilată. Am reținut tot, aş putea repeta fiecare cuvânt fără a înțelege cu adevărat esența. Simt că nu produc suficiente sinapse. Creierul meu s-a blocat.

Aş vrea să vorbesc cu Alex, dar e încă în cealaltă parte a salonului cu fratele lui, iar Ana nu mă scapă din ochi. E ceva ciudat la ea, ceva ce nu îmi dă pace. De fapt, toți mi se par ciudați. Situația în sine e ciudată şi, cu cât mă gândesc mai mult, devin mai neliniştită. Palmele îmi transpiră şi salonul începe să se învârtă cu mine. Simt că nu pot respira şi sunt sigură că anxietatea se va amplifica, dar dintr-odată mă calmez. Îi simt brațele în jurul taliei, parfumul şi respirația aproape de ureche.

– Cum ți se par prietenii mei?

Îmi iau două secunde pentru a savura senzația de calm pe care mi-o oferă brațele lui, apoi încerc să găsesc un răspuns. *Ciudați* e singurul cuvânt care îmi stă pe buze. Caut în minte altul, mai potrivit.

– Diferiți, spun, într-un final.

Alex râde şi mă sărută apăsat pe obraz.

– Da. Nu sunt chiar cei mai plictisitori oameni. O să-l cunoşti

şi pe Răzvan. El e cel mai „diferit", spune, mimând ghilimele.

– Răzvan e fratele tău?

– Da.

Discuția e întreruptă de Ana.

– S-a servit aperitivul. Mergem?

Alex mă priveşte întrebător şi eu confirm din ochi. Îmi trage scaunul şi mă aşez la masa exagerat de încărcată. De o parte şi de cealaltă a farfuriei sunt tacâmuri de diferite dimensiuni. Totul e nou, dar cumva cunoscut. Îmi amintesc cărțile despre bunele maniere citite acum câțiva ani. Nu mă așteptam vreodată să-mi folosească, dar știam că informația e putere, cunoașterea îmi dă încredere.

Opulența mă dezgustă. Nu pot să nu mă gândesc la oamenii care nu au nimic de mâncare, la mine și la copilăria mea plină de lipsuri, la atâta risipă. Un fior rece îmi străbate corpul.

Alex îmi atinge mâna și mă face să îmi ridic ochii. Îi întâlnesc zâmbetul și totul capătă altă nuanță. Ceva se schimbă în interiorul meu de fiecare dată când mă privește. Nu știu să explic, nu știu nici măcar să înțeleg. Mă simt bine și asta mă sperie. Brusc, devin mai calmă, mai fericită, mai împăcată, însă în același timp îmi pierd concentrarea. Mă simt ca drogată. Privirea lui mă hipnotizează, mă manipulează în toate felurile posibile. Păstrez cu greu o mică parte din mine, o mică parte pe care o recunosc.

Ana e singura care vorbește. Povestește o întâmplare din zilele trecute, dar nu reușesc să o urmăresc.

— Nu știam exact ce să-i spun, așa că l-am sunat pe Laur, dar, ca de fiecare dată, nu a răspuns, probabil era în vreo discuție cu Vicențiu sau cu Alexei, mai știu eu...

Răzvan ridică o mână și Ana tace.

— Nu uita că nu suntem singuri! îi spune pe un ton scăzut.

Toate privirile se opresc asupra mea. Înghit în sec și rămân blocată. Alex mă prinde de mână și continuă să mănânce, îndemnându-mă să ignor remarca făcută de fratele său. Nu pot. Mă simt o intrusă și la fel mă privesc și ei, mai ales Răzvan. Privirea lui tăioasă îmi pătrunde în inimă. Mă îngheață.

Continuăm să mâncăm în linişte. Doar un pian îngână în surdină o piesă a lui Chopin. Inima îmi bate atât de tare, încât îmi pare că o aud toți. Emoțiile mă îneacă şi nu pot să înghit. Nu m-am simțit niciodată atât de străină unui loc. Atât de străină între oameni. Nu e locul meu. Tot ce mă leagă aici e mâna lui caldă care o ține blând pe a mea. Alex e ancora mea!

Mă mângâie şi mă sărută pe păr. Se apropie de urechea mea şi îmi şopteşte:

– Vrei să luăm o gură de aer?

Confirm, plecându-mi capul. Alex se ridică sub privirile lor atente, se scuză, apoi îmi oferă mâna pentru a mă ajuta să mă ridic. Pentru o clipă, mă întreb de ce e nevoie de atâta conduită pentru o masă între prieteni. De ce s-au îmbrăcat atât de elegant, de ce au rezervat un spațiu atât de mare? De ce sunt atât de reci, dacă sunt „familie"?

Ieşim afară şi simt din nou că pot să respir.

Alex mă prinde în brațe şi mă sărută fără preaviz. În acest moment, nimic nu mai există! Nu mai există anxietate, priviri ostile, singurătate, oameni „diferiți", întrebări fără răspuns. E doar Alex, doar el, suntem doar noi. Buzele lui moi pot şterge tot ce e rău în lumea asta. Mă las purtată fără să ştiu unde voi ajunge, fără să ştiu cum sau de ce. Mă sărută, mă mângâie, îşi trece mâna prin părul meu, în timp ce îmi şopteşte numele, iar eu simt că mă aprind şi tot corpul meu tânjeşte după el. Mintea mea e departe, undeva, lăsându-mi inima să simtă tot şi să vrea mai mult. O agonie dulce îmi cuprinde toată ființa şi respirația mea e foc. Inima îmi bate atât de puternic, că ar putea evada, iar sufletul meu se umple de linişte, de pace şi de iubire. Nu îmi mai amintesc de ce eram supărată, ce mă făcuse să mă simt cum mă simțeam sau dacă am simțit vreodată altceva. Tot ce există, ce a existat sau vreau să existe e aici, e clipa asta. Suntem noi!

— Îmi pare rău! îmi spune cu vocea sugrumată de o vină pe care nu o pot înțelege.

— Pentru ce?

— Pentru atmosfera dinăuntru. Închid ochii și îmi amintesc privirile lor, comentariul lui Răzvan. Inima mi se contractă puternic și încerc să îmi înghit amărăciunea ce mi s-a strâns în gât.

— Alex, de ce sunt aici?

— Pentru că te iubesc, răspunde rapid. Îmi prinde fața în palme și mă privește în ochi. Își lipește buzele de ale mele și fierbințeala lor mă cuprinde iar.

— Te iubesc! Înțelegi? îmi repetă el apăsat. Timpul a înghețat, și eu odată cu el. Cuvintele lui se repetă la infinit în mintea mea și totuși nu reușesc să le asimilez. *Mă iubește? Mă iubește!* Picioarele mi se înmoaie și simt că amețesc. Îmi deschid brațele și mă prăbușesc la pieptul lui, strângându-l puternic. Mă cuprinde delicat, lăsându-și mâinile calde să coboare pe spatele meu gol.

— Vreau să fiu cu tine, Ioana. Niciodată nu am vrut ceva mai mult.

— Și eu îmi doresc asta, abia îngân. Îi simt zâmbetul în timp ce mă sărută, iar eu mă pierd în brațele lui și îl vreau mai aproape, mai mult, mai fierbinte. Sunt atât de însetată și el îmi picură apă pe buze! Îi simt respirația cum se accelerează și mâinile lui cum ar vrea să se plimbe descătușate pe corpul meu. Trupul lui pulsează de dorință, la fel și al meu, și totuși rămâne distant, lăsându-ne să ardem pe interior.

— Ar trebui să intrăm. Ești bine?

Nu sunt bine. Nu vreau să fiu acolo. Vreau să fiu aici, doar cu tine!

— Sunt bine, să mergem! Ochii lui negri mă încarcă de energie, de încredere. Prin venele mele nu mai curge sânge, e pură putere ce-mi hrăneşte fiecare celulă. Nimic nu mă poate doborî. Nimic nu e mai puternic decât mine!

Intrăm în salon unde se aude una dintre melodiile mele preferate „Dance Me to the End of Love". Ana dansează cu Laur, iar ceilalţi băieţi par prinşi într-o discuţie amuzantă.

Alex face o reverenţă şi mă invită la dans. Îi răspund cu un zâmbet, apoi îmi aşez mâna rece în palma lui.

Plutim împreună pe valurile muzicii ca o barcă fără cârmă. Nu ştiu ce o să se întâmple sau unde vom ajunge. Nu ştiu încă prea multe lucruri despre Alex, dar ştiu că mă iubeşte, şi asta îmi dă încredere în viitor. Îmi dă încredere în noi.

Imediat ce se termină melodia, Ana se apropie hotărâtă.

— Ioana, poţi să mă ajuţi cu ceva?

— Sigur!

Îl privesc pe Alex care îmi zâmbeşte. Îi răspund la fel şi mă îndepărtez, eliberându-i mâna. Intru cu Ana în bucătărie unde sunt mai mulţi bărbaţi care gătesc, curăţă sau spală vase. Toţi se opresc din ceea ce fac şi se înclină în faţa noastră, privind în podea. Atitudinea lor mă blochează o clipă, dar Ana mă trage de mână entuziasmată.

— Voiam să-ţi cer părerea în legătură cu tortul. Ce zici?

În faţa mea e cel mai mare tort văzut vreodată. Ar putea sătura lejer toţi colegii mei de liceu. Rămân fără cuvinte la gândul că mai mult de jumătate va sfârşi în ghena de gunoi.

– Nu îți place? Putem cere să facă altul.

Pentru o clipă, observ privirea îngrozită a unui domn din bucătărie, probabil cofetarul. Mă întreb dacă Ana are vreo idee în cât timp se pregăteşte un tort.

– E frumos, doar că... mi se pare prea mare.

Ana mă priveşte intrigată. Se mai uită o dată la tort, apoi din nou la mine.

– Nu înțeleg la ce te referi. Cum să fie prea mare? E asta o problemă?

Îi e greu să înțeleagă. Cum ar putea? Pare născută în lumea asta. I se potriveşte ca o mănuşă, dar nu şi mie. Eu am avut un singur tort când am împlinit şapte ani. Mi-l amintesc şi acum. Era un tort pătrat făcut din biscuiți şi cremă de cacao. Nu am putut să mă bucur de el cu adevărat, gândindu-mă câte sacrificii a făcut bunica pentru acel deliciu dulce. Nu îi pot cere Anei să mă înțeleagă, cum nici ea nu îmi poate cere mie să o înțeleg. Suntem atât de diferite! Simt că nu o să putem fi niciodată prietene, aşa cum speră.

– Ana, de ce sunt atât de puțini invitați? întreb, în timp ce ea aşază artificiile în tort.

– Lui Alex nu îi plac petrecerile. Sincer, nici la asta nu eram siguri că va veni. Îi spusese lui Răzvan că pleacă pentru câteva ore din Bucureşti.

Venea la mine! Doar gândul că ar fi lipsit de la propria petrecere pentru a mă vedea îmi dă fiori. *Mă iubeşte!* Cuvintele astea sunt atât de mari, încât nu au loc în mine. Aş vrea să le strig, să le ştie toată lumea. Îmi ascund emoțiile şi continui şirul de întrebări deja pregătite pentru Ana.

– Aşa sunt toate petrecerile?

– Nu. Când a fost ziua lui Răzvan, au făcut o petrecere mare, cu

toţi asociaţii, aşa se obişnuieşte, mai ales că a schimbat prefixul.

– Are 30...

– Da. E cu şapte ani mai mare decât Alex.

– Ei au o relaţie bună?

– Hmm... greu de spus. Sunt foarte diferiţi, dar sunt fraţi. Ştii cum e...

– Da...

– După ce au murit părinţii lor, Răzvan a avut grijă de el, iar acum Alex simte că îi e dator... E complicat. *Părinţii lui Alex au murit. Răzvan e singura rudă pe care o mai are?* Încerc să nu par surprinsă şi să acţionez ca şi cum aş fi ştiut toate aceste detalii.

– În zece minute, ieşiţi cu tortul, le spune Ana autoritar bucătarilor.

O urmez pe Ana în salon unde Alex pare să aibă o discuţie destul de aprinsă cu Răzvan. Mă simt vinovată. Nu vreau să fiu motiv de ceartă între ei, mai ales după cele aflate.

Alex mă observă şi se apropie zâmbind, deşi ştiu că nu e zâmbetul lui. Ştiu că ceva îl îngrijorează. Îl cuprind în braţe.

– De ce nu mi-ai spus că e ziua ta?

– Pentru că nu era important.

Îl mângâi pe faţă şi îi sărut buzele pline încercând să le redau zâmbetul.

– La mulţi ani, Alex!

– Acum devine important, îmi spune, sărutându-mă pe frunte. Îmi pare bine că eşti aici.

— Mi-aş fi dorit să le pară tuturor.

Privirea mea se îndreaptă involuntar spre Răzvan.

— Nu o lua personal! Aşa a fost mereu. Mereu îşi face prea multe griji.

Îşi face griji în privinţa mea? Îşi face griji pentru Alex? În ce sens îşi *face griji?* Nu înţeleg ce vrea Alex să spună şi nici nu am curajul să întreb.

Petrecerea e aproape de sfârşit şi Răzvan nici măcar nu mă priveşte. Tensiunea apasă ca o greutate imensă pe inima mea şi nu mă lasă să respir. Parcă îi simt gândurile negative la adresa mea şi nu înţeleg de ce. Poate şi eu par la fel de ciudată cum sunt ei pentru mine. Nu ştiu dacă ar trebui să merg să mă prezint sau să-i spun eu ceva. E atât de serios, de impunător, încât toate gândurile mele par stângace în faţa lui.

— Ai vrea să plecăm? îmi şopteşte Alex, atingându-mi uşor lobul urechii cu buzele.

— Da, răspund fără ezitare.

Ne ridicăm, mulţumindu-le tuturor pentru primire, se ridică şi Ana şi mă strânge în braţe.

— A fost o plăcere, Ioana. Sper să ne vedem curând.

Răzvan îşi drege glasul, iar Ana se aşază la locul ei, zâmbindu-mi ştrengăreşte.

E cu mult trecut de miezul nopţii şi frigul începe să se resimtă.

Alex mă acoperă cu sacoul lui, încălzindu-mi mai mult inima decât

trupul. Fiecare gest mic pe care îl face mă emoţionează, fiecare zâmbet, fiecare privire îmi fac inima să bată mai puternic.

Urcăm în maşină şi porneşte motorul.

— E destul de târziu, spune el, privindu-şi ceasul.

— Da... bălmăjesc eu, fixându-mi centura de siguranţă.

— Ioana... îmi spune, aşteptând să-i întâlnesc privirea. Poţi rămâne peste noapte? *Să rămân peste noapte?* Un fior rece îmi cuprinde tot corpul şi încep să tremur din interior. Îl privesc pierdută şi nu pot formula un răspuns.

— Totul o să fie OK. Ai încredere în mine, da? îmi spune, prinzându-mi mâna între ale lui. Nu pot răspunde. Mişc aprobator din cap şi rămân tăcută.

Ajungem în acelaşi apartament în care m-am trezit după accident. Amintirile îmi vin buluc în minte. Daria, doctorul, rănile mele, frica, neîncrederea, totul a dispărut. Sunt doar eu şi Alex.

Intrăm în dormitor şi inima începe să-mi bată din ce în ce mai tare. Alex îşi scoate sacoul şi începe să-şi descheie nasturii de la cămaşă sub privirea mea hipnotizată. Se uită spre mine şi privirile noastre se întâlnesc o secundă. Roşesc şi îmi plec ochii către podea. Se apropie, îi aud paşii pe covorul moale şi îi simt parfumul din ce în ce mai puternic. E atât de aproape că îi simt respiraţia pe gât.

— Merg să fac duş. Simte-te ca acasă!

Îmi ţin respiraţia cât e lângă mine şi încerc să zâmbesc fără să îl privesc. Stau nemişcată, aşteptând să părăsească camera. Nu înţeleg ce gândesc, nu înţeleg ce vreau sau de ce sunt aici.

Sunt cu Alex, singuri, vom petece noaptea împreună. Închid ochii şi inspir adânc, păstrez aerul în plămâni câteva secunde, apoi expir prelung. *Nu e bine ce fac! Ştiu că nu e bine. Asta nu sunt eu!*

Picioarele mele devin de jeleu. Sunt prea slabe pentru a mă mai putea susține. Mă aşez pe pat şi aştept. Sute de gânduri se bat în mintea mea. Aş putea să îi spun că vreau să merg acasă. *Vreau cu adevărat? Vreau să plec?* Sunt în mijlocul unei lupte pe care nu o pot câştiga. Mintea şi inima mea se duelează, lăsându-mă să anticipez rezultatul. Închid ochii şi o văd pe bunica. Îmi imaginez ce părere ar avea despre mine dacă m-ar vedea acum, dacă ar şti ce sunt pe cale să fac. *Nu pot face asta!*

Îmi amintesc secvențe din seara care tocmai s-a încheiat. Sunt lucruri pe care nu le înțeleg, lucruri care mă sperie, care nu sunt nici pe departe normale. Apoi rememorez dansul şi mirosul lui, sărutul de afară şi vocea lui, spunându-mi că mă iubeşte.

Simt cum mă furnică tot corpul şi nu mai pot sta pe pat. Mă ridic şi încep să mă plimb prin cameră. Mă opresc în fața oglinzii mari şi încerc să mă analizez. *De ce mă iubeşte pe mine?* Nu e nimic special la felul în care arăt. Ana, de exemplu, e o femeie frumoasă, elegantă. Sunt sigură că sunt multe astfel de femei în cercul lor de prieteni. Clipesc o fracțiune de secundă şi rememorez involuntar îmbrățişarea lor din parcare.

Sângele începe să-mi fiarbă şi lovesc fără voie cu pumnii în măsuța din fața oglinzii. Zgomotul surd se propagă în cameră.

Îl aud pe Alex cum iese grăbit din baie.

— Eşti bine?

E în spatele meu. Îi simt brațele pe talie, respirația jucându-se în părul meu. Vocea lui caldă îmi îmbrățişează inima, făcând-o să-şi găsească pacea. Îmi ridic ochii şi privesc în oglindă. *Rochia asta scumpă, doar ea mă face să par că fac parte din lumea lui.*

Suntem atât de diferiți, încât mă sperii. Cum poate el să mă iubească pe mine? Eu nu am nimic, eu nu sunt nimic pe lângă el. În lumea lui, eu sunt un nimeni. O lacrimă mi se prinde cu disperare de gene, încercând să nu-mi atingă obrazul. Alex îi anticipează căderea şi o şterge cu un deget. Mă prinde de umeri şi mă întoarce cu fața spre el. Privirea mi se loveşte de pieptul lui gol, cu picături mari de apă ce îi strălucesc pe pielea arămie. Îmi lipesc palma de el şi îi simt inima cum se contractă sub atingerea mea.

– Ioana, ce s-a întâmplat?

– Eu nu sunt ca voi... Nu sunt ca tine.

Alex oftează şi mă îmbrățişează puternic.

– Ştiu.

– Cum poți să mă iubeşti pe mine? Sunt un nimeni!

Îmi ridică capul şi mă priveşte încruntat. Buzele lui se mişcă fără a spune nimic. Îl simt cum freamătă de nelinişte şi de revoltă.

– Despre ce vorbeşti? Ioana, tu eşti tot. Eu sunt un nimeni pe lângă tine. Tu reprezinți tot ce îmi doresc să am, tot ce mi-aş fi dorit să fiu.

– Eu?!

– Habar nu ai cât valorezi! Continui să îl privesc tăcută, savurând fiecare scânteie din ochii lui, iar el continuă.

– Tu eşti atât de curată, încât nu ai nimic de ascuns. Tu poți spera, poți avea visuri şi poți crede în ele. Ai libertatea de a-ți alege calea şi puterea de a o urma. Tu poți deveni ca mine, dacă asta îți doreşti, dar eu ca tine, niciodată.

Vocea lui tremură şi cuvintele îi păşesc pe buze încărcate de emoție. În ochii lui adânci arde o pasiune atât de intensă încât pare că îl mistuie pe interior.

Suntem atât de diferiți, încât iubirea noastră e deja condamnată.

Suntem atât de asemănători, încât nu ne pasă niciunuia.

Îmi las mâinile să îi mângâie pieptul și brațele, ștergându-i picăturile de apă de pe piele. Îi simt trupul vibrând ca o harpă sub atingerea degetelor mele.

Îmi prinde fața în palme și mă privește pentru o clipă. Se joacă cu degetele pe obrazul meu, apoi pe gât și pe umăr, în timp ce buzele lui se apropie de ale mele. Simt respirația lui și a mea în tandem, atingerile lui și mâinile mele, explorându-i trupul. Mă ridică în brațe și mă așază în fund pe măsuța din fața oglinzii. Suntem la aceeași înălțime. Pot să îl privesc în ochi fără să își plece capul, aș putea să îl sărut fără să mă ridic pe vârfuri. Pentru prima dată, nu mai sunt complexată de senzația de inferioritate. Pentru prima dată, mă simt stăpână, nu pe mine, ci pe el.

Îi simt privirea cum coboară pe corpul meu. Ochii îi scapără de dorință, iar trupul meu se arcuiește ușor. Savurez fiecare privire și mă las mângâiată fără să fiu atinsă. Mă sărută pe umărul stâng și breteaua rochiei alunecă făcându-mă să tremur de emoție. Buzele lui fierbinți îmi călătoresc pe umăr, pe gât și se opresc la câtiva milimetri de ale mele. Se oprește și mă privește în ochi o clipă. Arde de dorință, iar eu vreau să luăm foc. Tânjesc după gustul buzelor lui.

Îi pun o mână pe gât și una pe șold și îl trag mai aproape, la doi milimetri distanță de un sărut, la doi milimetri distanță de scânteia ce ne-ar aprinde pe amândoi. Închid ochii și mă las pradă buzelor lui. Mă sărută apăsat, sălbatic cum nu a mai făcut-o până acum. Îmi mușcă ușor buza și mă trage mai aproape de el. Emoția devine prea mare pentru a mai avea loc în corpul meu. Totul e atât de nou, atât de intens, încât nu ştiu cum să mă comport, nu mai ştiu dacă merită să spun *Nu*. Nu mai ştiu de ce ar trebui să mă stăpânesc, de ce ar trebui să mă comport într-un anumit fel sau dacă ar trebui să o fac.

Apropierea dintre noi e atât de intensă, încât aş deveni aer doar ca să mă inspire. M-aş lipi definitiv de trupul lui, să nu-l pierd niciodată. Îi simt atingerile pe tot corpul. O mână îi urcă încet pe picior, iar alta coboară pe spate. Îi simt buzele pe gât şi respiraţia în ureche. Voinţa mă părăseşte şi mă las prinsă în vâltoarea sentimentelor. Îl vreau pe el. *Sunt a lui şi e doar al meu.*

Îşi desprinde mâinile de corpul meu şi face un pas în spate. Expiră cu un oftat controlat şi mă priveşte în ochi pentru câteva secunde, apoi se apropie şi mă sărută pe frunte. Mă ridică în braţe şi mă aşază pe marginea patului, în timp ce îngenunchează în faţa mea.

– E mai greu decât am crezut, îmi spune, sărutându-mi mâinile.

– Ce anume?

– Să îţi rezist, să mă opresc.

– Alex, nu ţi-am cerut să te opreşti.

Îşi ridică capul şi mă priveşte în ochi, îmi mângâie obrazul şi îmi zâmbeşte.

– Noapte bună, Ioana!

Sunt încă sub efectul săruturilor lui şi nu pot reacţiona. Se apropie de uşă şi se pregăteşte să o deschidă. *Nu vreau să plece. Nu vreau să stau fără el.* Îmi reglez respiraţia, îmi adun forţele şi îl strig.

Se opreşte în faţa uşii, iar mâna lui se lipeşte zgomotos de lemnul tare. Îşi întoarce puţin capul şi îmi zâmbeşte o secundă, apoi închide uşa în spatele lui.

Mă las pe spate şi mă afund în patul moale. O singurătate aparte mă învăluie, un fel de singurătate pe care nu am mai simţit-o. Îmi e frig fără trupul lui lipit de al meu. Încă mă ard atingerile lui, iar buzele mele îi rememorează gustul. Mâinile mele sunt inutile dacă nu îl pot mângâia, iar ochii mei nu mai văd nimic dacă el nu e în faţa mea. Mă simt bolnavă, cum nu am mai fost vreodată. Sunt bolnavă de iubire. Am devenit dependentă fără să-mi dau seama.

Îl iubesc pe Alex! Îl iubesc şi aş vrea să nu afle niciodată sau aş vrea să afle toată lumea, aş vrea să strig şi să nu mă audă nimeni. Alex e binele şi răul meu. Mă pierd în durerea asta dulce şi uit că vreau să mă vindec. Poate nici nu vreau cu adevărat. Vreau doar o altă doză pentru a ieşi din sevraj.

Alex

„Am crezut întotdeauna că nebunia pasiunilor e de preferat înțelepciunii indiferenței."
Anatole France

Mă îndoiesc de știință, de karma, de toate credințele mele. Nu există psihologie, neurologie sau anatomie destul de avansate pentru a putea explica ce a declanșat Ioana înlăuntrul meu. Mă metamorfozez în fiecare secundă alături de ea, iau decizii negândite, fac lucruri de care nu mă simțeam capabil, iar celelalte, pe care le consideram ușoare, au devenit imposibile. Capăt o superputere de a fi slab. Are atâta forță asupra mea, încât ar putea să mă salveze și să mă distrugă cu aceeași ușurință. Sunt vulnerabil și nu îmi pasă pentru că am încredere în ea.

Sunt fericit, pentru prima dată! Sunt fericit cu adevărat și totuși nu pot să nu mă întreb: *De ce?* Cred că ni se întâmplă lucruri bune doar atunci când le facem și noi, la rândul nostru. Cred în energii și în capacitatea Universului de a ne oferi ceea ce dăruim. Dar eu? Ce am făcut eu bun să o merit pe ea? Cum a decis Universul că eu merit să iubesc și să fiu iubit? Că merit să fiu fericit? Sau, poate, „Karma is a bitch", și chiar primesc o doză din ceea ce ofer. M-am ferit toată viața de vicii, iar acum sunt dependent de cel mai puternic drog care a existat vreodată. Ioana mi-a intrat în sânge, trăieşte în sinea mea de parcă ar fi acolo dintotdeauna, şi ştiu că asta o să mă distrugă. Ştiu, şi nu îmi pasă. Prefer să închid ochii în fața adevărului. Mă îmbăt cu fantezii de fericire şi le savurez condiția efemeră. Ştiu că ne facem rău reciproc, şi totuşi mă bucur de fiecare doză, de fiecare minut în care suntem împreună, de fiecare zâmbet, de fiecare cuvânt, de fiecare gură de aer încărcat de mirosul ei.

Poate e o fantezie, dar pentru mine e mai adevărat ca niciodată. Oficial, Ioana e parte din viața mea. I-am spus că o iubesc, am prezentat-o familiei, am dormit sub acelaşi acoperiş, am avut ocazia să-i văd primul chipul dimineața, să-i pregătesc micul dejun, să vorbim prostii în timp ce mâncăm, să o duc acasă şi să ne luăm la revedere după ce am plănuit următoarea întâlnire. Alături de ea, viața mea pare normală.

E aproape seară când ajung în Bucureşti. Parchez maşina în fața blocului şi pentru prima dată simt că m-am întors acasă, pentru prima dată am o amintire plăcută legată de apartamentul meu. Bag prima cheie în uşă şi răsucesc de două ori, apoi a doua cheie care se răsuceşte doar o dată în yală, de a treia cheie nu mai e nevoie. Uşa e deja deschisă. Inima începe sămi bubuie în piept şi am nevoie de câteva secunde să o liniştesc. Uşa nu pare bruscată şi totuşi sunt sigur că cineva a încercat să intre, sau poate a şi reuşit. *Poate e încă aici.* Apăs clanța şi intru cu grijă. Arunc o privire rapidă prin cameră, dar toate lucrurile sunt exact cum le-am lăsat. Dacă cineva a intrat, nu a căutat nimic, sau poate mă caută pe mine.

Păşesc încet către măsuța din living şi îmi iau pistolul prins sub blat. Îl strâng în mână cu disperare. Am vizualizat această scenă de zeci de ori, uneori cu teamă, alte ori cu uşurare, însă niciodată nu mi-am imaginat că se va întâmpla într-un moment când vreau să trăiesc, când vreau să fiu liber.

Fac paşi mici, controlându-mi fiecare respirație, tensiunea îmi face muşchii să se încordeze excesiv şi sângele să-mi alerge prin vene. Mă apropii de intrarea primului dormitor şi ascult două secunde. Nimic! Împing uşa şi intru.

Reuşesc să fac doar doi paşi şi încremenesc. Simt țeava rece a pistolului în ceafă, aud sunetul piedicii care se ridică, respirația persoanei din spatele meu şi bătăile auzitoare ale inimii mele. Întreaga viață îmi trece prin fața ochilor, o viață irosită, pe care nu am apucat să o trăiesc. *Nu se poate termina acum! Nu acum,* când în sfârşit viața are ceva de oferit.

Mă aplec, lăsând pistolul pe podea, îl împing cu piciorul sub pat, în timp ce ridic mâinile deasupra capului. Mimez o predare, sperând că atacatorul va lăsa garda jos. Aştept două respirații, apoi mă întorc şi lovesc orbeşte. Pumnul mi se opreşte în zid şi în următoarea secundă sunt lovit puternic cu patul armei. Privirea mi se întunecă şi mă prăbuşesc, tot ce simt e contactul cu parchetul. Încerc să mă ridic, dar piciorul lui mă apasă puternic pe piept.

În lumina slabă a încăperii abia pot distinge silueta unui bărbat şi pistolul îndreptat spre mine. *Asta e tot! S-a terminat!* Închid ochii şi încerc să-mi accept destinul.

— Mă jur că ți-aş trage un glonț în cap, dacă nu ai fi fratele meu.

Recunosc vocea lui Răzvan şi mă întind pe podea răsuflând uşurat. Rămân aşa câteva minute, în zgomotul asurzitor al urechilor care îmi țiuie de la lovitură, sau poate de la presiunea sângelui. Toată camera se învârte în jurul meu şi abia mă pot ridica.

Răzvan e deja în living savurând un pahar de ceai turcesc.

– Îmi place ceaiul ăsta! spune, amestecând zgomotos cu lingura

în pahar. L-ai adus acum din Turcia?

– Zi ce ai de spus, şi hai să terminăm repede vizita asta! Zic, în timp ce mă aşez pe fotoliu, în fața lui.

– Te grăbeşti? Îți e dor de iubită? mă întreabă, zâmbind sarcastic.

Rămân tăcut, încercând, pe cât posibil, să nu alimentez sarcasmul lui. Îl cunosc foarte bine şi ştiu ce urmăreşte cu discuția asta. Se ridică, zâmbind ironic, şi se apropie de fotoliul meu. Mă priveşte de sus şi începe să-mi vorbească cu acelaşi aer de superioritate omniprezent.

– Alex, termină dracu cu rahaturile astea şi revino cu picioarele pe Pământ! Zile trecute ziceai că vrei să ieşi din afacere, acum îți aduci o gagică la petrecere? Te-a apucat rebeliunea adolescentină la 23 de ani?

Încerc să mă ridic, dar îmi pune o mână pe umăr şi mă apasă în fotoliu.

– Cum dracu' te-a prostit în halul ăsta o femeie?

Sângele îmi fierbe şi calmul meu fragil se pierde. Mă ridic şi îl împing din calea mea.

– M-am săturat să-mi vorbeşti aşa! Cine te crezi?

– Fratele tău! spune el uimit de reacția mea violența.

– Şi ce frate! Mă ameninți cu pistolul, mă loveşti, mă jigneşti, şi toate astea la mine în casă!

— La tine în casă? Dacă nu era fratele ăsta de care te plângi nu aveai o casă. Îl privesc două secunde, strângându-mi pumnii de furie. *Nu pot să cred că îmi spune asta.*

— Dacă nu eram eu, poate nici tu nu aveai, Răzvan. Nu uita că negocierile contractelor sunt făcute de mine, transporturile sunt supravegheate de Laur, actele sunt făcute de Manu. Tu ce faci? Faptul că te bați cu pumnii în piept că eşti şef nu te face unul.

Mă priveşte furios, se apropie şi mă prinde puternic de cămaşă, aproape ridicându-mă de pe podea.

— Sper să nu fie nevoie să afli niciodată ce fac eu, frățioare, îmi spune cu o privire care îmi face sângele să înghețe.

Eliberează strânsoare, îmi aranjează cu un gest cămaşa, apoi continuă pe un ton mult mai calm.

— Siguranța voastră e responsabilitatea mea şi nu o să permit să ne pui în pericol pentru o femeie. M-ai înțeles? Nu îmi pasă cu cine te culci, atâta timp cât îți păstrezi capul pe umeri.

Respir controlat, încercând să-mi recapăt calmul. Înțeleg că Răzvan are dreptate să fie supărat, să fie dezamăgit. Nu aş fi făcut niciodată lucrurile astea pentru „o femeie", dar ea este Ioana, e acea femeie pe care o iubesc. Mi-aş dori să înțeleagă, mi-aş dori ca eu să pot să-i explic.

— Mâine dimineață la nouă avem şedință, îmi spune, îndreptându-se către ieşire.

— OK. Închide uşa în urma lui şi respir uşurat. Îmi relaxez muşchii şi mă las în spătarul fotoliului. Îmi pipăi rana din tâmplă şi pe cea din suflet. Mă doare cearta noastră mai mult ca niciodată. Îmi e atât de dor de fratele meu, şi totuşi uit să îl caut în interiorul lui Răzvan. Poate e încă acolo, poate aşteaptă să fie găsit. Regret cuvintele pe care i le-am spus, le regret şi pe cele auzite de la el. Vreau să fiu din nou copil, măcar timp de o îmbrățișare!

Îmi năvălesc în minte amintiri din copilărie, căldura din brațele mamei, glumele şi zâmbetul lui Răzvan, sprijinul necondiționat al tatei, acea perioadă a vieții mele când eram normali, când Răzvan era idolul meu. Atunci simțeam că nimic rău nu mi se poate întâmpla când era el în preajmă, el putea rezolva orice problemă. Răzvan era un supererou. Lacrimile îmi inundă ochii şi vreau să rămân în acele amintiri savurând senzația, dar creierul nu mă ascultă. Îmi derulează în minte imagini pe care încerc inutil să le reprim: sicriele părinților, apoi momentul când am fost luat cu forța de serviciile de asistență socială, strigătele lui Răzvan, camera rece a orfelinatului, abuzurile de acolo, vizitele fratelui meu, excesele lui de furie.

— *O să te scot de aici, îți promit!*

Mi-aş fi dorit să uite acele cuvinte, să-şi trăiască adolescența, să fie fericit, însă nu a făcut-o. Acea promisiune mi-a furat definitiv fratele. Când a reuşit să mă readucă acasă, nu-l mai recunoşteam. Deşi era lângă mine, devenea din ce în ce mai greu să ajung la el.

Ajung la casa din Băneasa cu câteva minute înainte de ora nouă. Intru în living şi îi salut pe Ana şi Laur.

— Manu nu a venit? întreabă Răzvan, coborând scările.

— Aici sunt, răspunde acesta intrând pe uşă. Traficul e infernal.

Răzvan îl priveşte mustrător, apoi ne face semn să îl urmăm.

Urcă nişte scări şi se întoarce către Ana care aşteaptă pe canapeaua din living.

— La şedinţa asta participi şi tu, îi spune pe un ton autoritar.

Răzvan intră în dormitorul pe care l-am transformat acum câţiva ani în sală de şedinţe, urmat de Ana şi de băieţi. Manu se aşază la locul lui, Laur trage un scaun pentru Ana, iar Răzvan rămâne în picioare lângă panou. Doar eu sunt şocat. Rămân blocat în pragul uşii, văzând imaginile de pe panoul de prezentare. Sunt poze cu Ioana, cu casa şi liceul ei, copii de documente, o hartă cu locurile pe care le frecventează, poze cu oamenii cu care vorbeşte, poze cu mine şi cu ea făcute chiar ieri, în timp ce o lăsam acasă. Inima îmi bate haotic şi nu mă pot concentra.

— Stai jos! îmi zice Răzvan.

— Ce-i asta? îngân ca în transă.

— Stai jos! repetă el apăsat.

Mă prăbuşesc pe scaun şi beau o gură mare cu apă.

— Ioana Radu, spune Răzvan, arătând cu indicatorul una dintre poze, 19 ani, elevă în clasa a XII-a la cel mai bun liceu din Râmnicu Sărat, elevă de 10 pe linie, crescută de bunică până acum câteva luni, când a murit, lucrează ca dădacă şi este şefa cercului de matematică. Curată ca lacrima, nu a avut în viaţa ei nici măcar o amendă.

— Sună bine până acum, zice Laur. Familie, anturaje dubioase, şanse să lucreze sub acoperire?

— Nu. Nimic suspect.

— Cine sunt celelalte femei? întreabă Laur, arătând spre poze.

— Persoanele cu care intră cel mai des în contact. Ea e Cristina

Panait, mama copilului de care are grijă. E vânzătoare la un non-stop de vreo şase ani şi are o aventură cu şeful ei, în rest nu am descoperit nimic. Ea e Mihaela Apostu, sau Ella, nu sunt motive de îngrijorare nici în ceea ce o priveşte, iar bătrâna e un fel de mătuşă, sora bunicii. Toţi sunt curaţi, zice Răzvan, arătând pe rând spre fiecare fotografie.

– Şi părinţii?

– Pe maică-sa nu am găsit-o încă, e prin Italia şi, din câte am aflat, nu ţin legătura. Pentru orice eventualitate, am cerut să fie investigată şi ea.Vom avea mâine detaliile. De tată nu se pune problema, nu e trecut nici în certificatul de naştere. Am verificat totul şi nu vor fi complicaţii. Vom decide cum acţionăm imediat ce aflăm ce ştie.

– Nu ştie nimic! spun sec.

– Serios? mă întreabă Răzvan, fluturând indicatorul telescopic.

– Da, fir-ar să fie. Nu ştie nimic! răspund deja enervat.

– Pot să confirm, spune Ana. Am vorbit mult cu ea în acea noapte. Dacă ştia ceva, mi-aş fi dat seama.

– Şi totuşi, ne poate identifica pe toţi şi ştie unde locuim şi noi, şi Alex, zice Laur sub privirile acuzatoare ale Anei.

– Da. În primul rând, trebuie să scăpăm de apartamente şi să vă mutaţi provizoriu aici. Alex, e o problemă cauzată de tine, deci tu te ocupi de ea. Nu mă interesează ce faci, dar până mâine să dispară, zice Răzvan, bătând cu indicatorul în fotografia Ioanei.

Mă ridic, încercând să-mi păstrez calmul.

– Nu o să mă ocup de nimic, Răzvan. M-am săturat să îţi ascult ordinele, să mă supun deciziilor tale. Ioana o să rămână în viața mea. O acceptați pe ea sau mă excludeți pe mine. E simplu!

— Simplu pe dracu! zice Răzvan, lovind cu pumnii în masă, ştii foarte bine că dacă ieşi din afacere eşti mort. Şi ştii care e partea interesantă? Că trebuie să o fac eu. Trebuie să fiu eu cel care îți împrăştie creierii pentru ca noi să rămânem în viață.

— Şi e aşa de greu? Ai încercat deja ieri, nu? Ți-a tremurat mâna când mi-ai pus pistolul la tâmplă?

Ceilalți privesc uimiți cum tensiunea dintre noi atinge cote maxime.

— Gata, terminați! spune Manu, ridicându-se în picioare. Nu mai vorbiți prostii! Niciunul dintre noi nu va fi exclus! Suntem o familie şi trebuie să ne susținem reciproc. Eu sunt dispus să o accept pe Ioana, dacă Alex garantează pentru ea.

— Şi eu! completează Ana.

— Ce să garanteze Alex? întreabă răstit Răzvan, voi nu vedeți că nu mai gândeşte cu capul?

— Calmează-te! Chiar ți se pare că e un pericol? îl întreabă Laur pe Răzvan, arătând spre informațiile atârnate pe tabelă. E doar un copil!

— E un copil! Asta e problema, o să afle până la urmă ce facem, cine suntem, o să se sperie şi va fugi la poliție.

— Nu va face asta. Nu va afla nimic, spun eu.

— Cum dracu poți să ne asiguri tu de asta? țipă Răzvan.

— Discuția asta nu duce nicăieri. Eu zic să votăm! spune Manu ridicând mâna. Votez pentru Alex. Am încredere în el şi în deciziile pe care le ia.

Ana ridică mâna imediat, săgetându-l cu privirea pe Laur, care îi urmează exemplul.

– Ați înnebunit cu toții?! strigă Răzvan.

– Poate, dar nu avem altă soluție, spune Laur. Suntem dependenți unii de ceilalți, şi dacă unul dintre noi face o prostie e bine să fie una de care ştim toți.

Răzvan aruncă cu indicatorul în perete, după care buşeşte cu pumnii în masă.

– Tu înțelegi că noi girăm cu viața prostia ta? mă întreabă răstit.

– Da, spun, incapabil fiind să găsesc cuvintele potrivite pentru a le mulțumi. Ana îmi zâmbeşte, Manu mă priveşte cu înțelegere, în timp ce Laur se mulțumeşte să răsfoiască hârtiile pe care le are în față. Răzvan tremură de nervi, mă priveşte încruntat şi sunt sigur că rememorează cu plăcere lovitura pe care am încasat-o ieri.

Le înțeleg supărarea, mai ales că ştiu cum pare din perspectiva lor, ştiu ce implicații au acțiunile mele şi riscul la care îi expun. Mă întreb cum aş fi procedat eu în locul lor. Mă întreb dacă aş fi avut puterea de care dau ei dovadă.

Ioana

„Moartea nu e cea mai rea pierdere a vieții. Cea mai rea pierdere de viață e ceea ce moare în noi în timp ce trăim.“
Pablo Picasso

Îmi privesc captivată degetele cum se mişcă pe rând, lovind paginile albe ale cărții. Pielea mea are o culoare diferită! Îmi ridic capul pentru a-mi privi reflexia în fereastră. Simt nevoia să îmi ating chipul, buzele, genele, să-mi simt zâmbetul cum îmi ridică pomeții. Îmi aud inima cum bate, sângele mi se plimbă rapid prin vene şi obrajii mi se îmbujorează. Toată ființa mea a fost inundată de... viață. Trăiesc, trăiesc cu adevărat! *E atât de mare diferența dintre a trăi şi a fi în viață!*

Îmi aud numele şi sunt obligată să părăsesc lumea mea interioară. Închid cartea pe care încercam să o citesc şi întâlnesc privirea Andreei, care pare să mă analizeze de ceva timp.

– La ce te gândeai aca profund? întreabă ea.

– Nu am văzut când te-ai aşezat, îi zic, ignorându-i întrebarea.

– Nu-i problemă. Voiam să te întreb ceva.

— Ascult, îi spun fără să arăt un adevărat interes.

— Tu ştii ce s-a întâmplat cu Ella?

— La ce te referi? întreb contrariată.

— Am văzut-o astăzi, înainte de ora de biologie, la baie. Încerca

să acopere o vânătaie cu fond de ten.

— Da. A avut un accident, spun fără să am nici cea mai mică idee despre ce vorbeşte.

— Daaa... accident.

Andreea râde abţinut, încercând să nu tulbure liniştea din sala de lectură.

— Da. Un accident, îi repet apăsat, încercând să descurajez amuzamentul ei.

— A accidentat-o cineva rău de tot, spune ea păstrând acelaşi ton ironic.

— Andreea, te rog să nu împrăştii bârfe nefondate.

— Eu?! Cum să spui asta? Doar mă cunoşti.

— O spun tocmai pentru că te cunosc. Mă ridic de la masă fără să aştept replica ei şi îmi pun cartea împrumutată pe raftul potrivit. Ies din clădire şi iau un taxi până în Topliceni. Cuvintele Andreei mă obsedează. Oare chiar s-a întâmplat ceva cu Ella? Încerc să o sun, dar telefonul ei e închis.

Mă opresc în faţa casei ei şi rămân o clipă lângă poartă. Când eram copil, aici mă simţeam ca acasă, însă acum Ella nu îmi mai vorbeşte şi probabil nu vrea să mă vadă. Inspir adânc şi intru. *Poate ea nu vrea să mai fim prietene, dar asta nu schimbă sentimentele mele.*

Bat şi aştept câteva secunde cu respiraţia tăiată, după care repet bătăile. Uşa se deschide şi în pragul casei apare doamna Irina, o versiune mai bătrână decât mi-o aminteam.

– Ioana, de când nu te-am mai văzut, măi copile? îmi spune ea, cuprinzându-mă în brațe.

Căldura ei mă face să tresar, trezește în mine mii de amintiri din copilărie care dau năvală peste mine. Încerc să rămân prezentă și să îmi controlez respirația ce-mi poate trăda neliniștea.

– Cum te simți? Ești bine? Ai nevoie de ceva? Acum că ești singurică de ce nu vii mai des pe la noi? întreabă ea cu o voce duioasă.

– Sărut mâna! Sunt bine. Mulțumesc! Am venit să o văd pe Ella. E acasă?

– Da. Nu știu ce să mai fac cu fata asta. S-a încuiat în cameră. Nici nu a mâncat astăzi. Cred că ține iar vreo cură de slăbire. Poate îi bagi tu mințile în cap, mamă, că o să se îmbolnăvească, în ritmul ăsta. Să vezi ce mâncare bună am făcut, și nici nu a băgat lingura în ea.

O ascult hipnotizată. Doamna Irina e mai mult decât mama Ellei pentru mine, e mai mult decât un om în sine. E un ideal, un simbol matern. De fiecare dată când mă gândesc la cuvântul *mamă*, îmi apare chipul ei în minte ca o icoană pictată demult.

Îmi amintesc nopțile din copilărie când dormeam aici. În fiecare seară, doamna Irina ne citea povești și ne săruta pe amândouă pe frunte înainte de culcare. Tânjeam și îmi era frică totodată de acel sărut de noapte bună. Simțeam că mă face slabă. Îmi hrănea dorința de a fi iubită destul de mult să supraviețuiască, dar prea puțin ca să trăiască cu adevărat. Uneori mă întorceam cu spatele și mă prefăceam că dorm doar pentru a nu-i simți buzele moi pe fruntea mea, alteori stăteam acolo înțepenită și savuram momentul. Sufletul mi se dezgheța, sentimentele mele captive se luptau să iasă la suprafață, simțeam nevoia să iubesc și să mă simt iubită, și asta mă îngrozea.

Îmi era frică şi încercam să urăsc pe toată lumea începând cu mine. De fapt, nu am reuşit să urăsc pe nimeni în afară de mine.

Bat în uşa de la camera Ellei şi încerc să o deschid, dar e încuiată.

– Mamă, te-am rugat să mă laşi în pace! aud din partea cealaltă a uşii.

– Ella, sunt eu. Aştept câteva secunde şi aud cheia cum se răsuceşte. Uşa se deschide şi intru în camera întunecată. Toate draperiile sunt trase, iar ochii mei se obişnuiesc greu cu schimbarea de lumină. Abia reuşesc să o văd pe Ella care s-a aşezat pe pat cu spatele la mine.

– Încuie uşa! Să nu intre mama, îmi spune scurt. Răsucesc cheia în broască şi mă aşez lângă ea. Nu e tensiune în aer şi nici ostilitate din partea ei. Tot ce simt e o tristeţe ce-mi sfâşie sufletul. Îi caut mâna în întuneric şi o acopăr cu a mea. Ella începe să tremure şi plânge înfundat, apoi se întoarce către mine şi mă cuprinde în braţe, lăsând lacrimile să-mi ude tricoul. Sunt atât de şocată, încât nu pot respira. Niciodată nu am văzut-o aşa.

– Îţi mulţumesc că eşti aici, Ioana. Nu ştii câtă nevoie aveam de tine. Îmi pare rău!

– E OK. Calmează-te!

Durerea Ellei mă doboară. Încerc să-mi alung amărăciunea şi să-mi înghit lacrimile care mi se opresc în gât, dar nu pot face nimic. Stau ca o stană de piatră în braţele ei, fără să găsesc puterea de a o consola.

– Ioana, sunt o proastă. Aveai dreptate!

– Totul o să fie bine! Calmează-te!

Se dezlipeşte de mine, se apropie de fereastră şi trage draperiile, lăsând lumina portocalie a după-amiezii să intre în cameră. Se aşază în faţa oglinzii, ia o dischetă demachiantă şi începe să se şteargă pe faţă cu mişcări brutale şi disperate.

O privesc stupefiată. Sub stratul gros de fond de ten se ascunde o vânătaie uriaşă ce îi acoperă aproape jumătate din faţă.

— Vezi? Vezi cum am ajuns? Cum o să fie bine? Cum? mă întreabă, în timp ce lacrimile îi şiroiesc pe obraji.

O privesc, încercând să îmi păstrez calmul sau impresia că aş fi calmă, dar de fapt mâinile îmi tremură şi strâng cu putere aşternutul de pe pat. Aş vrea să spun ceva, însă nu găsesc cuvinte sau îmi e teamă să le rostesc.

— Vali?! reuşesc să articulez, într-un final.

Mă priveşte pierdută, iar chipul său îşi pierde expresivitatea. Mă apropii şi o cuprind în braţe. Ea îşi sprijină capul pe umărul meu şi rămâne acolo nemişcată, fără să mai plângă, fără să mai tremure, fără să spună nimic.

— Ella, vrei să dormim împreună în noaptea asta?

Aprobă, mişcându-şi capul.

— Îţi mulţumesc!

Merg în bucătărie, unde doamna Irina deja a pregătit un ceai şi un platou cu gustări. Iau tava şi mă întorc în cameră.

— Crezi că sunt urâtă? mă întreabă Ella, privindu-se în oglindă.

— Poftim!? Nu. O să-ţi treacă în câteva zile, spun, prefăcându-mă că nu înţeleg întrebarea ei.

— Nu mă refer la vânătaie, Ioana. În general, crezi că sunt urâtă?

Aşez tava pe masă şi mă apropii de ea. Zâmbesc şi îi aşez părul

ciufulit.

— Eşti unul dintre cei mai frumoşi oameni pe care îi cunosc.

— Atunci, de ce mi-a făcut asta, Ioana?

— Pentru că el e un om urât. O cuprind în braţe şi o las să-şi sprijine capul pe mine, începe iar să plângă necontrolat. Fiecare lacrimă a ei mă arde. E ca şi cum mi-ar rupe sufletul în mii de bucăţi. Aş fi preferat să fiu eu cea care suferă.

— Vrei să ne uităm la un film şi să mâncăm în faţa televizorului, cum făceam când eram mici? întreb încercând să schimb subiectul.

Ella îşi şterge lacrimile şi îmi zâmbeşte timid. Ne aşezăm pe podea ca în copilărie cu ochii aţintiţi spre ecranul televizorului, ţinând platoul cu gustări în poală. O privesc pe Ella şi realizez cât de dor îmi e de ea. Cât de dor îmi e de prietena mea nebună şi agitată, care râde de toate prostiile şi aduce bucurie oriunde ar fi.

— Mereu m-am întrebat cum poţi să faci asta?

— Ce anume? Întreb, muşcând dintr-o bruschetă cu roşii.

— Să nu pui întrebări. Să fii mereu acolo pentru mine, să încerci să mă ajuţi fără să mă descoşi şi fără să ceri nicio explicaţie, să mă ierţi şi să mă înţelegi mereu, indiferent câte prostii aş face.

— Nu am niciun drept să te judec, Ella, nici să te interoghez. Când vei fi pregătită să îmi spui ceva, ştii că sunt aici să te ascult.

— Îţi mulţumesc, Ioana! Sunt foarte norocoasă că suntem prietene.

— Amândouă suntem! Ne uităm împreună la film, comentând unele faze comice şi admirându-l pe Gerard Butler, actorul preferat al Ellei.

— De cât timp nu am mai stat aşa amândouă? întreabă ea.

— Nu ştiu. Dormeam des împreună înainte să se îmbolnăvească bunica.

— Îţi e dor de ea? mă întreabă, atingându-mi mâna.

— Foarte dor. Uneori... mă simt singură... mărturisesc, încercând să îmi ascund ochii plini de lacrimi. Îmi pare rău că te-am părăsit şi eu. M-am lăsat manipulată de minciunile lui Vali.

— E OK.

— Nu. Nu e. Am avut mai multă încredere în el decât în prietena mea cea mai bună, îmi spune cu regret. Îi zâmbesc şi ea mă cuprinde în braţe.

— Îţi aminteşti când am jurat că nu vom lăsa niciodată un băiat să intervină între noi? mă întreabă chicotind.

— Da, cred că eram la grădiniţă.

— Hei, zice ea înghiontindu-mă, ce grădiniţă? Eram în clasa I când mie îmi plăcea de Mădălin, dar el te plăcea pe tine. Prima mea decepţie în dragoste.

Începem să râdem şi să depănăm amintiri din copilărie, apoi adormim îmbrăţişate.

M-am trezit prea devreme şi nu pot să mai stau în pat. O aud pe doamna Irina robotind prin bucătărie şi simt nevoia să fiu în preajma ei.

— Bună dimineaţa, copil! De ce te-ai trezit aşa de devreme? Nu aţi avut loc în pat? Nu l-am mai schimbat, acum că pleacă la facultate, am zis că nu mai are niciun rost.

— Bună dimineața! Am dormit bine, nu vă faceți griji.

— Îți pun ceai? întreabă ea, în timp ce deja umple o cană mare.

— Da. Vă mulțumesc! Stăm împreună pe colțarul de la bucătărie. Ea îmi caută privirea, pe care eu încerc disperată să o ascund.

— S-a întâmplat ceva? Cum se simte fata mea? — E mai bine, răspund evaziv.

— Ioana, spune ea, apropiindu-se și forțându-mă să o privesc în ochi, dacă Mihaela are probleme, te rog să îmi spui. Ea e tot ce am de când a murit taică-su. Știu că poți înțelege ce e în sufletul meu.

Încuviințez din cap, iar ea îmi zâmbește.

— Trebuie să plec la serviciu. Aveți grijă la școală!

— Vom avea. Spor la treabă! Mă sărută pe frunte și pleacă.

Mă uit în urma ei, apoi spre ușa Ellei și nu pot să nu mă întreb:

Cum e oare să simți că ești atât de iubit? Cum e să știi că o persoană pe lumea asta trăiește doar pentru tine, cum e să fii iubit de o mamă?

O priveam adesea pe Cristina cum sufla către rănile Dariei când se lovea, pe doamna Irina cum pregătea supa preferată a Ellei când era răcită. Iubirea unei mame poate nu e tratament pentru fizic, dar cu siguranță îți vindecă sufletul.

În copilărie, aceste sentimente erau chiar mai intense. M-am întrebat de sute de ori eu de ce nu am meritat asta. Eu de ce nu am meritat o mamă, de ce nu am meritat să fiu iubită? E împotriva firii ca un copil să nu aibă mama și o mamă să nu aibă copil.

Mulți ani m-am învinovățit că am fost părăsită. Credeam că nu sunt destul de bună pentru a fi iubită. Încercam din răsputeri să fiu perfectă, sperând că atunci când voi reuşi, mama se va întoarce.

Să se întoarcă mama era unica mea dorință. Dorința de Crăciun, de ziua mea, când vedeam o stea căzătoare, când prindeam un puf de păpădie, când îmi cădea o geană. Mereu aceeaşi dorință, până am încetat să mai cred că dorințele se împlinesc.

E mai greu atunci când nu mai crezi în minuni, când nu mai aştepți miracole. Nu îmi amintesc ce vârstă aveam când s-a întâmplat asta, însă ştiu sigur că a fost cel mai rău lucru care mi se putea întâmpla. Când îți moare speranța, moare o parte din tine. Din mine a murit copilăria, inocența şi fragilitatea. Am încetat să mă mai consider vinovată că am fost părăsită şi am început să o învinovățesc pe ea că m-a părăsit. Am început să îmi urăsc mama cu aceeaşi putere cu care o iubeam cândva. Am iubit şi am urât ani întregi o fantomă, o femeie care pentru mine nu a existat niciodată. Mă lăsam consumată de sentimente contradictorii ce se contopeau în sufletul meu devenind mai mari decât mine însămi.

O privesc pe Ella care încă doarme. Ştiu că o parte din sufletul meu o invidiază şi regret asta, dar ea habar nu are cât e de norocoasă.

Câteva ore mai târziu, suntem amândouă la liceu. Îl ascult pe domnul profesor de istorie vorbind despre Primul război mondial. Încerc să mă concentrez, însă mintea mea hoinăreşte fără destinație.

Din când în când, o văd pe Ella care încearcă să-şi aranjeze părul pe față, sperând că aşa va ascunde semnele umilinței. Îi recunosc gesturile şi privirea goală. Am senzația ciudată de *déjà vu*, dar îmi e greu să plasez faptele în timp şi în spațiu, iar asta mă tulbură. Închid ochii strâns pentru o clipă şi îi deschid brusc. O văd pe Anca în locul Ellei şi rămân fără aer. Clipesc din reflex.

E uşor să speri că amintirile vor muri. Poate unele o fac, dar nu cele de care vrei să scapi. Acelea te vor bântui mereu, vor rămâne ascunse undeva, acolo, într-un colţ al minţii şi, când nu te aştepţi, dau năvală ca un *tsunami*, distrugând tot ce credeai că ai construit.

Când eram copil, obişnuiam să-mi imaginez că viaţa e un film, că eu sunt personajul principal, iar ceilalţi doar figuranţi. Uneori, le atribuiam cunoscuţilor etichete în funcţie de caracteristicile lor. Anca e „victima", întruchiparea a ceea ce am promis că nu voi fi niciodată. Mă tot gândesc dacă Anca cea pe care mi-o amintesc eu e cea adevărată sau e doar o proiecţie a imaginaţiei mele de copil. O vedeam rar şi uneori simţeam că o cunosc doar din poveştile oamenilor, nişte poveşti pe care nu mi le amintesc din cuvinte, ci din imagini ce se năşteau în mintea mea şi deveneau mai adevărate decât adevărul. Ascultam cu interes fiecare cuvânt despre ea şi foloseam detaliile pentru a o contura în mintea mea pe acea Anca despre care ştiam doar că trăieşte undeva în spatele gardului de lemn.

Ştiam că e prea tânără pentru Vasile, abia atinsese vârsta majoratului când s-au căsătorit. Apoi s-a mutat cu el şi mi-a devenit vecină. Ştiam că e frumoasă, deşi nu o văzusem niciodată de aproape, iar uneori nici în curte nu o zăream cu zilele. Simţeam că e acolo pentru că îl auzeam adesea pe Vasile cum urla la ea. Vizualizam cuvintele lui obscene pline de ură ca pe nişte săgeţi care se înfig în trupul firav al unei copile. Îmi imaginam o Anca ce semăna cu mine şi un Vasile ca fiind întruchiparea tuturor celor care mă răniseră vreodată.

Într-o zi, eram la magazinul din sat când am auzit o voce necunoscută. A fost un „Bună ziua!", cred.

Atât de încet, încât nimeni nu a răspuns de teamă că doar şi-a imaginat că a vorbit. M-am întors curioasă la fel ca toţi ceilalţi clienţi şi am văzut-o aşezându-se cuminte la rând, lângă tejghea. Era îmbrăcată cu o rochie albă, puţin murdară la poale, lungă şi largă, şi care îi acoperea corpul subţire în întregime. Privea în podea, iar părul neîngrijit şi răvăşit mă împiedica să îi văd faţa.

Ştiam că era ea. Vedeam pe corpul ei urmele durerii. Simţisem, în acele cuvinte şoptite, o disperare care mă cuprindea. Părea că toată fiinţa ei strigă după ajutor. Eram atât de captivată şi îngrozită de acea imagine bizară, încât am uitat ce trebuia să cumpăr. Am făcut un pas în spate şi am lăsat-o să treacă în faţa mea.

A cerut un pachet de ţigări şi o sticlă de rom, apoi a întins nişte bani şomoiogiţi de ceva timp în mâna transpirată. A mulţumit încet, fără să privească pe nimeni, şi s-a întors către ieşire, lăsându-mă să-i văd chipul pentru o fracţiune de secundă. Imaginea grotească m-a făcut să tresar. Nu era frumoasă, nici nu îmi puteam da seama dacă fusese vreodată. Nu mai ştiam dacă auzisem pe cineva că ar fi sau doar îmi imaginasem eu.

M-a văzut privind-o şi poate a simţit teama care m-a pătruns. A încercat discret să-şi ascundă chipul sub părul dezordonat în timp ce se grăbea spre ieşire. Am rămas blocată.

– A trimis-o Vasile după băutură.

– Doar aşa să iasă şi ea din casă, când e el prea beat să se mişte.

– Dacă i-a trebuit măritiş, să stea să îndure acum!

– Lasă că nici la mă-sa nu avea trai bun, n-a plecat de bine nici de acolo.

– *Nu o fi nici ea uşa de biserică, nu o bate ăla fără motiv.*

Ascultam comentariile oamenilor din magazin şi încercam fără succes să găsesc sensul. Să înţeleg! Nu am reuşit şi am ieşit în stradă. Anca stătea rezemată lângă uşa magazinului. Ştiam că a auzit tot ce se vorbea. Mă simţeam vinovată că am fost acolo, mă simţeam vinovată până şi că am asistat la acele conversaţii. Nu aveam curajul să o privesc.

Mă încercau sentimente contradictorii în ceea ce o privea pe Anca, un fel de milă, repulsie, frustrare, frică şi dezgust. O priveam prin gard uneori cum munceşte în grădină sau cum întinde rufe proaspăt spălate pe culmea din curte. Era din ce în ce mai slabă, din ce în ce mai tristă. Mi se părea ireal că trupul ei fragil încă mai poate munci, că ochii ei goi încă mai pot privi.

Nu am mai văzut-o o perioadă, până într-o dimineaţă când a venit salvarea şi a luat-o. Anca a fost internată la spitalul din oraş, iar, după câteva zile, am aflat că a murit.

Vestea morţii ei nu a trezit niciun sentiment în mine, şi asta mă îngrozea. Auzeam vecinii vorbind despre o boală care ar fi ucis-o. Le ascultam regretele cu privire la tinereţea ei, la faptul că avea toată viaţa înainte. Oare doar eu ştiam adevărul? Eu plânsesem acum mult timp moartea Ancăi, atunci când nimeni nu îşi dădea seama că murise.

– *Oamenii sunt ca stelele,* i-am spus atunci Ellei. *Unele dintre ele sunt moarte, dar noi nu vedem.*

– *Cum să fie moarte?* m-a întrebat ea privind spre cer. *Dacă sunt moarte, de ce strălucesc?*

– *Poate nici ele nu ştiu că au murit.* Încă mai cred asta. *Oamenii sunt ca stelele!* îmi spune vocea mea de adult. Unele stele s-au stins cu mult timp în urmă, dar lumina lor călătoreşte prin Univers, dându-ne impresia că sunt încă acolo, aşa cum oamenii respiră şi ne fac să credem că trăiesc. Stelele trăiesc milioane de ani, apoi explodează brusc şi mor, fără ca nimeni să observe. La oameni e puţin diferit. Oamenii trăiesc puţin şi se sting lent. Stele şi oameni, atât de diferiţi în asemănarea lor! Oamenii nu trebuie să înceteze din viaţă pentru a muri, aşa cum o stea nu trebuie să dispară pentru a nu mai fi.

Oamenii mor în fiecare zi câte puţin, de dor, de nepăsare, neputinţă. Întâi le moare mândria şi respectul de sine, apoi speranţele şi visurile. Mor de neiubire, în suferinţă şi umilinţe. Mor simţindu-se mici şi neînsemnaţi. Mor de multe ori fără să ştie că au murit. Rămân doar cu trupuri goale. Se mint că trăiesc doar pentru că sunt încă în viaţă. Devin *Anca,* devin stele moarte a căror lumină călătoreşte încă prin Univers, devin victime, oameni prea slabi pentru a trăi şi prea puternici pentru a muri. Ea era slabă şi un monstru a omorât-o. Degeaba plâng acum moartea ei. Ea era moartă de mult.

La priveghiul Ancăi toţi îl compătimeau pe Vasile. Că prima soţie l-a părăsit, că a căzut în patima alcoolului, că acum a rămas văduv tânăr.

– *Vasile e un monstru. Cum pot oamenii ăştia să-i ia apărarea?* am întrebat-o pe bunica.

– *Oamenii se tem de monştri şi nu dau doi bani pe victime. Dacă ai de ales între a fi un monstru sau o victim, ce alegi?*

Întrebarea ei m-a blocat. Orice răspuns aş fi dat, ar fi fost greşit, aşa că am rămas tăcută.

Bunica m-a privit dezamăgită, a îngenuncheat lângă mine şi m-a prins puternic de umeri.

— *Alege să fii tu cea care trăieşte!* Mi se părea atât de greşit ceea ce îmi spunea bunica, atât de crud, încât refuzam să înțeleg. În mintea mea de copil, sfaturile ei nu aveau sens.

Am înțeles mai târziu tot ce încerca să mă învețe. Am înțeles de ce mă certa când plângeam, de ce îmi cerea mereu să mă ridic repede când cădeam, de ce nu îmi lua apărarea niciodată, indiferent câtă dreptate aveam.

Îmi amintesc o zi când am venit bătută de la grădiniță.

— Dacă nu eşti destul de puternică să te ridici după o lovitură, loveşte tu prima, mi-a spus în timp ce-mi întindea batista ei pentru a-mi curăța sângele de la gură.

Bunica încerca să se asigure că nu voi deveni o victimă, că nu voi deveni o Anca, chiar dacă asta ar fi însemnat să devin un monstru. Ştia că nu va putea fi lângă mine prea mult timp, că în afară de ea nu mai aveam pe nimeni, că nu va avea cine să mă apere, că va trebui să mă descurc singură. Bunica voia să fie sigură că voi fi pregătită pentru momentul când nu va mai fi. Şi-a dedicat viața pentru a mă învăța cum să mă descurc fără ea.

Poate a ales o cale grea, poate una greşită, sau poate singura cale pe care o ştia.

O privesc din nou pe Ella. E o stea prea tânără pentru a deveni o *supernovă*, un om atât de frumos, atât de inocent! Pe ea nu a învățat-o nimeni cum să se ferească de monştri. Iubirea mamei ei a protejat-o, dar nu a întărit-o. Nu a pregătit-o nimeni să lupte şi nici să-şi recunoască duşmanii. Ea poate nu îi vede, ea nu ştie că sunt acolo, pentru că monştrii nu defilează cu etichete pe frunte. Ei se ascund uneori în spatele a tot ceea ce credem noi că am putea dori.

Ioana

„Cel care ştie să se facă iubit
ştie să facă totul."
Charles Lamb

Viaţa mea s-a împărţit brutal în două: timpul petrecut cu Alex şi timpul în care mă gândesc la el. Sunt îndrăgostită nebuneşte! Îmi accept şi îmi neg asta cu fiecare gură de aer. M-aş rupe în două, doar să scap de lupta continuă dintre mintea şi sufletul meu. O parte raţiune, o parte sentimente. Unde mi-ar fi locul? În care jumătate m-aş regăsi?

Plâng sau râd din nimic şi din orice, de o stare ciudată care amestecă haotic tristeţe şi fericire, frică şi curaj. Mă lupt cu mine, cea care credeam că sunt, cu mine, cea care voiam să devin, cu mine, cea de acum. Nu mai ştiu unde să mă găsesc. Nu mai ştiu ce vreau, sau dacă vreau ceva. Gândurile mele călătoresc necontrolate, nu-mi mai aparţin. Eu nu-mi mai aparţin. Sunt toată a lui! M-am aruncat în furtună fără să-mi pese de ce stâncă mă vor izbi valurile astea de emoţii. Simt că trăiesc din nou un fel de copilărie în care grijile sunt aievea, iar eu sunt preocupată doar de a fi fericită.

Uneori mă trezesc din entuziasmul care mă îmbată şi mă întreb: *Care e preţul?* Am scăpat frâiele din mână pentru prima oară. Mă las purtată de o emoţie de moment care nu ştiu unde va duce sau dacă va duce undeva. Dacă îmi voi da seama într-o zi că am pierdut prea multă realitate alergând după fantezii?

Cum a ajuns Alex să fie prioritatea mea? Cum am ajuns eu să pun şcoala şi viitorul meu pe locul doi? Alex sau viitor? Alex şi viitor? Ar putea Alex să fie parte din viitorul meu? Avem noi un viitor? Cum am putea? Aş putea eu să fac parte din lumea lui ciudată? Aş putea eu deveni ca Ana? Ar putea Răzvan să mă privească ca pe una de-a lor? Caut răspunsuri pentru mine, pentru noi, sau poate caut răspunsuri despre mine, despre noi, despre ei. De ce totul trebuie să fie atât de complicat? De ce nu pot avea ceva decât dacă renunţ la altceva? Poate întrebările mele sunt stupide, atât de stupide încât nu au răspunsuri şi nici nu merită unele. Mă întreb dacă în nebunia asta mă pierd pe mine sau mă descopăr.

Cu cât petrec mai mult timp în compania lor, îmi e tot mai greu să neg ceea ce e evident. E ceva în neregulă cu ei, dar ce? Îmi pierd ore încercând să găsesc răspunsuri, analizând în detaliu tot ce ştiu despre Alex şi despre prietenii lui. Pun cap la cap frânturi de informaţii, ca piesele unui puzzle din care lipseşte o bucată. Caut un răspuns pe care îl ştiu deja. Îl neg. Caut altul, deşi nu mai există unul. Caut un răspuns pe care nu vreau să-l găsesc. Caut doar pentru a-mi astâmpăra mustrarea de conştiinţă. O fac superficial şi ştiu asta. În fapt, nu caut nimic pentru că îmi e teamă că o să găsesc. Nu o să-mi placă răspunsul la întrebarea mea. Şi ce voi face atunci? Ce voi face atunci când toate temerile mele se vor dovedi adevărate? Ce voi face dacă voi descoperi ceva mai grav decât cred eu? Voi şti! Şi apoi? Aş putea să renunţ la Alex ca şi cum nu ar fi existat? Aş putea să renunţ la partea asta din mine pe care am ajuns să o iubesc? Aş avea curajul să aleg să fiu singură? Cu ce mă ajută dacă ştiu? M-aş simţi mai bine sau mai rău dacă bănuielile s-ar transforma în certitudini?

Alex e un om bun şi mă iubeşte. Cred asta. E o limită atât de subţire între a crede şi a spera!

Ultima oră de curs s-a terminat şi clasa se goleşte rapid. Îmi strâng cărţile şi le pun în rucsac. O privesc pe Ella, care stă nemişcată. Mă întreb la ce se gândeşte.

– Mergi la sala de lectură? Azi am meditaţii la matematică.

– Nu am dispoziţia necesară, Ioana.

– Ella, revino-ţi! Se apropie bacalaureatul, trebuie să fii pregătită.

– Voi veni vinerea viitoare. Îţi promit.

– OK.

– Tu nu spuneai că pleci la Bucureşti azi?

– Ba da. Plec după meditaţii.

– Abia aştept să-mi povesteşti despre Alex. Mă bucur că nu v-aţi despărţit din cauza minciunilor lui Vali.

– Şi eu mă bucur. Nu l-am văzut de două zile, dar pare că a trecut o veşnicie, îmi e groaznic de dor de el. Îl visez când dorm şi când sunt trează. Îmi miros pielea încercând să îi simt parfumul. Îmi ling buzele pentru a-i simţi gustul. Simt cum timpul se dilată când nu sunt cu el. Secundele devin ore, iar orele, zile.

Mă concentrez cu greu în cele două şedinţe de meditaţii, încerc să fiu atentă la nevoile fiecăruia şi să mă fac cât mai bine înţeleasă.

— Am făcut meditații la matematică de la începutul anului, dar nu am înțeles niciodată atât de bine ca acum, când îmi explici tu, îmi spune Matei, privindu-mă zâmbitor.

— Îți mulțumesc!

— În plus, îmi place mult mai mult să fiu în preajma ta, decât a domnului profesor, completează el, în timp ce eu mă prefac că îl ascult. Telefonul îmi vibrează scurt în buzunar și zâmbesc, gândindu-mă că e un mesaj de la Alex. *Probabil a ajuns deja.* Obrajii mi se îmbujorează și deja simt fluturi în stomac la gândul că o să-l văd.

Cele câteva minute care mă despart de el se scurg chinuitor de greu. Îmi strâng repede lucrurile și le înghesui în ghiozdan. Ies în curtea lice ului și încep să-l caut cu privirea. Mă așteaptă lângă poartă, ca de obicei. Îmi zâmbește și îi răspund la fel în timp ce mă apropii grăbită. Tot trupul meu tânjește după o îmbrățișare.

— Ioana!

Îmi aud numele în timp ce cineva mă atinge pe umăr. Mă opresc.

— Ce-ai, măi? Te-am speriat? întreabă Matei râzând.

— Nu. Mă grăbeam. S-a întâmplat ceva?

— Nu tocmai. Voiam să-ți mulțumesc pentru că mă ajuți la matematică.

— Cu plăcere!

Îi zâmbesc și mă îndrept spre ieșire, dar Matei mă însoțește pentru câțiva pași, sub privirile atente ale lui Alex.

— Stai puțin!

Mă prinde și mai hotărât de braț, făcându-mă să mă opresc.

— Vrei să ieşim undeva? Vreau să spun... noi doi.

— Matei... Mulţumesc pentru invitaţie, dar nu pot.

— Ei, nu poţi, nu trebuie chiar acum. Mâine?

— Nu..., încerc să spun eu deja stânjenită.

— Hai, nu mai fi timidă! am văzut cum îmi zâmbeai la meditaţii, mă întrerupe Matei, încercând să mă mângâie pe faţă.

— Îmi pare rău, dar m-ai înţeles greşit, îi spun, prinzându-i mâna.

Matei rămâne blocat câteva secunde, în timp ce eu mă îndrept spre Alex. Îi pot observa de la câţiva metri focul din privire şi dunga dintre sprâncene care apare de fiecare dată când e nervos.

Imediat ce ies pe poarta liceului, mă prinde puternic în braţe şi mă sărută, asigurându-se că ne vede şi Matei.

— De ce ai făcut asta? îl întreb revoltată imediat ce urcăm în maşină.

— Ce anume? îmi spune cu o naivitate prefăcută.

— Alex, ştii bine la ce mă refer.

— Să ştie că eşti a mea.

— Poftim?! Nu sunt proprietatea nimănui. Alex conduce încruntat, iar eu îmi butonez telefonul în linişte.

Acel sărut m-a făcut să mă simt inconfortabil. A fost ceva fals în el, Alex nu se comportă aşa de obicei. Am simţit că joacă un rol, că mă sărută doar pentru a demonstra că poate.

— Când l-am văzut lângă tine, nu am mai gândit limpede, spune el, spărgând tăcerea.

– A fost urât, m-am simțit...

– Știu, îmi pare rău! Mă ierți? Îmi amintesc cum m-am simțit eu când am văzut-o pe Ana lângă Alex. E un sentiment ciudat gelozia, îți întunecă judecata.

– Te iert, dar nu te obișnui cu asta, îi spun, zâmbindu-i ștrengar. Alex începe să râdă și îmi sărută mâna. Îmi recunosc pentru o clipă că mă bucur că e gelos. În sufletul meu, îmi doream să fie. Simt o dorință ciudată de a aparține cuiva. Nu am fost niciodată copilul cuiva, sora sau verișoara, nu mai sunt nepoata nimănui. Vreau să fiu iubita lui Alex.

Ajungem la București, unde ar trebui să luăm cina cu cei din „familie". De când i-am cunoscut la petrecerea lui Alex, ne-am mai întâlnit de câteva ori, dar de fiecare dată am emoții.

Oprim în fața unei case mari cu două etaje. Alex scoate o telecomandă cu care deschide poarta uriașă de fier, apoi o folosește pentru o trapă care duce spre subsol. Coborâm într-un garaj neașteptat de spațios ce pare mai degrabă parcarea unui magazin.

– De ce sunt atât de multe mașini? Sunt mai mulți invitați?

– Nu. Sunt ale lui Răzvan, majoritatea.

Alex parchează, în timp ce eu privesc uimită la cele peste 20 de

mașini luxoase din garaj.

– Îți plac? mă întreabă el, observându-mi privirea.

– Da! Sunt incredibile.

– Hai să îți arăt ceva!

Mă prinde de mână și îl urmez entuziasmată.

— Uite, asta e preferata mea! Îmi arată un mustang american admirat de mult în serialele vechi urmărite de bunica.

— E superbă!

— Putem merge la o plimbare mai târziu.

— Serios? Crezi că e de acord Răzvan?

— Cele de aici sunt ale mele, spune indicând cu mâna spre un şir de cinci maşini ce se deosebesc vizibil de celelalte. Îmi dau seama că preferă maşinile clasice, majoritatea modele americane.

— Wow! Nu te-am văzut cu niciuna dintre ele!

— Nu ies cu ele. Atrag prea mult atenţia.

— Nu pot să cred că le ai şi nu le foloseşti.

— E o mare diferenţă între a avea şi a poseda, Ioana. Eu poate posed multe, dar nu am nimic. Ochii îi scăpară intens, pupilele par că înoată într-o tristeţe pe care nu o pot înţelege. Mă apropii de pieptul lui şi îl îmbrăţişez.

— Aş vrea să înţeleg ce te frământă, Alex. Doar aşa te-aş putea ajuta.

— Nu vreau să înţelegi, Ioana. Nici nu vreau să mă ajuţi mai mult decât o faci deja. Cu cât ştii mai puţine, cu atât e mai bine.

— Pentru mine sau pentru tine? Întreb vizibil deranjată de răspunsul lui.

— Pentru amândoi, îmi spune scurt, prinzându-mă de mână. Îl urmez tăcută. Determinarea lui m-a lăsat fără glas. Intrăm în casa spaţioasă despre care deja bănuiesc că e a lui Răzvan, iar inima mea bate din ce în ce mai puternic la gândul că îl voi vedea din nou.

— Hei! Cât de dor mi-a fost de tine! îmi spune Ana care sare de pe canapea imediat ce mă vede.

O îmbrățișez, în timp ce îi caut cu privirea pe ceilalți. Îl văd doar pe Manu care se apropie ștergându-și mâinile cu un prosop de bucătărie.

– Bine ai venit, Ioana! Îmi pare bine să te văd.

Manu mă îmbrățișează delicat și eu îl sărut pe obraz.

– Bine v-am găsit! Ceilalți nu au venit?

– Ba da. Sunt afară, la grătar.

– Pot să vă ajut cu ceva? îl întreb entuziasmată pe Manu. Îmi

place să gătesc.

– Hmmm... Vrei să cureți creveții? mă întreabă el.

– Sigur.

– Perfect! îmi spune, în timp ce ne îndreptăm spre bucătărie.

Sunt sigur că te descurci mai bine decât mine. Manu îmi arată mâinile lui mari, cu degete groase și îmi dau seama la ce se referă. Îmi lipesc palma de a lui, iar imaginea bizară ne face să râdem pe amândoi.

– Care a fost gluma? întreabă Laur imediat ce a intrat în bucătărie.

Manu își arată din nou palmele uriașe, face o față haioasă și îi răspunde lui Laur cu o voce subțire:

– Mă ajută Ioana cu creveții. Mânuțele mele delicate nu sunt făcute pentru așa ceva. Autoironia lui Manu reușește să-l amuze chiar și pe Laur.

– Să-mi zici dacă nu îl mai suporți și îl iau de pe capul tău, îmi spune Laur, îmbrățișându-mă și sărutându-mă pe obraji.

I-aș putea iubi pe oamenii ăștia, dacă nu cumva îi iubesc deja. Îmi inspiră un fel de unitate și de siguranță pe care nu le-am simțit niciodată. Poate aş putea simți că fac parte din ceva, că fac parte din această familie ciudată.

Dintr-odată, uşa se deschide şi, odată ce Răzvan intră în încăpere, toate speranțele mele de integrare se năruiesc. Privirile noastre se intersectează pentru moment şi un fior rece îmi străbate tot corpul. Inspir adânc şi îl salut. Mă priveşte o secundă, după care îşi mută atenția către Manu.

— Grătarul e pregătit.

— Şi legumele sunt gata, iar peştele îl pregăteşte Ioana, îi răspunde Manu, zâmbindu-mi.

Răzvan îmi mai aruncă o privire rece şi iese iar în curte. Expir uşurată. Mă simt ca şi cum am susținut un examen greu. Manu se apropie şi îmi pune o mână pe umăr!

— Nu îți face griji! Aşa e el. Am fost deseori în compania oamenilor care nu mă plăceau şi niciodată nu m-a deranjat, dar acum e diferit. Acum chiar vreau ca Răzvan să mă placă, şi nu pentru mine, ci pentru Alex. Îmi doresc asta pentru el.

Ne aşezăm cu toții la masa din living şi mâncăm, ascultând-o pe Ana, care plănuieşte cu mult entuziasm vacanța în care ea şi Laur îşi vor serba a opta aniversare.

— Clar, plajă, nisip şi valuri, căldură. Poate Thailanda, iubitule, sau Tenerife, ce preferi?

— Orice îți place ție! Laur nu o priveşte pe Ana, ci doar îi mângâie dosul palmei cu o mână, iar pe cealaltă o foloseşte pentru a se juca cu furculița în farfurie.

— Putem merge într-o croazieră pe Mediterana şi să vedem mai multe locuri frumoase. Ce părere ai?

– OK. Îi ascult amuzată şi îi zâmbesc din când în când lui Alex care îmi răspunde la fel. Cuplul lor e incredibil. Pare că cineva a adunat entuziasmul din amândoi şi l-a înghesuit în corpul firav al Anei.

– Mi-a plăcut şi excursia în Maroc, dar trebuie să găsim ceva special. Câte zile putem pleca? întreabă Ana.

Laur îşi ridică privirea din farfurie şi se uită către Răzvan.

Ai vreun semn de la Alexei?

– Da, răspunde Răzvan scurt fără să îl privească.

– Şi? Când e?

– Nu putem vorbi asta de faţă cu străinii. Toată lumea tace, adâncind golul din inima mea. Aluziile lui

Răzvan mă irită din ce în ce mai mult. Inspir controlat de câteva ori încercând să mă calmez, dar sângele îmi aleargă prin vene şi capul simt că îmi explodează de la presiune. Alex îmi simte starea şi îmi caută mâna, încercând să mă liniştească, însă e prea târziu.

– Dacă ai ceva să-mi spui, te rog să o faci direct, privindu-mă în ochi.

Răzvan îşi ridică ochii din farfurie şi mă priveşte adânc două secunde, în timp ce în colţul gurii i se naşte un zâmbet jucăuş.

– Aşa, Pisicuţă, scoate-ţi ghearele! Deja mă obosise ipocrizia asta.

– Nu din ipocrizie am tăcut până acum, Răzvan. Se numeşte bun simţ şi educaţie. Cunoşti termenii? Alex chicoteşte abţinut, iar ceilalţi mă privesc uimiţi. Răzvan se ridică de la locul lui, din capul mesei, şi se apropie. Îşi trage un scaun şi se aşază între mine şi Ana, privindu-mă pătrunzător.

— Pisicuță, scoate-ți nasul din cărțile tale despre educație și uită-te în jur. Ți se pare că suntem într-un basm cu cenușărese? Locul tău nu e aici.

— Locul meu e lângă Alex. Răzvan începe să râdă zgomotos și se ridică, împingând scaunul în perete.

— Copil prost!

— Copiii sunt proști uneori, dar tu ce scuză ai? Se încruntă și mă privește tăios. Stau nemișcată, privindu-l fix în ochi. Simt emoțiile cum îmi curg prin vene. Sunt atât de încărcată de neliniște, încât îmi vine să plâng, însă îmi folosesc toată energia pentru a părea sigură pe mine.

Răzvan mai lovește o dată scaunul și iese grăbit pe ușă. Expir ușurată, iar Alex îmi ridică mâna și o sărută.

— Ești nebună, fată! îmi spune Ana chicotind.

— Nu sunt nebună, sunt om, răbdarea mea e limitată.

Manu rămâne blocat câteva secunde, apoi mă privește zâmbind:

— Mi s-a părut mie sau indirect l-ai făcut prost pe Răzvan?

Nu îi răspund. Nu mă simt victorioasă. Trebuia să mă controlez.

— Ești incredibilă! Nu credeam că voi apuca ziua în care să-i vorbească cineva așa lui Răzvan, continuă Manu. Îl privesc pe Alex care mănâncă liniștit. Încerc să-mi dau seama dacă ceea ce am spus l-a deranjat, dacă e supărat pe mine. Mă privește zâmbind, și îi răspund la fel.

După câteva minute, Răzvan se calmează și își reia locul la masă. Terminăm de mâncat în liniște și mă ofer să strâng masa împreună cu Manu și Alex.

— Să ştii că face asta de ochii tăi, îmi şopteşte Manu, arătându-mi-l pe Alex, care încearcă să spele vasele.

— Păi, ar trebui să-l privesc atunci, îi spun eu amuzată.

Manu râde şi iese din bucătărie. Mă apropii de Alex, care se luptă de zor cu farfuriile din chiuvetă.

— Te ajut? întreb zâmbind.

— Pare că am nevoie?

— Daaa.Alex mă priveşte jucăuş şi îmi atinge nasul cu degetul plin de spumă.

— Nesuferito!

— Aşa, deci, şi eu care voiam să te ajut, îi spun eu în timp ce îl stropesc cu apă.

— Vrei război? întreabă râzând.

Îmi ține ambele brațe la spate cu o singură mână şi se apropie atât de mult încât sunt captivă între corpul lui şi blatul de bucătărie. Închid ochii şi îi inspir parfumul. Urmăresc, cu mintea, cum îşi plimbă degetul umed pe obraz apoi coboară pe gât şi clavicula.

Privirea lui călătoreşte nestingherită pe pielea mea urmărind o picătură de apă care îmi alunecă spre sâni. Apropierea dintre noi mă face să respir accelerat, iar inima îmi bate zgomotos. Simt cum întregul piept îmi vibrează.

— Hei, luați-vă o cameră! Termin eu de spălat vasele, spune Manu zâmbind.

— Nu e nevoie, murmur vizibil jenată.

— Eeee, cum să nu fie nevoie? spune Alex, ridicându-mă în brațe. Aleargă cu mine prin salon, sub privirile amuzate ale Anei, apoi pe scări, până într-un dormitor de la etajul 1.

— Eşti nebun!

— Sunt nebun după tine, Ioana. Atât de nebun, încât nu vreau să te împart cu nimeni. Cu atât mai puțin cu o chiuvetă de vase murdare. Încep să râd, iar Alex mă trage peste el în pat.

— Stai aici, lângă de mine! Vreau să te simt. Vreau să simt că eşti a mea! Mă lipeşte de piept lui, şi eu mă ghemuiesc confortabil.

— Îmi pare rău pentru ieşirea de la masă!

— Să nu-ți pară!

— Am încercat să mă abțin, dar... Tu cum poți fi calm în prejma lui? Sunteți atât de diferiți!

— Nu a fost aşa mereu, Ioana. Era altfel înainte! îmi spune melancolic.

— Înainte de ce?

— Înainte de toate rahaturile astea. Mi-l amintesc râzând cu toată ființa, îmi amintesc privirea lui fără acea umbră care o întunecă acum. Acel Răzvan a murit la scurt timp după părinții noştri, spune cu voce tremurândă.

— Vrei să-mi povesteşti? întreb cu emoție.

— S-a întâmplat acum mult timp, eram copil. Tata era un avocat de succes, iar mama era învățătoare la şcoala la care învățam. Îl admiram pe tata, dar pe mama o iubeam mai mult decât orice! Pe atunci, Răzvan era cam de vârsta ta, abia terminase liceul, şi eu aveam 12 ani. Răzvan era eroul meu, îmi lua mereu apărarea când aveam probleme la şcoală şi mă învăța cum „să mă comport ca un bărbat", îmi spune zâmbind, în timp ce ochii i se umezesc.

Îşi şterge lacrimile cu degetele apoi continuă:

— Într-o sâmbătă, am rămas acasă cu el în timp ce părinții plecaseră la o petrecere. Era aproape trei dimineața, când doi polițişti au bătut la uşă să ne dea vestea care urma să ne schimbe viața. Maşina în care erau părinții noștri fusese implicată într-un accident. Mama murise pe loc, iar tata era în stare gravă. Câteva ore mai târziu, s-a stins și el. S-a petrecut totul atât de repede, încât nu cred că am conștientizat ce s-a întâmplat. Răzvan nu m-a lăsat să mă implic în niciun fel. El a trebuit să meargă la morgă să îi identifice, să ridice cadavrele și s-a ocupat de funeralii. De parcă nu ar fi fost suficient calvarul pe care îl trăia, la vreo două săptămâni după moartea părinților, un judecător a hotărât că nu pot rămâne în grija fratelui meu și, cum nu aveam nicio rudă care să-și asume responsabilitatea, am ajuns într-un orfelinat. Asta a fost lovitura de grație pentru Răzvan. De fiecare dată când mă vizita, era tot mai furios, îmi promitea că mă va scoate de acolo cu orice preț, devenise recalcitrant și agresiv. Îmi amintesc că odată l-a lovit pe un domn care încerca să-i explice că orele de vizită s-au încheiat. După aproape un an petrecut la orfelinat, Răzvan a reușit să mă ia acasă, dar nimic nu a mai fost la fel. Nu doar părinții dispăruseră, ci și fratele meu. Răzvan era atât de schimbat, încât nu îl mai recunoșteam.

Se oprește, sugrumat de lacrimi. Durerea lui mă copleșește și aș face orice pentru a o alina.

– Alex, îmi pare rău, îi spun cu lacrimile, șiroindu-mi pe obraji. Nu trebuia să îi spun nimic. Nu am știut, îmi pare rău!

Se ridică în capul oaselor și mă ajută și pe mine să mă ridic.

– Ioana, toți avem traume, dar asta nu e o scuză pentru comportamentul nostru. Nu-ți asuma suferințele altora și nu renunța niciodată la ceea ce ești, pentru că ești genială.

Mă prinde în brațe și mă sărută pe frunte. Îmi las capul pe umărul lui fără să găsesc destulă putere pentru a-l consola. Mă gândesc la cât a suferit şi îmi reanalizez imaginea pe care o am despre el. L-am văzut mereu ca pe un bărbat puternic şi sigur pe el, îmi e greu să mi-l imaginez în postura unui copil singur şi speriat.

— Mulţumesc! îi spun înduioşată.

— Pentru ce?

— Pentru că ai încredere în mine, pentru că mi-ai spus toate aceste lucruri. Mă sărută pe frunte, apoi mă lipeşte de pieptul lui şi rămân acolo, ascultându-i bătaia ritmată a inimii.

— Aş vrea să dorm cu tine! îi şoptesc după câteva minute.

— Dacă vrei, dormim aici!

— Aici, în casa lui Răzvan?

— Nu e doar casa lui Răzvan, e a noastră. Cred că toţi vor rămâne aici în noaptea asta.

— Locuiţi toţi aici?

— Uneori, spune el, eschivându-se. Deci? Rămânem?

— Da.

O rază de soare mi se joacă printre gene. Atingerea ei caldă mă face să rememorez noaptea trecută. Am dormit cu Alex. M-am cuibărit în braţele lui, i-am ascultat bătăile inimii şi ritmul respiraţiei până ce m-am pierdut în lumea viselor.

Deschid încet ochii şi soarele mi se sparge pe retină. Îl văd cu greu, îngenunchiat lângă pat, mângâindu-mi părul.

— Bună dimineaţa, prinţesă!

— Bună dimineaţa!

Zâmbesc, iar el îmi mângâie obrazul cu două degete.

– Ți-am pregătit micul dejun.

– Mulțumesc!

– Cu drag! îmi răspunde Alex, trăgând măsuța cât mai aproape de mine. *Doamne cât îl iubesc!* A apărut în viața mea când aveam cea mai mare nevoie de el. A pus stăpânire pe mintea şi pe inima mea, pe tot ceea ce însemn eu. M-a demontat şi remontat în aşa fel, încât nu mai ştiu cine sunt sau cine am fost înainte de el. El mi-a desenat zâmbetul pe față şi iubirea în inimă. A luat soarele de pe cer şi mi l-a pus în suflet.

Se aude o bătaie în uşă, iar Alex se ridică pentru a deschide.

– Neaaaața!

Vocea plină de entuziasm a Anei mă face să zâmbesc.

– Bună dimineața! spune Alex, rămânând în uşă.

– I-am adus astea Ioanei. Pot să intru?

Alex îi face loc tăcut, iar Ana țâşneşte în cameră şi se aruncă în pat lângă mine.

– Sper că te-ai odihnit, pentru că avem o zi plină.

– Da...

– Roz sau negru? mă întrerupe ea.

– Poftim?

Ana desface hainele, pe care le adusese împachetate, arătându-mi două echipamente de sport.

– Am adus şi adidaşi, completează ea, arătând spre cutia pe care a lăsat-o lângă pat. Alex ne priveşte încruntat, iar eu sunt cât se poate de contrariată, mai ales privind-o pe Ana. Poartă un echipament de fitness într-o culoare neon, foarte mulat, atât de mulat, încât pare o a doua piele. O privesc curioasă. Nu am văzut-o niciodată îmbrăcată sport. Începusem să cred că nu ştie să meargă fără tocuri.

— Pentru ce sunt astea? întreb într-un final.

— Nu i-ai spus? îl întreabă cu reproş pe Alex.

Acesta îi aruncă o privire tăioasă, dar Ana e prea entuziasmată pentru a-l lua în seamă.

— Sunt pentru sală, spune ea zâmbindu-mi.

— Mulţumesc. În cât timp plecaţi?

— Unde?

— La sală.

— Aaa... e la parter. Vii când eşti gata.

Nici nu mă mai mir. O casă cât un hotel, cu un garaj subteran cât parcarea unui mall, de ce nu ar avea şi o sală de sport la parter?

— Apropo, nu mânca prea mult, zice, privind spre masa plină cu bunătăţi.

— OK ...Trebuie să plec. Ţi le las pe amândouă şi te hotărăşti tu. Ne vedem jos.

Îi zâmbesc Anei şi îi mulţumesc, iar aceasta aleargă până la uşă ca şi cum şi-ar face încălzirea.

— E foarte haioasă! îi spun lui Alex, care rămâne încremenit lângă uşă. Alex. Eşti OK? Întreb, surprinsă de schimbarea lui bruscă.

Se apropie şi se aşază pe pat lângă mine, apoi îmi prinde mâna şi o duce la buze.

— Hai să plecăm!

— De ce?

— Ioana, am făcut o greşeală. Asta nu e o lume pentru tine.

— Vorbeşti ca fratele tău, zic înainte să muşc dintr-o felie de pâine prăjită.

— Poate are dreptate. Îmi retrag mâna şi îl privesc câteva secunde, încercând să-mi dau seama ce vrea să spună. Sunt atât de uimită de cuvintele lui, încât îmi e greu să înghit îmbucătura pe care tocmai am muşcat-o. Îl privesc nedumerită, iar el se uită în podea. Pare atât de trist, încât mă lupt cu mine să nu îl cuprind în braţe. Sunt atât de rănită, încât duc o altă luptă pentru a-mi stăpâni lacrimile. Mă ridic şi mă îndrept către fereastră.

— Alex, dacă nu vrei să fiu aici, spune-mi!

— Nu ai înţelege.

— Fă-mă să înţeleg! Cum aş putea să înţeleg ceva, dacă tu nu-mi vorbeşti? Vocea mea tremură, iar cuvintele îmi păşesc pe buze îngenuncheate.

Alex se ridică şi se apropie. Îmi prinde capul în mâini şi îl lipeşte de pieptul lui. Îi simt trupul mişcându-se ca într-un tremurat de plâns. Încerc să îl privesc, să îmi dau seama dacă într-adevăr plânge sau doar mi se pare, dar strânsoarea lui nu îmi dă libertate de mişcare. Aş vrea să îl cuprind în braţe, însă o parte din mine nu mă lasă. *Ce vrea cu adevărat de la mine? De ce sunt aici dacă nu vrea să fiu? Cât voi mai putea să rezist cu incertitudinea asta?*

— Vreau să fii aici, Ioana. Aş vrea să fii aici mereu, dar vreau asta pentru mine, nu pentru tine.

Mă îndepărtează de pieptul lui şi mă priveşte intens. Ochii lui sunt umezi şi vocea îi tremură.

— Ioana, eu încerc să mă salvez pe mine, distrugându-te pe tine. Într-o zi, vei avea de făcut aceeaşi alegere. Aminteşte-ţi cât de egoist am fost eu şi alege-te pe tine. Promiţi?

Mă priveşte încruntat. Din ochii lui ţâşnesc flăcări care îmi pârjolesc sufletul. Muşchii îi sunt încordaţi, iar mâinile lui îmi strâng cu putere umerii.

Doar gândul de fi în situația de a alege între noi doi mă face să tremur. Nu pot articula niciun cuvânt. Îl împing cu putere privind în podea. Prind unul dintre costumele de sport lăsate de Ana și intru în baie pentru a mă schimba.

Ies rapid. Îmi pun adidașii în timp ce îl privesc discret pe Alex. Pare încremenit în loc și timp. Mă apropii de ușă, când îmi aud numele într-o șoaptă greu de sesizat. Ies din cameră rapid, parcă într-o încercare disperată de a mă smulge de lângă el.

Cobor scările în zgomotul asurzitor al gândurilor mele, când simt cum cineva mă lovește sau eu mă lovesc de cineva.

— Scuze... spun fără să gândesc dintr-o inerție ciudată de a fi politicoasă.

Îmi ridic ochii și îl privesc pe Laur, care se oprește agitat. Își ține nasul sângerând cu două degete, iar cu restul palmei își acoperă gura. Cu cealaltă mână îmi face un semn că pot să trec. Îl urmăresc cu privirea cum se îndepărtează și intră în baie. *Oare ce s-a întâmplat?*

Din partea dreaptă a scărilor se aud zgomote înfundate pe fundalul unei melodii energice. Mă îndrept către ușă, mânată de curiozitate.

Intru într-o cameră mare cu saltele pe podea și câteva aparate de fitness pe margini. În partea dreaptă, Ana pedalează pe bicicletă, iar în partea stângă, Manu lovește un sac de box.

Răzvan stă pe o bancă, e transpirat și respiră greu. Are în mâini niște mănuși de box care mă fac să-mi dau seama ce s-a întâmplat cu Laur. Manu își leagă șireturile, își strânge mănușile și se apropie de cercul roșu din centrul sălii. Îi privesc captivată, nerăbdătoare să văd meciul.

Toată scena e întreruptă de Alex, care intră grăbit în sală şi mă prinde de braţ.

– Hai, plecăm! îmi spune pe un ton autoritar. Îi simt atingerea diferit. Într-un mod rece şi deranjant.

– Poftim?

– Te duc acasă.

– Ba nu.

Îmi smulg braţul din mâna lui şi îl privesc fix. Răzvan ne observă şi se apropie zâmbind.

– Probleme în paradis? întreabă ironic.

Alex îl priveşte serios, fără să răspundă. Îmi dau seama că încearcă să îşi mascheze neliniştea.

– De ce nu eşti echipat? îl întreabă Răzvan pe un ton autoritar.

– Nu mă antrenez azi.

Răzvan zâmbeşte şi mă priveşte fix.

– Ei bine... eu am nevoie de un partener de antrenament.

Mă prinde de braţ şi mă trage brutal, făcându-mă să mă dezechilibrez. Alex se aşază între noi şi mă împinge cu mâna în spatele lui.

– Termină! Las-o în pace!

Răzvan zâmbeşte răutăcios.

– Dacă voiai să fie lăsată în pace, nu o aduceai aici.

– Plecăm!

Răzvan îmi eliberează braţul şi mă priveşte cu superioritate.

– Vezi, Pisicuţă? Locul tău nu e lângă Alex, e în spatele lui.

Sângele îmi aleargă prin vene, o furie vulcanică pune stăpânire pe toată fiinţa mea. Cuvintele lui

Răzvan mi-au atins orgoliul exact în punctul pe care îl fixase. *Nu am nevoie să fiu apărată, nu am nevoie să stau în spatele nimănui. Sunt puternică și știu asta.* Poate Răzvan mă crede slabă, poate Alex mă crede slabă, dar nu sunt. Nu îmi e frică, nu am nevoie de protecția nimănui!

Mă smulg din brațele lui Alex, care tind să mă îndrepte către ușă. Mă întorc și mă apropii de o bancă. Iau o pereche de mănuși asemănătoare celor pe care le poartă Răzvan. Simt privirea lui Alex care mă apăsă. Ana s-a oprit din pedalat, Laur tocmai a intrat în sală și mă privește intrigat. Manu aplaudă!

Mă apropii de Răzvan și îi arăt mănușile.

— Sunt gata!

Îmi zâmbește. Primul zâmbet autentic pe care l-am primit vreodată de la el. Ne așezăm în cercul roșu desenat pe podea.

— Ești pregătită, Pisicuță?

— Da!

Îl privesc fix în ochi, încercând să-i anticipez mișcările. Strâng pumni cu putere în timp ce el este relaxat și amuzat. Mă tatonează, atingându-mi mănușile apoi zâmbește. Îl observ cum aruncă priviri pe furiș către Alex și realizez că tot antrenamentul ăsta e pentru el, de fapt. Răzvan face toate astea pentru a-i studia reacțiile. Poate e o ocazie să-i demonstreze că nu sunt potrivită pentru el, că nu voi fi niciodată una de-a lor sau poate e o ocazie pentru mine să dovedesc contrariul.

— Ține garda sus! îmi strigă Manu.

Îl urmăresc cu atenție. Jocul lui de picioare este derutant. Mă lovește ușor peste mâini, verificându-mi garda, apoi zâmbește mulțumit. E mult mai înalt, mai solid, mai puternic, mai bine antrenat nu aș avea nicio şansă într-o luptă serioasă. Oare asta plănuieşte? Cât de departe ar fi dispus să meargă pentru a-l testa pe Alex?

Încearcă să mă lovească fără putere, iar eu mă apăr cu mâinile din instinct. Răzvan îl priveşte din nou pe Alex şi zâmbeşte. *Acum e momentul.* Mă aplec şi mă apropii şi mai mult de el. Prind momentul perfect pentru o lovitură puternică între picioare. Răzvan se prăbuşeşte la podea, iar Manu se apropie ovaţionând, mă ridică în braţe şi mă aşază pe umeri. Ana şi Laur râd şi aplaudă, în timp ce Alex rămâne nemişcat.

– Hei, Pisicuţă! ai trişat! zice Răzvan amuzat.

– Dar am câştigat.

– Nu corect.

– Uită-te în jurul tău, Răzvan, ţi se pare că suntem într-un basm cu cenuşărese? îi spun eu sarcastic.

– Înveţi repede!

Mă apropii de Alex. Nu îmi dau seama ce gândeşte. Îi caut mână, iar el o închide într-o strângere moale. Îl simt trist sau îngrijorat, în contradicţie totală cu starea de spirit din sală.

Ana se apropie zâmbind şi mă strânge în braţe.

– Eşti eroina mea!

Declaraţia ei mă amuză. Mergem împreună în salon unde majoritatea discuţiilor au ca temă „înfrângerea ruşinoasă" a lui Răzvan. Acesta râde şi i se adresează lui Alex.

– Ai văzut, frăţioare? Se luptă mai bine decât tine! Poate nu ar trebui să o mai cocoloşeşti atât. E o războinică! Toţi mă privesc zâmbind, chiar şi Răzvan. Mă simt în sfârşit acceptată. Inima mi se umple de emoţii noi. Mă simt atât de bine, încât mă sperii. Conştientizez că devin sclava unei nevoi acute de confirmare din partea celorlalți. Îmi dau seama că mă schimb din ce în ce mai mult. Nu îmi păsa când colegii mei îmi aruncau cuvinte urâte, nu îmi păsa când nu eram acceptată în grupurile de adolescenți. Mai mult decât atât. Nu am căutat niciodată validare. Mereu am ştiut cine sunt. Mereu am fost sigură pe mine. Când m-am schimbat aşa? De unde nevoia asta de afirmare, de unde nevoia constantă de a fi acceptată, de a aparține unui grup, de unde nevoia de a fi iubită? Mă lupt cu mine să rămân zâmbitoare, când în mintea mea se poartă războaie pe care încerc să le ascund. Poate singura problemă e că sunt mereu în defensivă. Îmi e frică să depind de cineva, îmi e frică să fiu dezamăgită, dar îmi e şi mai frică să fiu singură. Mintea mea e dominată de o frică constantă, mascată în încredere. Nu am lăsat oameni să se apropie de mine de teamă că mă vor părăsi. M-am mințit mereu spunând că nu am nevoie de nimeni. Nu am acceptat să fiu fericită de teamă că voi fi rănită.

Mi-am făcut mereu scenarii care se terminau prin suferință. Toate până acum, acum am lăsat în sfârşit garda jos. Încerc să accept că cineva mă poate iubi, că cineva va fi lângă mine, orice s-ar întâmpla. Îmbrățişez ideea de a face parte din ceva, de a mă baza pe nişte oameni, de a avea încredere în ei.

Pot fi iubită. Merit asta. Eu pot iubi!

Alex

„Adesea, banii costă prea mult!"
Ralph Waldo Emerson

Cum pot să-i fac asta? Ce fel de monstru sunt? Cum să o las să mă urmeze? Cum o pot chema după mine în infern? Asta nu-i iubire sau, dacă e, e una bolnavă care ne distruge pe amândoi. O ascult, ascult fericirea din glasul ei mai mult decât cuvintele pe care le rosteşte. Îi simt mâna cum o atinge pe a mea, dar nu am curajul să ridic ochii. Nu am curajul de a o privi. Imaginea cu ea în sala de antrenamente nu mi se şterge de pe retină. O priveam absent fără să o văd pe ea, mă vedeam pe mine, retrăiam începuturile acestui coşmar.

Eram eu acolo, luptând cu aceeaşi determinare de a demonstra că pot, căutând validare din partea lui Răzvan. Am luat o decizie pe care o voi regreta toată viaţa, însă a fost decizia mea. Eu am ştiut ce aleg, pe când ea vrea doar să fie iubită, doar să fie acceptată. Are nevoie de iubire cum are nevoie să respire, şi eu exploatez la maxim slăbiciunea ei.

Îmi e atât de teamă! Îmi e teamă de monstrul din mine care o vrea. Îmi e teamă că o voi lăsa să devină una dintre noi, ucigând astfel toate lucrurile pe care le iubesc la ea. Îmi e teamă că o voi aduce la nivelul meu doar pentru a scăpa de senzația de inferioritate care mă consumă. Îmi e teamă că îi voi distruge viața aşa cum am distrus-o pe a mea. Îmi e îngrozitor de frică de momentul în care va realiza ce am făcut şi mă va urî pentru asta.

Dar cel mai frică îmi e de aceea parte din mine care ar vrea să o salveze, acea parte care ar împinge-o departe de toată mizeria asta, care nu ar lăsa-o să se scufunde în mocirlă odată cu mine. Îmi e teamă că voi alege să renunț la ea, dar şi mai teamă că nu voi avea puterea de a o face.

Blochez toate sunetele din jur. O blochez pe Ioana, care pare că mă întreabă ceva, discuțiile care pe ei îi amuză, blochez timpul în jurul meu sperând să nu fie nevoie să mă întorc în prezent. Amân astfel toate răspunsurile pentru îndoielile mele.

– Noi mergem sus, îmi repetă Ioana, strângându-mă de mână.

– OK., răspund absent.

– E totul bine?

– Da.

Nu ştiu dacă mă crede sau doar vrea să o facă, dar pleacă. O văd urcând spre etaj împreună cu Ana. Mă uit în urma lor până o pierd din ochi la capătul scărilor.

– Ai gusturi bune, frățioare, îmi spune Răzvan, apropiindu-se. Acum îți înțeleg îndârjirea. E greu să rezişti unei asemenea femei, nu?

Manu şi Laur ies în curtea din față, lăsându-mă singur cu Răzvan, iar acesta continuă melancolic.

– Te cucereşte cu dorința asta nebună de viață, cu puterea de a lupta contra tuturor. Aşa mi s-a întâmplat şi mie. Îți aminteşti?

Cuvintele lui se înfig în mine ca nişte cuțite, unul câte unul. Ştiu din ochii lui ce gândeşte şi aş vrea să tacă. Mă ridic şi mă îndrept spre scări, încercând să fug de cuvintele lui şi de toate gândurile ce se nasc în mintea mea.

– Am citit în raport că a dat simularea pentru examenul de admitere de la Carol Davila. Sper că i-ai zis că trebuie să renunțe la prostia asta, nu?

Mă opresc şi mă întorc sper el. Ochii îmi ard şi pumnii mi se strâng de furie. *De ce nu tace? De ce continuă tortura asta?*

– Nu i-ai zis! Spune, observându-mi privirea. Dar nu va fi nicio problemă, nu-i aşa? Va renunța la tot viitorul ei pentru că te iubeşte, va sta cu Ana şi va răsfoi reviste. Hmm... Îmi e greu să-mi imaginez asta, spune râzând ipocrit. Nu prea seamănă cu Ana, nu? Dar tu crezi că se va obişnui, crezi că va sta închisă în casă, că te va aştepta ca un câine la uşă să vii să o scoți la plimbare.

Îmi întorc privirea. *Îl urăsc! Urăsc să îl ascult. Cum poate să mă chinuie în halul ăsta?*

– Ce viață i-ai oferi! zice ironic, pufnind in râs, şi asta în cel mai bun caz. Dar dacă nu va fi aşa? Dacă nu va dori să renunțe la viața ei? Dacă va spune că nu îi e frică şi iese în fiecare zi neînsoțită. Şi dacă... dacă într-una dintre zile nu se mai întoarce?

Inima mi se opreşte şi ochii mi se umplu de lacrimi. Îl implor din priviri să tacă, dar nu o face.

– Ştii ce se va întâmpla atunci? continuă el, căutându-mi privirea. Vrei să ştii cum e să porți vina asta pe umeri? Vrei să ştii cum se simte când ştii că ai transformat persoana pe care o iubeşti într-o victimă fără apărare?

– Termină! îi spun cu vocea stinsă, încercând să-mi alung chipul Denisei din minte.

— Eu termin, frățioare, dar cu ce te ajută? Dacă nu vrei să auzi lucrurile astea, nu înseamnă că nu sunt adevărate.

Răzvan trece pe lângă mine, lăsându-mă ca o stană de piatră. Şocul se transformă în disperare, iar disperarea, în furie. Îmi aleargă prin vene, copleşindu-mă. Inima îmi bate nebuneşte şi nu ştiu ce gândesc. ştiu doar că trebuie să o scot de aici.

Urc scările căutând-o. Aud râsetele lor în dormitorul nostru, ceea ce mă enervează şi mai tare. *Nu vreau să se integreze, nu vreau să se simtă bine aici. Nu e locul ei!* Intru în cameră, lovind uşa de perete.

— Plecăm, îi spun scurt.

Iau un rucsac şi încep să arunc în el câteva haine, în timp ce Ioana şi Ana mă urmăresc surprinse.

— Strânge-ți lucrurile! îi spun autoritar Ioanei.

— Ce s-a întâmplat? mă întreabă Ana.

— Lasă-ne singuri!

— Alex...

— Ana, te-am rugat să pleci, îi spun răstit.

Ana iese din cameră, în timp ce Ioana mă priveşte îngrozită. În capul meu se învârt ca într-un vortex cuvintele lui Răzvan. Are dreptate, ştiu că are dreptate şi asta mă înfurie şi mai tare. Mâinile îmi tremură pe rucsac şi nu pot închide fermoarul. Simt că toată lumea se prăbuşeşte pe mine şi nu am nicio şansă să scap.

Îmi vine să urlu de durere, să țip şi să lovesc cu pumnii în pereți. Simt că explodez, dar în acel moment Ioana se apropie şi inima mi se calmează, ca prin magie. Furia dispare şi mă înmoi ca o bucată de unt sub soare.

— Lasă-mă pe mine! îmi spune, luându-mi rucsacul din mână. Îl închide şi mi-l întinde.

— Unde mergem?

— Oriunde, Ioana, trebuie doar să te scot de aici! Confirmă din cap şi îmi întinde mâna. O privesc şi rămân fără aer. În momentul acesta sunt cea mai josnică fiinţă care a trăit vreodată. Îmi vine să intru în biroul de alături şi să-mi trag un glonţ în cap, să termin cu tortura asta.

Cum dracu' poţi fi atât de proastă? îmi vine să îi urlu. Cum poţi iubi un om ca mine? Cum poţi iubi un om care tot ce ştie să facă e să distrugă vieţi?

Am atâtea lucruri să-i spun, şi totuşi tac. Îi prind mâna ca pe un colac de salvare, gata să o trag după mine în adâncuri.

O oră mai târziu suntem în maşina de teren a lui Răzvan. Nu am schimbat niciun cuvânt de când am plecat şi nici nu vreau asta, aşa că păstrez volumul radioului la maximum.

Din când în când mă priveşte întrebătoare, însă nu am răspunsuri. Nu ştiu unde mergem. Aş fugi cu ea în lume. Aş conduce până nu mai sunt drumuri pe care să merg, aş vrea să ajung la capătul Pământului, undeva unde să dispărem definitiv, să uite toţi de existenţa noastră şi să putem trăi fericiţi. Acolo aş fugi, dacă ar exista acest loc, dar nu există. Ştiu că ei m-ar găsi oriunde. Lui Răzvan i-a luat câteva ore să afle totul despre Ioana, a durat două zile să o găsească pe mama ei în Italia, când nici măcar Ioana nu ştie unde e. Răzvan a putut face lucrurile astea cu uşurinţă, iar el nu e nici pe departe la nivelul oamenilor care m-ar căuta.

Nu pot să fug pentru că nu există loc în care să mă ascund! Habar nu am ce să fac. I-aş spune tot. Aş privi-o în ochi şi i-aş spune tot ce am făcut, i-aş dezvălui cine sunt. I-aş spune că o iubesc, că vreau să fiu cu ea şi aş ţine-o strâns în braţe până ar alege să rămână. Apoi, când ar regreta, când aş vedea reproşuri în privirea ei, i-aş aminti că a fost decizia ei, că ea a ales viaţa mizeră pe care i-o pot oferi.Propriile gânduri mă înfioară. *Cum pot fi atât de mârşav? Cum pot crede că o iubesc,* când devin arhitectul distrugerii ei? O privesc cu ruşine ca şi cum mi-ar fi auzit gândurile, apoi expir uşurat când observ că a adormit. Dau volumul radioului la minimum şi reduc viteza.Peisajul urban e înlocuit de pădure, apoi de câmpuri cu diverse culturi, apoi de sate mici cu case bătrâneşti, apoi de munţi, sanctuarul meu de linişte. Ajungem în Plaiul Foii şi parchez maşina pe o pajişte la poalele pădurii. O privesc cum doarme şi îi aşez o şuviţă de păr ce a ieşit din coada împletită. Îi ating pielea cu grijă, aş vrea să o trezesc, dar renunţ pentru moment la idee.

Îmi scot pantofii şi ciorapii şi cobor. Tălpile mele sunt atinse de zeci de fire de iarbă într-un masaj delicat. O nebunie de culori mă împresoară, copacii verzi, uriaşi, se înfig în cerul albastru, iar munţii gri păstrează pe crestele lor zăpada strălucitoare din iarnă. Simt răcoarea, mirosul de răşină şi de clorofilă şi zecile de picături de rouă ce se strivesc sub paşii mei.

Îmi las grijile să se dizolve în aerul tare. *Poate voi lua o decizie, însă nu azi. Am muntele, o am pe Ioana şi vreau să mă bucur.*

– Trezeşte-te prinţesă! îi spun, aşezându-i părul lipit de obraji. Deschide ochii şi îmi zâmbeşte din reflex.

– Am ajuns? întreabă somnoroasă.

– Da.

– Unde?

– O să vezi! Mă aşez în genunchi şi îi desfac şireturile.

— Nu o să ai nevoie de ăştia, îi spun, scoţându-i tenişii, apoi ciorapii. O prind de mână şi o ajut să coboare din maşină. Atingerea rece a ierbii o face să se dezechilibreze, iar eu o prind de talie şi o ridic spre cer. Râsul ei inundă pajiştea, ajunge până la poalele munţilor şi se întoarce ecou, soarele îi străluceşte în păr, iar ochii ei oglindesc toată măreţia naturii. Îmi dau seama că aici e locul ei, aici, în prospeţimea muntelui, în sălbăticia naturii, aproape de toate frumuseţile lumii. O cobor încet, până ce tălpile ei ating din nou pământul. Îmi las mâna să i să plimbe pe chip, îi desfac părul împletit dezordonat şi îl las să coboare râu pe umeri, pe spate, până la mijloc. O văd mai frumoasă ca niciodată, mai sălbatică, mai blândă, mai puternică, mai firavă, inofensivă şi periculoasă.

— Eşti atât de frumoasă! îi spun, negăsind suficiente cuvinte care să o descrie.

— Alex, nu ai idee cât de mult te iubesc! Mi se taie respiraţia şi inima mea nu mai bate. Zâmbesc. Zâmbesc, într-un fel ciudat fără să ştiu dacă am zâmbetul impregnat pe chip. Ştiu că îl am în inimă. Sufletul meu zâmbeşte, fiecare celulă din mine zâmbeşte. Ochii mi se umplu de lacrimi. Nu îmi amintesc să fi mai fost vreodată atât de fericit. Nu-mi mai pasă dacă e bine sau e rău, dacă trebuie sau nu trebuie să mă iubească, îi savurez cuvintele ce mi-au intrat în inimă, le las să mă umple până la refuz.

Ne aşezăm pe iarbă şi privim munţii.

— Aş vrea să fim acolo sus, îmi spune ea, desenând cu degetul meu creasta nordică a Pietrei Craiului.

— Mergem, dacă vrei.

— Serios?

— Aş merge oriunde cu tine.

Îşi aşează capul în poala mea, lăsându-mă să mă joc cu părul ei întins pe iarbă. O privesc atent şi clipesc rar, de teamă să nu pierd vreun zâmbet. Mă pierd în ochii ei verzi ca într-un ocean de frunze crude. Inima mea se calmează şi bate încet în ritmul adierii de vânt. *Vreau să fiu aici acum, să nu mă gândesc la nimic altceva.*

Privim soarele mare, rotund cum se scufundă dincolo munţi şi zăpada de pe vârfuri ce străluceşte portocaliu, preluând lumina apusului.

– Ţi-e frig?

– Puţin, la picioare, îmi spune ea şoptit.

Îi cuprind tălpile în mâini şi suflu până se încălzesc.

– Hai, să mergem la maşină, să nu răceşti!

– Bine, aprobă ea, încercând să se ridice.

– Nu te ridica, o să-ţi îngheţe iar picioarele. Abia le-am încălzit.

O iau în braţe ca pe un copil şi încep să alerg pe pajişte, lăsând râsul ei cristalin să-mi umple inima.

– Acum trebuie să mă laşi jos, îmi spune, când ajungem la maşină. Nu vei putea scoate cheile din buzunar cu mine în braţe.

– Da, ai dreptate. Pune-ţi picioarele peste ale mele.

– Poftim!? exclamă ea amuzată.

– Să ştii că am muncit să-ţi încălzesc tălpile, nu te las iar pe iarbă.

Râde, iar eu o aşez cu grijă pe picioarele mele goale şi îmi pun braţul în jurul taliei ei pentru a nu se dezechilibra. O lipesc de mine şi am senzaţia că suntem unul, că aşa am fost mereu şi aşa ne e sortit să fim. Ne legănăm încercând să ne păstrăm echilibrul şi în mintea mea renasc amintiri din copilărie.

— Parcă am învăța să dansăm, îi spun.

— Am putea să o facem! Propune, căutând ceva în buzunar.

Scoate telefonul și în câteva secunde melodia *Come Waltz With Me* umple pădurea de sunete ce se propagă în inimile noastre.

— Ești bine? mă întreabă ea, căutându-mi privirea.

— Da, doar... mă gândeam.

— La ce?

— La mama. Obișnuia să danseze așa cu mine când eram copil.

— Îmi pare rău! îmi spune, îmbrățișându-mă.

— E OK. S-a întâmplat de mult.

— Timpul nu vindecă, Alex. Timpul doar trece.

Îi zâmbesc și ea îmi mângâie fața cu degetele. O ghidez pe valurile muzicii, mă pierd în ochii ei, iar buzele noastre se caută și se lipesc într-un sărut lung menit să ne unească pentru eternitate. *Totul o să fie bine, suntem născuți pentru a iubi, e legea noastră nescrisă, cum pot greși iubind?*

Suntem în mașină pe drumul ce leagă Zărnești de Râmnicu Sărat. Ioana îmi povestește entuziasmată despre facultate, despre toate planurile ei de a fi doctor, despre îndârjirea cu care ar lupta pentru fiecare viață și eu știu că ar face-o. *De ce să nu o susțin în planurile ei?* Aș putea să o conduc la cursuri în fiecare zi, iar atunci când voi fi plecat se va ocupa Ghiță sau chiar o să mai angajez pe cineva să mă asigur că nimic nu i se poate întâmpla. De ce nu s-a gândit Răzvan la asta? Răzvan se înșală, e prea marcat de propriile experiențe pentru a putea gândi limpede. Ceea ce i s-a întâmplat lui nu o să se repete, eu voi avea mai multă grijă, noi vom fi fericiți! Îi prind mâna şi mi-o lipesc de buze.

– Îți promit că vei fi în siguranță! îi spun fără cuvinte.

Ea îmi zâmbeşte şi îşi lăsă mâna moale în palma mea. Ştiu că mă crede, ştiu că vrea cu aceeaşi ardoare să fim împreună. Suntem aproape de Buzău, încă 40 de minute cel mult până ne luăm la revedere. Inima mi se strânge şi involuntar reduc viteza.

– Ne vedem mâine seară?

– Seara? întreabă ea dezamăgită.

– S-a întâmplat ceva?

– Alex, aş vrea să merg la facultate pentru a întreba ce acte îmi trebuie pentru cămin. Speram că vei merge cu mine.

– Cămin?! repet stupefiat.

– Pe parcursul facultății voi sta la cămin şi nu am găsit pe site actele necesare pentru dosar, încearcă să explice. Îmi creşte pulsul şi nu mai pot gândi limpede. *Cum să stea la cămin?* Această variantă nu am luat-o în calcul.

– Ioana, nu poți să stai la cămin. Vei sta cu mine.

– Poftim?! Nu mă mut cu tine.

– Bine, atunci îți cumpăr un apartament al tău, dar căminul iese din discuție.

– Alex, nu ți-am cerut voie!

De ce dracu nu înțelege? De ce trebuie să facă lucrurile şi mai dificile decât sunt? Pumnii mi se încordează şi lovesc puternic volanul.

– Ioana... Termină cu prostiile astea! Nu o să stai la cămin!

– De când decizi tu pentru mine?

În ochii ei e revoltă şi uimire, iar ai mei ard de furie şi neputinţă.

Aş vrea să-i spun ceva. Aş vrea să îi spun tot. Vreau să-i spun că o iubesc mai mult decât credeam că sunt capabil. Să-i spun că aş muri dacă i s-ar întâmplat ceva.

Opresc maşina şi îi prind mâna între palmele mele. Gândesc câteva cuvinte apoi mi le alung din minte. *Ce dracu'* aş putea să-i spun? Regândesc şi reformulez până când epuizez toate variantele.

– Lumea nu e aşa cum crezi tu, Ioana, îi spun, într-un final. Bucureştiul nu e Râmnicu Sărat, oamenii sunt altfel. Vreau doar să fii în siguranţă.

– Alex, sunt mii de studenţi care vor sta la cămin. Nu e cazul să îţi faci griji pentru mine.

– Nu înţelegi! îi spun, dezamăgit de atitudinea ei.

– Cum să înţeleg, dacă nu eşti sincer cu mine? îmi strigă. Ajută-mă să înţeleg!

Inima îmi bate nebuneşte. Ştiu ce ar trebui să fac şi totuşi ideea că o voi pierde îmi blochează toate gândurile. Tot corpul meu combate această posibilitate ca un sistem de autoapărare.

– Aş vrea să o fac. Am vrut de atâtea ori, dar nu pot.

– Ce te opreşte?

– Frica, îmi e frică. Îmi prinde mâna şi mă priveşte cu compasiune. Rămânem tăcuţi câteva momente, după care pornesc maşina şi plec, sperând ca drumul ăsta să nu se termine vreodată. Ştiu că trebuie să îi spun, ştiu că merită adevărul, ştiu că trebuie să o las să plece. Şi totuşi, e atât de greu! *Cum să o fac? Cum să o privesc plecând, ştiind că n-o s-o mai văd niciodată?*

Opresc maşina în fața porții ei şi încerc să-mi adun gândurile, să-mi fac curaj să rostesc măcar două cuvinte. Tăcerea devine deranjantă şi ştiu asta, însă, de câte ori deschid gura, nu reuşesc să rostesc nimic.

– Alex...

– Îmi pare rău! O întrerup eu fără a avea curajul să o privesc.

– Pentru ce?

– Pentru tot. Nimic din ce am făcut nu a fost corect. Îmi pare rău!

– Alex, nu sunt copil, ştiu că ceva nu e în regulă, am ştiut de la început. E mai bine să îmi spui tu ce se întâmplă decât să îmi imaginez eu.

– Ai dreptate, îi spune o voce care nu sunt sigur că e a mea. Vreau să ştii de la început că nu îmi caut scuze, nici nu voi da vina pe destin pentru alegerile pe care le-am făcut, nici nu voi insista pe cât de rău îmi pare pentru că nu schimbă nimic. Vreau doar să asculți tot, apoi ai dreptul să mă judeci, să mă urăşti că te-am mințit.

Fac o pauză de câteva secunde doar pentru a mai privi în ochii ei o dată, în acei ochi care mă văd încă un om bun, un om care merită iubit. Ea îmi prinde mâna şi o strânge la piept, apoi îmi zâmbeşte, dându-mi curaj.

– La scurt timp după ce m-am întors de la orfelinat, am auzit zvonuri despre Răzvan şi relațiile lui cu un grup de interlopi din Ferentari. Venea deseori bătut acasă şi îmi era frică pentru fratele meu. L-am rugat de zeci de ori să înceteze să se mai întâlnească cu acei oameni, dar el îmi spunea că mai are nevoie de timp. Într-o noapte, l-am auzit spunându-i lui Manu că vrea să-şi deschidă propria afacere şi să rupă toate legăturile cu gaşca din Ferentari. Răzvan i-a propus să i se alăture, însă Manu l-a refuzat, spunându-i că vrea să îşi continue cariera de luptător. Simţeam că trebuie să fac ceva pentru Răzvan, că îi datorez asta, că e rândul meu să îl ajut, aşa că a doua zi i-am spus că vreau să lucrez cu el. Iniţial, m-a refuzat categoric, dar am insistat până a acceptat. Atunci mi-a spus toată povestea. Cât timp eu am fost la orfelinat, Răzvan intrase într-o reţea de traficanţi de droguri. Aşa a făcut rost de bani suficienţi şi de relaţii pentru a „cumpăra" pe cine trebuie şi a mă aduce acasă. Acum voia să ne facem propria „afacere", iar eu eram hotărât să-i fiu alături orice s-ar întâmpla. Răzvan avea deja furnizori, clienţi şi capital, aşa că treaba a mers repede şi bine. După vreo doi ani, s-au alăturat şi Laur şi Manu, care între timp îşi încheiase cariera de luptător din cauza unei accidentări. În scurt timp, „afacerea" a devenit mai mare decât ne-am imaginat vreodată. Am început să facem bani foarte mulţi şi ne-au luat minţile. Cu cât erau mai mulţi, voiam şi mai mulţi, până în acel punct când efectiv nu aveam ce să facem cu ei. Banii mulţi atrag duşmani puternici. Vechea gaşcă a lui Răzvan a devenit geloasă şi era o continuă ameninţare. Am fost atacaţi şi am atacat, la rândul nostru. Am pornit un război în care am pierdut mai mult decât credeam că e posibil. Denisa, iubita lui Răzvan a fost prinsă şi sechestrată aproape o săptămână. Nu şi-a mai revenit după acea experienţă. E internată de 4 ani într-un spital de psihiatrie. Întâmplarea asta l-a distrus pe Răzvan, a intrat în depresie, a vrut să se sinucidă. Atunci ne-am dat seama cât de scump am cumpărat ceea ce aveam. Plătisem cu viaţa celor din jurul nostru, cu visuri, cu planuri şi speranţe de viitor, plătisem cu propria noastră libertate. Am devenit paranoici. Închiriem restaurante numai pentru noi, evităm să ieşim în public, am cheltuit sute de mii de euro pe maşini pe care nu le conducem, ne îmbrăcăm cu haine scumpe şi ne admirăm reciproc, nu legăm prietenii sau relații personale, nu facem poze, nu avem niciun bun cumpărat pe numele nostru. Practic, nu existăm. Am devenit foarte apropiați pentru că nu avem încredere în nimeni altcineva. Habar nu am dacă suntem prieteni cu adevărat. Suntem împreună din obligație, ca şi cum am fi naufragiați pe o insulă pustie.

Deschid geamul maşinii lăsând aerul rece să-mi umple plămânii şi să-mi usuce lacrimile.

– De ce nu vă retrageți din asta? Dacă e „afacerea" voastră, de ce nu o închideți? mă întreabă ea.

– Nu poți ieşi din asta viu, Ioana. În momentul în care ieşi, devii un pericol pentru toți oamenii cu care ai lucrat, şi lor nu le plac pericolele. În plus, nu sunt singur. Dacă eu vreau să ies, Răzvan trebuie să mă declare trădător şi să mă execute pentru a nu deveni toți ținte: Răzvan, Laur, Manu, chiar şi Ana. Viața mea e legată de a lor. Suntem dependenți unii de ceilalți.

– Alex... eu...

– Nu trebuie să spui nimic. Am vrut doar să ştii. Nu am nimic bun de oferit, Ioana. Am luat o decizie, o singură decizie greşită care m-a condamnat pentru toată viața. Nu vreau să faci aceeaşi greşeală. Ai toată viața înainte, ai un viitor strălucit care te aşteaptă. Nu te opri lângă mine! Nu merit.

Mă priveşte cu ochii plini de lacrimi. Aş vrea să o iau în brațe să-i cer să rămână, să-i spun că nu pot trăi fără ea. Să o implor să nu mă părăsească! Dar nu îi pot face asta. Ea nu merită să îi fac asta.

— Noapte bună, Ioana! îi spun fără să o privesc. Aştept câteva secunde, apoi uşa maşinii se deschide şi pleacă.

Pleacă cu inima mea, cu toate speranţele mele de fericire, cu tot ce a fost bun în mine vreodată.

Ioana

„Din moment ce atât de mulți se simt singuri, ar fi de un egoism nescuzabil să te simți singur de unul singur."
Tennessee Williams

Dimineața mă găsește trează. Stau întinsă pe covor, înconjurată de zeci de foi cu formule matematice și eseuri despre opere literare. Îmi dau seama că m-am refugiat în singurul lucru pe care știu să-l fac sau singurul pe care îl fac bine. Ochii îmi ard de lacrimi și nesomn. Sunt obosită. Au trecut câteva zile de când nu am ieșit din casă. Dorm puțin, visez mult și mă trezesc neodihnită.

În liniștea care mă înconjoară sunetul gândurilor mele devine insuportabil. În sinea mea se poartă cel mai greu război de până acum. Îmi spun obsesiv că nu știu ce să fac, dar e o minciună. Știu exact ce trebuie și ce nu trebuie să fac. *Nu trebuie să-l mai văd pe Alex niciodată. Trebuie să mă concentrez și să învăț. Nu trebuie să mă mai gândesc la el!*

Nu pot! Pentru prima oară nu pot face ce trebuie. Se rup bucăți din mine de fiecare dată când mă gândesc că n-o să-l mai văd. Doar gândul ăsta mă doare. Îmi intră în suflet şi mă sfâşie. Războiul din interiorul meu mă distruge. Sentimentele şi raţiunea îmi folosesc corpul ca pe un câmp de luptă. Simt fiecare sentiment cum sapă tranşee, fiecare idee raţională cum atacă, fiecare înfruntare şi fiecare tentativă eşuată de a face pace. Mintea şi inima mea luptă pentru a câştiga teritoriu una în faţa celeilalte.

Mă prefac că sunt bine de parcă m-ar privi cineva, de parcă i-ar păsa cuiva. Citesc, scriu şi încerc să fac tot ce se presupune că ar trebui. De fapt, mă prefac că sunt bine din obişnuinţă, sunt ca o marionetă care se mişcă lipsită de voinţă. Timpul se măsoară în lecţii recapitulate. Iau notiţe, fac scheme, conspecte şi le citesc de zeci de ori. Îmi dau seama că ştiu deja tot, dar trebuie să citesc în continuare. Îmi e frică să nu fac nimic. Dacă nu fac nimic, ce mai rămâne din mine? Îmi e teamă că dispar, că încep să mor. Poate rămân doar o carcasă goală devorată de vină şi resentimente. Dacă o să devin doar un corp, fără visuri, fără dorinţe, fără voinţă? Dacă devin cineva de care nimeni nu are nevoie? Eu am nevoie să mă simt utilă, să cred că am un scop, aşa că mă concentrez din nou asupra cursurilor citind obsesiv, automat.

Telefonul sună în sfârşit şi toată fiinţa mea e cuprinsă de emoţie gândindu-mă că e el. Trebuie să fie el!

– Alo!

– Ce faci, fato?

– Ella... spun cu dezamăgire.

– Da' cine credeai că e? Papa de la Roma? spune ea râzând. Hai pe afară!

– Nu am dispoziţia necesară. Poate ieşim altă dată.

– Ioana, ce se întâmplă cu tine? Nu te-am mai văzut de o săptămână și nici nu răspunzi la mesaje. Dacă nu ieși tu, vin eu la tine. Ai înțeles?

– Offf ! Bine. Lasă-mă să fac un duș și să mă îmbrac.

– Ai fix 15 minute. Dacă nu, sunt la ușa ta.

Petale albe se scutură din copaci într-o ninsoare caldă. Le privesc cu milă. Mă regăsesc cumva în soarta lor. Vântul cald al primăverii le mângâie, le îndrăgostește ca în „Valsul Rozelor". Le urcă apoi spre cer în vârtejuri line, dându-le senzația că zboară, iar ele se lasă purtate cu încredere deplină. Vântul se joacă cu ele în aer, îmbătându-le cu iluzii, apoi le lovește de asfaltul rece, târându-le prin praf și murdărie. După puțină vreme, vor uita toți că au fost frumoase. Le va mătura poate cineva de la salubrizare, blestemându-le pentru deranjul creat.

Mă pierd în gândurile mele ca într-un labirint. Îmi analizez cu atenție fiecare sentiment. Am renunțat să mai încerc să înțeleg. Le analizez doar din nevoia de a le conștientiza.

Îl voi uita și viața mea va merge mai departe! Îmi repet această frază la infinit, de parcă aș vrea să mă conving că se va întâmpla cu adevărat. Mi-am impregnat în minte fiecare sunet, sunete surde fără nicio rezonanță în inima mea. Repet ca o actriță de duzină, fără să mă transpun în personaj. Îmi e frică! Mă simt slabă și vulnerabilă. Parcă merg pe sârmă într-un echilibru firav și aș putea cădea în orice clipă.

O zăresc pe Ella apropiindu-se. Face două piruete și lovește cu piciorul un morman de petale murdare. Pare a fi în clipul melodiei „Singing in the Rain". O privesc fermecată. E atât de fericită! Nu înțeleg cum reușește!

– Ioaaaana..., spune pe tonuri muzicale. Mă prinde de mâini şi mă obligă să fac o piruetă împreună cu ea, apoi mă strânge puternic în braţe.

– Vezi cât de frumos e afară? întreabă, scoţându-şi căştile din urechi. Arunc o privire nedumerită în jur. Nu mi se pare frumos. Verdele crud, bacovian îmi oboseşte ochii, din copaci cad lacrimi albe. Totul pare trist. Doar ea e veselă, notă discordantă în peisajul ce ne înconjoară.

– Da. Răspund sec, încercând să nu-i stric buna dispoziţie.

– Tu de ce ai faţa asta? întreabă observând lipsa mea de entuziasm.

– S-a întâmplat ceva?

– M-am despărţit de Alex.

– Ce?! De ce?

– E mai bine aşa. Suntem... prea diferiţi!

– Mă omori cu cugetările tale, spune, dându-şi ochii peste cap. Tu eşti OK cu decizia asta?

– Da..., îngân cu jumătate de gură. Îi zâmbesc chinuit, iar ea îşi reia entuziasmul.

– Să-ţi spun ce mi s-a întâmplat mie.

– Ascult!

– Promiţi să fii *open minded* şi să nu începi cu negativismele?

O privesc contrariată, căutând un răspuns, dar ea nu aşteaptă unul.

– M-am împăcat cu Vali.

Sângele îmi îngheaţă în vene şi rămân fără glas. Faţa îmi e împietrită ca o mască. O privesc pierdută fără să ştiu cum să reacţionez.

— Nu te uita aşa la mine! Ştii că îl iubesc. Şi el mă iubeşte. Oamenii mai greşesc, Ioana. Nu e nimeni perfect!

Nu pot răspunde. În fond, nici nu am la ce să răspund. În afirmaţiile Ellei nu e nicio inflexiune. Nu aşteaptă aprobarea mea. Continui să merg, în timp ce ea îmi povesteşte detalii despre împăcare.

— Mi-a cerut iertare, Ioana, şi mi-a adus flori, apoi am făcut dragoste toată noaptea. A fost atât de frumos! Chiar suferă pentru ceea ce a făcut. Acum şi-a dat seama că mă iubeşte cu adevărat. O să fim fericiţi!

Mă priveşte insistent, căutând validare din partea mea, însă îmi cere ceva ce nu pot oferi.

— Ioana!

— Da.

— Nu te bucuri pentru mine?

— Cum aş putea să mă bucur, Ella? Tu te auzi ce spui? Oamenii nu se schimbă. Te minţi singură. Tu doar crezi că eşti fericită.

Mă priveşte furioasă, ca şi când aş atenta la o comoară pe care ea e gata să o apere cu preţul vieţii.

— Ce ştii tu despre fericire, Ioana? Nu-mi mai da mie sfaturi! Eu măcar am curajul să fiu fericită, pe când tu nici măcar nu îţi dai o şansă. Te plângi de singurătate, tu singură te condamni la ea. Te complaci în situaţia asta. Cred că a început să îţi placă să fii compătimită! îmi strigă furioasă.

Rămân mută, ochii mi se umplu de lacrimi şi simt cum mă prăbuşesc.

— Îmi pare rău! îmi spune Ella, cuprinzându-mă în braţe. Iartă-mă! Nu am vrut să spun asta.

Mă cufund în braţele ei şi încep să plâng. Mă eliberez de toată durerea acumulată, de toată furia şi neputinţa. E greu să recunosc, dar... poate are dreptate.

– Ioana, nu eşti bine! Se vede că îl iubeşti pe Alex. De ce nu încerci să vă împăcaţi?

– E prea complicat.

– Dar ce e simplu pe lumea asta? Ajungem în parc şi ne aşezăm pe o bancă.

– Mai sunt câteva zile până la primul examen, îi spun Ellei, în timp ce aceasta îşi butonează distrată telefonul.

– Nu înţeleg cum te poţi gândi la asta. Mă jur că, dacă ar veni sfârşitul lumii, tu l-ai amâna până după BAC. Mă amuză replica ei.

– Exagerezi! Te-ai hotărât la ce facultate vrei să intri?

– Nu. O să depun dosarul la mai multe. Trebuie să intru undeva.

– Nu cred că e o abordare potrivită. E vorba de viitorul tău. Ella ridică din umeri cu dezinteres şi îmi dau seama că nu e cazul să insist pe acest subiect.

– Ioana, eu trebuie să plec, mă aşteaptă Vali, mă anunţă pe nepregătite.

– OK. Mă strânge în braţe şi se îndepărtează, lăsându-mă singură, singură din nou. Mai rămân câteva minute pe bancă, încercând să-mi adun gândurile, după care pornesc spre casă.

În ciuda cerului senin, mi se pare răcoare. Vântul îmi biciuieşte obrajii. Îmi ating faţa, încercând să şterg urmele lipicioase ale lacrimilor abia vărsate, apoi îmi trec degetul peste buzele crăpate, savurând gustul sărat. Simt un gol imens în stomac. Ceva lipseşte din mine. Alex lipseşte din mine ca şi când ar fi fost parte din ADN-ul meu. Mă simt goală, incompletă, mutilată. Cum pot eu să o judec pe Ella, când eu însămi aş face orice să se sfârşească suferinţa asta? Cum pot eu să îi spun că a greşit, când ştiu cât doare să iei decizia corectă?

Găsesc poarta scârţâind în bătaia vântului, deşi pot jura că am pus zăvorul înainte să plec. O închid şi arunc o privire fugitivă prin curte. Deşi nu găsesc niciun indiciu care să o dea de gol, ştiu că e aici.

Intru în casă încercând să fac cât mai puţin zgomot posibil, deschid uşa de la dormitorul bunicii şi o văd. Tanti Nuţi stă pe vine în faţa dulapului deschis, cotrobăind meticulos într-un sertar. Rămân câteva secunde în spatele ei, urmărindu-i fiecare mişcare.

– Piiuuu! Arză-te-ar focu'! Mă omori de inimă tu pe mine! zice, sărind cât colo imediat ce mă vede.

Încerc să îmi reţin amuzamentul, în timp ce tanti Nuţi îşi ţine o mână în dreptul inimii, iar cu cealaltă îşi face cruce invocând toţi sfinţii.

– Ce căutai? o întreb după câteva secunde.

– Eiii... ce să caut? Pe tine.

– În dulap?

Îmi face un semn din mână şi îşi continuă piesa de teatru.

– Doamne Iisuse Cristoase! Nu mai pot! Să îmi sară inima din piept şi mai multe nu. Fugi şi adu-mi o cană de apă cu zahăr, că leşin. Mor! Auzi? Mor!

Îi fac pe plac şi îi las timp „să se liniştească", tolănită în patul bunicii. După câteva minute, mulţumită de prestaţie, ia un loc la masa de pe terasă şi începe să mă interogheze.

– Da' unde ai fost?

– În parc cu Ella.

– Proastă fată, zău! A nenorocit-o pe mă-sa. Săraca Irina! De când umblă fii-sa cu golanul ăla, nu mai poate ridica capul din pământ... Cât s-a chinuit cu ea numai Dumnezeu ştie, a crescut-o ca pe o floare şi acum a ajuns să îşi bată joc un nesimţit de ea...

Îi ascult şocată relatările şi, pentru un moment, nu pot reacţiona. *De unde ştie toate lucrurile astea?* Mâinile îmi tremură şi ochii mi se împăienjenesc, asa că îmi fac de lucru în bucătărie pentru a nu o lăsa să mă vadă afectată de cuvintele ei.

– Tu de unde ştii? întreb imediat ce m-am liniştit.

– Ei, de unde? Toată lumea ştie.

– Lumea nu are treabă? întreb revoltată.

– Are, n-are, vorbeşte. Mai umblă tu mult cu ea, că mâine-poimâine îţi aud şi ţie vorbe.

– Nu îmi pasă.

– Ba să-ţi pese, că de intri în gura lumii nu te mai spală toată apa Râmnicului.

– Tanti Nuţi... de ce ai venit de fapt? întreb, obosită deja de această conversaţie.

– Ehhh... să îţi zic că nu mai sunt supărată. Mi-a trecut, zice, sorbind încă o gură din cana cu „apă dulce".

– De ce ai fost supărată?

– Cum de ce, neruşinato?! Ai uitat că m-ai dat afară pe poartă? Ai uitat, ăăă? Lasă că eu nu uit asta. Trec eu cu vederea că sunt femeie bătrână, cu frica lui Dumnezeu, dar de uitat...

– Am înţeles, spun cu intenţia de a-i întrerupe monologul.

– Şi?! Te-ai mai gândit?

– La ce?

– Piuuu...fir-ai de râs să fii! Exclamă, ridicându-se furioasă de la masă. Eu fac planuri zi şi noapte, vorbesc cu Dan şi cu Maricica, mă gândesc în fel şi chip cum să fac să fie bine, şi tu mă întrebi la ce să te gândeşti?! La PRO-CES! La JU-DE-CA-TĂ! îmi spune apăsat.

Încerc să mă calmez cu fiecare respirație. Nu vreau să pic din nou în plasa ei, aşa că tac.

— Ştiai că Maricica a lucrat cu mă-ta în Milano?

— Nu.

— Ei, uite că îți spun eu. Pentru câțiva bănuți se pune şi ea martoră la proces. Hai să facem treaba asta acum şi să împărțim banii, că cine ştie când îți iei şi tu lumea în cap, ca mă-ta... Aşchia nu sare departe de trunchi...

O privesc tăcută, analizându-i fiecare expresie a feței. În colțul gurii i se joacă un zâmbet reprimat, iar privirea îi debordează de încredere. Încerc să îmi dau seama de ce are siguranța că mă poate jigni şi manipula fără repercusiuni. Poate pentru că a mai făcut-o în trecut, a mizat pe respectul pe care i-l purtam bunicii, respect care s-a extins şi asupra ei. Sau poate crede că „nu prea mă duce capul", după cum le spunea rudelor la priveghi. Prea mult timp a confundat bunul simț cu prostia! Nu îmi mai pasă că e în vârstă, nici că e sora bunicii. Vârsta nu e o virtute şi o relație de rudenie nu ține loc de umanitate. Prezența ei în viața mea e toxică şi nu mai sunt dispusă să o accept.

— Tanti Nuți, mulțumesc că m-ai iertat pentru data trecută! îi spun zâmbind.

— Ei lasă! A trecut, zice, copleşită de o bunătate prefăcută. Acum...

— Acum, o întrerup eu, te rog, încă o dată, să pleci!

— Poftim?!

– Ce nu ai auzit? Te rog să pleci şi să nu te mai întorci!

– Fă, tu ai înnebunit?! îmi strigă surprinsă.

– Chiar deloc. Pleacă! Cu ajutorul lui Dumnezeu, mă mai ierți o dată! îi spun, ținând poarta deschisă.

– Pu! A dracu să fiu de-oi mai călca pe bătătura asta! se jură ea, scuipând pe trotuar.

– La revedere! îi urez zâmbind.

Închid poarta imediat ce a trecut în afara curții şi îmi reiau locul la masă. Mă simt bine. Nu mai sunt afectată ca data trecută. *În sfârşit am făcut ce am vrut! E o senzație plăcută!*

Alex

„Dragostea ne dă aripile
Cu care să ne prăbuşim."
Costel Zăgan

Mă aşez pe scaunul care îmi e destinat, beau o gură mare de cafea, apoi încerc să mă concentrez sau să pară că o fac. De ce? Oricum nimeni nu mă crede şi nici nu îmi pasă ce cred ei. *Ce dracu mai contează acum? De ce mă mai chinui?*

Mă joc cu creionul galben printre degete, apoi încep să mâzgălesc ceva, în timp ce vocile lor se transformă în sunet de fundal. *La ce dracu m-am gândit?* Fericirea a bătut la uşa mea într-o zi şi eu am fost atât de prost încât să îi deschid. Ştiam că nu sunt eu destinatarul, ştiam că nu e pentru mine. Ştiam foarte bine cine sunt, ştiam ce sunt, şi totuşi am primit-o. Am primit fericirea aceea ce mi se oferea pe tavă. Am luat-o cu amândouă mâinile. M-am desfătat cu gustul ei dulce, i-am sorbit lacom fiecare picătură, până m-am îmbătat cu iluzia că o merit. Da. A fost o clipă când am crezut că e pentru mine.

— Alex!?

Îi privesc nonşalant cum îşi mişcă buzele, nu ştiu cine m-a strigat, habar nu am despre ce e vorba sau ce vrea de la mine. Am dezvoltat o capacitate uimitoare de a bloca toate sunetele. Nu vreau să aud nimic, nu vreau nici să îi văd, dar Răzvan insistă să iau parte la şedințe.

– Trebuie să ies o clipă. Mă scuzați!

Nu aştept răspuns. Mă ridic şi mă îndepărtez, observându-le în treacăt privirile ce mă urmăresc. Aceleaşi priviri cu care m-am obişnuit, care nu mă mai ating, care nu mai contează.

Cobor în living şi mă trântesc pe canapea, privesc lung telefonul, îi pipăi tastele. Ştiu că nu e bine. E ca un drog ce mi-a intrat în sânge, mă controlează, nu mă pot opune. Am nevoie de o doză! Am nevoie de cea mai mică doză şi îmi jur că e ultima, sperând ca data viitoare nevoia să nu mai fie atât de mare, sperând să pot rezista mai uşor.

Apăs tastele şi îmi lipesc difuzorul de ureche.

– *Alo, ce faci, fato?*

– *Bună, Ella, citesc.*

– *Am nevoie de notițele de la română. Mi le dai?*

– *Da. Sunt acasă. Vino să le iei!*

Îi savurez cuvintele, îi las vocea să mi se scurgă prin vene. Mi-o imaginez cum ține telefonul lipit de urechea dreaptă, fiecare deget ce îl cuprinde delicat, buzele cum i se mişcă în timp ce vorbeşte, vântul ce i se plimbă prin păr umplându-se de mirosul ei.

Trebuia să renunț la a-i mai asculta telefonul. ştiu. Trebuia să renunț de mult, dar acum nu pot să o fac. Ascult ore întregi conversațiile ei, mă conectez la ele ca la perfuzii. Mă țin în viață sau poate mă distrug. Mi-aş face griji pentru asta dacă ar mai fi ceva de distrus în mine. Poate e doar un tratament paliativ pentru o boală incurabilă.

— Alex, te deranjez?

Vocea lui Ghiță o bruiază pentru câteva secunde pe cea a Ioanei.

Îi fac un semn ridicând degetul, în timp ce continui să ascult. *Doar o conversație, încă una...* Ghiță se apropie şi se aşază pe canapea lângă mine.

— Ce e? îl întreb iritat.

— Voiam să vorbesc ceva cu tine. Ceva foarte important.

— Fix acum?

— Am încercat şi ieri şi acum câteva zile.

Comentariul lui mi se pare impertinent, dar are dreptate. De fiecare dată când îmi pun telefonul la ureche, apare şi el de undeva. Îl privesc încruntat, iar el îşi pleacă ochii.

— Dacă nu e un moment bun, putem vorbi altă data, murmură el.

— Nu. Nu e un moment bun, dar nu am chef să distrugi altul, deci spune acum!

Ia o pauză de câteva respirații. Încearcă să mă privească în ochi, însă ezită şi, în ultima clipă, îşi pleacă privirea.

— Vreau să fiu în afacere. Abia mormăie.

— Poftim!?

— Ştii ce vreau să zic...

Îşi ridică ochii suficient, încât privirile noastre să se întâlnească.

Statura lui impunătoare combinată cu privirea umilă mi se pare de-a dreptul penibilă. Vocea servilă şi tremurândă, cuvintele pe care tocmai le-a rostit, gândurile care probabil i-au trecut prin minte înainte să ia hotărârea de a vorbi cu mine, totul mă dezgustă.

Mă ridic şi ies afară, inspirând lacom aerul mult prea poluat, îi aud paşii în spatele meu, dar refuz să mă întorc.

– Crezi că ar trebui să vorbesc cu Răzvan? mă întreabă cu ceva mai multă siguranță în glas.

– Nu, răspund sec fără şovăială.

– Deci tu mă susții?

– Eu o să mă prefac că nu am avut niciodată conversația asta.

– De ce? Alex... gândeşte-te bine!

– Nu am la ce. Îmi aprind o țigară. E ciudat! Niciodată nu mi-a plăcut să fumez. Nici acum nu îmi place. Simt fumul amar cum mă îneacă, se scurge fluid pe esofag şi îmi atacă plămânii. Merit asta! Răzvan zice că mă calmează. Nu e adevărat. Mă pedepseşte! Ieri mă gândeam să încerc nişte cocaină, de ce nu? La câți oameni nevinovați distrug cu praful ăsta blestemat, de ce nu m-aş distruge şi pe mine, care merit?

Ghiță e deja în fața mea şi mă priveşte cu rețineri. Ştiu ce vede. Sunt parcă mai slab, nebărbierit, poate cu ochii injectați de nesomn, şi fumul ăsta ce îi face să lăcrimeze. Sunt o umbră a ceea ce am fost.

– Eu zic să îți iei timp să te mai gândeşti. Nu poți spune nu.

– Deja am făcut-o! îi spun calm strivind țigara sub pantof.

Privirea lui devine sfidătoare şi zâmbetul şiret.

– Alex, eu ştiu multe, ştiu multe despre voi. Aş putea să...

Nu aştept să termine fraza, îl prind de geacă şi îl lipesc de perete.

Îmi strâng degetele în jurul gâtului său până ce respirația își pierde ritmul. Inima îmi bate haotic și nervii îmi sunt întinși la maximum.

— Ai putea să ce? Mă amenințî?

Bâlbâie ceva, iar eu îmi folosesc toată forța pentru a împiedica aerul să-i ajungă în plămâni, apoi continui, mai însetat ca niciodată:

— Ai dreptate! Știi prea multe și ar trebui să rezolvăm problema asta!

Setea asta ciudată nu mă lasă să mă opresc. Îmi place să simt puterea, măcar pe cea fizică. Savurez durerea pe care o pricinuiesc și îmi confirm încă o dată că sunt un monstru. Știu doar să rănesc, știu doar să distrug.

Chipul i se înroșește și lovește din picioare. Îl privesc detașat. Fața roșie se învinețește treptat, întinde mâinile dorind să mă împingă, dar nu reușește.

Expresia lui disperată mă amuză, mă umple de adrenalină.

— Alex, termină! Ce dracu' se întâmplă aici?

Aud vocea lui Răzvan, în timp ce mâna lui o prinde puternic pe a mea. Las să-mi scape priza, iar Ghiță începe să respire disperat. Își atinge gâtul tumefiat și se uită cu speranță la Răzvan, care îl ignoră.

— Îmi explică și mie cineva ce s-a întâmplat? spune Răzvan fixându-mă cu privirea.

— Nimic. Nu s-a întâmplat nimic, îi spun calm, cu un zâmbet idiot pe care pur și simplu nu mi-l pot șterge de pe față.

Nu reușesc să-mi imaginez ce expresie ar avea fața mea în mod natural.

— Alex, trebuie să vorbim, îmi spune Răzvan.

— Nu acum.

Mă întorc cu spatele şi mă pregătesc să plec.

– Ba da, acum!

Vocea lui autoritară mă irită mai mult decât de obicei. Sângele îmi aleargă prin vene cu o furie pe care nu am mai simţit-o. Nimic nu pare să o cauzeze, şi totuşi orice se întâmplă în jurul meu o alimentează. Aş fi capabil să mă întorc în momentul ăsta să îl lovesc pe Ghiţă, apoi pe Răzvan, apoi pe amândoi ca un animal turbat, scăpat din cuşcă. Să-mi consum energia, furia şi deznădejdea, apoi doar să stau şi să aştept să mă lovească, să încasez pumni şi picioare, să simt durerea aia fizică care poate o diminuează puţin pe cea psihică.

Respir controlat şi las pumnii să se relaxeze. *Trebuie să plec!* Mă îndepărtez rapid. Paşii mei se succed fără sens, nu ştiu unde să mă duc, nu ştiu ce să fac şi totuşi merg, simt nevoia să plec. Undeva.

– Alex. Opreşte-te! M-am săturat de fazele astea de rahat!

– Şi eu...

Răzvan se aşază în faţa mea şi mă obligă să îl privesc. Ochii îmi ard de nervi sau poate de lacrimi. Nu ştiu ce e cu mine. Nu ştiu ce vreau, nu ştiu ce am. De fapt, ştiu. Sunt un dezastru! Toată viaţa mea e o problemă, şi cea mai mare dramă e că soluţia e ea. Problema mea e că soluţia e Ioana.

– Ce dracu e cu tine? mă întreabă Răzvan, punându-mi o mână pe umăr. E doar o femeie!

Tremur şi pumnul mi se strânge fără voie. Muşchii mi se încordează din origini până la inserţii, se mişcă fără control şi îmi dau seama ce s-a întâmplat abia când îl văd pe Răzvan la pământ. Îl privesc fix, în timp ce lacrimile îmi cad în ţărână. Îmi pare rău, dar... ce mai *contează?!* Nici nu ştiu de ce îmi pare rău! Îmi pare rău pentru ceea ce sunt, o dezamăgire pentru lumea întreagă, mai ales pentru mine.

Răzvan se ridică, ştergându-şi sângele ce-i pătează buza de jos. Se apropie, iar eu mă pregătesc pentru impact. Îmi relaxez corpul şi mă aştept nerăbdător să mă lovească. Privirea lui întunecată, sprâncenele încruntate, forța cu care se apropie trezesc în mine un fior masochist.

Se opreşte brusc la câțiva centimetri de mine. Inspiră lung şi mă cuprinde în brațe.

— E în regulă! O să treacă!

Tremur, blocat în brațele lui, cu ochii inundați de lacrimi.

Preferam să mă lovească. *De ce nu mă loveşte? Nu merit îmbrățişarea asta. Nu merit ca cineva să mă iubească.* Mă las în voia lui şi lacrimile îmi cad şiroaie pe față. Nu spun nimic. Doar îl strâng puternic. *El e tot ce am!*

— Hai să mergem!

Îl urmez tăcut. Nu ştiu de ce, însă nu am putere să mă opun. Ne îndreptăm spre garaj, în timp ce îi observ pe ceilalți cum ne privesc din pragul uşii de la intrare. Îmi plec privirea plină de vinovăție.

Cumva, furia a dispărut, e doar tristețe acum, o tristețe ca o gaură neagră ce mă înghite progresiv.

Conduce de câteva zeci de minute, iar eu aştept fără interes. Nu vreau să-l ascult. Nu vreau reproşuri sau să se prefacă că mă înțelege.

Cum să mă înțeleagă când nici eu nu o pot face?

— Şi... care-i treaba cu Ghiță? mă întreabă fără preaviz.

— Zicea că vrea să intre în afacere.

Răzvan râde zgomotos, în timp ce eu continui să îi evit privirea.

– La asta nu mă aşteptam, îmi spune printre hohote. Ce dracu e în capul lui?

– Ce a fost şi în capul nostru, presupun... Bani.

Devine dintr-odată serios şi oftează lung.

– Alex, ştii că a fost mai mult de atât.

– A fost, Răzvan? Chiar a fost sau e o poveste pe care continuăm să ne-o spunem pentru a ne absolvi de vină? Ne-am distrus vieţile pentru bani. Am distrus poate mii de vieţi a unor oameni pe care nu o să-i cunoaştem niciodată. Distrugem tot.

Glasul îmi devine slab şi cuvintele mi se opresc în gât, mâinile încep să îmi tremure din nou şi strâng pumnul până ce unghiile îmi intră în carne. Răzvan parchează maşina aproape de bordură şi opreşte motorul.

– Ai dreptate.

Îl privesc mirat, în timp ce el continuă să vorbească detaşat.

– Distrugem tot şi o vom face în continuare. M-ai înţeles? Nu e cale de ieşire. Îşi aprinde o ţigară şi lasă fumul înecăcios să umple maşina. Dacă blestemul nostru e să distrugem oameni, să fie unii pe care nu-i cunoaştem. Ştiu că doare, dar ai procedat corect. Dacă aş putea da timpul înapoi, aş fi scos-o pe Denisa din prostia asta. M-aş fi mulţumit cu ideea că e bine, chiar dacă e departe de mine. Aşa ar trebui să faci şi tu.

– Mi-am distrus viaţa! M-am condamnat la singurătate.

– Ascultă, Alex, îmi spune, trăgând lacom încă un fum, poate am luat decizii greşite, poate am făcut lucruri rele, însă am făcut ceva atunci când alţii nu ar fi făcut nimic. Acceptă asta şi împacă-te cu tine! Asumă-ţi şi mergi mai departe!

Mai trage un fum, apoi stinge țigara și închide geamul. Știu că îl doare. Prin mine, Răzvan își retrăiește propria dramă. Aș vrea să am putere să îl consolez, dar rana mea e proaspătă și încă sângerează, pe când a lui s-a cicatrizat de mult. Se întoarce spre mine si mă prinde de umeri.

— Înțeleg că îți place fata asta, dar e doar un copil, nu ar fi putut înțelege lumea noastră, nu ar fi putut face parte din ea. E mai bine să nu știe nimic.

— I-am spus tot.

— Ce-ai făcut?!

— Ai auzit.

— Unde dracu' ți-a fost capul?

— Nu puteam să o mai mint. Răzvan lovește furios în volanul mașinii și mă privește ca turbat.

— Unde e acum?

— Acasă, bănuiesc! bălmăjesc nesigur, în timp ce Răzvan fierbe lângă mine.

— Alex, tu nu înțelegi ce ai făcut? mă întreabă disperat, scuturându-mă de umeri. Rămân tăcut, tace și el. Ascultăm doar muzica ce se scurge lent din micul radio. Privesc pe geam un cuplu ce se ține de mână. Le văd zâmbetele ce îmi fac în ciudă. Parcă mă privesc, parcă mă sfidează. *Niciodată nu vei fi fericit! Niciodată nu vei fi capabil să fii ca noi*! îmi urlă fără cuvinte!

— OK. Să ne calmăm! spune Răzvan ca pentru el, în timp ce eu continui să privesc afară. Alex!

— Da, îi răspund întorcându-mi privirea către el.

— Vom lua lucrurile unul câte unul. OK? Mâine pleci în Ucraina pentru întâlnire. Tu trebuie să fii calm și să te concentrezi pe asta. Între timp, eu voi găsi o soluție.

— O soluție pentru ce?

— Ai încredere în mine, da? Totul se va rezolva.

Îi simt mâna pe umăr, apoi pornește mașina. *O soluție! De ar exista o soluție!* Ciudat, poate, dar în inima mea încolțește speranța. Poate chiar este o soluție. Răzvan mereu găsește soluții.

Ioana

„Nu frumusețea ne face să iubim,
ci iubirea ne face să vedem frumusețea."
Lev Tolstoi

Dacă aş fi ştiut de la început, aş fi oprit din timp relația asta! Ce bine ar fi fost dacă nu l-aş fi întâlnit niciodată! *Vreau să-l uit!* Minciuni! Îmi spun atâtea minciuni din obişnuință, uneori fără să îmi dau seama! Sunt gânduri născute din ipocrizie, din nevoia prostească de a mă absolvi de vină. Oare doar mie îmi e greu să-mi accept demonii, doar eu fug de adevăr şi îmbrățişez minciuni? Doar eu mă prefac a fi mai bună decât sunt?

Mă aşez goală în fața oglinzii, doar eu, cu mine, dezbrăcată de secrete şi măşti de societate, etalându-mi cu fast defectele pe care încercam cu disperare să le ascund. Sunt doar eu, stând dreaptă în fața mea, cel mai critic jurat. E timpul să văd şi să accept adevărul din mine. Privesc adânc în interior, îmi analizez gânduri şi sentimente, trezesc idei amorțite, cotrobăi cu răbdare prin sertare prăfuite, de existența cărora mi-aş fi dorit să uit. E timpul să-mi recunosc că nu sunt cea care mi-aş dori să fiu şi nu sunt nici pe departe cea care mă arăt lumii. Sunt plină de defecte, de gânduri mincinoase şi plăceri vinovate, de egoism şi ipocrizie.

Nu e nimeni care să mă judece, pot în sfârşit să-mi recunosc că m-am mințit. Nu e adevărat! Nimic din ce mi-am spus, niciun gând nobil şi aparent lipsit de vină nu e adevărat.

Ştiam de mult! Ce am aflat nou acum? De ce mă prefac surprinsă de mărturia lui Alex? Mă aşteptam la asta, poate chiar mai rău. Nu am fost mințită nici măcar o clipă. Am ştiut de la început şi nu mi-a păsat. Nu e vina lui Alex că nu mi-a spus până acum. E vina mea că nu am vrut să ştiu.

Mă mint spunându-mi că vreau să îl uit când fiecare celulă a corpului meu tânjeşte după el. Nu vreau să-l uit! Mai mult decât atât, îmi e teamă că acest lucru s-ar putea întâmpla. Amintirile cu noi au devenit dureroase plăceri. Dacă m-aş trezi într-o dimineață cu inima goală? Dacă pielea mea nu şi-ar mai aminti mângâierile lui? Dacă aş uita gustul sărutúrilor, mirosul pielii, privirea, zâmbetul? Cum aş mai putea trăi fără nimic? Ce ar mai rămâne din mine dacă el ar dispărea din ființa mea?

Mă simt bolnavă. O boală grea, de care nu vreau să mă vindec. Asta e tot ce am şi savurez durerea picătură cu picătură. Îmi e atât de dor! Îl simt în propria-mi respirație. Îl văd în ochii mei când îmi privesc reflexia. Evit să plâng de teamă să nu îl pierd printre lacrimi. Atât de adânc există în sinea mea, încât pot jura că inima mea îmi încarcă sângele cu amintiri în loc de oxigen. Ce aş fi fost eu dacă nu l-aş fi cunoscut niciodată? Cum pot să cred că mi-ar fi fost mai bine fără să am un motiv pentru care să sufăr măcar? Au trecut două săptămâni în care nu ştiu nimic de el. M-am gândit să-l sun de atâtea ori, încât am pierdut şirul. Am amânat încă o zi, sperând că nu voi mai avea nevoie să o fac, sperând că timpul mă va ajuta să uit, mi-am spus că voi suna după primul examen, apoi după al doilea, apoi după ultimul şi nu am mai făcut-o niciodată. Adevărul e că am aşteptat să mă sune el. Mă întreb ce face, dacă se gândeşte la mine, dacă zâmbeşte, dacă e fericit. Mi-l imaginez zâmbind şi atunci un sentiment intens de revoltă îmi cuprinde sufletul ca un taifun. *Nu vreau să fie fericit*! Ba da, vreau să fie fericit, dar nu fără mine. Ce rost aş mai avea eu pe lume dacă el ar putea fi fericit fără mine? Vreau ca eu să fiu fericirea lui.

Stau pe terasă casei, contemplând luna rotundă şi grea. Aceeaşi lună, martora primului nostru sărut. Retrăiesc secvenţe cu noi, săruturi, îmbrăţişări sau simple atingeri de degete. Poate că povestea noastră nu este nici pe departe atât de specială cum cred eu. Poate că ar fi mediocră dacă ar trebui să o povestesc. Cum pot explica cuiva fiorul ce-mi străbate inima când mâna lui o atinge din întâmplare pe a mea, cum pot descrie o privire ce îmi face pielea de găină? Poate că atunci e iubire, de fapt, atunci când nu o poţi explica, controla, analiza. Atunci e iubire, când nu are un motiv pentru a exista. Atunci e iubire, când nu ştii de ce e.

Am declarat mereu că nu cred în iubirea iraţională. Am judecat oamenii aflaţi în relaţii toxice, nu înţelegeam cum poţi iubi pe cineva care îţi face rău. Am judecat-o până şi pe Ella pentru că îl iubeşte pe Vali. Am crezut mereu că avem nevoie de motive raţionale pentru a iubi, că tot ce simţim trece prin filtrul minţii. M-am înşelat! Suntem creaţi în aşa fel încât nevoia de a iubi ne întrece raţiunea. Vrem să iubim atât de mult încât creăm motive pentru a iubi. Le inventăm oamenilor o nouă faţă, doar pentru a-i putea iubi. Noi devenim altcineva pentru ca alții să ne iubească. Iubim fantome, iluzii, concepte, iubim oameni care poate nu merită să fie iubiți.

Poate că nici Alex nu merită. Ştiu că am zeci de motive să nu-l iubesc şi că mulți m-ar putea judeca pentru naivitatea mea. Poate mulți ar crede că greşesc. Da. Majoritatea ar crede că ar proceda mai bine dacă ar fi în locul meu şi poate au dreptate. Poate toți ar proceda mai bine, tocmai pentru că nu sunt în locul meu. Nu au trecut prin ce am trecut eu şi nu simt ca mine. Inima lor poate nu e însetată ca a mea, nu sunt bântuiți de temeri şi traume. Poate ființa lor nu e mutilată şi gândirea le-a rămas întreagă. Poate ei sunt perfecți şi iau decizii perfecte, dar eu nu. Eu sunt defectă în atât de multe feluri!

Am fost toată viața îngrădită de prejudecăți şi de aşteptări nerealiste, de dorința de a fi perfectă. Mi-a fost atât de teamă să nu dezamăgesc, încât nu mă cunosc pe mine cea adevărată. Vreau să evadez! Vreau pentru prima oară să fiu eu şi să iau o decizie cu inima. Vreau să-mi dau şansa să fiu fericită!

Strâng telefonul în mână, hotărâtă să-l sun, când tonul de apel mă face să tresar. Pe ecran apare un număr necunoscut, dar ştiu că e el. Simt că e el! Trebuie să fie!

– Alo, răspund nerăbdătoare.

– Hei! Ce faci, Pisicuță?

– Răzvan?! exclam uimită.

– Ha-ha! Zi că nu îți era dor de mine!

– S-a întâmplat ceva?

– S-au întâmplat multe...

Tot corpul îmi tremură şi gura mi s-a uscat.

– Ce?

— Hai, ieşi afară! Am venit să te iau.

— Unde eşti?

— În fața porții tale.

În mintea mea e haos. *De ce a venit Răzvan? De unde ştie unde stau?* Zeci de întrebări fără răspuns se plimbă cu o viteză amețitoare prin capul meu.

Mă îmbrac în grabă şi ies. La câțiva metri de poartă, o maşină neagră îmi dă flash-uri. Inima îmi bate haotic, ceva în sinea mea urlă să mă opresc, dar îngrijorarea îmi mână fiecare pas. *Oare ce s-a întâmplat? Oare Alex e bine?*

Răzvan coboară geamul şi mă priveşte zâmbind.

— Hai, Pisicuță, urcă! Ne grăbim.

— Eşti singur?

— Da.

— Alex unde e?

— Te aşteaptă. Grăbeşte-te!

Urc pe scaunul din dreapta şi îmi pun centura. Sunt atât de neliniştită, încât îmi e frică să vorbesc. Orice aş spune timbrul vocii mele mi-ar trăda îngrijorarea. Îl privesc discret, încercând să îmi dau seama care e starea lui de spirit. *E îngrijorat? S-a întâmplat ceva rău? Trebuie să fie ceva rău. De ce ar fi venit Răzvan la mine? De ce nu a venit Alex? De ce nu m-a sunat? Dacă nu m-a sunat nu pentru că nu vrea, ci pentru că nu poate!?*

Inventez scenarii bazate pe răspunsuri la întrebările mele. Îmi dau seama că nimic nu e realist. Sau poate e? Ce ştiu eu de fapt despre realitatea lor? Îl privesc insistent pe Răzvan, încercând să-l fac să vorbească.

— Ce-i, Pisicuță? Nu te bucuri să mă vezi? mă întreabă cu o urmă de ironie.

— Ba da, îi spun eu reținută.

Vocea lui e ciudată, nu știu să explic. Un fel de îngrijorare și regret mascate în ironie și sarcasm. Conduce distras și schimbă banda fără să se asigure. Evită să mă privească și, atunci când o face, îmi dau seama că se străduiește să-mi zâmbească. Frica începe să încolțească în inima mea și devine mai intensă cu fiecare minut petrecut în liniște.

— Răzvan, ce s-a întâmplat? întreb într-un final, pierzându-mi răbdarea.

Trage de volan dreapta și intră pe un drum de țară neasfaltat, înconjurat de lanuri de rapița și floarea-soarelui.

— Tu ce crezi? mă întreabă pe un ton serios, oprind motorul mașinii.

— Nu știu.

— Nu te-am întrebat ce știi, Pisicuță, pentru că știu ce știi. Te-am întrebat ce crezi. Privirea lui mă îngheață. Nu pot rosti niciun cuvânt. Habar nu am care e răspunsul pe care îl așteaptă. Deschide torpedoul și scoate un pistol mic argintiu.

— Ia asta și coboară! îmi spune scurt și apăsat. Nu pot să mă mișc. Îl privesc cum deschide portiera și iese afară, lăsându-mă singură pentru câteva secunde. Frica mă paralizează. Nu pot gândi sau reacționa.

Răzvan ocolește mașina, uitându-se în jur pentru o clipă, apoi îmi deschide portiera.

— Hai! îmi spune, trăgându-mă puternic de braț.

Nu mă pot opune. Îl urmez teleghidată, fără să văd unde calc. În mintea mea se derulează scene din filmele americane în care cineva „știe prea multe" și trebuie eliminat. *Dar de ce am eu un pistol? Poate vrea să însceneze o sinucidere. Poate are nevoie de amprentele mele pe armă.* Gânduri bizare îmi străbat mintea şi nu îmi pot da seama ce e fantezie şi ce poate fi real.

Părăsim drumul prăfuit şi intrăm într-un câmp cu floarea-soarelui. Păşesc cu greu printre bolovanii de pământ pietrificaţi de secetă. Picioarele îmi tremură şi ştiu că m-aş prăbuşi dacă nu m-ar ţine de braţ. Răzvan nu îmi spune nimic, nici măcar nu mă priveşte.

Ne oprim. Stau cu greu în picioare, încercând să-mi ţin genunchii drepţi. Transpir prin toţi porii şi pistolul aproape îmi alunecă din mână. Îl privesc fix, încercând să îi analizez expresia feţei, dar prin lumina prea slabă văd doar umbre nedefinite. Îi aud clar doar respiraţia, calmă şi ritmată.

— Înţelegi, nu-i aşa? mă întreabă, eliberându-mi braţul. Trebuie să îi protejez pe oamenii la care ţin. Şi totuşi, nu îmi plac execuţiile. Ai şansa să te aperi, îmi spune, privind spre mâna mea.

Nu vreau să mor! Asta e adevărul! M-am gândit de atâtea ori la moarte ca la poarta de evadare, însa acum că suntem faţă în faţă îmi dau seama că iubesc viaţa. Nu sunt pregătită să o părăsesc, mai am atât de multe lucruri de făcut, atât de multe de experimentat, de simţit. Mâna mi se strânge pe pistol şi degetul meu se aşază pe trăgaci. *Nu aş putea să o fac*! îmi spun obsesiv, până când afirmaţia se transformă în întrebare. *Nu aş putea, nu?* Mă întreb retoric, ignorând partea din mine care deja a decis.

Răzvan scoate un pistol de la brâu şi îl încarcă, apoi îl îndreaptă către mine!

— Îmi pare rău, Pisicuţă, îmi spune cu voce încează. Chiar îmi plăcea de tine...

Ridic pistolul fără să gândesc. Instinctul de supravieţuire a preluat controlul. *Nu vreau să mor! Nu vreau. Îmi pare rău, dar nu vreau să mor!* Închid ochii şi apăs necontrolat pe trăgaci o dată, şi încă o dată, apoi încă o dată, până când degetul mi se blochează şi apasă instinctiv. Nu se aude nimic, nu se întâmplă nimic.

– Aşa, Pisicuţă! îmi spune Răzvan entuziasmat! Bine ai venit în familie!

Scap pistolul din mână şi respir sacadat. Nu îmi vine să cred că aş fi făcut-o! Aş fi omorât pe cineva, l-aş fi omorât pe fratele lui Alex!

– Hai să mergem! E târziu, îmi spune Răzvan, ridicând pistolul pe care tocmai l-am lăsat să cadă.

Încerc să procesez ce tocmai s-a întâmplat. Totul a fost un scenariu! Mă întreb dacă neîncrederea şi frica mea au fost stupide sau justificate. Oare chiar a vrut să mă omoare sau doar să mă sperie? Mă gândesc la ceea ce m-a determinat el să fac. *Cum a reuşit asta? Cum poate scoate ce e mai rău dintr-o persoană?*

– Ce a fost asta? Întreb, în timp ce el întoarce maşina.

– Vezi tu, Pisicuţă, ai tras cu ochiul în spatele cortinei şi acum trebuie să îţi asumi ce ai văzut!

– Ce vrei să spui? întreb contrariată.

– Spun că eşti una dintre noi acum. Ştii prea multe pentru a fi liberă să pleci, îmi spune, aprinzându-şi o ţigară. Lumea asta nu e aşa cum vor oamenii să o vadă, Ioana. Nu e sigură sau corectă. Nu e niciun Dumnezeu acolo sus având grijă de fiecare. Nu primeşti ceea ce meriţi, primeşti ceea ce iei. Suntem într-o afurisită de junglă de beton care funcţionează după acelaşi principiu: ucide sau vei fi ucis. Asta ai învăţat în noaptea asta. Trebuia să mă asigur că poţi s-o faci.

– Dacă nu trăgeam, ce s-ar fi întâmplat? întreb cu frică.

Mă priveşte cu un zâmbet ironic.

— Crezi că execut oameni în lanuri de floarea-soarelui?

— Nu...

— Nu în lanuri de floarea-soarelui, completează el zâmbind. E ceva ciudat în legătură cu Răzvan, atât de ciudat, încât nu aş şti să spun ce. Nu ştiu când glumeşte sau când e serios. Nu ştiu ce vrea să-mi spună atunci când îmi vorbeşte, pentru că de fiecare dată ochii lui spun altceva decât cuvintele. Mă înspăimântă într-un mod straniu, care îmi dă încredere în el.

— Şi acum?

— Acum, ce? întreabă el, expirând fumul înecăcios în maşina.

— Ce urmează acum?

— Ioana, îmi spune el fără să mă privească, Alex e fratele meu, e tot ce am şi, chiar dacă nu o arăt de obicei, îl iubesc mai mult decât pe mine însumi. Mă învinuiesc în fiecare zi pentru nefericirea lui. Înțelegi? Eu sunt de vină pentru tot rahatul ăsta în care ne scăldăm. O să încerc să repar cât se poate din viața lui.

Mai trage un fum din țigara apoi mă fixează cu privirea.

— Tu îl iubeşti?

— Da, răspund fără ezitare.

— Atunci o să vă vedeți liniştiți de povestea voastră de dragoste. O să am grijă de voi. O să fiți în siguranță!

— O să fiu cu Alex... repet fără să gândesc.

Ideea asta mă obsedează. Mă umple ce speranțe. Nici nu contează ce presupune relația asta. Vreau doar să fiu cu el.

– Uite, îmi spune Răzvan, scoțând din torpedou o altă armă, ăsta e un pistol cu bile de cauciuc. E pentru autoapărare, absolut legal. Îți trebuie doar un permis de port armă şi îți fac unul cadou.

– Tu ai permis? Întreb, uitându-mă la toate acele arme ascunse în torpedou.

Răzvan mă priveşte uimit, apoi pufneşte într-un râs zgomotos.

– Îmi place de tine, Pisicuță. Ai dreptate. Nu îți trebuie permis. Ia-l! E al tău! Ridic pistolul şi îl privesc cu atenție. Îmi pun degetul pe trăgaci şi îmi analizez mâna ce se mulează perfect pe el. Senzația de putere pe care mi-o oferă mă sperie. Violența îmi curge prin vene şi mă transformă. Asta nu sunt eu, nu cea care vreau să fiu. Mă întreb dacă sunt dispusă să mă schimb pentru a fi cu Alex.

– Nu am nevoie de un pistol! îi spun, în timp ce îl pun înapoi lângă celelalte arme.

– Vei avea, îmi zice, stingând țigara în scrumiera maşinii.

Ajungem în fața casei în care am mai fost de atâtea ori, dar inima mea bate mai puternic ca niciodată. E prima oară când ajung aici fără Alex. Nu pot să cred că aceşti pereți ce ne-au unit de atâtea ori astăzi ne despart. Aş trece prin ziduri, doar ca să-l cuprind în brațe. Îl simt că e aproape, cu o putere aproape inumană. Mă atrage ca un magnet.

Răzvan parchează maşina în garaj şi mă pregătesc să cobor.

– Pisicuță, îmi spune, prinzându-mă de mână, aş prefera să nu-i spui lui Alex povestea cu pistolul. E destul de sensibil când vine vorba de tine.

– OK, îi spun, fără să analizez propunerea lui. Aş fi fost de acord cu orice doar pentru a-l vedea pe

Alex cu un minut mai devreme. Intrăm împreună în salonul mare de la parter, unde Ana mă întâmpină mai bucuroasă ca de obicei.

— Ioana! Doamne! Habar nu ai ce bine îmi pare să te văd!

O îmbrățișez strâns, căutându-l cu privirea pe Alex.

— Unde e? întreabă Răzvan cu o fracțiune de scundă înaintea mea.

— A ajuns acum câteva minute. A urcat să se schimbe.

— E la fel?

Ana ridică din umeri, ca și când întrebarea lui Răzvan nu merită un răspuns, apoi mă privește zâmbind.

— Cred că o să fie mai bine, foarte curând.

— Pisicuță, e timpul să faci o magie! îmi spune Răzvan, privind spre etaj. Urc scările în grabă. Cu fiecare pas sunt mai aproape de el și acest lucru mă sperie. Cu cât mă apropii mai mult de ușă, pașii mei devin mai grei și lenți. *Ce să-i spun? E bine ce fac*? Știu că nu e bine, dar nu mă pot opune. Toată ființa mea îl strigă. *Vreau să fiu cu el! Gata cu regretele ipocrite, gata cu minciunile!* Apăs pe clanță și intru.

Văd hainele lui aruncate pe podea și aud apa curgând în baie. Îmi imaginez trupul lui gol sub duș, picăturile de apă sărutându-i buzele, părul ud, abdomenul încordat, mușchii bine definiți, șiroaiele de apă mângâindu-i fiecare centimetru de piele. *Aș vrea să fiu apa care îl atinge.* Întreaga mea ființă se înfioară la acest gând.

Sunetul dușului se oprește, iar eu aștept cu respirația tăiată să se deschidă ușa. O emoție necontrolată îmi face întreg corpul să tremure. Mâinile mele parcă ar alerga deja spre el, s-ar lipi pe pielea lui moale, buzele parcă îmi sunt din ce în ce mai uscate, deshidratate, însetate. Chiar şi ochii mei îi rememorează fiecare detaliu al chipului.

Uşa se deschide, iar inima mea se opreşte. Alex intră în cameră complet dezbrăcat ştergându-şi părul cu un prosop.

– Ioana! spune el parcă pentru a se convinge că sunt într-adevăr eu. Privirea mea călătoreşte fără jenă pe trupul său gol. Mă apropii fără să-i zic nici măcar un cuvânt. Vreau să-i simt pielea lipită de a mea!

– Eşti aici! şopteşte uimit, în timp ce îşi înfăşoară prosopul în jurul taliei.

Mă cuprinde în braţe, ridicându-mă de la podea, mă strânge puternic strivind aerul între piepturile noastre.

– Nu pot să cred că eşti aici, credeam că nu o să te mai văd niciodată.

Buzele mele nu pot rosti niciun cuvânt. Orice explicaţie ar fi de prisos. Mirosul pielii lui mă îmbată. Îl vreau mai mult, mai aproape, pentru totdeauna. Tălpile mele ating din nou podeaua, şi privesc hipnotizată boabele de apă de pe pieptul lui, apoi chipul şi privirea. Îl văd ca şi când ar fi prima oară. Ochii lui sunt umezi, iar buzele îi tremură. Îmi aşază o şuviţă rebelă de păr, mângâindu-mi obrazul.

– Sunt dependent de tine, Ioana. Fără tine, sunt nimic!

Lacrimi fierbinţi se nasc în ochii mei şi se rostogolesc pe obraji, atingându-mi buzele. Niciodată nu au fost atât de dulci, niciodată nu au mai avut gust de fericire. Acum ştiu că tot ce se întâmplă e pentru că vreau. Totul e alegerea mea! Poate iau o decizie greşită, dar aş plăti prin orice suferită o secundă în braţele lui. Aş vărsa oceane de lacrimi amare pentru acest strop de fericire.

Degetele lui îmi mângâie faţa, îl privesc şi uit să mai respir. Ochii mari şi negri par fântâni adânci de lacrimi nevărsate. Trupul lui gol mă tentează să-l descopăr şi-mi las mâna să-i călătorească pe piept, pe umăr şi braţ. Îi simt muşchii cum se contractă sub atingerea mea şi respiraţia cum devine mai accelerată. Îl simt căldura răsuflării aproape de ureche, făcându-mi buzele să tânjească după ale lui. Ne apropiem mai mult, fără să ştiu din a cui iniţiativă. Cu o mână îmi atinge degetele, cu cealaltă îmi mângâie gâtul. Îi simt buzele pe frunte, obraji şi umăr. Aştept cu răsuflarea tăiată să le gust.

Se apropie atât de mult, încât îl simt mai puternic ca niciodată. Mă simt a lui. Nu mai recunosc nimic din mine, nimic din ce am crezut că sunt sau am încercat să fiu, şi totuşi mă simt a fi eu mai mult ca niciodată. Sunt plină de emoţie şi dorinţă. Îi prind mâna şi mi-o lipesc de piept. Vreau să-mi simtă fiecare bătaie a inimii, fiecare reacţie a corpului meu la atingerile lui.

Îşi apropie buzele de ale mele, iar respiraţia mea se accelerează, inspirăm şi expirăm greu acelaşi aer. Îl trag mai aproape şi îl sărut disperată, iar el se lasă surprins de setea mea.

Îi simt o mână pe talie cum mă strânge, lipindu-mă şi mai mult de trupul lui. Atât de mult şi totuşi insuficient! Nimic din ce primesc nu e suficient. Îl vreau pe tot. Vreau să-mi aparţină şi să-i aparţin. Le dau libertate deplină mâinilor mele să călătorească pe pielea lui. Îi mângâi spatele şi braţele, în timp ce buzele lui îmi coboară încet pe gât. Un ciclon de plăcere se naşte în interiorul meu. Un ciclon atât de puternic, încât distruge tot. Distruge orice barieră morală, orice limită impusă, orice urmă de autocontrol. Simt cum îmi pierd minţile şi nu îmi pasă.

Alex se opreşte fără avertisment şi mă împinge câţiva centimetri. Încearcă să-şi controleze ritmul respiraţiei. Îmi priveşte fără voie buzele, pielea, apoi se pierde în ochii mei, încercând să ascundă dorinţa ce îl mistuie. Îi zâmbesc încurajator, dar el continuă să mă privească, căutând cuvinte potrivite.

– Ioana... eu... ar trebui să...

Îmi lipesc buzele rapid de ale lui, înainte să reuşească să mai articuleze un cuvânt. Mâna mea îi alunecă pe piept, desenându-i conturul fiecărui muşchi. Cobor spre abdomen, apoi mai jos, până ating prosopul. Respiraţia lui se intensifică, a mea se opreşte. Sunt mai hotărâtă, mai pregătită şi mai sigură ca niciodată. *Vreau să fiu a lui în toate felurile!*

Prosopul cade pe podea. Inima începe sămi bată haotic, toată fiinţa mea e supraîncărcată de emoţii. Alex mă priveşte de parcă nu îi vine să creadă. Îmi prinde faţa în mâini şi mă sărută lacom. Îi simt mâinile sub tricou, explorându-mă. Mă atinge aşa cum nu a mai îndrăznit niciodată, iar eu mă aprind din ce în ce mai tare. Mă inundă o vâltoare de sentimente greu de explicat, o dorinţă amestecată cu teamă, curiozitate, pasiune.

Îmi scoate tricoul şi îmi sărută pielea dezgolită. Simt că înnebunesc de plăcere şi încântare. Îmi trec mâinile prin părul lui, în timp ce îmi sărută abdomenul. Îmi desface nasturele de la pantaloni şi un nou fior îmi străbate trupul, mai intens decât înainte. Totul creşte în intensitate cu fiecare secundă, cu fiecare sărut, cu fiecare atingere.

Stăm amândoi goi în mijlocul camerei, sărutându-ne îmbrăţişaţi, cu pielea mea lipită de a lui, cu mirosurile noastre amestecate, bătăile inimilor în tandem. Suntem contopiți într-o singură ființă.

Săruturile lui devin domoale ca nişte mângâieri. Îmi desface părul lăsându-l să cadă râu peste sâni.

Şoapte la ureche, buzele lui peste ale mele, respirații sacadate, nelinişte şi o dorință neîmblânzită, toate se amestecă ca o tornadă dezintegrând totul în jurul nostru. Tot ce există acum suntem doar noi! Nu mă satur de gustul lui, de atingere, de miros, de imagini, de sunete. Îl percep cu toate cele cinci simțuri şi totuşi vreau mai mult.

Mă ridică în brațe, iar picioarele mele se înfăşoară în jurul taliei lui. Îmi trece o mână prin păr, trăgându-mi capul pe spate, şi buzele lui mi se plimbă pe gât, apoi pe piept, cu mii de săruturi transformate în impulsuri electrice. Ne aşezăm pe pat, iar trupul lui îl acoperă în întregime pe al meu. Îmi sărută fiecare deget, apoi le ghidează încet pe trupul lui aşa cum eu nu aş fi îndrăznit să o fac. Toate inhibițiile şi nesiguranțele dispar. Îl trag spre mine şi îl sărut lung. Mâinile mele îi mângâie fiecare parte a corpului. Îl simt al meu! Buzele noastre se întâlnesc din nou şi din nou într-o nebunie ce mă droghează, îmi induce o stare de delir din care nu vreau să mă trezesc vreoodată. Cu o mână mă trage mai sus, mai aproape, mai tare în timp ce îmi muşcă uşor buza de jos. Mângâierile delicate devin necontrolate, pline de pasiune, dorință şi nerăbdare. Îşi trece o mână prin părul meu, în timp ce o alta mă prinde puternic de coapsă. Tot corpul îmi e străbătut de mii de fiori. Toți porii mei urlă de plăcere. Deja nu mai ştiu cum şi unde mă atinge. Toate săruturile şi mângâierile s-au contopit în ceva mai presus de simțuri. O durere scurtă mă face să scap un icnet reținut. Alex mă sărută din nou şi mă strânge în brațe.

E în mine în atât de multe feluri, îmi curge prin vene, îl inspir şi expir, fiecare celulă a corpului meu conţine o parte din el. Îl iubesc în întregime cu calităţi şi defecte, cu temeri şi încredere. Îl iubesc pentru că e al meu, pentru că sunt a lui, pentru tot ce e el şi ce reprezintă pentru mine. Îl iubesc pentru că mă iubeşte. Îl iubesc pentru mii de motive. Şi totuşi, ştiu că l-aş iubi şi fară motiv.

Alex

„În iubire, totul se schimbă, toate devin însemnate:
Dintr-un nimic se naşte un colos."
Tudor Arghezi

Îi privesc trupul lipit de al meu, îi mângâi umărul gol, apoi îmi las degetele să se plimbe în voie pe chipul ei. Trasez o linie imaginară la jumătatea frunții, apoi cobor pe nas, buze şi bărbie, conturându-i profilul. *E atât de frumoasă! Parcă mai frumoasă de când e a mea.*

Încă îmi e greu să cred că e aici şi mai ales că e aici pentru a rămâne. Totul pare o fantezie prea departe de ceea ce putea oferi realitatea. Nu vreau să mă gândesc cât va dura şi nici să anticipez întâlnirea implacabilă cu adevărul, vreau doar să trăiesc, să mă bucur, să iau tot ce îmi oferă acest moment.

– La ce te gândeşti? o întreb, sărutându-i fruntea.

– La Platon.

Răspunsul ei mă amuză, dar ea continuă cu aceeaşi voce melancolică:

— Se spune că oamenii erau compleți cândva. Aveau toți două chipuri, patru mâini și patru picioare. Zeii i-ar fi pedepsit pentru îndrăzneala lor de a râvni la ținutul cerurilor, separându-i în două ființe. Astfel, oamenii incompleți erau slabi, fară voința de a mai trăi, și mulți chiar au murit de tristețe și de singurătate. Drama lor le-a îmblânzit inimile zeilor, care le-au dăruit iubirea și speranța că aceasta îi va călăuzi către jumătatea pierdută. Atunci, viața oamenilor a căpătat sens din nou. Călătoresc pe Pământ mânați de dorința de reîntregire, iar când cele două jumătăți se întâlnesc, aspiră să se contopească spre a redobândi unitatea primară.

— Mitul androginilor, șoptesc eu.

— Dacă nu e doar un mit? Uită-te la noi!

Îi sărut mâna și o strâng în brațe. Vreau să cred că e adevărat. Vreau să cred că suntem făcuți unul pentru celălalt, poate un fel de yin și yang sortiți să ne echilibrăm reciproc. Aș vrea să opresc timpul și toate gândurile mele. De ce îmi e atât de frică? De ce nu-mi pot permite să fiu fericit? Poate pentru că oamenii ca mine nu au parte de *happy-end*, poate pentru că eu nu merit unul.

Îmi povestește despre zilele în care nu ne-am văzut, despre examene, despre materia pe care trebuie să o învețe pentru admitere, despre Ella și Daria. O ascult, îi savurez cuvintele, în timp ce ea își așază din nou capul pe pieptul meu.

— Tu ce ai făcut? mă întreabă.

Rămân tăcut. Ce aș putea să îi spun? Mă mint că nu vreau să-i otrăvesc sufletul cu mizeriile din lumea mea, dar adevărul e că îmi e rușine să îi povestesc lucrurile pe care le fac, pe care sunt nevoit să le decid. Aș vrea să mă schimb. Să o pot privi mândru și să fiu demn de iubirea ei.

— Mai nimic..., mă eschivez, evitându-i privirea.

— Te supără ceva? mă întreabă, trecându-şi mâna prin părul meu.

— Nu, mă gândeam... mai suntem singuri doar pentru cel mult

două ore.

— În acest caz ar trebui să profităm de timpul rămas, îmi spune, zâmbind cu subînțeles. O prind în brațe şi o sărut, pierzându-ne iar printre cearşafuri. Poate ea habar nu are ce a făcut din mine. Ea nu ştie cum m-a transformat, cât de diferit sunt acum față de cine eram înainte să o întâlnesc. Nu vreau să îl cunoască pe vechiul eu şi nici eu nu vreau să redevin acela.

Coborâm în salon cu puțin timp înainte ca prima maşină să ajungă. Opreşte în curtea din față şi Ana coboară grăbită, în timp ce Laur îşi continuă drumul spre garajul din subsol.

— Ce bine îmi pare să vă văd! spune Ana entuziasmată, strângându-mă în brațe.

— Ne-ai văzut aseară.

— Glumeşti? Tu ştii ce față aveai? Ăla nu erai tu. Încerc să îi zâmbesc, dar parcă ceva mă opreşte. *Are dreptate!*

— Draga mea Ioana, spune ea, strângând-o tare într-o îmbrățişare. Abia aştept să aflu ce ai mai făcut. Ai terminat examenele? Când te muți în Bucureşti? Vrei să mergem sus să îmi povesteşti?

Nu aşteaptă aprobarea Ioanei, o prinde de mână şi urcă la etaj. Rămân în salon, privind în urma lor. Îmi place să o am aici, parte din viața mea, cea mai frumoasă parte din viaţa mea. Laur intră şi îşi pune un pahar de limonadă.

– Manu nu a venit? Întreabă, aşezându-se lângă mine pe canapea.

– Nu încă.

– Am auzit că avem ceva probleme cu transportul.

– De unde ştii?

– Tu de unde crezi? mă întreabă zâmbind. A auzit Ana „din întâmplare" o discuţie. Începem să râdem, în timp ce Manu tocmai intră pe uşă. Îşi pune sacoul în cuier şi se aşază lângă noi.

– Bine v-am găsit! Mor de sete! Zice, umplându-şi unul dintre paharele de pe masă.

– Bine ai venit!

– Despre ce vorbeaţi voi aici? Întreabă, înainte să ia o gură mare de limonadă.

– Discutăm despre problemele pe care le avem cu transportul, zic eu, încercând să păstrez o mimică serioasă.

– Ce? strigă scuipând limonada. De unde ştiţi? Mi-a ceruta Răzvan să nu spun nimănui până la şedinţa de azi şi, de data asta, pe cuvânt că nu i-am spus nici măcar Anei.

Începem să râdem, în timp ce Manu continuă să ne privească uimit.

– Să nu-i spuneţi lui Răzvan că ştiţi, o să creadă că eu v-am zis.

Prefaceţi-vă şi voi uimiţi! ne roagă el, ştergând limonada pe care o scuipase pe podea.

Continuăm să ne amuzăm de reacţia lui Manu, în timp ce maşina lui Răzvan intră în curte.

— Gata, a venit şefu', încetaţi cu maimuţăreala! zice Manu, încercând să ne oprească din râs.

Ne străduim pentru câteva secunde să adoptăm fiecare o atitudine cât se poate de serioasă, în timp ce Răzvan intră în cameră încruntat.

— Se aud râsetele voastre din garaj, spune el, încercând să rămână serios. Dacă nu a fost o glumă despre mine, mi-ar plăcea să o aud şi eu.

Ne uităm o secundă unul la celălalt şi ne bufneşte râsul pe toţi patru.

— Mă bucur să te văd aşa, frăţioare, îmi şopteşte Răzvan, îmbrăţişându-mă. Îl ţin în braţe puţin mai mult decât era necesar, iar el mă bate uşor cu palma pe spate. Acum realizez cât de dor îmi era de toate, de căldura îmbrăţişării lui, de privirea neumbrită de ranchiună, de acest ton al vocii lui. Nu ştiu dacă îi datorez asta Ioanei sau dacă îi datorez lui Răzvan faptul că sunt cu Ioana, şi nici nu îmi pasă cine e răspunzător pentru fericirea mea. Mă simt complet în atât de multe feluri. Inima mea e plină, în sfârşit.

Rămânem în salon pentru încă o oră, apoi ne îndreptăm spre sala de şedinţe, lăsându-le pe fete să comande mâncare pentru prânz. Ne închidem telefoanele şi le lăsăm pe măsuţa de pe hol, apoi intrăm în acea cameră care ne transformă instantaneu, de fiecare dată. Suntem alţii între aceşti patru pereţi. Ne lăsăm la uşă umanitatea, ne părăsim zâmbetul şi glumele, fricile şi empatia.

— Pentru şedinţa de azi avem două probleme de discutat, spune Răzvan, aşezându-se lângă panoul de prezentare. Vom începe cu cea mai importantă: transportul de pe data de 16. Manu, explici tu care e problema?

– Nu e mare lucru de explicat, spune Manu cu o expresie serioasă. Băieții buni nu vor să închidă ochii de data asta.

– Cu cine ai vorbit? întreabă Laur.

– Cu Curcanu', ca de obicei.

– Şi cât i-ai oferit?

– Nu mai vrea bani, răspunde Manu.

– Normal că nu mai vrea, spune Răzvan ridicându-se. Deja nu mai are ce să facă cu ei. Ce ți-a spus?

– Că vrea să îşi păstreze funcția şi...

– Şi să-i plătească statul o pensie colosală, în timp ce el lenevește în piscina vilei pe care şi-a făcut-o cu banii noştri, completează Răzvan amuzat. Ştiți ce vrea cu adevărat?

– Vrea putere, spun eu.

– Pe aproape, frățioare. Vrea o iluzie. Vrea ca oamenii să creadă că e puternic, pentru că nu va fi niciodată cu adevărat. Nu îi pasă să facă lumea un loc mai bun. Vrea doar să fie urcat pe o scenă şi aplaudat ca un erou.

– Şi ce facem? întreabă Laur.

– Îi dăm ce vrea. Nu suntem noi cei mai mari dealeri de iluzii? întreabă retoric Răzvan. Se întoarce către panoul de prezentare şi fixează o hartă cu Marea Neagră. Desenează un punct pe țărmul turcesc şi începe să ne prezinte planul.

– Transportul va pleca din Zonguldak, urmând să ajungă la Năvodari la orele 02:40. Şalupele vor transporta fiecare câte 200 de pachete însumând cinci tone. Asta e un sfert din cantitatea din contract, deci până la sfârşitul anului vom avea patru astfel de transporturi. Din Năvodari, marfa va fi preluată de maşinile coordonate de Laur. Între timp, unul dintre băieți va duce o șalupă cu... să spunem 200 de kg la Mangalia și o lasă să plutească în derivă aproape de litoral. Ăsta va fi sacrificiul pentru a-i mulțumi pe băieții buni. În acest timp, marfa noastră va fi transportată la Pitești. Cât durează încărcarea mașinilor? îl întreabă pe Laur.

— Pentru cinci tone, am nevoie de 40-45 de minute maximum.

— Perfect, asta înseamnă că la 3:30 vom fi gata de plecare, iar la 7:00 suntem la depozitul din Pitești. Aici, reîmpachetăm și punem marfa în tirurile cu ciment. Între timp, îl trimitem pe Curcanu' să facă o razie de rutină pe lângă Mangalia și să raporteze „marea descoperire". Atunci toți băieții buni vor survola marea și împrejurimile. Cât ei sunt ocupați să se laude cu captura, noi scoatem marfa prin vest, folosind actele făcute de Manu. Ce părere aveți?

— Sunt de acord, zice Manu, Așa am împușcat doi iepuri dintr-o lovitură. Noi ne facem treaba, și băieții buni își justifică existența.

— Nu e un plan rău, zice Laur, dar 200 de kg... e ceva.

— E nimic. Ne permitem sacrificiul. Caută un băiat capabil pentru treaba asta! Să nu aibă cazier și să fie destul de deștept să înțeleagă ce trebuie făcut.

— Am deja în minte candidatul ideal, spune Laur.

— Perfect! Îi faci un *job description* și e angajat, zice Răzvan în glumă. Vom pune la punct toate detaliile săptămâna viitoare. Până atunci, Alex, mergi tu să-i prezinți oferta lui Curcanu'?

— Normal, îi răspund zâmbind. Sacrificul ăsta o să ne asigure protecție pentru mult timp de acum înainte.

— Ăsta e Alex al nostru! spune Manu entuziasmat. Mă bucur să te avem înapoi.

Şi eu mă bucur să fiu aici. Nu mai simt viața mea ca pe o corvoadă şi nici nu mai tânjesc după normalitate. Pentru prima dată după mult timp sunt bucuros că sunt aici, cu ei.

Răzvan îmi zâmbeşte o secundă apoi continuă.

— Acesta problemă fiind lămurită, trecem la punctul doi: Ghiță.

— Ghiță?! întreabă Laur surprins. De când e şoferul pe lista noastră de priorități?

— De când vrea să intre în afacere, răspunde Răzvan cu un zâmbet ironic.

— La asta chiar nu mă aşteptam.

— Nimeni nu se aştepta. Răzvan smulge harta de pe panou şi aşază în locul ei câteva poze.

— Am pus să fie urmărit după conflictul cu Alex şi am descoperit de ce are probleme cu banii în ultimul timp, spune Răzvan, arătând spre o poză în care Ghiță iese dintr-un cazinou.

— Ce prost! afirmă Manu. Ce facem cu el?

— Magie! Îl facem să dispară.

Să dispară! îmi repet în minte, în timp ce inima începe să-mi bată din ce în ce mai puternic. Mă încearcă un sentiment ciudat pe care nu aş şti să îl definesc. E un sentiment ce îmi face mâinile să transpire şi gura să mi se usuce. Nu îmi e milă de Ghiță, dar mă simt vinovat şi nu față de el, mă simt vinovat față de Ioana. Cum aş putea să o privesc în ochi după ce am condamnat un om la moarte? Gândindu-mă la Ioana, ideea de violență îmi repugnă. Nu vreau să fac asta. Trebuie să mă schimb... pentru Ioana, pentru noi.

– Răzvan, cred că exagerezi, spun cu un zâmbet menit să îmi ascundă gândurile.

– Exagerez?! Alex, te-a amenințat.

– Știți cu toții că nu eram în cea mai bună formă, poate am interpretat lucrurile greșit.

– Prostii!

– Lasă-mă să vorbesc cu el!

– Alex, îmi spune Răzvan apropiindu-se, noi nu discutăm cu trădătorii decât într-un singur fel. Ar trebui să știi asta. Rămân tăcut câteva secunde în timp ce Răzvan își reia poziția în fața panoului. Pare că totul e deja decis și doar ne informează despre ceea ce o să se întâmple.

– E un tip singuratic, continuă Răzvan, își petrece majoritatea timpului cu noi sau la cazino, deci nu-i va simți nimeni lipsa. Putem acționa...

– Nu ne-a trădat! îl întrerup eu. Doar a pus o întrebare. Hai să nu ne grăbim!

– La dracu! spune Răzvan deja înfuriat. Ce e cu tine?

– Are dreptate, intervine Laur. Alex știe cel mai bine cum s-au întâmplat lucrurile.

– Da, confirmă Manu. Eu zic să îl lăsăm să vorbească cu Ghiță.

Totuși, lucrează pentru noi de aproape patru ani și niciodată nu i-am pus la îndoială loialitatea.

– Acum patru ani nu era dependent de jocuri de noroc și de cocaină, fir-ar să fie! Nu putem sta cu o bombă cu ceas sub același acoperiș, spune Răzvan vizibil nervos.

– Nici nu putem omorî oameni pe baza unor supoziții, intervin eu. Răzvan se ridică bușind cu pumnii în masă.

– Sunteți toți de acord cu Alex? îi întreabă încruntat pe Laur și pe Manu, care nu ezită să ridice mâna.

– Bine, atunci. Vă asumați! ședința se termină și toți ceilalți părăsesc camera. Mă reazem de spătarul scaunului și respir de câteva ori controlat. *Oare am luat decizia bună? Ioana așa ar crede, ar fi mândră de mine dacă ar ști...*

Cum de mă controlează în felul ăsta? Cum de e omniprezentă în gândurile mele? I-am lăsat căldura corpului să-mi intre prin piele până în suflet, respirația să-mi curgă prin vene ca o transfuzie, curățând răutatea care credeam că e prea adânc înrădăcinată. Furia mea dispare și inima mi se înmoaie. O las să mă schimbe în fiecare minut și eu vreau să fiu schimbat pentru a nu mă mai simți nevrednic de iubirea ei.

Cobor în salon și o iau în brațe. O sărut mândru, simțind că îi dau motive să mă iubească. *Pot să mă schimb*! îi spun din priviri și ea îmi zâmbește ca și cum mi-ar citi gândurile.

Ne așezăm la masă și mâncăm relaxați. Purtăm discuții mărunte și râdem din orice. Zâmbesc cu tot sufletul. Îi prind mâna Ioanei și o duc la buze. *Dumnezeule,* cât o iubesc!

– Aș vrea să rămâi aici! îi spun în timp ce strângem masa.

– Poftim?

– Rămâi! Spuneai că Daria își petrece vacanța de vară la bunici, examenele s-au terminat. Nu ai niciun motiv să te întorci.

– Ai dreptate, îmi spune între tristețe și eliberare. Rămân!

Ioana

„Dacă tu ai dispărea
Şi din râsu-mi şi din plânsu-mi,
Te-aş găsi în sinea mea,
Te-aş zidi din mine însumi!"
Adrian Păunescu

E doar o poveste. Pentru mine, toată mărturisirea lui Alex e doar o poveste ce răsună undeva într-un colț al minții, dar atât de departe încât îmi e imposibil să o transpun în realitate. Subconştientul meu refuză să creadă lucrurile pe care le-am aflat. Toate gândurile create de dezvăluirile lui Alex sunt suprimate. Refuz să le accept pentru că îmi e frică să nu interfereze cu sentimentele mele.

Mi-am petrecut cu el fiecare zi în ultimele trei săptămâni şi îl simt mai aproape ca niciodată. E Alex al meu: dulce, tandru, atent, îl iubesc şi mă iubeşte. Nu pot să îl văd altfel, deşi uneori încerc.

Uneori, privindu-l, mă străduiesc să văd dincolo de aparențe, să nu mă las influențată de sentimente, să fiu obiectivă. Aş vrea să îmi dau seama dacă omul pe care îl iubesc e aşa cum îl văd eu, dar îmi e frică! De ce nu poate vechea Ioana să doarmă într-un colț al minții și să înceteze să mă mai chinuie cu întrebări fără răspuns, să înceteze să mă bântuie cu suferințe trecute și teama suferințelor viitoare?

Nu știu dacă situația prezentă mă face să am aceste gânduri sau dacă sunt reminiscențe din trecut. Poate că mă sabotez singură, spunându-mi că fericirea asta nu e pentru mine. E undeva în adâncul meu o nevoie neînțeleasă de a suferi. Aștept cu teamă să se termine povestea asta de fericire închipuită și să mă izbesc de cruda realitate. Îi simt strigarea mai puternică ca niciodată. Singurătatea mă cheamă, mă revendică. Îi aparțin!

Răsfoiesc o carte de istorie din enorma bibliotecă a lui Alex când îi aud pașii apropiindu-se. Prezența lui are același efect magic, îmi calmează inima și alungă negura gândurilor neplăcute. Zâmbesc și îl las să-mi îmbrățișeze trupul și sufletul.

– Cauți ceva anume? mă întreabă, în timp ce eu așez cartea pe raft.

– Inspirație.

– S-ar putea să am ceva care să-ți placă, spune el, îndreptându-se spre colțul opus al camerei. Scoate câteva cărți mari cu copertă neagră și le așază într-un teanc pe birou.

– Am găsit la un anticariat toată opera lui Păunescu din perioada comunistă. E foarte interesant de observat evoluția lui ca scriitor.

– Uimitor!

– Vei avea timp să o răsfoiești azi. Eu trebuie să plec.Entuziasmul meu se pierde instantaneu. *Nu vreau să mai stau singură!* Aici singurătatea e altfel. De fiecare dată când pleacă Alex, rămân pradă temerilor care abia așteaptă să mă devoreze.

– Alex, eu o să merg la Ana.

— OK, îmi spune, sărutându-mă pe frunte. Te duc eu.Mă ghemuiesc în brațele lui și mă las sărutată pe creștet. În mintea mea năvălesc gânduri nechemate, de care nici măcar îmbrățișarea lui Alex nu mă poate apăra. Mă întreb dacă așa va fi toată viața mea, dacă va trebui să cer voie și să fiu escortată de fiecare dată când vreau să merg undeva, dacă Ana va fi singura prietenă pe care o voi avea, dacă voi deveni ca ei. Știu răspunsul, dar îl neg. Mă simt vinovată și ipocrită. Aș putea să-i spun lui Alex că îmi e greu să mă adaptez la această viață. Aș putea, însă nu o fac pentru că nu am curajul să recunosc adevărul nici măcar față de mine. În sufletul meu încă sper că toate astea sunt trecătoare. *E doar o perioadă de tranziție, nu poate fi permanent! Alex nu e un răufăcător, e nedrept să trăiască toată viața ca fiind unul.*

Ana își petrece timpul răsfoind reviste de modă. E calmă și binedispusă, o privesc uneori întrebându-mă ce gândește. Oare are și ea aceleași temeri ca și mine? Poate a depășit acea fază. Oare e doar o perioadă de acomodare? O să se risipească această îngrijorare continuă, această senzație că mă ascund?

— Ioana, mă strigă ea entuziasmată, smulgându-mă din gândurile mele, ți-ar veni perfect rochia asta!

Las cartea, pe care încercam să o citesc, pe masa de lângă fotoliul și mă așez lângă Ana pe canapea.

— Nu e chiar genul meu, îi spun stânjenită.

— Cum să nu? Trebuie să încetezi să te mai îmbraci ca un copil.

În curând intri la facultate, vei cunoaște oameni diferiți și nu ar fi corect să te simți inferioară din cauza hainelor.

— Haina nu îl face pe om, Ana.

– Nu. Nu îl face, dar îl defineşte. O să îţi dai seama de asta la un moment dat, însă până atunci îţi comand rochia, îmi spune chicotind.Refuz să intru în polemici cu ea aşa că îi zâmbesc şi mă întorc pe fotoliul meu de lângă fereastră, lăsându-o pe Ana să îşi continue cumpărăturile online.

Rămânem în linişte câteva minute şi mă las captată de poeziile lui Păunescu.

– Alo, da, eu sunt, spune Ana, răspunzând la telefon. Din păcate nu sunt acasă, aţi putea reveni mâine, vă rog? Da, pe la ora 11 este excelent. Mulţumesc. O zi bună!

– Cu cine vorbeai? o întreb contrariată după ce închide telefonul.

– Cu curierul. Mi-a venit un colet pe care l-am comandat săptămâna trecută.

– Şi de ce i-ai spus că nu eşti acasă? Ana aşază telefonul pe canapea şi mă priveşte serioasă câteva secunde, apoi se ridică şi se apropie de fotoliul meu.

– Ioana, eu şi Laur avem reguli. Dacă el nu e acasă, nu pot deschide uşa.

– Poftim?! Exclam, incapabilă să îmi înăbuş uimirea. Asta e o prostie!

– Poate e, dar a funcţionat până acum. Tristeţea de pe chipul ei mă face să regret comentariul anterior.

– Ana,îmiparerău!îispun,încercândsăoîmpac. Îmi evită privirea, preferând să se uite distrasă pe fereastră.

– Nu ar fi trebuit să vă judec regulile...

– Şhhhh... îmi spune ea apropiindu-se de geam. Vezi maşina aia albă?

– Care dintre ele? întreb uitându-mă în direcţia indicată de Ana.

— Loganul alb, Ioana, e acolo de câteva ore.

— Poate e parcat.

— Glumeşti? Nu vezi că e cineva înăuntru? Mă ridic de pe fotoliu şi mă apropii de geam pentru a privi mai atent, dar nu văd nimic neobişnuit.

— Nu sta atât de aproape! îmi spune, trăgându-mă de mână. Ne urmăreşte. Îl sun pe Laur. Merge la canapea şi ia telefonul cu mâna tremurându-i. Panica din ochii ei mă sperie şi nu o înţeleg. Merg lângă ea şi o prind de mâna cu care strânge telefonul.

— Ana, calmează-te şi gândeşte-te puţin! Eşti sigură că ne urmăreşte?

Respiră accelerat, incapabilă să îmi răspundă aşa că eu continui.

— Îţi aminteşti că în prima seară când ne-am cunoscut ai avut aceeaşi senzaţie că suntem urmărite? Confirmă cu o mişcare din cap.

— Da. Ai dreptate, Ioana. Puteam face o mare prostie. Eram cu mâna în geantă pe pistol, aş fi putut să împuşc un om nevinovat. Devin paranoică. Îmi pare rău! Nu am vrut să te sperii!

— E OK, îi spun strângând-o în braţe.

Era cu mâna pe pistol? Voia să împuşte pe cineva? Cuvintele Anei se repetă în mintea mea. *Cum de nu mi-am dat seama de asta? Cum de nu am realizat în acel moment cât de gravă e situaţia?*

Petrecem câteva ore calme, deşi pentru liniştea Anei a trebuit să mă mut de pe fotoliul de lângă fereastră.

Nu vreau să mă gândesc prea mult la Ana. Îmi e frică. Nu neapărat că ceva rău mi s-ar putea întâmpla, dar îmi e frică să nu devin ca ea. Încerc să alung toate gândurile nedorite din minte şi, pentru moment, pare că reuşesc.

— Va veni Laur să ne ia şi mergem la vilă. Luăm cină acolo împreună, îmi spune Ana, butonând telefonul.

— Bine. Ana, eşti OK? o întreb, observându-i starea de anxietate.

— Nu, Ioana, nu sunt. Maşina e încă acolo şi am văzut doi bărbaţi ieşind să fumeze. E clar că plănuiesc să rămână. Aşteaptă ceva Ioana, sunt sigură de asta.

— OK, îi spun cu calm. Sună-l pe Laur dacă asta te face să te simţi mai bine.

— I-am spus deja. Vorbesc cu el prin SMS.

— Şi?

— Mi-a zis că totul e doar în capul meu şi să nu te sperii şi pe tine. Ioana, îmi pare rău dacă te sperii. Încerc să mă calmez, serios.

— E în regulă! îi spun, strângând-o în braţe. O îmbrăţişez pentru câteva minute, simţind-o cum tremură lipită de corpul meu. Mă gândesc să îl sun pe Alex, dar nu vreau să mă comport ca Ana. Nu am nevoie de Alex pentru a-mi rezolva problemele.

— Îmi e frică, Ioana! Cred că înnebunesc! îmi e frică în fiecare zi, de fiecare dată când nu sunt cu Laur.

— De ce sau de cine te temi?

— Nu contează, spune ea, smulgându-se dintre braţele mele. Totul o să fie bine. Se aşază pe canapea şi începe să îşi butoneze din nou telefonul.

Încearcă să-mi zâmbească, însă ochii îi sunt plini de lacrimi. Mă aşez lângă ea şi îi prind mâna între ale mele.

— Poate ţi-ar face bine să vorbeşti despre asta.

— Nu vreau să te sperii şi pe tine, în plus... nu cred că Alex ar vrea să ştii.

— Ce să ştiu? De ce nu ar vrea? Ana, ce se întâmplă?

— Nu am vrut să sune aşa. Voiam să spun că Alex nu ar vrea îți umplu capul cu prostiile mele.

— Ana, lucrurile astea care te sperie crezi că mă amenință şi pe mine?

Confirmă din cap, iar eu continui.

— Atunci merit să ştiu.

— Off... bine! Dar rămâne între noi, Ioana. Promiți?

— Promit.

— Îmi e frică să nu ajung ca Denisa.

— Fosta iubită a lui Răzvan?

— Da. Ştii ce i s-a întâmplat?

— Mi-a spus Alex ceva, însă nu cunosc toată povestea.

— Acum patru ani, băieții erau în conflict cu gaşca din care făcuse parte Răzvan în adolescență şi se atacau reciproc. Într-o zi, Răzvan a lovit intenționat maşina lui Sandu, liderului bandei, iar acesta a intrat într-un parapet. În acea maşină era şi copilul lui Sandu pe care îl luase de la grădiniță. Nu a fost rănit nimeni, dar asta nu l-a oprit să se răzbune. Câteva săptămâni după acest incident, Denisa a dispărut.

— Cum a dispărut?

— Era la master pe atunci, iar într-o seară nu s-a mai întors acasă.

Răzvan a căutat-o disperat, a mobilizat toate cunoştințele lui pentru a o găsi şi, într-un final, a aflat că fusese vândută unor traficanți de carne vie din Italia... Era cea mai bună prietenă a mea Ioana, singura mea prietenă.

Ana se opreşte înecată de lacrimi. Aş vrea să o consolez, însă întregul corp îmi tremură şi nu mă pot mişca. Aştept blocată până îşi reia povestea.

– Când a adus-o acasă, nu mai era ea. Avea ochii goi şi refuza să vorbească. A încercat să se sinucidă de câteva ori, iar părinţii ei au hotărât să o interneze într-un spital de psihiatrie. E încă acolo, dar medicii nu cred că are şanse să îşi revină.

Lacrimile îmi şiroiesc fără control pe obraji şi nu pot reacţiona.

– Înţelegi de ce îmi e frică? mă întreabă Ana cu vocea ridicată. E mult mai mare riscul pentru noi, care tot ce am făcut greşit e să iubim bărbaţi nepotriviţi...

Tonul de apel de la telefonul Anei îi opreşte povestea.

– Da, iubire, răspunde Ana, forţându-se să pară fericită. Sigur.Vom fi gata.

Ana închide telefonul, se ridică şi îşi şterge ochii.

– În zece minute ajunge Laur. Ar trebui să ne pregătim.

– OK. Merg până la baie să mă spăl pe faţă.

Ana îmi zâmbeşte, iar eu mă îndepărtez. Intru în baie şi mă lipesc de uşă. *E adevărat! Totul e adevărat!* De ce nu vrea creierul meu să proceseze informaţiile? Ana a trăit toate acele lucruri care pentru mine sunt doar poveşti. Ea are dreptul să fie speriată. Poate şi eu ar trebui să fiu.

– Ioana!

O aud pe Ana strigând şi ies în grabă din baie.

— Ce s-a întâmplat?

— Am avut dreptate! Spune, descuind yalele.

— Ana, unde te duci?

— Acei bărbați îl așteptau pe Laur!

Ana deschide ușa și iese pe scara blocului, iar eu o urmez, încercând să o opresc. Alergăm amândouă pe scări când un sunet puternic ne încremenește în loc.

— L-au împușcat! strigă Ana, prăbușindu-se la pământ.

Mă apropii de geamul ușii și îl văd pe Laur ghemuit lângă mașină și pe ceilalți doi bărbați, apropiindu-se cu pistoalele în mână. Rămân blocată o secundă, apoi mă așez pe vine pentru a evita să fiu văzută.

— L-au omorât! Știam că o să-l omoare! Am rămas singură! spune Ana ca în transă.

— Calmează-te. Laur e bine!

Încerc în zadar să o fac să își revină în simțiri. Se comportă ca și cum nu m-ar auzi, nu m-ar vedea, ca și cum aș fi dispărut, rămâne așezată în fund, cu genunchii lipiți de piept.

— Ana, revino-ți! Trebuie să îl ajutăm! Țip, încercând să acopăr sunetul focurilor de armă.

Privesc din nou prin ușa crăpată din nevoia de a mă asigura că Laur e încă în viață. Lucrurile se întâmplă atât de repede, încât nu am timp să le asimilez. Îl văd cum se ridică din când în când și trage câte un foc de armă în timp ce ceilalți bărbați înaintează. *Trebuie să îl sun pe Alex!* E tot ce pot gândi.

Alerg până în apartament și iau telefonul. Îl pun la ureche și îl las să sune de două ori, după care îl închid. Nu vreau ca Alex să fie aici. *Dacă o să fie rănit?*

Dacă o să vină Alex şi va fi împuşcat? Arunc telefonul pe canapea şi caut geanta Anei. Iau pistolul ei şi cobor.

Capul îmi bubuie de la presiunea sângelui, iar inima îmi loveşte disperată toracele. Asta e tot ce aud, tot ce gândesc în timp ce încarc pistolul. Deschid uşa şi încep să trag, dându-i timp lui Laur pentru a alerga către uşă.

— Treci înăuntru, Ioana! îmi strigă Laur, întorcându-se să mai tragă câteva focuri către atacatori. Treci înăuntru!

Gloanţele se opresc în pereţii vechi, din beton, apoi geamul de la uşă se sparge. Ana îşi revine şi începe să ţipe. În jurul meu se dezlănţuie iadul. Sunt cuprinsă de teamă şi de adrenalină. Parcă sunt într-un film de acţiune, iar cea care e acum în bătaia gloanţelor nu sunt eu. *Nu sunt eu. Cum aş fi putut eu să ajung în postura asta?* Apăs pe trăgaci automat fără să ţintesc pe nimeni. Laur mai are doar câţiva paşi până să intre în bloc, când o durere ascuţită mă face să scap pistolul din mână. Continui să ţin uşa deschisă, împingând-o cu piciorul până ce Laur e lângă mine.

— Intră în casă! îmi strigă el, ridicând-o pe Ana în braţe.

Alerg după ei pe scări privindu-mi mâinile pline de sânge. Nu ştiu unde am fost rănită, nici dacă mă doare ceva. Tot corpul îmi zvâcneşte şi respir necontrolat.

Mă aşez pe canapea în timp ce Laur încuie toate yalele. Vederea începe să-mi devină neclară şi privirea mi se întunecă.

— Ioana...

Aud vocea lui Laur şi simt palmele lui în jurul feţei mele.

— Rămâi trează, Ioana!

Încerc pe cât posibil să rămân conştientă, dar ochii îmi devin din ce în ce mai grei. Laur aduce o sticlă de spirt şi toarnă aproape jumate pe umărul meu. Mă ustură teribil şi încep să ţip.

— E OK. O să fii bine! Sună-l pe Alex! urlă Laur la Ana care mă priveşte şocată.

Durerea devine tot mai puternică pe măsură ce adrenalina îmi dispare din sânge. Încerc să îmi înăbuş ţipetele în timp ce Laur îmi analizează rana.

— Ioana, ai fost împuşcată în umăr şi glonţul a ieşit pe partea cealaltă. Am dezinfectat rana şi vei fi bine. OK? Totul va fi bine. Să nu îţi faci griji!

Încerc să răspund, însă totul în jurul meu îşi pierde forma, ochii mi se închid şi pierd contactul cu realitatea.

— Ioana! aud vocea lui Alex şi încerc să mă trezesc.

Sunt în dormitorul vilei de la Băneasa, fără să ştiu când şi cum am ajuns aici.

— Îmi pare rău, Ioana!

— Nu e vina ta, îi spun, prinzându-i mâna.

— Doctorul Dietrich e pe drum. Va fi aici în câteva minute. O să fii bine. Îţi promit!

Încerc să zâmbesc, dar ochii mi se închid înainte să reuşesc să o fac. Simt cum tot corpul îmi arde de febră şi orice tentativă de a mă mişca este un chin. Rămân inertă lăsându-mă în voia viselor.

E cald! Focul arde în sobă, iar bunica amestecă în mămăligă. Inspir adânc mirosul de lemne arse, de fum şi cenuşă, aroma fină a mâncării care clocoteşte pe plită. Bunica mă priveşte zâmbind. Mă ghemuiesc în patul cald şi ea îmi mângâie părul răsfirat pe pernă. E linişte şi pace. Nu mă gândesc la nimic. Mă las dezmierdată de palma aspră ce îmi alungă grijile. Cu fiecare mângâiere sunt mai departe, mă trimite către un somn adânc şi dulce.

– Ioana! Pleoapele îmi sunt parcă lipite între ele. Încerc să privesc printre gene, dar lumina puternică îmi arde ochii. Văd umbra Anei îngenunchiată lângă pat.

– Ioana, mă auzi?

Dau din cap afirmativ... cred.

– Iar i-a crescut febra, îi spune Ana altei persoane din încăpere.

Puterile mă părăsesc. Nu fac diferenţa dintre vis şi realitate. Totul se pierde în ceaţă. Pilota e prea grea şi simt că mă striveşte, mă doare fiecare muşchi, fiecare os, fiecare articulaţie. Tricoul ud mi se lipeşte de piele şi mă ustură.

E atât de tânără! Iar eu sunt copil. Alerg spre ea şi îi îmbrăţişez genunchii. Se apleacă şi îmi şterge obrajii cu batista veche pe care o poartă mereu în buzunar. Mă întind pe pământ, trecându-mi palma peste vârful firelor de iarbă.

Îi simt atingerea pe umăr. Îmi spune ceva, însă nu o înţeleg.

– Ioana! Trezeşte-te! Trebuie să iei medicamentul ăsta. Te rog! Vocea lui Alex mă smulge din vise.

Mă ajută să beau ceva amar dintr-un pahar, apoi îmi pune capul pe pernă.

– Bunica... murmur eu. Vreau să vină bunica!

– Ioana, ai febră mare. Bunica ta nu poate veni...

Normal că nu poate. Bunica a murit! îmi spun în timp ce ochii mi se închid iar. Pământul proaspăt săpat, umed îmi îngheaţă genunchii, îmi umple pumnii, îmi îmbrățișează corpul. Sicriul bunicii e coborât în groapa neagră, adâncă. Dar nu e ea. Eu știu că nu e. Ea e vie și are nevoie de mine! Îmi întinde mâna și eu încerc să o prind. Mă așez pe marginea gropii și întind mâna până ce îi ating degetele. Mă strigă disperată, iar eu mă aplec mai mult. Stau într-un echilibru precar pe marginea ascuțită a abisului. Îi prind mâna și o țin strâns. E mai grea decât am crezut. Din ce în ce mai grea. Îi simt priza ca pe o sârmă ghimpată ce-mi sfâșie pielea. O strâng și mai tare, iar durerea se intensifică. Strâng în pumn lame ce îmi pătrund adânc în carne. O strig. O rog să nu-mi dea drumul, să mai rămână. Priza slăbește și alunecă. Întunericul o înghite ca o gaură neagră. Nu o mai simt. Se duce... o pierd. Vreau să sar, vreau să mă arunc după ea, dar groapa se închide brusc, iar eu mă lovesc de pământ. Visul se năruie, iar sunetele din jurul meu capătă formă.

— I-a mai scăzut febra! aud vocea Anei.

— Ar trebui să se trezească, spune Laur.

— Cum e, Alex?

— Tu cum crezi?

— Unde e?

— Hai să vorbim afară!

Aud ușa închizându-se și deschid ochii. *Oare ce se întâmplă?*

Vreau să mă ridic, dar nu reușesc să mișc niciun mușchi. Adorm din nou. Mă pierd într-un univers de amintiri atemporale. Încerc cu disperare să mă agăț de ele, însă îmi scapă printre degete. Se învârt în jurul meu ca o tornadă, iar eu rămân în centru, în liniște deplină, privind detașată amalgamul de imagini.

Nu simt nimic. Privesc secvențe din amintirile mele ca trailer-ul unui film. Știu că sunt eu, știu că e despre mine, dar nu mă regăsesc.

Alex

„Adesea, omul își este singur
cel mai mare dușman."
Cicero

Cele mai negre coșmaruri au devenit realitate, toate fricile mele s-au contopit în imaginea Ioanei zăcând inconștientă și plină de sânge. Îi prind mâna între palme și o rog să se trezească, dar rugămințile mele rămân fără răspuns. Îi sărut fruntea fierbinte și o mângâi pe păr, încercând să-mi controlez degetele tremurânde. Vinovăție, durere și neputință se contopesc într-un sentiment ce crește în mine cu fiecare secundă în care ochii ei rămân închiși.

Eu sunt vinovat! Eu i-am făcut asta! Toți mușchii îmi tremură, ochii îmi ard și sângele îmi bolborosește în vene. Strâng așternutul în pumni, încercând să mai eliberez din tensiune, însă nu mă ajută. Furia devine atât de puternică încât nu mai are loc în corpul meu, e mai sălbatică ca niciodată, mă posedă fără drept de apel. Uneori, pot jura că îi aud urletul ce se propagă ca un ecou în tot corpul meu.

Ies din cameră şi închid uşa în urma mea. Pumnii mi se strâng şi lovesc cu disperare peretele, lovitură după lovitură, până ce las urme de sânge pe suprafaţa albă. Nici măcar durerea fizică nu potoleşte ura din sufletul meu. Mă ghemuiesc pe podea, rezemat de uşă şi încep să plâng ca un copil. *Cum a putut să se întâmple asta? Cum de am permis să se întâmple? De ce tocmai Ioanei? De ce ei?* Ultima întrebare mă face să-mi revin. Mă ridic şi cobor scările la parter unde ceilalţi discută cu doctorul.

— S-a trezit? întreabă Ana.

Îi ignor întrebarea şi mă năpustesc asupra lui Laur. Îl prind de guler şi îl izbesc de perete.

— Cum dracu de s-a întâmplat asta? Cum de tu şi Ana nu aveţi nimic? Întreb, strângând din dinţi.

— Alex. Calmează-te! îmi spune Răzvan, punându-mi mâna pe umăr. Nu e vina lui.

— Ba da. Este! spune Laur, e vina mea. Ioana a fost rănită pentru că m-a salvat pe mine.

Îi dau drumul şi fac un pas în spate, fixându-l cu privirea.

— Ce vrei să spui? îl întreabă Răzvan cu o secundă înaintea mea.

— Când am coborât din maşină, în faţa blocului erau doi bărbaţi care au început să tragă. Eram în dezavantaj, dacă nu era Ioana, nu aş mai fi fost aici.

— Ţi-am spus, frăţioare, că e o războinică, îmi zice Răzvan zâmbind.

— Ioana nu e aici să apere pe nimeni. M-ai înţeles? Ea nu va fi niciodată ca noi. Nu vreau să fie.

Răzvan rămâne tăcut, iar eu continui să îmi revărs furia pe Laur.

— Cum să aştepţi să te salveze o femeie, fir-ar să fie? De ce nu m-ai sunat pe mine? De ce Ioana? Tu ești cel care ar trebui să fii în patul ăla, sau eu, sau oricare dintre noi, dar nu ea.

Urlu până rămân fără aer, în timp ce Laur privește rușinat în podea. Durerea mă macină pe interior și nu mai pot gândi limpede. Știu că nu Laur e răspunzător. Știu că nu ar fi lăsat ca Ioana să fie rănită, însă în momentul de față îmi trebuie un vinovat, de fapt îmi trebuie un țap ispășitor, pentru că vinovatul sunt eu. Știu că sunt eu, eu am târât-o în lumea asta.

Mă prăbușesc pe canapea, iar Manu îl ia pe Laur afară, lăsându-mă singur cu Răzvan.

– Alex, știu cum te simți, dar Ioana o să fie bine. A avut noroc că...

– Noroc?! repet automat. Noroc, Răzvan? Noroc că glonțul nu a nimerit câțiva centimetri mai jos, noroc că e încă în viață? Crezi că pot să mă abonez la norocul ăsta, pentru data viitoare?

– Calmează-te! O să aflăm ce s-a întâmplat și nu va mai exista o dată viitoare.

– Cine mă poate asigura de asta? Cine? Ascultă-mă bine, Răzvan! îi zic, prinzându-l de umeri. Când Ioana își revine, o duc acasă și o să dispar din viața ei, o să dispărem toți. M-ai înțeles?

– E decizia voastră, spune Răzvan, strângându-mă în brațe. Îmbrățișarea lui caldă îmi ține mintea și corpul captive.

Gândurile mele ar vrea să evadeze și corpul să tremure în voie, dar brațele lui nu mă lasă. Furia parcă se potolește și mă cuprinde tristețea. Mintea mi se golește pentru o clipa, apoi imaginile cu Ioana reîncep să alerge necontrolat în gândurile mele, făcându-mi capul să explodeze de durere.

– Cum de s-a întâmplat asta? întreb cu voce tare ca pentru mine. Cum s-a întâmplat?

Mă smulg din braţele lui Răzvan şi ies afară după Laur.

– Cine erau bărbaţii ăia? I-ai recunoscut?

– Nu. Era noapte... Nu cred ca îi ştiu... Nu i-am mai văzut niciodată.

– De unde au ştiut unde stai?

– Nu ştiu, Alex...

– Gândeşte-te, fir-ar să fie! Cu cine ai vorbit? Te-a urmărit cineva?

Fără să-mi dau seama, strâng din nou în pumni tricoul lui Laur.

– Alex, se aude vocea lui Manu de undeva din spatele meu. Calmează-te!

Îmi prinde mâna încleştată pe tricou şi se aşază între mine şi Laur, privindu-mă în ochi.

– În momentul ăsta, Ioana are nevoie de tine. Mergi şi stai cu ea! Lasă-ne pe noi să ne ocupăm de investigaţii! Îţi promit că îţi vom spune tot ce aflăm, dar acum calmează-te şi ai grijă de Ioana.

Îl privesc cu ochii arzând. Ştiu că are dreptate şi că sunt inutil în momentul de faţă, însă aş face orice numai să nu fie nevoie să mă întorc în camera Ioanei. Nu suport să o văd aşa, e ca şi cum mi-ar striga că am dezamăgit-o, că am minţit, că i-am făcut promisiuni pe care ştiam că nu le pot respecta.

Urc la etaj şi rămân câteva momente în faţa uşii. Mă uit în oglinda de pe hol şi îmi frec ochii, încercând să-i dau altă expresie chipului meu, însă fără rezultat. Eman furie, frustrare şi ură. Îi urăsc pe toţi, dar mai ales pe mine însumi. Degeaba caut un vinovat în afară. Eu sunt singurul responsabil.

Intru în cameră şi îl găsesc pe Răzvan lângă pat.

– Doctorul zice că se va recupera repede. E o luptătoare.

– Nu e lupta ei, Răzvan, îi spun, apropiindu-mă. Am vorbit serios mai devreme. Prefer să o ştiu în siguranţă, departe de mine, decât să o văd murind în braţele mele.

Dă din cap aprobator, apoi iese din cameră fără să îmi spună vreun cuvânt.

Mă aşez în genunchi lângă pat şi îmi lipesc buzele de mâna ei. Ridic ochii către punga ce alimentează perfuzia. Lichidul transparent picură rar, se scurge prin tubul subţire, apoi prin venele ei. Îi umezesc buzele, îi pun comprese reci pe frunte şi uit să respir, privindu-i ochii ce refuză să se deschidă.

Tipul trece nepăsător, iar corpul meu devine din ce în ce mai greu, îmi pun capul pe aşternut şi adorm.

Sub pleoapele închise se derulează aceeaşi scenă, iar şi iar, într-un joc năucitor care mă epuizează. Deschid uşa perforată de gloanţe şi intru în bloc, călcând pe cioburi de sticlă pătate de sânge. Urc cu frică scările şi uşa apartamentului se deschide înainte să apuc să bat. Fac doi paşi înăuntru şi încremenesc.

– *Glonţul a intrat pe sub claviculă şi a ieşit prin scapulă. Nu a atins niciun organ vital, dar trebuie să o consulte un doctor.*

O văd inconştientă şi vocea lui Laur dispare în detrimentul bătăilor inimii mele. Mă apropii şi îngenunchez fără voie lângă canapea, lipindu-mi urechea de pieptul ei. O ridic în braţe şi încep să alerg disperat spre maşină. O aşez pe bancheta din spate, iar Ana îi ridică mâna ce atârnă fără viaţă. Palmele mele pătate de sângele femeii pe care o iubesc strâng volanul şi demarez în trombă.

Chipul ei palid, ochii închişi şi părul ciufulit, lipit de tricoul îmbibat în sânge, sunetele maşinii gonind pe asfalt, toate se învârt în capul meu cu o violență nemaiîntâlnită.

— Alex...

Vocea ei mă face să tresar. Ridic capul încet, rugându-mă să nu fi fost un vis şi îi întâlnesc ochii pe jumătate deschişi. Îi sărut mâna prinsă între palme, iar ea încearcă să se mişte.

— Mă doare..., îmi spune în timp ce o lacrimă i se prelinge pe obraz.

— Ştiu, iubita mea, ştiu. Îți jur că o să se termine coşmarul ăsta. Îți jur că nu vei mai trece niciodată prin aşa ceva.

Ochii mi se umplu de lacrimi, în timp ce ai ei se închid iar.

Prind cearşaful între degete şi îmi îngrop capul în el pentru a-mi înăbuşi țipetele. Aş da orice să fiu eu în locul ei, aş da orice pentru a putea să-i iau durerea. De ce trebuie să sufere ea? De ce ea, care merită cel mai puțin?

Uşa se deschide şi Ana intră timid, cu ochii în pământ.

— A venit Răzvan şi a chemat băieții în sala de şedințe.

— A aflat ce s-a întâmplat? Întreb, ridicându-mă.

— Aşa cred. Rămân eu cu ea. Du-te!

Mă aplec şi o sărut pe frunte. *Cine a făcut asta o să plătească! Îți jur!*

Alex...

Aud vocea Anei, cu puțin înainte să închid uşa.

— Îmi pare rău! spune ea.

Îi văd tristețea din ochi şi aş vrea să o iau în brațe, să îi spun că nu e vina ei, dar nu pot. Privirea îmi alunecă către patul Ioanei şi inima mi se umple de resentimente.

Închid uşa în spatele meu fără să spun un cuvânt.

Sunt deja toţi în sală când intru eu.

— Eşti bine? mă întreabă Manu imediat ce mă aşez.

Confirm din cap fără să răspund şi deschid sticla de apă care se află în faţa mea, pe masă. Pentru prima oară simt nevoia să beau alcool, ceva tare, puternic, ceva capabil să anestezieze durerea şi să-mi potolească furia ce mă arde pe interior.

Răzvan se aşază în faţa panoului ca de fiecare dată şi prinde câteva fotografii.

— I-am găsit pe cei pe care îi căutăm. El e Ninel şi vărul lui, Ionuţ. Ambii au ieşit nevătămaţi din schimbul de focuri de aseară.

— Nu i-am văzut niciodată, spune Laur. Ce motiv ar fi avut să mă atace?

Răzvan scoate alte fotografii ale celor doi bărbaţi în compania lui Sandu şi le prinde de panou.

— Cred că astea îţi răspund la întrebare.

— Cum a aflat Sandu unde locuieşte Laur? întreb dezorientat. Răzvan tace un moment şi mă priveşte într-un mod ciudat pe care nu îl înţeleg.

— Ce? întreb nerăbdător. Scoate din mapă o altă fotografie, se apropie şi mi-o întinde. E ceva în ochii lui care mă înspăimântă, ceva ce nu mă lasă să-mi mut privirea către fotografie. O prind cu ambele mâini şi mă las pradă curiozităţii. *Nu pot să cred!* Inima îmi bate atât de tare de parcă ar vrea să-mi spargă toracele, buzele mi se usucă şi mâinile îmi tremură. Las poza să cadă pe masă şi mă ridic.

— Alex. Calmează-te! îmi spune Răzvan, prinzându-mă de umeri. Ştiu ce gândeşti, dar nu e vina ta.

Sângele îmi aleargă în vene şi urechile încep să-mi ţiuie de la tensiune. Lovesc cu putere panoul de prezentare, îl ridic şi îl arunc în perete, însă nimic din ce fac nu pare să mă calmeze. Inima îmi bate haotic, respir sacadat, iar ochii îmi ard, mă ustură. Încep să urlu şi mă prăbuşesc pe podea.

— Puteam preveni totul! Puteam preveni totul, fir-ar să fie! Trebuia să te las să îl omori. Trebuia să îl omor eu cu mâna mea.

Să-l omor cu mâna mea! îmi repet în minte. Mă ridic şi smulg fotografia din mâinile lui Laur.

— Alex, aşteaptă! îmi strigă Răzvan, prinzându-mă de mână.

— O să-l găsesc!

— L-am găsit deja!

— Unde e? întreb precipitat.

— Lasă-mă să mă ocup eu de asta! îmi spune pe un ton împăciuitor.

— E responsabilitatea mea, Răzvan. E vina mea!

Manu se ridică şi se apropie de noi.

— Alex, trebuie să aflăm cât de multe i-a spus lui Sandu. Tu eşti

prea implicat emoţional şi nu o să poţi să îl interoghezi.

Manu are dreptate, spune Laur, privindu-mă pătrunzător. Şi da, tu ai dreptate. Este vina ta!

Cuvintele lui mă şochează pentru moment. Rămân fără aer, în timp ce el îşi continuă pledoaria.

— Tu ne-ai cerut să îl iertăm pe Ghiţă. E vina ta pentru tot ce s-a întâmplat. Ce dracu crezi că rezolvi acum? Nu ai făcut destule?

Îmi smulg mâna din priza lui Răzvan şi îl lovesc cu toată furia pe Laur, care se prăbuşeşte peste masă. Se ridică şi primesc un pumn care mă face să mă dezechilibrez. Încep să urlu de furie şi vreau să mă arunc asupra lui, dar Răzvan mă opreşte.

— Din cauza prostiei tale am putea muri toți, îmi urlă Laur ținut de către Manu.

Are dreptate! Sunt furios pe el doar pentru că are curajul să spună ceea ce gândesc toți. Îmi las muşchii să se relaxeze, iar Răzvan slăbeşte priza, permițându-mi să ies din cameră. Cobor scările cu picioarele împleticite. În minte mi se învârt gânduri, imagini şi cuvinte: Ioana plină de sânge, vocea ei stinsă spunându-mi că are dureri, Laur strigându-mi că e vina mea, poza cu Ghiță alături de Sandu, eu crezând că devin un om mai bun pentru că nu l-am condamnat la moarte.

Ies în curtea din față, lăsând uşa deschisă în urma mea. Cad în genunchi şi îmi înfig degetele în pământ. *Pe cine dracu' am încercat să păcălesc? Eu să fiu un om mai bun!?* Încep să râd isteric, în timp ce ochii mi se umplu de lacrimi. Am mințit-o pe Ioana şi m-am mințit pe mine. Am căzut în capcana fanteziilor şi am crezut că pot uita cine sunt. Cum să fiu un om mai bun când jonglez cu moartea în fiecare zi?

Strâng în pumni pământul umed şi maxilarul mi se încordează. Gata! Am terminat cu prostiile! Nu pot să mă schimb! Nu îmi permit luxul ăsta. Doar fiind un monstru îi pot ține pe cei dragi în siguranță. Dacă gândeam limpede, dacă nu o iubeam pe Ioana, l-aş fi condamnat pe Ghiță şi nimic din toate astea nu s-ar fi întâmplat. Tocmai iubirea asta a adus-o pe Ioana la un pas de moarte, iubirea asta care ucide.

Urc în camera Ioanei şi îmi petrec următoarele ore cu ea. I-a mai scăzut febra şi nu mai delirează, dar tot pare a fi departe de a-şi reveni. Îmi plimb degetele pe chipul ei şi, pentru un moment, mi se pare că îmi zâmbeşte.

– Cum se mai simte? întreabă Manu, apropiindu-se.

Tresar. Nu am observat când a intrat în cameră.

– E mai bine, îi spun fără să îl privesc.

– Alex... îmi pune o mână pe umăr şi mă întoarce, forțându-mă să mă uit în ochii lui. Laur e doar supărat. Nu lua în seamă vorbele lui.

– Are dreptate! îngân eu.

– Eşti om şi oamenii greşesc. Din fericire, suntem toți bine, nu s-a întâmplat nimic ce nu poate fi rezolvat.

Inspir adânc, înghițindu-mi cuvintele. *Nu suntem bine! Ioana nu e bine şi nici eu nu sunt.* Simt cum mă dezintegrez, consumat pe interior de ură. Muşchii îmi zvâcnesc necontrolat şi nu mă pot calma. Nu am mai avut de mult starea asta. Credeam că acel Alex a dispărut când am întâlnit-o pe Ioana. Acum, nici măcar prezența ei nu mă ajută. Din contră, fiecare secundă în care o văd inconştientă îmi alimentează neliniştea. Simt nevoia să ies, să respir, să mă îndepărtez.

– Poți rămâne puțin cu ea? îl întreb pe Manu.

– Sigur, poți să...

Ies din cameră înainte ca Manu să termine ce avea de spus. Cobor în garaj, iau una dintre maşinile sport şi ies în oraş. Gonesc ca un nebun pe stradă, fără să am vreo destinație. Vreau doar să plec, să mă îndepărtez până îmi rămân în urmă toate gândurile, până îmi pot uita deciziile, până îmi pot ierta greşelile. Opresc maşina în fața unui non-stop şi îmi iau o sticlă de whiskey. Beau pe nerăsuflate câteva guri lăsând lichidul să-mi ardă esofagul. Mai beau o gură, apoi încă una, până ce corpul mi se înmoaie şi furia începe să se îmblânzească. Las maşina pe avarii şi-mi continui drumul pe jos, pe mijlocul carosabilului.

S-a lăsat noaptea şi a început să plouă, maşinile mă claxonează, şoferii ţipă furioşi, dar nu îmi pasă. Continui să beau şi să merg, îndreptându-mă către nicăieri până mă opreşte brusc o mână ce mă prinde de antebraţ.

— Mergi dracului pe trotuar, beţivule! îmi spune un puşti, smucindu-mă.

Mă îmbrânceşte şi mă prăbuşesc pe asfalt. Sticla se sparge şi din palma mea începe să curgă sânge. Strâng pumnul pentru a opri sângerarea şi încerc să mă ridic, însă primesc un picior în coaste şi rămân fără aer. Aud voci în jurul meu şi văd mai multe siluete, dar nu îmi pasă cine sunt şi nici nu mă gândesc să mă apăr. De fapt, mi-ar face o favoare dacă m-ar omorî.

— Fir-aţi voi să fiţi de beţivi, băgaţi în închisoare oameni nevinovaţi! spune unul dintre bărbaţii care mă lovesc.

Rămân întins pe asfaltul rece şi ud, savurând durerea ce mi se împrăştie prin corp. Senzaţia mă linişteşte, mă revitalizează. Simt că sunt pedepsit pentru prostiile pe care le-am făcut, pentru viaţa de rahat pe care am ales să o trăiesc.

— De ce râzi, idiotule? mă întreabă un bărbat, ridicându-mă de o mână. Puteai provoca un accident. Din cauza ta mor oameni nevinovaţi!

Cuvintele lui îmi aduc în minte toate imaginile pe care voiam să le uit.

— Din cauza mea mor oameni nevinovaţi! repet cu voce tare.

Muşchii mi se încordează şi încep să tremur de nervi. Mă întorc spre bărbaţii din jurul meu şi lovesc orbeşte. Unul se prăbuşeşte şi mă urc pe el, lovindu-l cu pumnii în faţă, până se umple de sânge. Un al doilea bărbat încearcă să mă oprească, dar mă reped şi asupra lui cu o putere animalică. Îi lovesc pe toţi şi sunt lovit la rândul meu, însă nu simt nicio durere, e doar eliberare. Sunt mai uşor cu fiecare pumn dat, cu fiecare lovitură primită.

Mă opresc când nu mai am pe cine lovi. Stau în picioare între cei patru bărbaţi care se târăsc pe asfalt. Durerea lor îmi provoacă plăcere, mi se plimbă prin vene şi savurez senzaţia de putere. Buzele mi se curbează într-un zâmbet dezgustător. *Sunt un monstru!* Strâng pumnii şi încep să strig, ascultându-mi urletele cum se propagă în întuneric ca răgetul unui animal sălbatic.

Mă întorc în maşină şi intru într-o parcare între blocuri. Opresc motorul şi adorm în lacrimi.

Mă trezesc abia când cineva îmi bate în geam cerându-mi să mut maşina. Văd că e deja dimineaţă, aşa că hotărăsc să mă întorc la vilă.

— Unde ai fost? întreabă Răzvan imediat ce intru pe uşă.

Îi ignor întrebarea şi trec pe lângă el, urcând câteva scări.

— Alex, trebuie să vorbim.

— Nu acum. Lasă-mă să fac un duş şi să văd ce face Ioana.

— OK. Avem şedinţă în două ore. Intru în cameră pe furiş şi mă strecor în baie. Dezbrac hainele şi las duşul fierbinte să se lovească de pielea mea, suportând senzaţia de usturime. Privesc apa roşiatică cum se prelinge şiroaie în scurgere. *Sunt un monstru! Mereu am fost!*

Îmi înfăşor un prosop în jurul taliei şi deschid uşa atent. O văd stând rezemată de pernă, urmărindu-mă cu privirea. Inima mea se calmează, iar ochii goi mi se umplu din nou de iubire. Mă apropii şi o cuprind blând în braţe.

— Ioana, eşti bine? Habar nu ai cât de îngrijorat am...

— Unde ai fost? mă întreabă pe un ton rece.

— Am... avut nişte treabă... bălmăjesc eu.

— Alex, miroşi a alcool şi... eşti lovit, îmi spune, pipăindu-mi coastele. Ce s-a întâmplat?

— Nimic. Nimic nu s-a întâmplat. E totul bine!

Mă prinde în braţe şi începe să plângă, iar eu o sărut pe frunte.

— Mi-a fost frică! îmi spune printre suspine.

— Şi mie!

Rămânem îmbrăţişaţi până ce respiraţia ei devine tot mai greoaie.

— Ar trebui să te odihneşti! îi spun. Nu e bine să faci efort.

Confirmă din cap şi o ajut să se întindă din nou în pat. O mângâi pe păr până ce ochii i se închid, de data asta într-un somn liniştit. Mai rămân lângă ea câteva minute, apoi ies din cameră şi mă îndrept către sala de şedinţe.

Mă aşez pe scaunul meu bătând din picior de nerăbdare. Mă imaginez faţă în faţă cu Ghiţă! Maxilarul mi se încordează, iar pumnii mi se strâng sub masă. *Vreau să mă răzbun! Merit asta, e dreptul meu.*

Uşa se deschide şi Laur se aşază lângă mine, forţându-mă să îmi controlez gândurile şi reacţiile corpului.

– Alex, îmi pare rău pentru lucrurile pe care le-am spus, îmi zice el.

– E OK. Aveai dreptate! Răspund, evitând să îl privesc.

– Nu. Nu aveam. A fost o greşeală, dar nu a fost doar a ta. Am votat şi eu să-l lăsăm pe Ghiță liber.

Confirm din cap, iar el îmi întinde mâna în semn de pace. Aş face acelaşi lucru, însă nu pot. Îmi ascund pumnii încleştați sub masă şi îmi ridic privirea pentru a o întâlni pe a lui. Mă uit o clipă la mâna întinsă către mine, dar îmi e imposibil să o strâng. Scrâşnesc din dinți şi toşi muşchii mi se încordează sub privirea lui mirată.

Într-un final, uşa se deschide, iar Răzvan şi Manu ni se alătură punând capăt acestui moment jenant.

– După cum ştiți toți, sau ar trebui să ştiți, spune Răzvan apăsat fixându-mă cu privirea, noaptea trecută l-am interogat pe Ghiță.

– Cât de grav e? întreabă Manu.

– Acceptabil. Am aflat că nu lucrează cu Sandu, doar i-a vândut adresa lui Laur.

– De unde ştim că e adevărat? întreabă Laur.

– Acelaşi lucru l-au spus şi bărbații care te-au atacat, deci avem motive să credeam că nu minte.

– Ce se va întâmpla acum? întreabă Manu

– Mai am câteva întrebări pentru el, apoi...

– O fac eu, îl întrerup. În sală se lăsă linişte, iar eu mă ridic în picioare. Ochii încep să îmi ardă din nou şi îmi sprijin pumnii strânşi pe masă.

– O fac eu, repet.

– Băieți, ne lăsați puțin singuri? întreabă Răzvan fără să mă scape din privire. Laur şi Manu părăsesc camera, iar Răzvan se aşază pe scaunul de lângă mine şi mă trage de mână, obligându-mă să iau loc.

– Frățioare, înțeleg prin ce treci, dar nu trebuie să faci asta.

– Dacă ai înțelege, ai şti că trebuie s-o fac!

– Tocmai pentru că am trecut prin asta, ştiu că nu vei rezolva nimic omorându-l. Alex, odată ce ai apăsat pe trăgaci, nu moare doar el, moare şi o parte din tine. Poți trece această graniță doar într-un sens.

– Ce dracu' spui? Facem trafic de droguri, Răzvan, nu vindem acadele. Am omorât deja atâția oameni...

– Da. Aşa e, dar nu ai făcut-o tu. Nu ai pus tu pistolul la cap cuiva, nu ai apăsat tu pe trăgaci, nu ai privit tu cum se scurge viața din el. Nu vreau asta pentru tine, Alex.

– Nu-mi pasă ce vrei tu! E decizia mea, îi spun, ridicându-mă de la masă.

– Ba nu e, aud în urma mea, e decizia mea, Alex. Eu sunt liderul şi fratele tău mai mare. Faci ce spun eu!

Ies din cameră furios, cobor la parter, apoi în garaj. Mă îndrept către camera din pivniță unde ştiu că ar trebui să fie Ghiță.

Uşa e încuiată, ceea ce îmi confirmă bănuielile. Îmi lipesc mâinile de metalul rece şi încep să strig furios la Ghiță. Aud un zgomot în interior, iar disperarea mea atinge cote maxime. Încep să lovesc cu pumnii şi picioarele în uşă, până ce mâna lui Răzvan mă smulge şi mă lipeşte de perete.

– Termină! îmi zice, punându-şi antebrațul în pieptul meu! Calmează-te!

Încerc să inspir, însă braţul lui Răzvan nu îmi lasă plămânii să se umfle. Îmi pun o mână pe umărul lui şi îl împing, iar el slăbeşte priză.

– Alex, ia o pauză! Mă ocup eu de toate. Îţi jur!

– Vreau doar să-l văd, îi zic. Doar să mă uit în ochii lui.

– Nu e o idee bună...

– Răzvan! Merit asta, măcar asta.

Inspiră prelung şi îmi pune ambele mâini pe umeri.

– Sigur vei fi OK?

Confirm din ochi, iar Răzvan scoate cheia din buzunar şi descuie. Aud uşa cum hârţâie cimentul, apoi îl văd ghemuit într-un colţ pe gresia albă. Inima mea începe să bată necontrolat, iar respiraţia îmi devine zgomotoasă. Păşesc pe podeaua mânjită de sânge închegat şi mă opresc abia când îi ating corpul cu vârful pantofilor.

E complet gol. Stă ghemuit într-un colţ, cu faţa ascunsă între antebraţe ca un animal sălbatic. Tot trupul lui e plin de lovituri, dovadă a interogatoriului lui Răzvan. În faţa mea e o imagine grotescă, poate greu de suportat pentru oameni, dar eu nu simt nimic. Niciun sentiment uman nu încearcă să îşi facă loc în inima mea. Nu mai sunt om şi nici el nu e, pentru mine. Nu văd în el decât vinovatul pentru situaţia în care e Ioana, îl văd doar pe cel pe care l-am iertat, lăsându-i posibilitatea să ne trădeze. Mă întorc şi aş vrea să plec, însă sângele în care calc îmi aminteşte de noaptea în care am ajuns acasă la Laur, noaptea în care femeia pe care o iubesc a fost împuşcată din cauza lui. Furia din mine devine atât de puternică, încât mă controlează, nu mă mai pot opune. Mă năpustesc asupra lui şi încep să îl lovesc cu picioarele.

— Gata, Alex! îmi strigă Răzvan în timp ce Ghiță geme sub loviturile mele. Gata! strigă încă o dată, trăgându-mă de braț. Încerc să mă opresc, dar nu pot. Muşchii mi se contractă involuntar, mişcându-mi articulațiile. Îl lovesc cu o furie sălbatică care mă posedă.

— Termină! îmi zice Răzvan, lovindu-mă de perete! Nu ai niciun fel de control!

Mă împinge spre ieşire şi trage după el uşa grea. Prin crăpătura dintre uşă şi perete îl văd pentru o fracțiune de secundă. Şi-a ridicat capul şi mă priveşte rânjind. Mă năpustesc din nou către el, iar Răzvan se luptă cu mine să mă îndepărteze.

— Îl omor! Mă jur că îl omor! încep să urlu animalic.

— Alex, ce dracu' ai?

— Nu vezi?! Râde de mine!

Răzvan mă prinde de gulerul cămăşii şi mă lipeşte de perete.

— Calmează-te! Du-te sus, spală-te pe față şi termină cu aberațiile.

Încuie uşa şi îşi bagă cheia în buzunar, apoi se întoarce către mine.

— Ai nevoie să te odihneşti, frățioare. Nu mai gândeşti limpede, îmi spune, de data asta pe un ton calm.

Mi-am imaginat? Are dreptate Răzvan? O iau razna? Revăd aceea secvență: chipul lui Ghiță distorsionat de lovituri, rânjetul ce lasă să i se vadă dinții plini de sânge, uşa ce se închide, protejându-l de furia mea. *Nu. Ghiță îşi bate joc de mine, mă crede slab.*

— Eşti OK? mă întreabă Răzvan punându-mi o mână pe umăr.

– Da.

Îl cuprind în brațe, iar el mă bate prietenește pe spate. Îl strâng cu o mână, iar pe cealaltă o strecor în buzunar luându-i cheia pe care o ascund în palmă. Îmi pare rău!

Ioana

„Un peşte poate să iubească o pasare, dar und ear putea trăi împreună?"
Drew Barrymore

Trecut, prezent sau viitor, imagini fără sens se învârt în mintea mea într-o nebunie ameţitoare. Mă văd copil, apoi adolescentă, citind, învăţând, având grijă de bunica şi de Daria, râzând din tot sufletul şi mistuită de durere. Mă văd aşa cum ştiam că sunt, bântuită de nesiguranţă şi de singurătate, dar totuşi mândră de mine, de tot ce reprezint. O aud iar pe bunica vorbind cu patimă despre viitorul frumos care mă aşteaptă, viitorul pentru care ea a muncit. Ce-a mai rămas din toate astea? Ce a mai rămas din ce a clădit bunica, din ce credeam că sunt eu, din ce-mi doream să devin? Mă văd plină de adrenalină, cu ochii întunecaţi de ură. Prind pistolul cu determinare, îmi mulez palma pe mâner şi degetul meu se duce automat pe trăgaci. Ies în uşă şi încep să trag nebuneşte fără să-mi pese de consecinţe. Oamenii din faţa mea se transformă în ţinte şi trag spre ei cu intenţia de a-i ucide. Îmi văd chipul distorsionat de furie şi de teamă, propriile gânduri pline de răutate. Mă îngrozesc!

– Ioana, linişteşte-te! E doar un vis!

Mă trezesc brusc, respirând sacadat.

– A fost doar un vis, repetă Ana.

Încerc să îi răspund la zâmbet, dar nu reuşesc. *Nu a fost doar un vis, a fost adevărat. Acea persoană din vis eram eu.* Abia acum conştientizez ce am făcut. Aş fi putut omorî pe cineva, poate chiar am făcut-o. Încep să tremur şi trag pilota peste mine pentru a-mi ascunde trupul.

– Eşti bine? mă întreabă Ana, punându-mi o mână pe frunte. Ai transpirat iar. Ai frisoane?

– Sunt OK. Răspunde cu un zâmbet la minciuna mea, făcându-mă să îmi plec privirea ruşinată. Mă ridic şi mă reazem de pernele pe care Ana le aşază meticulos la spatele meu.

– Doctorul a spus să nu faci efort câteva zile. Ai pierdut mult sânge.

– Mă simt bine acum, îi spun, întinzându-mă către paharul cu apă de pe noptieră.

– Stai! Ți-l dau eu.

– Mulțumesc!

– Mai ai nevoie de ceva?

– Nu, Ana. Mulțumesc! Mă consumă vina şi îndoială. Oare am rănit pe cineva? Aş vrea să ştiu, şi totuşi îmi e frică de adevăr. Dacă am făcut-o, dacă mă caută poliția? Oare va trebui să mă ascund şi eu, la fel ca ei? Oare voi putea trăi cu asta pe conştiință? Am vrut să o fac? Am vrut să rănesc pe cineva? Ochii mi se umplu de lacrimi, fără să ştiu pentru ce sau pentru cine plâng. Poate pentru ei, oamenii asupra cărora am tras, sau poate pentru mine, care mor în fiecare zi câte puțin.

– De ce plângi? Ce s-a întâmplat? mă întreabă, prinzându-mi mâna.

— Ana... am... am rănit pe cineva?

— Nu, Ioana, dar ai salvat pe cineva. L-ai salvat pe Laur, şi pentru asta îţi voi fi veşnic recunoscătoare. Inima mea are tendinţa să devină mai uşoară. *Nu am rănit pe nimeni... dar aş fi putut să o fac, am vrut s-o fac.* O privesc pe Ana care mă urmăreşte cu ochii plini de admiraţie. Aş întreba-o dacă ea crede că sunt un om bun, însă ştiu deja ce ar răspunde. Poate aş întreba doar dintr-o nevoie egoistă de validare.

— Nu ştiu cum de ai putut să o faci, continuă ea. Eu am fost antrenată pentru asta ani întregi şi, când a venit momentul, m-am panicat. Tu cum ai reuşit? Cum de nu ţi-a fost frică?

— Mi-a fost, îi spun scurt.

Îmi e frică să continui. Îmi e teamă că mă schimb, că mă pierd pe mine, îmi e frică de ceea ce aş putea deveni. Teama asta constantă mă înnebuneşte, mă paralizează, mă strânge, mă sugrumă. Am obosit să mă tem, dar îmi e teamă să încetez să o fac. Îmi e frică de momentul când voi avea curajul să privesc adevărul în faţă.

Sunt smulsă din gândurile mele de o hărmălaie apărută din senin la parter. Se aude o uşă trântindu-se, apoi voci răstite. Aud numele lui Alex, apoi pe Răzvan strigându-l pe Manu, încă un zgomot pe care nu îl pot define, apoi pe Laur spunând ceva ce nu înţeleg.

Ana se ridică şi scoate capul pe uşă, ascultând.

— Mă duc să văd ce se întâmplă. Tu stai aici, da?

Nu aşteaptă confirmarea mea. Dispare pe hol, lăsând uşa deschisă. Vocile devin mai clare şi înţeleg în câteva secunde că ceva e în neregulă cu Alex. *Ce s-a întâmplat? Ce a păţit Alex?*

O strig pe Ana, dar cred că e prea departe să mă audă. Cobor din pat, luptând cu senzația de amețeală și cu durerea ce mă însoțește la fiecare pas. Ies pe hol și mă uit peste balustradă la parter, însă nu văd pe nimeni. Îl strig pe Alex, apoi pe Răzvan, pe Ana, dar nimeni nu pare să mă audă. Mă chinuiesc și reușesc să cobor la parter, nu e nimeni, pare că toată casa a rămas pustie în câteva minute. *Unde ar fi putut pleca toți atât de rapid?* Merg în bucătărie, apoi iar în living, mă uit în curtea din față, apoi mă gândesc să urc să-mi iau telefonul, când observ că ușa spre garaj e deschisă.

Cobor scările cu grijă. Lumina difuză îmi intensifică senzația de amețeală și sunt nevoită să mă țin de balustradă. Cu fiecare pas făcut, lumină devine mai puternică și vocile mai clare.

– Alex, termină cu prostiile! Deschide ușa!

Aud vocea lui Răzvan venind de undeva din întuneric.

Mă îndrept spre o parte a garajului unde nu am fost niciodată, ascultând cu atenție fiecare sunet, am grijă unde calc și unde pun mâna cu care simt nevoia să mă sprijin. Îi văd în sfârșit pe toți în fața unei camere care nu știam că există. Răzvan bușește cu pumnii în ușa blindată și îl strigă pe Alex, Laur îi spune ceva Anei, iar Manu asamblează un aparat electric pe care bănuiesc că vrea să-l folosească pentru a dărâma ușa. Nu înțeleg nimic.

– Ce se întâmplă? întreb confuză.

Răzvan se întoarce și se apropie de mine. Mă prinde de braț și mă trage după el aproape de ușă.

– Alex, gândește-te bine la ce faci, Ioana e...

Vocea lui e acoperită de sunetul unui foc de armă ce pare să înghețe timpul. Rămân blocată, uitându-mă la expresia stupefiată pe care o are chipul lui Răzvan. Niciodată nu mi-am imaginat că îl voi vedea aşa. Mâna lui e încă încleştată în jurul antebraţului meu şi mă strânge cu putere. Maxilarul i se încordează şi ochii îi ard de nelinişte.

Se aude cheia răsucindu-se în broască şi uşa începe să se deschidă.

— Ia-o de aici! îi strigă Răzvan lui Manu, împingându-mă.

Manu se apropie, însă nu suficient de repede. Uşa se loveşte de perete, dezvăluind o imagine ce-mi face sângele să îngheţe. Alex stă în prag, privind în gol. Are ochii injectaţi ca un animal turbat, cămaşa descheiată şi pătată de sânge, braţele îi atârnă pe lângă corp tremurând, iar într-o mână strânge mânerul unui pistol. Sunt îngrozită şi totuşi nu găsesc puterea de a-mi feri privirea. Îl analizez câteva secunde şi vreau să cred că nu înţeleg ce se întâmplă. *Ce făcea Alex în camera aceea? De ce s-a încuiat acolo?* Întrebări stupide mi se plimbă prin minte. Întrebări cu un răspuns evident, pe care creierul meu îl refuză. Îl privesc fix, căutând în zadar în ochii lui goi confirmarea că totul va fi bine.

Privirea mi se mută fără voie în spatele lui, în camera ce pare a fi desprinsă dintr-un film de groază. Podeaua e plină de sânge, iar de unul dintre pereţi se reazemă trunchiul unui bărbat. Are ochii deschişi şi parcă mă priveşte. Îl ştiu, l-am mai văzut, dar nu îmi dau seama cine e. Îmi ia mai mult de două secunde să realizez că e mort. *E un cadavru! Nu... nu poate fi adevărat.* Fac un pas în spate şi mă dezechilibrez. Simt nişte braţe în jurul meu şi încep să tremur ca şi când moartea însăşi m-ar îmbrăţişa.

— Nu mă atinge! urlu furioasă.

Nu mă atinge! îmi repet în minte. Sunt cuprinsă de fiori ce îmi străbat tot corpul, îmi ies prin piele şi dispar în vârful fiecărui fir de păr, buzele îmi sunt uscate şi ochii mă usturǎ atât de tare, încât abia dacă îi pot ține deschişi.

Țipetele mele par să-l fi scos din transă pe Alex, care se apropie. Aruncă pistolul la picioarele lui Răzvan şi mă prinde cu ambele mâini de umeri.

– Tu ce cauți aici? Ioana, tu nu trebuia să fii aici, nu trebuia să vezi asta...

Îmi e imposibil să răspund. Privirea lui, vocea toate îmi sunt străine, mă înfioară.

– Ioana...

Îmi mai spune ceva, dar nu pot auzi. Îl privesc cum îşi mişcă buzele, cum îşi agită brațele. Mă prinde de umeri şi mă scutură, încercând să mă facă să reacționez. Mă sărută pe frunte şi mă strânge în brațe, însă eu rămân nemişcată ca şi când toată viața s-a scurs din mine.

Răzvan îl prinde de braț şi îl îndepărtează, apoi Manu îmi spune ceva, dar nu înțeleg ce. Toate zgomotele din jur se diluează în aer. Îl văd pe Alex ținut cu forța de către Răzvan, pe Laur închizând uşa în spatele căreia zace cadavrul. *A ucis un om. Alex l-a ucis!* Încerc să fug, dar picioarele mele nu se mişcă. Îmi bubuie capul şi palmele îmi transpiră, respir în gol fără ca aerul să ajungă în plămâni şi înainte sămi dau seama corpul şi mintea mea cedează şi îmi pierd conştiința.

Îmi revin în patul în care mi-am petrecut ultimele zile.

– Eşti bine? mă întreabă Manu şoptit.

Nu răspund. Îmi întorc capul pentru a-i evita privirea. Îmi e ruşine, atât de ruşine să fac parte din asta. *Un om a murit! A murit!* Îmi repet la infinit. *Alex l-a omorât.* Bărbatul în brațele căruia îmi găseam liniștea, cel pe care îl consideram cel mai tandru și mai dulce om, bărbatul pe care îl iubeam e un criminal! Aș vrea să plâng, însă ochii îmi rămân goi, iar lacrimile se adună în gât, împiedicându-mă să respir.

Simt mâna lui Manu pe umăr și încep să tremur.

— Ieși afară!

— Ioana...

— Ieși afară! Lasă-mă singură! îi cer strigând.

Stau întoarsă, ascunsă în plapumă, până aud ușa că se închide, apoi mă ridic și o încui. Rămân cu mâna pe clanță pentru o secundă, gândindu-mă să plec, să fug, dar unde? Aș vrea să fiu acasă, aș vrea să mă întorc la singurătatea pe care o uram. Vreau să scap de coșmarul ăsta, oare mă vor lăsa să plec vreodată?

Mă așez pe podea cu spatele lipit de ușă și îmi privesc mâinile pătate de sânge. Închid ochii și încerc să-mi dau seama de ce. Rememorez îmbrățișarea lui Alex și pielea mi se face de găină. Îmi analizez corpul dintr-o privire și realizez că fiecare centimetru atins de el e mânjit de sânge.

Îmi smulg hainele de pe mine și mă târăsc în baie. Intru sub jetul de apă fierbinte și îmi frec mâinile obsesiv, până ce culoarea roșiatică dispare de pe pielea mea. Iau un burete aspru și încep să mă spăl disperată pe tot corpul încercând să scap de mirosul de sânge, care pare că a intrat în mine. Încep să plâng necontrolat și furios. Mă așez pe podea și îmi acopăr ochii cu mâinile. Mintea mea e bombardată de imagini ce mă îngrozesc. Văd iar privirea tulbure a lui Alex, pistolul ce îi tremură în mâna plină de sânge, văd în spatele lui acel bărbat cu fața mutilată, corpul lipsit de viață, stând în șezut, rezemat de perete și sângele ce-i curge din tâmplă, peste ochii deschiși.

Mi se face greață și vomit. Rămân nemișcată câteva minute, privind voma purtată de apă spre scurgere. Mirosul ei acru se amestecă cu cel de sânge și aburul apei fierbinți, făcând aerul imposibil de respirat. Miroase a moarte! Eu miros a moarte, de parcă putrezesc pe interior. Mă doare tot, dar nu îmi dau seama dacă e o durere fizică. Mă doare fiecare gând, fiecare amintire, mă dor visurile pe care le aveam și minciunile pe care mi le-am spus. Mă dor ochii plânși și goi, mă doare inima din care parcă a fost smulsă o parte.

Las apa să curgă și deschid fereastra, inspirând lacom. Intru apoi în dormitor și îmbrac cu greu haine curate. Mă ghemuiesc lângă pat, ascunzându-mi fața în palme. Aș vrea să pot șterge ultimele ore din memoria mea, vreau cu disperare să uit, să uit tot.

Cineva bate în ușa, însă nu pot să răspund.

— Ioana, deschide! Trebuie să vorbim.

Nu îl pot auzi pe el. Nu îl găsesc pe Alex al meu în acea voce. Nici nu mai știu dacă bărbatul pe care îl iubesc a existat vreodată cu adevărat.

— Zi-mi măcar că ești bine! Ioana... dacă nu răspunzi, sparg ușa.Rămân tăcută, paralizată, în timp ce el bușește cu putere în ușa ce stă să cedeze. Tot corpul îmi tremură și nu pot respira regulat, mâinile mele sunt transpirate și toți mușchii încordați. Îmi e frică! Îmi e frică de Alex! Gândul mă îngrozește, îmi face inima să bată haotic și încep din nou să plâng.

Încă o bușitură și ușa se deschide. Mă ridic rapid în picioare și mă dau un pas în spate. Sunt pur și simplu îngrozită.

— Ioana, calmează-te, sunt eu! îmi spune apropiindu-se. Ești în stare de șoc! E normal să fii.

Se apropie, iar eu mai fac un pas în spate, până mă lipesc de perete. Întinde mâna către mine şi rămân împietrită în faţa lui. Mă strânge în braţe. Căldura lui mă inundă, mă arde încet. Corpul lui lipit de al meu e o tortură lentă.

E adevărat! Totul e adevărat! Toate lucrurile pe care încercam să le neg, toate temerile mele, sunt toate adevărate!

Încerc să pun distanţă între noi, dar strângerea lui devine mai puternică imediat ce observă intenţia mea. Corpul lui pare că vrea să-l asimileze pe al meu. Simt cum se hrăneşte din mine lăsându-mă goală. Rămân inertă în braţele lui, până ceapropierea dintre noi devine o durere fizică. Încep să plâng fără control, fără nicio explicaţie, fără preaviz. Plâng de furie şi de neputinţă. Plâng pentru mine şi pentru noi, pentru tot ce s-a întâmplat şi ce trebuia să se întâmple. Pentru iubirea asta care ucide.

Îi simt buzele pe creştet apoi pe obraji, gustându-mi lacrimile sărate, îmi sărută mâinile apoi mă îmbrăţişează iar. Nu am putere de a mă opune, nici de a coopera. Nu ştiu ce vreau să fac, nici dacă aş putea să o fac dacă aş şti. Mă simt inutilă, sunt doar o marionetă în mâinile lui.

– Îmi pare rău, Ioana! îmi spune, strângându-mă şi mai puternic. Îmi pare rău! Am încercat. Îţi jur că am încercat să mă schimb pentru tine, pentru noi.

Mă smulg din braţele lui şi mă aşez pe pat, iar el în genunchi, în faţa mea. Mintea îmi e amorţită, nu gândesc nimic. Mă uit la el, mă uit cu adevărat, fiecare detaliu al chipului, fiecare tremurat al buzei, fiecare şuviţă de păr, scânteile din ochi, fiecare respiraţie ce îi umflă şi dezumflă pieptul. Observ tot, însă nu recunosc nimic din omul pe care credeam că îl iubesc.

Îmi prinde mâna în ale sale şi îngheţ. Îmi dau seama că sunt imună la atingerea lui. Nu simt nimic, şi asta mă înspăimântă. Nu îi simt căldura, nu îi simt iubirea, nu mai tremur şi nici nu îmi mai influenţează gândirea. Sunt ca într-un film fără efecte speciale, sunt eu, faţă în faţă cu adevărul. Lacrimile îmi curg necontrolat, lovindu-se de mâinile noastre împreunate.

– Nu mai plânge! Te rog să nu mai plângi! Suferinţa ta mă distruge! îmi spune, ştergându-mi ochii.

– Nu pot face asta! spun ca pentru mine. Alex... eu nu pot trăi aşa.

– Ştiu, spune, ridicându-se în picioare. Mi-am promis că, după ce te vei însănătoşi, te voi lăsa să pleci. Aici nu e locul tău, Ioana!

– Alex...

– Nu spune nimic. Ştim amândoi că e mai bine aşa. Să te las să pleci e cel mai greu şi cel mai lipsit de egoism lucru pe care l-am făcut vreodată.

Cuvintele lui mă dor şi mă eliberează în acelaşi timp.

– Îmi pare rău..., îngân fără să ştiu dacă acele cuvinte sunt pentru el.

– Ioana, nu ţie trebuie să-ţi pară rău. Uită-te la mine! Sunt un monstru... Tu meriţi mai mult decât atât! Mă ridic în picioare şi mă apropii. Îi prind mâna între ale mele şi îl privesc atent, căutând acea lumină în ochii lui, căutându-l în el pe omul pe care îl iubesc. Îl mai vreau doar o dată, timp de o îmbrăţişare. Nu ştiu dacă îl văd sau doar mă mint că e acolo, dar îmi lipesc trupul de al lui şi îl strâng puternic în braţe.

Îmi pare atât de rău! Nu pentru el sau pentru mine. Îmi pare rău pentru iubirea care moare strivită între piepturile noastre. Mă doare moartea ei atât de bruscă, atât de neaşteptată. A trăit prea mult şi prea puţin, deopotrivă. Prea mult pentru a nu însemna nimic şi prea puţin pentru a fi pregătită să dispară.

Alex

„O iubire care nu suportă confruntarea
Cu realitatea nu-i iubire.
Dar, în acest caz, neputința de a iubi
Este privilegiul inimilor nobile."
Albert Camus

Am crezut că voi avea coşmaruri, am vrut să am. Am sperat că mă voi trezi noaptea transpirat, înspăimântat, chinuit de mustrări de conştiință, dar nu s-a întâmplat nici măcar o dată. Din contră. Dorm mai bine ca niciodată. Nu îmi mai e teamă că voi fi descoperit de alții sau de mine. Nu îmi mai e frică de ceea ce ştiam că zace înăuntrul meu. Nu îmi mai e frică de abandon sau de singurătate. Le cunosc pe toate şi am făcut pace cu ele. Simt singurătatea ca pe ceva natural şi am îmbrățişat-o fără teamă. Sunt menit să fiu singur şi am ştiut mereu asta. Ioana a fost doar o anomalie pe care realitatea a avut grijă să o corecteze.

Nu ştiu dacă îmi pare rău pentru ce s-a întâmplat. Pentru ce să-mi pară? Că am omorât un om? Că mi-am pierdut iubirea vieții? Toate astea au rămas scrijelite undeva într-un colț al minții. Le mai caut uneori, le pipăi ca pe nişte răni cicatrizate inestetic, dar care nu mă mai dor.

Accept tot războiul ce s-a terminat şi îmi recunosc înfrângerea. M-am răsculat împotriva firii şi înţeleg că trebuie să plătesc preţul rebeliunii mele. Îmi port cu umilinţă cicatricile şi mă las fără şovăială în voia sorţii care mă aştepta răbdătoare.

Aerul proaspăt, cu miros de pin şi clorofilă intră din plin pe fereastra deschisă. Trezeşte în mine o senzaţie pe care mi-o amintesc, dar care nu mă mai ispiteşte ca în trecut. Nu mai vreau să rup lanţul care mă leagă de viaţa pe care o am, şi asta mă face să mă simt mai liber. Sunt conştient că sunt încă prizonier, dar m-am eliberat de cea mai grea povară. M-am eliberat de dorinţa de libertate.

– Alex, ce faci? Cum te mai simţi? mă întrebă Răzvan, ocupând scaunul de lângă mine.

Îl privesc cu milă. Nu înţeleg de ce îşi face atâtea griji, cumva îmi pare rău că o face, dar nu îmi pasă îndeajuns încât să dezbat subiectul. Accept cu tact toate încercările lui jenante de a purta o conversaţie şi de cele mai multe ori consider că am reuşit.

– Sunt bine, ţi-am mai spus.

– Tocmai asta mă preocupă. Te minţi! îmi spune cu o uşoară revoltă. Nu eşti bine! Încearcă să vorbeşti cu Ioana, te iubeşte şi...

– Am spus că sunt bine! îngân fără să îmi ridic privirea din hârtiile pe care le răsfoiam.

– Lasă dracu' astea! Urlă, împingând pe jos tot ce se află pe birou. Fă ceva, fir-ar să fie!

– Ce vrei de la mine? Întreb, salvând câteva documente înainte să cadă pe podea.

– Vreau să reacţionezi! Revino-ţi!

— Vrei să lovesc cu pumnii în pereți? Să mă înec în lacrimi sau... ce vrei mai exact? Vrei să arunc şi eu hârtiile astea pe jos? întreb cu calm, incapabil să îmi ascund zâmbetul.

— Termină cu ironiile! Alex, vreau să lupți pentru fericirea ta...

— Am luptat, am pierdut şi gata. *The end!*

— Nu e adevărat. Sunt lucruri pe care nu le ştii, frățioare...

— Nici nu mă interesează! Spun, aşezându-mi hârtiile în ordine.

Răzvan inspiră şi expiră lung încercând să îşi controleze tonul, îmi pune o mână pe umăr şi insistă să îmi găsească privirea.

— Diseară avem şedință. Vreau să asculți ce avem de spus, apoi sunt sigur că vei privi lucrurile diferit.

Ridic cu dezinteres din umeri, iar el se îndepărtează.

— La 7 în sala de şedință, OK? Repetă, închizând uşa după el.

Las teancul de foi pe birou şi încep să adun meticulos toate creioanele şi documentele împrăştiate de Răzvan.

Mă cufund în muncă. Nu mă încântă transporturile, nici draft-urile contractelor viitoare, dar sunt bun la asta. Mă simt confortabil şi las sentimentul să mă umple. Pare că tot creierul meu şi-a acceptat condiția, a acceptat realitatea.

De ce aş căuta-o pe Ioana? De ce aş mai încerca să resuscitez relația noastră? De ce aş mai alerga după iubire? Nu vreau să simt încă o dată ce am simțit. Nu vreau să mai simt nimic. Mi-e bine aşa, fără sentimente extreme, fără agonie şi extaz. Vreau să trăiesc anesteziat.

Sunt atât de pustiit, încât abia dacă îmi mai pot aminti senzaţia de a mă trezi lângă ea, căldura respiraţiei ei pe piele, gustul buzelor, tonul moale al vocii... toate se dizolvă în aer imediat ce încerc să le prind. Rămâne doar acel ultim moment ce se naşte iar şi iar din fumul amintirii, mă împresoară şi mă îneacă, mă striveşte, mă asfixiază.

Îmi amintesc privirea, dezgustul şi repulsia, trupul ei inert în braţele mele şi bătăile inimii accelerate de frică. Mă surprind zâmbind aiurea. *Îi era frică de mine!* Îi era frică de mine în timp ce mă omora, în timp ce îmi înfigea în inimă cuvinte, priviri şi gânduri mai ascuţite decât orice pumnal. Îi era frică pentru ea, când eu eram cel pe marginea prăpastiei. Eu eram cel care suferea, cel care ucisese, pentru ea.

Nu... ce dracu'? Nu o făcusem pentru ea... mă las din nou pradă nevoii de a mă absolvi de vină şi mă lupt cu mine să îmi accept adevărurile. Mă surprind navigând printre gânduri contradictorii, gânduri fără sens pe care habar nu am de ce mai insist să le clarific. Lucrurile sunt cum sunt şi gata. M-am săturat de mine, acela care voia să le schimbe, acela care spera în miracole şi în a doua şansă...

– Hei!

Ana intră în cameră şi rămâne în picioare în dreapta mea.

– Nu mergi la şedinţă? întreabă cu o voce atât de blândă şi necaracteristică, încât îmi pare prefăcută.

– Ba da. Merg diseară.

– E deja 7, Alex.

– Serios?! Nici nu mi-am dat seama când a trecut timpul, spun buimăcit, verificându-mi ceasul.

Ana mă priveşte cu un zâmbet trist ce a început să mă irite. Îi întorc spatele şi mă îndrept spre sala de şedinţe, iar ea mă urmează.

— La şedinţa asta particip şi eu, ţine să mă lămurească.

— Aha... spun fără chef, doar pentru a nu lăsa impresia că o ignor.

Când intru în sală, se lasă liniştea. Toţi mă privesc ca pe un bolnav, deşi, dacă s-ar uita puţin în oglindă, şi-ar da seama că suntem în aceeaşi oală. *Chiar mai rău*! îmi spun, curbându-mi buzele într-un zâmbet masochist pe care nici măcar eu nu îl înţeleg.

Mă aşez între Laur şi Manu, în timp ce Răzvan îşi preia ca de obicei postul de prezentator.

— Majoritatea dintre voi ştiţi de ce ne-am adunat aici, zice el, prinzând în piuneze nişte copii alb-negru a unor acte necunoscute.

Simt cum toate privirile s-au aţintit asupra mea, dar habar nu am despre ce e vorba.

— Eu nu ştiu... spun intrigat. Ce se întâmplă?

Răzvan se apropie şi îmi pune o mână pe umăr, mă priveşte cu o fericire căreia nu îi văd rostul.

— Îţi redăm libertatea, fraţioare!

— Poftim?!

— Am făcut o promisiune. I-am promis Ioanei, ţi-am promis ţie, frăţioare, şi mi-am promis mie când ţi-am văzut suferinţa... A durat mult, dar aproape am reuşit. Vezi toate acordurile astea? Sunt semnate de majoritatea partenerilor noştri...

Ascult ca în transă. Nu înţeleg nimic. *Ce a făcut? De ce a făcut asta?*

— Eşti liber, frăţioare! repetă Răzvan cu entuziasm, în timp ce ceilalţi îngână nişte felicitări neinspirate.

– Cum?! bălmăjesc fără control.

– Eşti liber să fii fericit, să trăieşti viaţa pe care ţi-o doreşti...

Asimilez cuvintele lui şi pielea mi se face de găină. *Sunt liber să fac ce?* Mă ridic şi mă apropii de actele fără noimă atârnate in faţa mea.

– Eşti un prost! îi zic cu dezgust.

Smulg una câte una foile prinse în piuneze şi le ridic ostentativ.

– Astea crezi tu că mă eliberează? Asta credeţi voi că îmi poate schimba viaţa? Astea?! Nişte hârtii?!

Le fac mototol şi le arunc pe podea. Pe unele le calc în picioare, iar pe altele le fac fărâme ce plutesc în aer. Părăsesc apoi sala, lăsându-i pe toţi cu gura căscată.

Cobor scările către living, când Ana mă prinde de mână.

– Nu ai dreptul să te comporţi aşa! Mă auzi? Nu ai niciun drept! Habar nu ai ce a trebuit să facă Răzvan pentru acordurile alea, habar nu ai ce am făcut noi toţi. Am facut-o pentru tine...

– Nu am cerut nimic!

– Şi totuşi ai primit, Alex. Ai primit şansa la care alţii doar visează, la care eu doar visez. Te aşteaptă o viaţă liniştită, o poţi lua pe Ioana şi să plecaţi în lume. Puteţi fi fericiţi.

– Nu înţelegi! îi spun, smulgându-mă din strânsoarea ei.

Cobor în garaj, iau una dintre maşini şi gonesc ca nebunul prin oraşul cuprins de forfota serilor de vară. Furia mă cuprinde ca un vârtej. Îmi împăienjeneşte privirea şi îmi îngreunează respiraţia, mă strânge punând presiune pe pieptul meu până simt că inima e gata să cedeze. Opresc maşina lângă bordură şi lovesc disperat volanul. Lacrimile îmi curg fără control şi încep să urlu ca un animal rănit. *Ce să fac cu o nouă şansă? Ce să fac cu o viaţă pe care nu ştiu să o trăiesc?* Ştiu că nu pot fi fericit cu Ioana, cum nici fără ea nu sunt. Fericirea nu e pentru mine, nu a fost niciodată. Încep să plâng ca un copil, uimindu-mă pe mine însumi că mai am lacrimi, că mai simt, că mă mai doare!

Ajung acasă după miezul nopţii, dar Răzvan e încă treaz. Parchez în curtea din faţă şi mă alătur lui în foişor.

– Îmi pare rău! îi spun, analizând îmbinările scândurilor de sub picioarele mele.

Îmi e greu să îl privesc. Nu vreau să îi văd dezamăgirea din privire şi nici ca el să îmi vadă ochii înroşiţi de plâns.

– Frăţioare... eşti tot ce am şi vreau să fii fericit... nu ştiu cum... dar...

Răzvan vorbeşte sacadat, printre suspinuri, cu pauze în care îşi caută cuvintele. Îl găsesc cu greu în el pe cel de acum câteva luni. Îmi amintesc cu oarecare nesiguranţă ziua când m-a ameninţat cu pistolul, sau glasul lui ameninţător ce emana superioritate. Mă conving cu dificultate că e aceeaşi persoană. Răzvan cel de acum e mai apropiat de adolescenţă, mai apropiat de ceea ce îmi era dor să fie, de fratele de care credeam că am nevoie.

– Încă mai poţi, ştii? reia el, aducându-mă în prezent. Eşti tânăr, ai tot viitorul înainte. Te pot scoate din mizeria asta, Alex... pot...

– Poţi scoate şi mizeria din mine?

Rămâne tăcut, iar eu lupt cu lacrimile pentru a-mi păstra glasul.

— A trecut prea mult timp, Răzvan. Toată „mizeria asta" s-a înrădăcinat prea adânc în mine şi nu mai ştiu să trăiesc fără ea. Am încercat să o reneg, dar mă revendică de fiecare dată. Nu pot să mai fiu altcineva.

— Alex eu... am încercat...

— Nu mai încerca! Nu mai eşti ăsta, Răzvan, cum nici eu nu mai sunt copilul de care trebuie să ai grijă. Sentimentele astea nu mai sunt pentru noi.

— Ai dreptate! îmi spune, răsuflând parcă uşurat.

— Suntem împreună în asta, nu?

— Întotdeauna.

Ioana

„Să îndrăzneşti să trăieşti singur este un curaj foarte rar,
Mulţi ar prefera să-şi întâlnească cei mai răi duşmani
Pe câmpul de luptă
Decât propriile inimi într-o cameră izolată."
Charles Caleb Colton

M-a urmărit mereu, încă de când m-am născut. O simţeam în tot ce făceam. Mă cuprindea puţin câte puţin ca o umbră. Chiar şi în momentele cele mai fericite, ştiam că e acolo, pregătindu-se să atace. Îi simţeam prezenţa în fiecare respiraţie. Era atât de aproape, încât uneori atingerea îi devenea fizică. Mă speriam şi începeam să fug. Am fugit atât de mult, m-am ascuns, am păcălit-o de atâtea ori! Acum am obosit. Nu mai am putere şi nici spaţiu să fug.

Singurătatea a câştigat. M-a prins atât de puternic în braţele ei, încât simt cum mă sufocă. Inspir disperată, dar aerul îmi rămâne în gât. Plămânii mei sunt goi, toată fiinţa mea e goală. Vreau să mă afund în braţele cuiva, să aud şoapte la ureche asigurându-mă că totul va fi bine. Iau telefonul şi apelez singura persoană care îmi vine în minte. Ascult tonul de apel repetându-se de câteva ori, apoi sunt îndemnată de robot să las un mesaj vocal.

„Ella, am atâta nevoie de tine!"

Las telefonul pe podea şi mă întind în pat, deja regretând mesajul pe care tocmai l-am înregistrat. Cu ce drept o împovărez pe Ella cu problemele mele? Poate ea e fericită, poate relaţia ei merge bine. Iau telefonul, hotărâtă să şterg mesajul, când pe ecran se afişează numele Ellei însoţit de sunetul melodiei lui Bob Dylan. Răspund zâmbind de parcă m-ar vedea.

– Ella... am exagerat puţin cu mesajul... nu e atât de grav...

– Eşti acasă? mă întrerupe brusc.

– Da.

– Hai că vin la tine. Ajung în 10 minute, spune înainte să întrerupă conversaţia la fel de brusc cum a început-o.

Rămân şocată câteva secunde, apoi merg la baie pentru a mă spăla pe faţă. Nici nu apuc să ies în curte, că Ella ajunsese deja.

– Nu pot sta mult, mă anunţă grăbită, în timp ce eu mă străduiesc să îmi ascund uimirea.

Nu am mai văzut-o de câteva săptămâni, dar nu mă aşteptam la aşa schimbare. În faţa mea stă parcă o persoană necunoscută. E slabă, foarte slabă, îmbrăcată în nişte haine care în mod vizibil i-au rămas mari. Are ochii roşii şi zâmbetul şters. Nu ştiu cum de încă mai are puterea de a alerga spre mine. Se prăvăleşte la pieptul meu şi mă strânge cu putere.

– Doamneee, cât de dor mi-a fost de tine! Nu îţi poţi imagina cât mi-ai lipsit.

– Şi tu mie, îi şoptesc, afundându-mă în părul ei.

– Ce ai mai făcut? Ce s-a întâmplat? Hai să stăm jos şi să vorbim! mă îndeamnă precipitat, trăgându-mă de mână spre terasă.

Ne aşezăm împreună pe bancă pentru a savura câte o ceaşcă de ceai.

— Sunt naşpa, nu?

— Poftim?! Nu..., spun stânjenită.

— Ei hai, am observat cum te uiţi la mine. Crezi că nu ştiu ce vezi? Am şi eu oglindă acasă, îmi spune, încercând să îşi mascheze tristeţea cu chicotitul ei caracteristic.

— Ce s-a întâmplat cu tine? Eşti bine?

Ridică din umeri şi îmi evită privirea, suflând în lichidul din ceaşcă.

— Ştii că urăsc să spun asta, dar... ai avut dreptate.

O mângâi pe păr, iar lacrimile ei se rostogolesc pe obraji şi sfârşesc în ceaşca cu care insistă să îşi acopere jumătate de faţă. Pe gât şi pe braţe sunt vânătăi mici, în diferite stadii de vindecare, iar stratul gros de fond de ten lasă de înţeles nevoia de a masca ceva mai mult decât câteva coşuri.

— Trebuie să scapi din iadul ăsta, Ella! Fă-o până nu e prea târziu!

— De aş putea...

— Poţi! Mă ai pe mine, pe doamna Irina, te putem ajuta.

— Îl iubesc, Ioana, asta nu o să înţeleagă nimeni, niciodată. Nu o să înţelegi nici tu, nici mama. Doar eu ştiu ce simt şi eu ştiu că merită să fac fiecare sacrificiu pentru iubirea asta.

— Chiar dacă te sacrifici pe tine?

Mă priveşte cu dezaprobare, fără să răspundă, apoi se ridică pentru a face câţiva paşi prin curte.

— Are momente când e atât de iubitor! spune ca pentru ea, apoi nu ştiu ce îl apucă. Nu îl înţeleg... Dar mă iubeşte, ştiu că mă iubeşte.

— Asta nu e iubire, Ella.

— Ioana, spune de parcă nici nu m-ar fi auzit, el suferă, e o boală, pur şi simplu nu îşi poate controla nervii.

Pune cana pe masă, apoi îşi trage un scaun pentru a fi faţă în faţă. Privirea ei tulbure mă înspăimântă. Îi acopăr mâna cu a mea apoi o stâng de parcă aş aştepta să se trezească. Vreau să îmi prindă mâna şi să o ajut să iasă din lume ei confuză, aş vrea să mă ajute să o ajut, dar nu reacţionează.

— Dacă va vedea că îl iubesc şi că rămân cu el în orice situaţie, o să aibă încredere în mine, Ioana, înţelegi? Am renunţat şi la facultate...

— Poftim? Cum să renunţi la facultate? întreb stupefiată. Ella, tu înţelegi ce faci? Dai cu piciorul viitorului tău.

— Ce viitor, Ioana? Hai să fim sincere! Eu nu sunt vreo tocilară ca tine, aş fi făcut facultatea degeaba sau poate că nici nu aş fi terminat-o, cum nu aş fi terminat nici liceul dacă nu erai tu...

Încerc să spun ceva, dar Ella mă întrerupe.

— O să mă concentrez pe relaţia mea cu Vali. O să vezi, Ioana, o să-l fac să se schimbe...

— Oamenii nu se schimbă, Ella, nu în profunzime, nu definitiv... îi spun cu tristeţe, rememorându-mi propria poveste.

— Vorbeşti de parcă ai fi mama! În fine, tu ce ai mai făcut? S-a întâmplat ceva?

— Nu..., spun ezitând. Doar voiam să te văd.

— Şi eu, dar credeam că eşti la Bucureşti...

Telefonul îi sună şi se grăbeşte să se îndepărteze pentru a răspunde. Aud confuz câteva păreri de rău, câteva scuze şi un „Şi eu te iubesc" spus intenţionat cu voce mai puternică la finalul conversaţiei.

— Trebuie să plec, Ioana, lui Vali nu îi place să stau prea mult timp plecată. E cam gelos, îmi spune cu un zâmbet chinuit. Mai vorbim. Bine?

Confirm din cap şi o ţin în braţe puţin mai mult decât era nevoie.

Privesc în urma ei ca şi când aş vedea-o pentru ultima oară. Mă las moale pe scaunul de pe care tocmai s-a ridicat Ella, încercând să procesez ce s-a întâmplat. Cuvintele ei îmi răsună în minte, conturând o iubire pe care nu vreau să o accept.

Ce fel de iubire e cea care te cere jertfă pe altarul ei? Cum poate Ella fi orbită de sentimentul ăsta, dar, mai ales, cum de mi s-a întâmplat şi mie? Cum de am preţuit atât de mult un sentiment fantastic, dar am scăpat printre degete singurul lucru real pe care l-am avut. Am scăpat printre degete şansa de a arăta că iubesc, de a arăta acest lucru singurei persoane care a meritat cu adevărat. Îmi apare chipul ei în minte, vocea ei aspră, paravan pentru toată grija pe care mi-o purta. Îmi e atât de dor de ea! S-a dus de mult, dar iubirea ei încă mă înconjoară. O simt în lemnul mesei şi în aburii cănii de ceai, în parfumul lalelelor ce cresc pe margine trotuarului. Parcă o văd atunci când le-a plantat. Era deja bolnavă. Cred că a fost una dintre ultimele zile în care a ieşit în curte. *Oare a ştiut cât o iubesc?* Nu i-am spus niciodată. Sunt atâtea lucruri pe care nu i le-am spus! Nu i-am spus cât de importană e pentru mine, nu i-am spus că nu sunt pregătită să plece, că îmi e frică şi că am nevoie să mă ţină în braţe. Nu i-am spus lucruri care credeam că mă fac să par slabă, pe care credeam că ea nu vrea să le audă. *Îmi pare rău!*

Îmi dau seama că nu am întrebat-o niciodată ce îşi doreşte. Doar am presupus. Poate, uneori, şi ea avea nevoie de o îmbrăţişare la fel de mult ca mine, poate voia să audă cât o iubesc şi că am nevoie de ea. Aş vrea să dau timpul înapoi să să-i spun tot.

Intru în casă şi deschid dulapul. Toate hainele ei sunt aici. Le mângâi simţindu-le textura şi mirosul. Am în minte imagini cu ea îmbrăcată cu fiecare dintre ele. Avea puţine haine şi toate vechi, dar bine îngrijite, apretate şi călcate. Zâmbesc când îmi amintesc cât de mândră le purta duminica la biserică sau când mergea în oraş.

Lângă pantofii negri, de lac, cu toc jos, observ cutia cu lacăt pe care am salvat-o din mâinile lui tanti Nuţi. Uitasem de ea!

Reuşesc cu greu să sparg lacătul şi să o deschid. Mă aşez pe covor şi răstorn conţinutul cutiei lângă mine, pe podea. Sunt numai hârtii. Câteva acte şi poze vechi. Le privesc în treacăt. În imaginile alb-negru niciun chip nu mi se pare familiar. Ridic o fotografie a unui copil de vreo 2-3 ani. O privesc atent, analizând trăsăturile feţei. Nu ştiu cine e! Vreau să o pun jos, când observ că are ceva scris pe spate: *Alexandra (3 ani)*. Mâinile încep să îmi tremure şi ochii mi se umezesc. *E mama!* O las repede jos şi mă reped la celelalte poze. *Sunt toate cu ea!* În multe dintre ele e copil. E fotografiată de departe şi calitatea imaginii e destul de slabă. Încerc cu greu să îi observ chipul. Într-una dintre poze o recunosc pe bunica. E tânără, înaltă şi frumoasă, lângă ea stă o adolescentă în uniformă. O întorc şi citesc însemnele de pe spate *Tanţa (41 ani), Alexandra (15 ani) prima zi de liceu*. Mă ridic şi aprind lumina pentru a vedea mai bine. Vreau să observ fiecare detaliu. Sunt atât de frumoase amândouă! E prima oară când o văd, e prima oară când îmi dau seama că semăn cu cineva. O aşez pe podea mânată de curiozitatea de a vedea celelalte poze. Una îmi atrage atenţia în mod deosebit. E un portret.

Alexandra 16 ani. Privesc chipul din poză ca şi când o parte din mine îl cunoaşte deja. Mă văd pe mine mai mult decât pe mama. Sunt eu alb-negru, prăfuită şi fără viaţă. Semănăm atât de mult!

Iau poza şi mă aşez cu ea în faţa oglinzii. Îmi ating faţa ca şi când aş fi văzut-o pentru prima oară. Într-un fel, aşa e. E prima oară când mă văd în felul ăsta, când mă simt parte din altcineva. Avem aceeaşi formă a feţei, a buzelor, părul lung şi castaniu, doar ochii sunt diferiţi. E atât de frumoasă! Privesc atent poza apoi mă uit din nou în oglindă. Şi eu sunt frumoasă, semăn cu mama! Rareori m-am gândit la aspectul meu fizic. Nu consider că am vreun merit în ceea ce priveşte frumuseţea chipului meu. E prima oară când îmi privesc faţa într-un mod diferit. Nu ca pe o întâmplare, ci ca pe o operă de artă realizată de ea. *Sunt frumoasă! Mama a făcut asta! Sunt parte din ea.*

Aşez pozele ca într-un puzzle în ordine cronologică, încercând să-i reconstruiesc copilăria şi adolescenţa. Îmi imaginez situaţii, reacţii şi cuvinte. Mă întreb cum e ea. Cum râde, cum îi e timbrul vocii, cât de des clipeşte, cât de graţios se mişcă?

Ridic portretul ei şi mă poziţionez din nou în faţa oglinzii. Aşez poza în dreptul feţei încercând să transform corpul meu în al ei. Mă mişc graţios şi vorbesc suav, apoi încerc o voce mai groasă şi mişcări mai masculine. Nimic nu se potriveşte. Dintr-odată, încep să vorbesc şi să mă mişc normal. Vocea mea parcă se aude din fotografie. Toate se omogenizează atât de bine, încât mă fac să tresar. Stau înţepenită privind din spatele pozei vechi. O emoţie ciudată îmi cuprinde toată fiinţa. Îmi dau seama că nu o caut pe mama în reflexia din oglindă, ci pe mine. Îmi caut propria personalitate, ca fiică a ei. *Oare ea cum îşi imaginează că sunt? Oare sunt aşa cum ar fi vrut să fiu?*

Rămân captivată de poze mult timp. Le observ cu atenție pe fiecare, încercând să descopăr cât mai multe detalii. Compar o poză a mamei de când era copil cu una de-a mea când aveam cam aceeași vârstă. Observ cu plăcere toate asemănările și deosebirile dintre noi.

În maldărul de hârtii observ un plic vechi îngălbenit de timp. E o scrisoare! Conform datelor de pe plic a fost trimisă din Milano, Italia, în urmă cu 16 ani. Expeditorul e mama, iar destinatarul, bunica.

Inima îmi bate cu putere, iar membrele îmi tremură. Îmi coordonez cu greu degetele pentru a scoate scrisoarea din plic. Hârtia subțire și pătată pare destul de fragilă. O despăturesc cu grijă și arunc o privire peste paragrafele ordonate frumos. Mângâi rândurile scrise de mână, adulmec mirosul vag de cerneală amestecat cu izul vechi de mucegai.

Inspir adânc, încercând să-mi calmez bătăile inimii, și încep să citesc.

Dragă mamă,

Am citit scrisoarea ta cu multă tristețe. Nu credeam că ai atâtea resentimente față de mine. În ziua în care am plecat, credeam că ştim amândouă că nu o să mă mai întorc niciodată în România.

Ai toate motivele să mă condamni că am dispărut şi nu ai ştiut nimic despre mine aceşti doi ani.

Ai dreptate şi în legătură cu Ioana. Ştiu că are nevoie de o mamă, dar cu siguranță nu are nevoie de mine. Eu nu îi pot fi mamă. Nu am putut să o privesc niciodată ca pe copilul meu şi nici nu voi putea.

Mi-ai spus de atâtea ori că Ioana e responsabilitatea mea şi că trebuie să am grijă de ea, încât începusem să o urăsc. O vedeam vinovată pentru toată nefericirea mea. Libertatea mea a dispărut când s-a născut ea. Trebuia să plec pentru a scăpa de povara asta.

Ştiu că vei spune, a nu ştiu câta oară, că e un copil nevinovat care nu a cerut să vină pe lume, dar nici eu nu am cerut asta. Am greşit. Nu pot plăti toată viața pentru o singură greşeală. Am dreptul să fiu fericită.

Oricum, sunt sigură că i-am făcut o favoare plecând. E mai bine pentru amândouă. Ştiu că tu o să ai grijă de ea, aşa cum ai avut şi de mine. E mai bine să fie crescută de o bunică ce o iubeşte decât de o mamă ca mine.

Nu ştiu ce lucruri îi vei spune despre mine, nici dacă e ceva bun de spus. Aş vrea să ştie, totuşi, că îmi pare rău pentru toată situația asta. Nu am vrut să se întâmple aşa. Ar fi trebuit să vină pe lume în sânul unei familii care o aşteaptă şi o iubeşte, nu în felul ăsta.

În altă ordine de idei, voiam să ştii că eu şi Salvadore ne iubim şi am decis să ne căsătorim. Lui i-am spus că nu mai am pe nimeni în România pentru a evita eventualele întrebări. Nu am curajul să-i povestesc despre copilul pe care nu sunt capabilă să-l iubesc.

Sper să înțelegi că scrisorile de la tine mă pot da de gol şi îmi pun în pericol relația. Din acest motiv, te rog să nu mă mai cauți. Vreau să fiu liberă să-mi construiesc fericirea aici, fără nicio legătură cu greşelile trecutului.

Îmi pare rău, mamă! Ştiu că mă iubeşti şi că o să-ți fie greu să accepți decizia mea, dar sunt sigură că o să mă înțelegi.

Te iubesc şi îmi e dor de tine!

Alexandra.

Lacrimi mari mi se rostogolesc pe obraji şi se strivesc de mâini şi de foaia de hârtie. *Sunt o greşeală! Pentru ea am fost mereu doar o greşeală! Nu am fost niciodată un motiv pentru a se întoarce. Din contră. Eu am fost motivul pentru care a plecat.*

De multe ori îmi imaginam că se gândeşte la mine, că îi este dor. Credeam că abia aşteaptă să se întoarcă, şi că o va face imediat ce va putea.

Îmi imaginam că o voi vedea într-o zi în poartă, că îmi voi auzi numele rostit din gura ei, că o voi privi, întâi sceptică şi întrebătoare, că apoi îi voi alerga în braţe. Ea îmi va cere iertare pentru că a plecat şi eu îi voi spune că am aşteptat-o, că o iubesc.

Secvenţa aceasta s-a derulat de atâtea ori în mintea mea de copil, încât ştiam exact fiecare detaliu, ca un regizor ce pune în scenă a suta oară aceeaşi piesă de teatru.

Nu înţeleg cum am putut să mă mint atât de mult! De ce nu am avut curaj să accept că nu mă iubeşte? Că nu m-a iubit niciodată.

Citesc scrisoarea încă o data, memorând fiecare cuvânt, imaginându-mi mimica ei când scria şi pe a bunicii când a citit-o.

Cât de mult o fi suferit bunica! Cât de greu trebuie să-i fi fost să accepte că Alexandra nu o mai vrea în viaţa ei.

Inima mi se strânge ca într-o menghină, iar în gură simt gustul lacrimilor. Mereu m-am gândit doar la suferinţa mea de copil fără mamă, rareori la bunica, o mamă fără copil. Ea părea mereu puternică. Părea că nimic nu ar putea-o afecta. Cine ştie cât suferea în sinea ei? Propriul ei copil, pe care l-a născut, crescut, educat, o renega. Cât de greu trebuie să-i fi fost! Ea îi cunoştea calităţile şi defectele şi o iubea pentru fiecare în parte. O iubea atât de mult, încât a fost capabilă să îşi asume responsabilitatea creşterii mele, doar pentru ca Alexandra să fie liberă. A plătit ea pentru greşeala pe care o făcuse mama. Mă întreb cum a fost capabilă să mă iubească, în timp ce eu eram cauza plecării Alexandrei. Cum putea să mă privească, fără să se gândească la faptul că şi-a pierdut copilul pentru că m-am născut eu?

Cât de mult a suferit bunica! Înzecit mai mult decât mine!

Eu am iubit o închipuire. Am iubit doar ideea de mamă. Am zidit-o în sinea mea şi am transpus-o în realitate. Am căutat scuze pentru greşelile ei şi am iubit-o pentru toate calităţile pe care eu însămi i le-am atribuit. Am suferit pentru că suntem despărţite şi am învinuit soarta pentru asta. Îmi imaginam că şi mama suferă, iar suferinţa ei dădea proporţii şi mai mari dramei pe care o trăiam.

Îmi e atât de greu acum să accept un adevăr pe care l-am negat o viaţă!

Cât de slabi suntem noi, oamenii! Cât de multe fantezii inventăm, doar pentru că nu suntem capabili să înfruntăm realitatea! Preferăm să trăim într-o minciună frumoasă întreaga viaţă decât să acceptăm un adevăr care ne-ar face să suferim.

Avem nevoie să credem în fantezii pe toate planurile. Inventăm fiinţe supranaturale pentru a explica fenomene pe care nu le înţelegem. Le creăm oamenilor altă faţă pentru a-i putea iubi, noi înşine ne prefacem a fi ceea ce nu suntem doar pentru a fi iubiţi, pentru a fugi de singurătate.

Mă ridic şi merg din nou în faţa oglinzii. Ochii îmi sunt roşii şi umflaţi de plâns. *Promit să nu te mai mint*! îi spun apăsat reflexiei mele din oglindă. E datoria mea să fiu sinceră cu mine. Trebuie să fiu destul de puternică pentru a accepta şi cel mai urât adevăr.

Ies afară şi mă întind pe iarba proaspătă din curte. Prin bolta de vie înfrunzită, soarele pare verzui. Las câteva raze subţiri să-mi usuce genele pline de lacrimi.

Mama nu mă iubeşte! Pentru ea am fost doar pedeapsa pentru o greşeală a tinereţii! Nici Alex nu a fost niciodată cel de care m-am îndrăgostit! Am iubit fantome! Ştiam asta de mult. Nu aveam nevoie de dovezi, ci doar de puterea de a accepta adevărul.

Sufletul meu e mai uşor. Mă cuprinde o pace profundă. Aveam nevoie de lacrimi, de suferinţă şi de dezamăgire pentru a ajunge la acceptare.

Îmi privesc trecutul cu drag. Mama nu m-a iubit şi mă bucur că a plecat. Prefer să fie fericită departe decât nefericită lângă mine.

Alex a fost prima mea iubire. Poate el, cel adevărat, sau cel ce a existat doar în inima mea. Nu mai contează. Mă bucur că a fost. Mă bucur că s-a întâmplat şi sunt împăcată cu faptul că s-a terminat.

Îmi dau seama că singurătatea nu e cel mai rău lucru care se poate întâmpla.

Mai greu e să te simţi singur în compania unor oameni nepotriviţi, îmi spun, gândindu-mă la Ella, la mama, la Alex.

Singurătatea mea a devenit dulce şi liniştitoare.

Poate e timpul să o îmbrăţişez şi eu.

BOOKZONE

Dear Ramesh,

I wis ... sting journe ... of gastronomy

Habib Al Mulla
9/12/2021

A FOODIE'S GUIDE TO THE WORLD OF GASTRONOMY

BY DR. HABIB AL MULLA

Published by Sail Publishing L.L.C.

First published in 2020

Overall editing by Deena Rashid

This book uses a font and an alignment purposed to make the reading experience easier for dyslexics, towards an inclusive reading experience.

ISBN: 978-9948-25-369-3

UAE National Media Council Permit #: MC-02-01-8615794

Age Classification: 16+
The age classification for this book's contents is set in accordance with the age classification system issued by the UAE's National Media Council.

Sail
سيل

Email: info@SailPublishing.com
Facebook: facebook.com/SailPublishing
Instagram: @SailPublishing
Twitter: @SailPublishing

"There is no love sincerer than the love of food," George Bernard Shaw.

Judging by the number of amazing dishes out there, he was right.

Table of Contents

PREFACE

They say you never forget your first love. Mine was warm bread served with cloves of garlic from Focaccia, a small Italian restaurant in 1980s Dubai. It wasn't the city of skyscrapers and five-star hotels back then. No, it was a small town—more specifically, my hometown. I grew up along its shores before they were filled with tourists and marinas with 90-foot yachts. I fell in love with its food before it was cooked by Michelin-starred chefs.

Don't get me wrong, I enjoy a well-cooked foie gras as much as the next foodie, but it wasn't the finest Parisian cuisine or Japanese sashimi that fueled my curiosity for food. It wasn't even the garlic bread I devoured every week at Focaccia. It was the local Indian shops Kwaliti and Tandoor.

Never heard of them? There's no surprise there. Because you won't find them gracing the glossy pages of magazines or the picture-perfect feeds of social media influencers. But the smell of fresh naan will forever be ingrained in my memory. 'Chicken tikka masala', 'beef biryani', 'papdi chaat'—you name it, they made it. Indian cuisine was, of course, the most prominent in Dubai at the time. It is only fair that I credit it with opening my eyes—and my taste buds—to the world of gastronomy. I was so intrigued by the art of cooking that when my friends were chasing footballs across fields, I was tasting dishes across restaurants. When they were screening their football games, I was screening food menus. When they were keeping up with scores, I was keeping up with chefs.

It's not that I didn't enjoy kicking around a ball every now and then; I just relished dissecting the makings of a meal so much more.

After Focaccia and the local Indian shops, my favorite spot was Villa Vedotta in the InterContinental Hotel in Deira. By now you will have realized I have a special place in my heart for Italian cuisine. I'll tell you more about that later, but first, let me tell you about the first fast-food chain to serve Western-style hamburgers in Dubai. It wasn't McDonald's or Burger King. It was Wimpy. And it was every Emirati kid's burger dream, the closest we ever got to an American meal before Chili's arrived a few years later. Yet as much as I loved my fries and shakes, it wasn't too long before I decided I'd had enough of fast food. I needed to cleanse my palate and upgrade. And what better way to do that than to use a restaurant guide?

My first choice was Zagat, which was recommended to me by an American friend. It introduced me to a whole new level of dining. I got lucky more times than not, but I was disappointed on a few occasions, which we'll explore in my chapter on restaurant guides and ratings.

As time passed and I gathered enough experience (and with that, a couple of pounds...) to fine tune my taste through trial and error, I became more of a gourmet than a gourmand. I was no longer just screening menus and tasting dishes, I was delving deep into the culture and history of food.

Rather quickly, I found that I wasn't alone in my passion. There were foodies all around the globe who shared the same fascination. I was especially surprised to find that many were right here in the UAE. So I decided to share my experience with Arab readers first.

While cookbooks are among the top sellers in the region, they fail to represent the cultural and historical aspects of Arabian cuisine, complete with its dining rituals and traditions. My first book in the Arabic language was so well-received that I decided to write another one, this time for my English-speaking friends who were chasing me for an English version of my book. In order for the book to not be lost in translation, however, I am writing it from scratch. And considering it's been nearly two years since my Arabic book was published, I figured it could use the updates anyway. Wait until you hear where I've been and all the mind-boggling dishes I have tried.

Remember when I told you they don't make local restaurants like Kwaliti and Tandoor anymore? Well, they do if you know where to look. But don't worry, I've done all the looking for you. I know exactly where to go. And if you want to find out, you can follow me.

This book is not intended to be a cookbook or a compilation of recipes. It is also not intended to classify restaurants. There are many books and periodicals that deal with those subjects, which I do not need to repeat. The goal of this book is to take the reader through an exploration of the culinary world. From kiosks selling hamburgers to fine dining restaurants, food has become an expression of today's modern life. This guide is for food enthusiasts so they can better understand the importance of restaurants in our lives. I hope this helps them better enjoy the culinary experience. I also hope that, by writing this book, I was successful in serving the foodie community that I proudly belong to.

If you want to understand how restaurants have evolved, how the Arab influence has changed the world's culinary scene, what gastronomy is, how to read and understand a Michelin guide, and where to go for a romantic dinner-this book is for you to read and hopefully enjoy. You don't need a plane ticket or thousands of dollars. All you need is a cup of tea to sip on as you go along the journey, which is this book. But for now, bon appetit.

Food: A Dive Into History

Food has shaped the history of humankind and, in many ways, is a symbol of humankind's ultimate ambition to survive and prosper. Since the dawn of history, the first humans roamed the planet in search of food to satisfy their basic needs. It is believed that, until the agricultural revolution, humankind's first 290,000 years of its known 300,000-year history on Earth was spent in search of food, moving from one place to another. What differentiates human alimentary behavior from that of the animal? Part of the answer is the culinary techniques, dietary restrictions, and religious rituals associated with eating.

The domestication of agriculture led to settled communities and the creation of a food surplus. This, in turn, brought with it the emergence of humankind's desire for power and control as it was necessary to build storage and to deploy guards to protect excess food. With the development of more complex urban communities and cities, the demand for food increased and led to conflicts between different communities, with each wanting to increase its share of the supply of food and water. With this, humans took their first steps towards the development of large-scale food production and the development of the food industry.

Humankind's sense of unfulfillment with the same type of food led them to experiment with different types of ingredients and cooking methods to create something new and to fulfill their desire to satisfy their developing tastes. As soon as man came into possession of fire, his diet changed. The discovery that food could be cooked on fire laid the foundation for a complex food culture that continued, until chemistry took over, to be the main influence on the industry. The agricultural revolution opened up new horizons in terms of the quantities and types of available food. The farming of livestock meant that there was a sustainable source of food available. Many scholars believe that the next dietary revolution involved the use of earthenware pottery, which made it possible to cook food in boiling water. New methods of food preservation such as smoking and salting enabled the early humans to explore new cooking techniques and satisfy their ever-expanding tastes.

The industrial revolution also influenced the history of food in different ways, the most important being the growth of food processing from being an individual act to an industrial one. Factories were established to produce food ingredients such as flour, oil, sugar, and vinegar in large quantities. The industrial revolution also led to changes in social relations: the reduction in the number of household personnel and the increase in the number of working-class women outside their homes. The pattern of daily life was profoundly altered by urbanization, industrialization, the entry of women into the workforce, and the rise of the standards of living. This had a significant influence on the development of household appliances and processed food industries. It also had an influence on social dietary habits and the tendency to dine out. Businesses, schools, and communities started operating cafeterias. Several types of self-service restaurants started to appear in Europe in the 1950s. And in the 1960s, chain restaurants arrived from the United States.

Dining

Alongside the changes in our palates, we were also changing the way we ate. Our relationship with food started as a response to our individual needs, but ultimately brought individuals together as a collective and helped foster culture, society, and identity. This led to the development of rituals and etiquette around food. Eating together transformed food from something that was simply consumed to something that was experienced and enjoyed. Thus, eating–which started as a response to individual needs–became an element of group structure and a mark of identity.

Over time, as humans increasingly gathered to share meals together, certain rituals about how to behave and conduct oneself around food were established. Eventually, these rituals became ingrained in how humans interacted and connected with food and created normative rules of etiquette and good manners around it. It is fair to say that these new rules helped civilize our species.

Banquet rituals existed as early as the third millennium in Sumer and other parts of Mesopotamia. Although the banquets mostly related to religious rituals and gods, texts also described the feasts of various, less exalted individuals. There were also banquets in Egypt as long ago as the Old Kingdom.

The ancient Greek philosopher Plutarch said, "We do not sit to the table to eat, but to eat together." Around 400 BCE, the ancient Greeks developed rituals in relation to how people should conduct themselves at a dinner table. For Greek writers, shared meals arose at the same time as the laws that constituted communities. Greek banquets had become standardized, with a fixed structure for the dishes served and the manner in which they were generally held in private homes, as the Greeks had very few public eating places. Dining rooms were small, containing couches for the guests. Rooms were described by the number of couches they contained. These feasts usually took place in a room with couches, with a small table in front of each couch. Each table had a basket containing small slices of bread. The food was divided and served in three parts, or what we would call courses. The first course consisted of fruit and pieces of sliced meat and fruit de mer, which was usually served in a style similar to what is known today as Greek meze. The second course would involve meat or fish. After each course, the plates were removed and replaced with clean plates. Servants would bring the diners hot water and towels to clean their hands. The third course would typically consist of fruits or cheese.

The Romans adopted a great deal of Greek culture, including the culinary arts, taking Greek ideas about the meal merely as a starting point. They took a great interest in all matters connected to food and the rituals that accompany eating. This can be seen in the works of Roman historians, philosophers, and poets. They were known to say, "Tell me with whom you eat and I can tell you who you are." They used more complex recipes, more elaborate presentations, more kinds of seasonings and more of them, and more important ingredients.

Roman families dined tighter. There were strict rules governing the position of each diner based upon status, social, and political class. The head of the household always had the most prestigious spot. Guests also took their places according to status. Just to be invited to dine often signaled sought-after social recognition. Who was invited by whom, who accepted an invitation, and to whom one appealed for an invitation said much about power in ancient Rome.

Roman dining rooms had three sofas, each accommodating three persons in a U-shape. Food was served in three courses. The first, the gustatio, was similar to our hors d'oeuvres. It was served with mulsum, a light wine mixed with honey. The gustatio was followed by the mensae primae, or first table, as in the sequence of the Greek banquet. Red wine mixed with water accompanied the mensae primae. The next course was the mensae secundae, or second table. This course included a dessert of fruits and sweets, and the first wines of the meal that weren't watered down. This was the time for entertainment and serious drinking to begin, as was the case with the Greek symposium. However, days were not organized around mealtimes. Romans ate whenever they felt hungry.

Traditionally, Greeks and Romans used to eat on sofas while lying on their sides. This position was a privilege reserved for the upper classes of the society. However, this position made it difficult, if not impossible, to use cutlery to eat food. When the Roman Empire was divided, the ritual of lying on a sofa while eating changed to sitting at dining tables to reflect the changing culture. The art of dining was further refined by the invention of new types of furniture and eating utensils. The etiquette that developed in relation to food and dining eventually intertwined with the general social mores of society, which helped shape societies' cultures as a whole.

Dietary habits and the introduction of new foods

The European invasion of the seas in the fifteenth century and beyond, and the subsequent integration between Europe and the other continents, had a sustainable cultural impact on their dietary habits, which has continued to the present day. Europeans, for example, did not have potatoes, tomatoes, or corn until the sixteenth century, until these crops were imported from the Americas. Turks introduced coffee into Austria, which later became famous for its cafés.

In the sixteenth and seventeenth centuries, it was not strange to classify items like olives, truffles, and artichokes as fruits that were appropriate to be served as desserts. These were not classified as vegetables until the late seventeenth century. This distinction was due to the differences between sweet and savory tastes. Everything sweet was considered a fruit and everything savory was considered a vegetable. Hence, it was the taste that established the difference between fruits and vegetables.

The spread of cooking culture led to innovations in the culinary world, not just in ingredients such as fruits, dairy items, or beans, but also techniques like seasoning. The heavy sauces made of vinegar and pepper, which were common during the medieval ages in France, vanished and opened the door for new types of sauces based on sugar and oil.

Food and the arts

The earliest known food recipes go back to Mesopotamia in the third millennium BC. But advances in printing played a major role in the spread of cookbooks, which extended the influence of national cuisines in Europe starting around the end of the thirteenth century.

Compilations of recipes had already appeared before the invention of printing in the form of circulating manuscripts in various European countries as early as the end of the thirteenth century. From the years 1480 until 1800, cookbooks were a major part of the publishing industry in France. The first French culinary book was "La Viandier ", which was published at the end of the fifteenth century. The first edition contained 230 recipes–80 of which go back to the medieval ages, and the rest were "modern" recipes. "La Viandier "remained dominant until "De Honesta Voluptate et Valetudine "was translated from Italian to French under the title "Le Plantin en Francois ".

In 1764, cooking was classified for the first time as an art. This was in the second volume of "Traité des Livres Rares ". However, it is to be noted that the word 'art' in that era did not mean art as we know it today. It was used to describe artisan activities as a whole.

Food was also the subject of many novels, including *Nausea* by Jean-Paul Sartre, *Dinner at the Homesick Restaurant* by Anne Tyler, and *In the Kitchen* by the English writer Monica Ali, where she deals with the social world of the elite English restaurant. In this context, it is important to note Jean Anthelme Brillat-Savarin's *The Psychology of Tasting*, which is by far the most popular book on food. It was first published in 1825 in France and is still being circulated, containing almost everything related to taste, from recipes, stories, impressions, the success of some restaurants to diets and more.

With many nations, the progress in cooking followed progress in all the other arts. Likewise, the development of cooking helped the development of other fields of art. There is, for example, a piece of music specifically written to accompany banquets. Adriano Banchieri, in the sixteenth century, composed a madrigal comedy called "Festino nella sera del Giovedì grasso avanti cena ", which was to be performed at mealtimes. The most famous example of 'dining music' is "Tafelmusik ", which was composed by George Telemann. It was only written for the instruments that were particular to a dining scene, not for an actual dinner setting. This confusion highlights the popularity of playing music at dining around this time.

Societies of gourmets were also established, which had their own rules and membership requirements. This was a distinctive development in this world. Food was also linked to clothing, and certain restaurants even now impose a particular dress code or prohibit certain types of attire if they do not fit with the rules and rituals of dining.

Food and media

In recent years, the importance of food and its consumption has significantly increased. Food has become a symbol of people's interests, an expression of their choice to eat what they wished and to choose particular products or producers. It is perhaps the most distinctive expression of an ethnic group, culture, or nation. "If you tell me what you eat, I'll tell you who you are" has become a cliché in international tourism.

Hollywood has not missed the opportunity to explore the world of cooking and restaurants, and has produced movies that explain the Michelin guide and the importance the Michelin star plays in the lives of chefs. The 2015 movie, *Burnt*, is an example of this. The movie deals with the story of an American chef in Paris who struggles to win his third star. The movie takes us on an exciting journey into the world of restaurants and how chefs exercise the utmost care and attention to tiny details in order to prepare their dishes.

Another movie that deals with the world of restaurants and chefs is *No Reservations*, in which the actress Catherine Zeta-Jones plays the role of a professional chef. Another movie, *Chef*, tells the story of a chef's journey from the world of fine-dining restaurants into the world of food trucks. *Paris Can Wait*, a movie that touches on gourmet experience with a touch of romance, is one I personally enjoyed in 2017. *The 100 Foot-Journey*, a movie about an Indian family in France who set up a restaurant opposite a well-established French haute cuisine restaurant, successfully combines food as a cultural identity and romance.

TV has also ventured into the culinary world. Netflix's *Chef's Table* is an exciting series that presents the biographies of certain celebrity chefs, their journeys to becoming stars in the culinary world, and their trials and achievements. Each episode deals with a story of one chef. *The Mind of a Chef* and *Cooked* are other series that deal with chefs and restaurants. One should also mention *Ugly Delicious,* where Chef David Chang accompanies writers, activists, and artists on a journey to some of the world's best-known restaurants in an attempt to break the cultural barriers between nations through food. There are also TV cooking shows and competitions presented by celebrity chefs on international channels such as *Britain's Best Cook*, *Top Chef*, and *MasterChef USA,* to name a few.

In addition to that, modern social media has also impacted the world of food. There are many Instagram accounts, for example, that are dedicated to foodies who post their experiences in some of the world's exotic restaurants as well as with street food.

Culinary schools

The history of cooking has been admitted as a recognized academic field. Did you know that hundreds of anthropology scientists specialize in food studies? Three hundred anthropologists in the United States list food studies as their specialty. Courses in food and culture are increasingly widespread at the University of California-Berkeley and Johns Hopkins University.

There are different types of culinary schools around the world: some specialize in educating professional chefs while others aim to fulfill the desires of those who are inspired by this beautiful world and want to learn the basics of cooking. In many parts of the world, culinary schools are aimed at beginners or amateurs and form part of the country's tourism. Their programs vary and can include courses that are short and accessible. For example, some may only last half a day while others are very long courses that may take a year or more to complete. Some of these programs provide graduates with an accredited academic degree that can provide them with the means to embark on a future career. The shorter programs, directed toward amateurs, do not provide such accreditation. Most, if not all, of these programs have a practical part that requires students to have training in kitchens that are affiliated with these schools. They may even require the best students to work in selected restaurants for a particular time as a condition for their graduation.

In the United States, the first culinary school was opened in 1879 in Boston. The Boston Cooking School was devoted specifically to the cooking of food. The school was a Women's Educational Association of Boston creation with the purpose of giving women cooking skills that they could use both in and out of the home. This school helped standardize cooking practices and recipes and laid the foundation for the culinary art school that would come after it.

The most prestigious culinary school in the US, however, is the Culinary Institute of America, which was founded in 1946. This institute introduced new ways of providing unique and distinguished culinary education with the purpose of graduating professional chefs.

In France, there are several popular culinary schools, like La Varenne and Périgord. However, the most famous culinary school by far is Le Cordon Bleu, which was established in 1895 and has become an icon in the culinary world, similar to Harvard or Cambridge. Its graduates have the confidence and trust of restaurants around the world.

The name of Le Cordon Bleu is traced back to 1578. 'Le cordon bleu' means 'a blue cord, rope, or sash', and in 1578, King Henry III of France created one of the most important orders of the country: 'L'Ordre du Saint-Esprit'. This group was the most privileged of all the royal classes up until the revolution of 1789 and would wear a blue ribbon. Associated with this order were ceremonious banquets of great splendor and long tables laden with extravagant feasts prepared by dozens of cooks and their assistants. Nothing was too good for these affairs, and the nobles went out of their way to display their wealth. The dinners became so legendary that slowly, by the eighteenth century, the term 'cordon bleu' began to be applied to the best of cuisine and the best of chefs. Eventually, it became associated with anyone who was top in their field.

However the term evolved, what would become Le Cordon Bleu cooking school began as a magazine. In 1895, a journalist named Marth Distel began a weekly publication called 'La Cuisinière Cordon-bleu' (The Cordon Bleu Cook). In it, famous chefs gave cooking courses in the form of articles, and Distel and others discussed food, shared recipes, and gave cooking advice. Today, Le Cordon Bleu has a presence in some 20 countries including the United Kingdom, Australia, South Korea, and Japan with 35 international schools attended by 20,000 students annually. The programs focus not only on culinary arts but also on the management of hospitality institutions and gastronomy.

The author with his granddaughter Fay in front of the Le Cordon Bleu Institute

Why are culinary studies so important?

Taste is not only born with man, but it is also learned. David Hume in his book, *Of The Standard of Taste*, regards taste as fundamental to the human ability to make moral and aesthetic judgments. According to César de Rochefort's

'Dictionnaire général curieux', taste is not the noblest of senses, but it is the most necessary.

The experience of dining helps in forming life's stories and our memories of a particular incident at a particular time. Food plays a role in making these memories, as certain tastes and textures remind us of a particular incident in life. A good restaurant gives a false impression of life, as everyone seems happy and our needs are being fulfilled, so everything tastes better. Humankind has been successful in transforming one of the basic acts into a fine art.

Rochefort's dictionary defines taste as one of the noblest and most-needed feelings. It is also said that one cannot live long without the sense of taste, but he may continue to live without his other senses. Food can also impact one's mood and change it from a bad mood to a good one and vice versa. The best method of communication between humans is through food. Nothing helps strengthen friendships like dining together. It is not strange that food has become one of the most sought after experiences in life that no other experience can match. Cooking has become a unique folklore art.

Today, eating and drinking is not an individual act nor merely a social need. It has become a specialized industry employing millions of people, becoming a bedrock of some economies and contributing to the GDPs of many. Food has become an activity combining work, capital, art, and literature. It has become a global language and a part of people's culture, representing their identity. Eating out in a restaurant, cooking, and serving food requires culture, and the success of a restaurant depends, among other things, on the depth of its culinary culture. Without it, cooking is lost. Cookery, like other arts and sciences, has progressed with time. For example, French cookery's reputation indicates their advanced state of civilization and high level of culture.

Restaurants are now in every country and in every culture on the planet. They have become a common feature of today's modern life. Every city has its own identity when it comes to food and restaurants. Visitors to Paris, for example, will notice the spread of restaurants where most of the chairs are facing the streets and have terraces open to the city. This is in contrast to London, where restaurants and cafés are very much glassed-in.

It is unfortunate that in spite of the richness and the diversity of Arabic cuisine, the Arabic library lacks any specialized book on culinary techniques and restaurants to provide the reader with a knowledge of this unique world. Arabs have unfortunately failed to institutionalize their cuisine, and so it remains a culture that lacks any tools to express itself with. The majority of Arabic food books available to us now are mostly cookbooks, and the history and evolution of our culinary tastes have been left undocumented.

Arab Cuisine and the West

It is said that Vladimir I, Prince of Kiev decided to abandon heathenism and embrace a new faith for himself and for his people in 986 CE. He called to his court the representatives of three faiths—Christianity, which was divided into two churches, Rome and Byzantium; Islam; and Judaism—in order to better understand these faiths and choose one. According to the description provided by historian I.P. Sbrizioli in his book 'Racconto dei Tempi Passati', the theological discussions that took place touched upon the dietary prescription of these faiths. Vladimir disliked the prohibition of pork in Islam and Judaism and the prohibition of spirits in Islam. He informed the Bulgarian Muslim delegation that, "We, the Russians like to drink and cannot live without drinking." Vladimir also didn't appreciate the Roman Christian observance of fasting as a form of purification, and, finally, he adopted the Eastern Byzantine Christianity. Regardless of the reason why Vladimir adopted the Eastern Byzantine Christianity, this incident stresses the important role of diet as a sign of the religious, cultural, and ethical customs of a nation.

By Arabic or Islamic cuisine, we refer to the cuisine of the countries that have adopted the Arabic language and have written their recipes in that language, defined as the various regional cuisines spanning from North Africa to the Levant and the Arabian Peninsula. The emergence of semi-independent Arabic states after the weakening of the central Caliphate and the disintegration of the empire did not impair the movement of goods and people, which was a main feature of the Muslim world between the ninth and the fifteenth century. In spite of the political rupture and the emergence of local cultures, the cultural unity of the Muslim nations continued to be cohesive.

Islam left its footprint on food as it did on other aspects of life. One can gauge the influence of the Arabic kitchen on Europe by examining the European recipe books and how these recipes were influenced by Arabic spices, cooking techniques, and even names. However, although the Muslim conquerors kept their previous traditions, this did not stop them from adopting the lifestyle of the nations that they conquered. Similarly, the West, which was impressed with the cultural richness of the Muslims, borrowed their traditions. This was not only because of the Crusades but also because of the contact the West had with the Muslims in Spain and Sicily, which transferred the Muslim kitchen to the north Mediterranean states and then to Western Europe.

When Islam reached the Mediterranean during the seventh century, it played a pivotal role in influencing the identity of European cuisine. The countries surrounding the Mediterranean were divided into two parts: Northern, whose cuisine included pork and wine, and Southern, which excluded them. Islam not only defined European culinary identity by exclusion, but equally and significantly introduced new elements to the European cuisine. Many spices were introduced to Europe, such as saffron, because of Muslims. Vegetables such as spinach and eggplant along with fruits, particularly citrus fruits, were introduced to Europe through Muslims. The arrival of cane sugar to Europe led to the creation of candied fruits such as nougat and marzipan desserts. Some of the fundamental elements that were introduced by Arabs to Europe were rice and pasta, which came to Europe through Sicily and Spain. The story that Marco Polo introduced pasta to Europe from China is not historically accurate as pasta existed in Europe before the famous Marco Polo journey.

Another interesting story in this regard is about macarons. Parisians might take credit for the macaron, but it actually has Middle Eastern roots. The sugary tale of the iconic Parisian sweet begins in the golden age of the Silk Road, then follows the medieval Arab expansion that swept into the heart of France itself. According to linguist Dan Jurafsky, author of *The Language of Food*, the word "macaron" can be followed back to the sun-baked hills of Sicily, among the earliest of the European conquests by Islam. When the empire expanded up through Northern Africa into what is now Sicily, the Arabs brought their foods with them. One of the foods they brought with them was a sweet "cookie" made from honey and a ground-up nut flour–probably pistachio, but possibly made from almonds or other nuts.

The Sicilians called this food 'maccheroni' as it was made up of a ground nut, and 'maccheroni' referred to any food, savory or sweet, made from something ground-up–nut or wheat. Over time, the sweet 'maccheroni' evolved to incorporate egg whites for leavening and utilized the bitter almonds known so well throughout the Italian peninsula. This cookie is more or less what we still know today as the Italian macaroon.

In the 1500s, Catherine de Medici, from one of the most prominent Italian families, married into French royalty and moved to France. Like the Arabs almost 800 years before her, she, too, brought her favorite cookies with her. It was here that she introduced the sweet Italian 'maccheroni' to the French. Upon their adoption into French cuisine, the Italian 'maccheroni' were directly translated into French as 'macarons'.

With colleagues at the famous "Foul" restaurant "Mohamed Ahmed" Alexandria, Egypt.

Culinary practices and food in the Arab world

The nomadic pastoralists in the age before Islam were living on dairy products, dates, and small amounts of meat, which resembled the simple life the Bedouins used to live. 'Thareed', for example, is illustrative of simplicity and resource scarcity. This dish is made of pieces of leftover bread soaked in meat broth. This simple dish was considered to be a full meal for a small or large occasion and did not require any utensils like spoons. It continues to be popular in many parts of the Arab world today.

There have been some claims about the origin of the Spanish word 'paella', which means 'frying pan'. Some researchers have made a disputed claim that the word 'paella' comes from the Arabic word بقايا (baqiyyah), which means leftovers. The Moorish kings in the eighth century would have their servants take home the rice, chicken, and vegetables that had been leftover. The servants would then cook their own meals with that potpourri of ingredients. The dispute to this claim is that the word 'paella' did not surface until six centuries after Moorish Valencia had already collapsed and been conquered by Jaume. There may be some truth, however, to the influence of the Arabs on the dish, as they introduced and perfected the recipe for rice in that region.

Arabs were also influenced by Persian cuisine (Sassanid era), particularly during the Abbasid caliphate, which ruled the Islamic Caliphate from 750 to 1258 AD. During that era, Muslims of Persian origins held prestigious positions. Although there is not much written of the cuisine that was popular during the Sassanian kings, we do know that the meat of young animals, grilled or fried with butter, which existed during the Abbasid era, were popular dishes in the Sassanian kingdom. The same applies to chicken, rice, and spinach, which were presented as side dishes. Crushed almonds and walnuts were essential elements in the preparation of desserts. This could be the origin of rich sweets and pastries that exist in Arabic cookbooks.

The cultural unity between Muslims and the ease of communication amongst them has led to the spread of many plants that originally existed in the Persian environment across the Abbasid caliphate. Examples of such plants are corn, rice, sugar cane, eggplant, and spinach. This cultural unity, however, did not stop the emergence of regional dishes, which relied on items locally sourced, particularly on the popular level. Cheese for example, was invented in Persia not in Paris. In North Africa, for example, the steamed roast semolina was the main ingredient. When a person fell ill, having a dish of cuscus was a method of treatment. This food, for example, was not known in the eastern parts of Muslim countries.

What distinguished the Arabic kitchen was the use of particular ingredients, cooking techniques, and some types of seasoning. Spices such as musk and amber were added to food to give it a pleasant aroma, although this was restricted to the upper class due to the high cost of these ingredients. The use of rose water, saffron, cinnamon, cloves, gum, nutmeg, and cardamom was also popular. It was said in Andalusian cookbooks that the knowledge of spices is the key to understanding the art of Arabic cooking.

Amongst the spices that are still being used in cooking are dried fruits, walnuts, raisins, almonds, hazelnuts, pistachios, and pine nuts in addition to fruits, sugar, and honey in order to give special flavors to the dishes. Today's popular spices such as salt, pepper, cumin, ginger, and vinegar were at the bottom of the spices list during that era.

Fat was also used in Arabic cooking to add flavor to food. In the case of frying, for example, it was recommended to use the fat from the tail of the sheep to add a strong flavor to the food. One of the unique methods in an Arabic kitchen was the use of pigeon meat to prepare desserts by mixing them with fruits. Arabs also knew to treat some types of food before offering them for sale. For example, forming butter from milk and drying fish and preserving meat and fruits.

Mohammad Ibn Hassan Al Baghdady wrote the book on food titled 'Al Tabeekh' in 1226. In his book, he explains culinary art and food items in the Abbasid period. In the beginning, he emphasizes the importance of adhering to cooking standards, saying that "a chef has to be knowledgeable, mastering cooking rules and informative of his profession." The book is divided into ten chapters and contains hundreds of recipes exploring desserts and drinks, savory food and their types, fried food, reagents, pickles, and dyes. He lists fifteen types of bread and goes into detail on the ingredients of each and how to prepare them. He also lists dessert recipes, including the marzipan-like 'lauziinaq' and khabis al-lauz', a confection that blends powdered almonds with sugar and rose water. The book witnesses the expertise of the author and his passion for food and its history. It has recipes for fasting people and even food suitable for patients.

Historian Al Jabarti (1753-1825) dedicated a book on drinks and their recipes called 'Al Aqwal Al Mo'araba an ahwal Al Ashreba'. In his book, he mentions that drinks are made from four sources: grapes, raisins, dates, and grains.

Although the modern Arabic kitchen has Ottoman roots, each country has its own dishes that are unique to that particular country. In Morocco, for example, there is a popular type of bread called 'mesamen', which is usually served with hot tea with mint or with cheese and honey. In Egypt, we find the famous 'koshari' dish, which is one of the most popular street foods there, made of rice, pasta, black lentils, fried onions, and hot tomato sauce. In Syria, we find a dish called 'toshka', which finds its roots in the Turkish kitchen, made of minced meat, cheese, curry, and pepper molasses. Stuffed vegetables, which is a very common dish in the Levant and Egypt, existed during the Ottoman Empire during the fourteenth century and was called 'dolma'. It has been popular in the Arab states since then.

Today, some Arabic cuisine has managed to be recognized internationally. According to a survey conducted by Wharton University in Pennsylvania in partnership with BAV Group, a unit of global marketing communications company VMLY&R, Moroccan cuisine came at the top of the list of most influential Arabic cuisines, scoring 6 out of 10. It achieved this status by being the most diverse Arabic kitchen, with a unique mix of the Amazigh, Arabic, African, and the Sahara kitchen. Its cuisine has the unique feature of mixing savory and sweet items in its dishes. It also contains a variety of spices like cinnamon, ginger, and saffron. Ranking second was Lebanese cuisine, scoring 4.5 out of 10. It is deemed a part of the Levant cuisine, which is a mix between the Mediterranean, Arabic, and Ottoman cuisines. The ethnic and religious diversity in Lebanon has given us the richness we experience today in their cuisine.

Restaurants: History & Types

The rise of restaurants

The Oxford Dictionary defines a restaurant as a place where people pay to sit and eat meals, referencing its commercial, professional, and industrial nature. The roots of restaurants go back to the dawn of the recorded history when peasants and artisans were offering their products for sale in the nearby markets. When these shopkeepers were away from their stalls, they needed to have meals, hence the initial idea of group eating. These were not restaurants as we know them in our modern times, of course.

Restaurants also existed along town roads to serve travelers whose long travel periods obligated them to be away from their homes. The Chinese and Roman Empires fulfilled these needs through inns that used to serve certain types of food on common tables. These inns were always open to receiving guests, whether travelers or even residents, to provide meals and temporary lodging. Travelers had to depend on inns and cookshops, which were open to all those without tables of their own. A meal was set at one large table, always at the same specified time, at which eaters had little opportunity to request particular dishes. With the expansion of trade between the eleventh and the fourteenth centuries, the number of inns serving merchants, travelers, and pilgrims also increased.

These first types of restaurants at the inns served specific meals depending on the availability of ingredients at that particular time and place. These 'restaurants' were initially part of the inns but gradually started to separate. Certain European cities also had little kiosks in their marketplaces that used to sell food items that people would consume while standing or walking. Pubs and taverns began appearing in towns and villages that started to exist along major roads, castles, and monasteries. Although their main sale was liquor, they used to sell bread and cheese as well as other types of food.

A few major developments were made between the thirteenth and fifteenth centuries. It is believed that the use of the fork for eating happened during the years following the Black Death in Europe around 1353. The use of individual plates and independent seating around the dining table became popular as a method of increasing space between the seaters. The art of dining was refined with the invention of new types of furniture and cutleries. Cafés started to exist from 1550 onwards in Constantinople and during the years from 1650, cafés in Britain took over the role that pubs used to fulfill in serving food. It was in 1674 that the Neapolitan Francesco Capelli, known as "Procope" opened the first café in Paris. By 1723, there were nearly four hundred cafés in Paris, but their menus were limited to simpler dishes or confectionaries such as coffee, tea, chocolate, ice creams, pastries, and liqueurs.

The Middle Ages experienced two major developments in restaurants. The first development came with the Crusades, which changed the concept of the European kitchen due to the interaction with the richness in spices and flavors of East Asian kitchen. This led to the establishment of the European cuisine as we know today. The second development was the discovery of the new world by Columbus. The European colonization of many parts of the world led to the spread of many fruits, vegetables, and cereals that Europe did not have before like tomatoes, pistachios, corn, cocoa and tobacco. Tea was brought by English merchants to England and the American colonies. These new items contributed to the creation of new dishes that did not exist before.

During the medieval ages, labor classes had three or four meals a day while the upper classes had meals twice a day. Breakfast was normally served at 9

AM while dinner was served in the afternoon. By evening, a light meal was consumed. Over time, the timing of serving dinner was delayed for the upper class while the lower classes continued to have their dinner in the afternoon.

The modern restaurant in France

When he visited Paris in the early eighteenth century, the German erudite Joachim Nemeitz described in his book 'Séjours de Paris' that the city had a fundamental problem: the quality of its cuisine. Rich people had good quality food in their houses prepared by their own chefs. Lower classes and those who happened to visit Paris, on the other hand, were forced to eat at an innkeeper's or 'traiteur's' (cook-caterer's) 'table d'hôte'. These inns and kitchens were serving food that lacked quality. The same dish was being served every day on a big table at a particular time of the day. Customers had no choice but to come at that particular time to have whatever was being served. Common kitchens were relying not on visitors or foreigners, who would happen to be in Paris, but on local regular customers. Hence, the predefined timings and types of food were suitable for this class of customers. Of course, the idea of dining out was not as popular as it is today. Dining out as a social and an entertaining act started only during the eighteenth century.

It is said that Monsieur Boulanger was the first person to use the word 'restaurant' when he and his wife opened their first restaurant in 1765 on Louvre street in Paris. But it is worth mentioning that the word 'restaurant' was originally used to describe not the place where meals are served but to describe a restorative broth. Restaurant as a social place originated from this broth. Before the French revolution in 1789, Parisians used to go to a 'restaurateur's room' to have it, similar to what people do today by going to cafés to have coffee. We mention Paris because until the middle of the nineteenth century, restaurants were a Parisian phenomenon. Rarely were restaurants found outside Paris.

The reason was that when restaurants were becoming popular, what distinguished them from food contractors was not their expertise and food, but the healing properties of their food. Restaurants used to serve a type of broth that provided energy and vitality. Through the 1770s, restaurants styled themselves as 'Maisons de Santé' (House of Health). Jean François Vacossin, one of the first restaurateurs, stressed the healthful aspects of his fare by telling customers that he served only those dishes that contribute to the conversation of good health. Cooking and medicine were viewed as two parts of chemistry.

In an age where air pollution was dominant, restaurants used to promote themselves by serving a broth which would restore health and wellness. In the ancient world, a great deal had already been written on the relationship between diet and health. The aim of diet was to redress any imbalance that might have taken place and to bring the body back to that perfect equilibrium, as indicated by Hippocrates in his treatise *On Ancient Medicine*. The relation between diet and health was a well-known subject. Dietetics was considered a branch of old medicine, as it was believed that food was a reason for the balance of health. Both medicine and diet had overlapping subjects and interests. Cures were often obtained more effectively through a correct diet than just medicine. In general, food as a method for balance and as a protective measure against diseases made it a branch of medicine dedicated to the rich who could afford to take care of their health.

Physicians were giving special attention to the protective and healing effects of food. Treatment through a healthy diet was as common as treatment through medicine, and patients were given a strict diet under the supervision of doctors. The diet was prepared taking into consideration the patient's age, activity, sex, and health condition. A cook would consult with the doctor in adding spices to food in order to avoid any side effects. During the Middle Ages and until the seventeenth century, the diet of the upper classes closely followed the recommendations of physicians in regard not only to ingredients but also to seasoning and cooking methods. Fruits, for example, were eaten at the beginning of the meal and not towards the end in accordance with the recommendations of dieticians. It was only from the seventeenth century that the habit of serving fruits such as grapes, apricots, peaches, and strawberries at the end of the meal arose. It was then that all the hygienic precautions began to disappear in favor of harmonizing flavors.

This is how the word 'restorative' was modulated to 'restaurant' in Latin. The word is derived from the verb 'recuperate', meaning to recover and heal. The term 'restaurant was not used to refer to the place where people have their meals until 1835 when the French Academy dictionary adopted this definition. Thereafter, the word 'restaurant' spread to most European and world languages. The English language took the word without any change while other languages adopted a derivative of the word. This health consciousness started to fade, however, at the beginning of the eighteenth century, and the interests of cooks focused on taste being homogeneous.

Needless to say, the French Revolution played a huge role in the establishment and the spread of restaurants in their current form, which occurred in 1789. After the revolution, many of the chefs who used to work at the palaces of the nobles found themselves jobless. Hence, some of them started their own restaurants, which led to the spread of the restaurants in their modern form. The number of restaurants in France, for example, increased from less than fifty to a few thousand after the revolution.

The industrial development, on the other hand, led to the migration of a large number of people to work at large factories. This, together with the population growth and the economic hardship that the labor class suffered due to the scarcity and the high price of food, led to factories having their own canteens to serve food to their laborers. The idea was also copied in schools and large commercial enterprises.

What distinguished 'restaurants' from common kitchens during the eighteenth century was the timing of serving meals. Where kitchens served food at a particular time of the day, restaurants served food at any time. This was very convenient for visitors and even some locals. The ability to do that was because the broth that restaurants used to serve needed little time and effort to prepare. The timing of serving food remained the main distinction between restaurants and common kitchens even when the menus of the restaurants expanded, as the menus still included items that did not require much time to prepare such as fried eggs, fruits, and cheese.

Before the emergence of the restaurant, menus had always been a list of all those foods to be served during a particular meal (like at a banquet today). All the items on the menu were brought to the table in the course of the meal. A few years later, restaurants started catering to individual tastes. While the 'traiteur' (cook-caterer) or the common kitchens fed large groups, restaurants offered single serving, small, intimate tables and presented their patrons with the appearance of choice. Restaurants allowed for variety and insisted on the individual. From the early 1770s, the restaurant's role as a place for the treatment of individual needs necessitated a new sense of menu: the creation of a list of available items from which the consumer could make personal choices at the most convenient moment. This new type of menu indicated the price and variety of dishes prepared so that the consumer could limit his expense before spending and not have to wait for a specific number of fellow eaters. Also, a consumer in a restaurant was no longer required to share each of the dishes brought to the table but permitted to concentrate on the ones he explicitly requested. By its creation of discrete spaces, the restaurant's model of service and sociability differed greatly from cafés and 'traiteurs'.

In 1775, the Paris police attempted to limit the hours in which restauranteurs did business and ordered them to close their doors by 11 P.M. (10 P.M. during the winter), similar to food and liquor sellers. The owners of the restaurants protested on the grounds that categorizing them with common kitchens was an insult since they considered themselves 'Maisons de Santé'. Restaurants went into a long legal battle to revoke that order. The memo prepared by the lawyers argued that restaurants were not equivalent to other places that served food and drink like common kitchens, because customers were not required to attend at a particular timing, to wait for other customers to arrive until in order to have their food, or to have a discussion with fellow customers.

Throughout the 1780s and the 1790s, restaurants did not continue to serve the healthy broth only, but expanded their menus to include other items as well. Similarly, merchants widened the range of their offerings and it was not unusual for a single establishment to provide both 'ordinary' (stuffed calf's head) and 'restaurant' service (restorative bouillon). The distinction between *traiteur* and restaurant threatened to collapse because of this overlap. What distinguished restaurants from 'traiteurs' were the small and private rooms or tables with the option of service at any moment. Some of these rooms were reserved for ladies. That is why an 1803 guidebook 'Le Courrier Français' stated that "one may not lunch with a lady in café, but one may have dinner with her in a restaurant."

After the industrial revolution

In many parts of the world, the main model of food institutions were the street kitchens that used to serve street food where one could buy pre-cooked meals for a modest price. This form of 'restaurant' still exists in some parts of China and some parts of Latin America. In parts of the Middle East and Africa, kebab shops carry out the same role. This institutional form serves a social function where office clerks, students, and even businessmen can have meals together at common tables.

There are various derivatives of the word 'restaurant' to describe particular aspects of it. In France, for example, the word 'bistro' is used to describe the casual aspect of a restaurant. The word 'brasserie,' on the other hand, is used to describe restaurants also of a casual atmosphere but with differing serving times. Brasseries offer all-day dining while bistros are open during certain hours of the day. In Sweden, for example, restaurants are called 'restauranger'. However, if the restaurant were attached to a pub or a café, then it is called 'kök', meaning a kitchen. Pubs integrated with restaurants are called 'krog'.

During the 1960s, chain restaurants appeared in Europe when the burger restaurant Wimpy established its presence. Fast-food restaurants did not spread in Europe, however, until the end of the 1970s. In the US, the need for fast-food restaurants existed because of the work and culture there. US businessmen, in contrast to their European counterparts, used to eat and work at the same time. There were no rituals for dining, such as sitting at a table. At the beginning of the twentieth century, fast-food restaurants were serving business sectors in New York and Chicago where customers ordered their food from the tables that they were sitting at. The whole dining experience took less than half an hour.

With the discovery of germs and the link between health and hygiene, a greater emphasis on cleanliness led to the rise of two popular hamburger chains in the early twentieth century: White Castle and White Tower. Their all-white interiors were meant to reassure customers that their food was prepared in a safe, modern, sterile environment. The beginning of these restaurants in their current form started in the US when A&W restaurants appeared in 1919.

However, the biggest change in the fast-food restaurant industry during the twentieth century is credited to McDonald's. Originally a hot dog stand owned by two brothers from Illinois, they switched to hamburgers in 1948. Taking a cue from Henry Ford's assembly line concept, the brothers began offering the fastest, cheapest food possible by employing low-skill workers to assemble it. While the brothers were successful at serving food efficiently and inexpensively, they were not so good at franchising. A restaurant equipment salesman by the name of Ray Kroc saw the potential in the McDonald's concept and bought the brothers out in 1954. His formula for franchising set a precedent for fast-food chains, changing the landscape of fast-food dining. Some, however, consider that the famous British fish and chips restaurants are the first form of fast-food restaurants, the first of which opened in England in 1860.

From the US, fast-food restaurants conquered the world. The term 'fast food' appeared for the first time in the Merriam-Webster dictionary in 1952, defined as food that can be prepared and served quickly with little consideration to quality. McDonald's method of the assembly line system is still followed in most fast-food chains today.

The success of McDonald's and other fast-food chains is linked to a global dietary nature. Fast food is not only practical, and customers do not choose to have fast food only for the convenience of price and timing, but there are other elements that play a role in this success. Taste, the texture of the soft bun, and the sweet and sour ketchup all play a role. It is also related to dietary behavior: the freedom children have to order food independently from their parents, eating with their hands and not with cutlery in disregard of the dining manners they observed in their houses, and all this with the consent of the parents. This combination of taste, texture, freedom, parental consent, convenience, price, cleanliness, and standardization of work systems is a model that no institution has so far managed to introduce.

The debate continues on what would be considered the oldest restaurants in the world. Some refer to Bolounger's restaurant. Some would consider The Blue Anchor Tavern in Philadelphia, which was founded in 1680. Some would argue that St. Peter Stiftskeller, which is located within the walls of St. Peter's Abbey in Salzburg, Austria, is the oldest existing restaurant in the world. The restaurant was supposedly first mentioned in the poem of Carmina by the English poet Alcuin of York in 803 AD when he served Emperor Charlemagne and Bishop Arno of Salzburg. However, according to the *Guinness Book of Records*, the oldest restaurant continuously operating in the world is Sobrino de Botin in Madrid, which was founded in 1725. Although there are other restaurants that are much older, Sobrino de Botin received the distinction because it remains in its original building with the same interior since the eighteenth century. The world's oldest pizzeria, however, is Antica Pizzeria Port Alba in Napoli, which started serving pizzas in 1738 and is still open to customers. In the Arab world, Café Riche in Talaat Harb street in Cairo was opened in 1908 and is still operating. It is arguably the oldest continuously operating restaurant in the region.

Types of restaurants

There is no single classification nor division that covers all types of restaurants. Restaurants are classified or distinguished in many different ways. The primary factors are usually the food itself. A restaurant can be classified in accordance with the type of food (vegetarian, seafood, steak), in accordance with the cuisine it serves (Italian, Chinese, French) or the style of offering (buffet, a la carte, tapas). In *Dishing It Out: In Search of the Restaurant Experience*, Robert Appelbaum argues that all restaurants can be categorized according to a set of social parameters defined as polar opposites: high or low, cheap or dear, familiar or exotic, formal or informal, and so forth. Any restaurant will be relatively high or low in style and price, familiar or exotic in the cuisine it offers to different kinds of customers, and so on.

Apart from that, restaurants are distinguished by certain other factors such as the speed of serving food (fast-food chains), location, cost of meals, or even the theme that the restaurant represents. In themed restaurants in general, food comes as second place, and the theme of the restaurant would be the main factor distinguishing the restaurant. Restaurants can also vary between those which are causal, serving reasonable good food for good value, and those which are 'institutions,' serving fine meals in a formal atmosphere that sometimes requires a dress code to suit the place. In formal restaurants, customers have their meals while sitting around tables and a waiter takes their orders and serves the food when it is ready.

Restaurants now are restricted to one model or form that serves food. Restaurants have grown to have different forms and offer different services depending on their type, class, and the importance of their customers. The most important types of restaurants are:

Conventional restaurants

These are restaurants that do not have any particular identity, whether that be the type of meals they serve, the way the food is prepared and cooked, or cooking methods. These restaurants have tables and waiters that serve food relevant to the locality of the restaurant, or food that represents different cultures or what would be called 'continental food.' The majority of restaurants fall under this category.

People visit these restaurants because of the quality of food and service. In addition to good food and service, these restaurants are distinguished with their classy décor and ambiance.

Under this category would also fall what are called the 'institutional restaurants'. These are chains of restaurants that are not owned by an individual but by companies that consider restaurants as a business and not a profession. This does not mean, in particular, fast-food restaurants. Although fast-food restaurants do fall under this category, the definition is much wider. There could be single restaurants, some of which may even have a particular theme or specialize in a particular cuisine, but the ownership belongs to a company that runs many restaurants as a business. In general, these companies own several restaurants in a city or in a few cities.

Fast-food restaurants

Fast-food restaurants have become a phenomenon of this age. They have their clan that attends these restaurants because of the speed that the food is served, which is the main feature that the customers of these restaurants look for, in addition to the consistency of quality and service. Furthermore, the price at these restaurants is moderate and suits all budgets. Tourists also prefer these types of restaurants as they don't need to spend much time having their meals when they have tight sightseeing schedules.

Fast-food restaurants operate on various levels, from small-scale street vendors with food carts to institutions worth billions of dollars such as McDonald's. Fast-food restaurants could also be categorized internationally: pizza, fried chicken and burger restaurant chains, for example, and local restaurants selling fish and chips, kebabs, and shawarmas. On another level is the posh fast-food concept where food is served slightly slower and may even be brought to the table by a server.

One aspect of these restaurants is that they serve meals that are quickly prepared and mostly within the Western cuisine. Meals are pre-cooked in large quantities, frozen, and then heated when they are ready to be served. Most of these restaurants are self-serviced where customers pick up their meals from the counter, bring them to their tables, and throw away their trash once finished. In some fast-food restaurants, waiters throw away the trash.

The majority of fast-food restaurants today are owned by international companies that franchise their brands to local operators. These restaurants are distinguished by their simple décor and ambiance and standard level of quality in any of the many branches all over the globe. This is due to the strict supervision of the parent company.

In his book *Dishing It Out: In Search of the Restaurant Experience*, Robert Appelbaum, in describing fast-food restaurants, argues that the meals they serve lack depth and life. Although one's needs as a consumer are being addressed, the deeper needs as a human are being neglected. Some would argue, however, that customers do not choose fast food solely for the reasons of convenience, price, and time. Rather, it is the basic tastes, gratifying textures, transgressive freedom, family consensus, hygiene, standardization, convenience, and price that make fast food successful—a formula that has yet to be competed with (*Food: A Culinary History from Antiquity to the Present by Jean-Louis Flandrin*).

Within this category fall fast casual restaurants, which are primarily chain restaurants, such as Chipotle Mexican Grill and Panera Bread. More of the food is prepared at the restaurant than is the case at fast-food chains. Fast, casual restaurants usually do not offer full table service, but many offer non-disposable plates and cutlery. The quality of food and prices tend to be higher than those of conventional fast-food restaurants but may be lower than casual dining.

Casual dining

These types of restaurants fall in a category between conventional restaurants and fast-food restaurants. A casual-dining restaurant serves moderately priced food in a casual atmosphere. Except for buffet-style restaurants, casual-dining restaurants typically provide table service. Casual dining comprises a market segment between fast-food establishments and fine-dining restaurants. Prices in these restaurants are higher than fast-food restaurants, and the quality and choices of food are better, although not as high as conventional restaurants. Customers are expected to spend a little more money and take more time over their meals.

Within this category fall themed restaurants, which have a corporate structure and lack ethnogeographic focus. Planet Hollywood and Rainforest Café are examples of these restaurants.

Restaurants of a particular cuisine

Any restaurant where the main focus of the menu is dishes that originated in a country or region other than the country in which it resides could be considered an ethnic restaurant. These restaurants reflect the specialty of the cuisine of a certain country. Hence, they serve dishes of that country, and the décor and ambiance reflect the culture of that country. This category is, in fact, not a separate one but falls within the category of conventional restaurants. However, because they specialize in a particular cuisine like Chinese, Lebanese, or Indian, it was thought to identify them as a separate category.

Traditionally, Chinese, Indian, Arabic, and Italian restaurants were the most popular in the world. However, lately, Japanese restaurants and fusion Latin American restaurants have managed to expand their charm and become very popular, particularly amongst the youth.

Fusion restaurants

These restaurants have appeared in recent years and grown in popularity. Greg Richards, in his book *Gastronomy as a Source of Regional Identity and Tourism Development*, says that the popularity of fusion restaurants came to satisfy the global spirit, which reflects the globalization culture that is not attached to the culture of a certain country or region.

Fusion cooking is the combination of two ideas to form an entirely different principle; essentially the marriage of one or more cooking traditions, techniques, or disciplines to form an altogether different approach or finished dish. Fusion cooking can be employed for many different reasons. It is a technique that may be used by chefs in order to expand their culinary repertoire and afford them a dish that is truly unique and distinct from those offered by their peers and competitors. Alternatively, fusion cooking may be practiced by a chef or cook from more than one cultural background, looking to inject their own unique identity into their cuisine.

Fusion restaurants have played a part in the innovations of many contemporary restaurant cuisines since the 1970s. The famous chef Wolfgang Puck was amongst the first to heavily embrace fusion cuisine and lay down the groundwork for one of the most commonly fused pairings: European and Asian cuisine. Puck was trained in Europe but was well-versed in Eastern cooking, so he was successful in producing dishes that combined both cultures. Fusion restaurants became popular across Europe, particularly in the suburbs, which was an ideal ground for the rise and the spread of these restaurants. Suburbs were the places where cultural diversity was concentrated between populations of different races. Migrants used to reside in the suburbs because of the low cost of housing compared to downtown cities.

An example of fusion restaurants are Indian fusion restaurants that serve Indian food but in a modern form or in combination with another cuisine, mainly Western. The famous Biryani dish, for example, is conventionally served with lamb or chicken. In fusion restaurants, Biryani is served with duck or even lobster, which traditionally are part of the Western cuisine. Some Indian-fusion restaurants would even serve items that are not known in Indian cuisine, such as foie gras, which is a main feature in French cuisine. The British chef Vineet Bhatia is considered the first Indian chef to broaden the traditional Indian cuisine and combines it with different ingredients and cooking techniques. His restaurant earned a Michelin star for his role in innovating the Indian kitchen.

Among the most famous cuisines that have been the subject of innovation is the Japanese cuisine, particularly among the Japanese restaurants outside Japan. Traditional Japanese restaurants may not be liked by everyone. Therefore, Japanese restaurants outside Japan used to serve Japanese dishes in a different form that would meet the palate of non-Japanese. Traditional sushi, for example, is made of raw fish and rice. However, Japanese restaurants outside Japan can serve sushi with cooked fish or mixed with ingredients that are unusual with sushi in Japan, such as vegetables and mayonnaise. The famous California Roll sushi, which is a well-known item amongst sushi lovers, is not known in authentic Japanese sushi restaurants.

This does not mean that there are no authentic Japanese restaurants outside Japan, since these also have their lovers.

Fine dining

Fine-dining restaurants are full-service restaurants with specific dedicated meal courses. The décor of such restaurants features higher-quality materials, with establishments having certain rules of dining which visitors are generally expected to follow, sometimes including a dress code. These types of restaurants are the climax of dining. Service in fine-dining restaurants is comprehensive, flawless, and includes more than just taking the orders and serving the meal. Service starts from the minute of the guests' arrival, accompanying them to their table, explaining the menu and even folding the guest's napkin if he happens to leave the table. The atmosphere in these restaurants is upscale. There is a lot of attention to detail, and they have certain rules in serving the meals, including the cutlery and tableware. These restaurants use the finest ingredients in food preparation, including exotic and rare ingredients that are either sourced locally or imported.

It needs to be mentioned, however, that there has been a trend in the past few years to serve fine-dining meals in a relaxed and sometimes casual atmosphere without compromising the quality of the food. This is clearly seen in newer Nordic cuisine.

In addition to the exceptional meals and outstanding service which fine-dining restaurants offer, many also offer wine pairings to suit each dish that is being served. Some restaurants go further and offer non-alcoholic pairings with the meals.

Many fine-dining restaurants use fixed menus, which are called set menus or tasting menus, where the guest chooses the whole menu and alcohol served. The set menu consists of the chef's best dishes. It consists of five courses or more and can reach even fourteen courses normally served in small portions. Many restaurants allow certain modifications to their set menu to cater to specific dietary requirements. Restaurants that offer set menus, in addition to the 'a la carte' menu, would normally insist that if a set menu is chosen, it should be served for the whole table in order to preserve the flow of serving. Some restaurants offer, in addition to their standard set menus, a seasonal menu that would include ingredients that are available during that season.

Some fine-dining restaurants may not have any menu, and the whole dining experience will be left to the choice of the chef who would surprise his guests with his choices depending on the ingredients that are available.

Fine-dining restaurants would usually start with serving small items called 'amuse-bouche' before serving the meal. Bread is also served after serving the 'amuse-bouche'. Some restaurants recently started to serve the bread course just before serving the desserts in a new tradition so that the guest would not fill themselves with bread before having the meal. Desserts are normally served after the protein dish. Pre-desserts are sometimes served in order to prepare the palate for the dessert course. Many fine-dining restaurants offer a course of cheese prior to serving the desserts.

How to choose a restaurant

There are two major factors that customers consider when choosing a restaurant: ambiance and price. Those factors are also the key difference between fine-dining and casual-dining experiences. When one wants to go to a particular restaurant, his choice is affected by more than just the type of meal that he desires to have. Dining in a restaurant is derived by various factors such as the occasion for dining out, the type of food, the view, and the overall experience that is being sought. A wrong choice may spoil the whole occasion and may make it a negative and depressing one, instead of a joyful experience. Choosing a restaurant for a business meal is totally different from choosing one for a romantic occasion. The choice of the restaurant will also differ depending on whether the focus will be on the meal or the conversation that will accompany the dining experience. This experience is built with time and trials until one becomes an expert in choosing the right restaurant for the right occasion.

Tasting Menu with Non-Alcoholic Match

Salad of crisp globe artichoke,
slow-cooked carrots, ewe's milk feta,
smoked almonds, oloroso caramel
Watermelon & Rosemary

Raw smoked Blackmore Wagyu,
fermented chili, miso, shaved fungi,
kombu, culture cream, dory roe
Apple Rumble

Uni, koshihikari rice,
cured egg yolk, fish maw,
ama ebi, umami broth
Green Tea & Tomato

Fan shell razor clam,
shaved shiitake, smoked pig jowl,
sea cucumber crackling
Smocked Buckwheat & Ginger Ale

Arkady lamb,
broad beans, young peas,
kale, black garlic
Blueberry Tonic

Roaster master stock duck,
house-made koji paste,
hatsuka radish, ice plant, orach
Green Estate

Snow Egg
Kambucha

Oloroso caramel, muscovado,
Dulcey, muscatel, walnut
Macadamia & Orange

Tasting menu example.

The Concept of Fine Dining

Fine dining has become as popular and desired in the same way as fashion, art, music and culture. Cooking is an art. According to Sarah Freeman in her piece in *Zagat* (2015), "After reading a Harvard study that linked people watching their food being prepared to greater enjoyment of it, 'El Ideas' chef-owner Phillip Foss built his restaurant so that it literally broke down the barrier between the kitchen and dining room. Meals start in the kitchen, where diners gather around the counter to consume a *Big Lebowksi*-inspired shot, and then continue through seated courses of equally playful fare."

One needs to look into the roots of the art of cooking to understand how it developed into its modern day incarnation. Dining is an immersive event that combines various senses and is not restricted to the mastication of food in the mouth. American author Ruth Reichel, in her book *Garlic and Sapphires: The Secret Life of a Restaurant Critic in Disguise (2005)*, which is about the democratization of food culture as opposed to being an elite act, opines that it is not necessary for one to dine in an elite restaurant to feel the joy of it. "Going out to eat used to be like going to the opera, today it is like going to the movie."

In France, during the seventeenth and eighteenth centuries, serving food was controlled by guilds, which did not allow the sale of more than one dish in each outlet. The artisans organized themselves into guilds that aimed at having a monopoly on the preparation and sale of food items that were previously being sold without regulation. What a master of one trade had the right to do, everybody else was legally prohibited from doing. For example, those making stews were prohibited from selling mustard and those preparing pastries were not allowed to sell coffee, etc. Food caterers and common kitchen owners had the right to offer food to large groups. Liquor dealers had the right to sell liquor to everyone. No one had the right to combine all these separate trades in a way that would allow an individual to run a restaurant in the way that we know today. This practice prevented the development of anything resembling restaurants.

Etienne Boileau's book *Paris, Book of Trades* issued in 1268 includes one hundred and one organizations that existed in the French capital. All the branches of food traders were represented in the book with the exception of butchers who failed to group themselves in a guild. However, the book does not specify restaurants as a profession or a separate category. This is the reason why restaurants took so long to establish themselves in France.

In 1533, Catherine de Medici arrived in France from the Italian city of Florence to sit on its throne. With her came a large group of cooks and drink-makers who planted the first roots of fine dining in France, which eventually spread to the rest of the world. They brought with them some Italian delicacies and ingredients which added flavor to French dishes. These included milk-fed veal, olive oil, white beans, truffles, artichokes, and many more Italian ingredients. Catherine de Medici and her chefs are also credited to have introduced sorbet, ice cream, marmalades, and new creams like mousse and 'canard à l'orange'.

In addition to new recipes, she also revolutionized the dining experience and practice in France, for example, by encouraging the separation of savory and sweet dishes, which before her arrival were eaten together. It is said that her passion for artichokes made this plant popular on dining tables across France. Some cast doubt on the influence of Catherine and her chefs on French cuisine, but one cannot ignore the impact that Italian cuisine and cooking methods in general had on the French kitchen.

All that changed with Monsieur Boulanger, a soup vendor, who opened his shop in Paris near the Louvre in 1765 selling what he called 'restaurants', a meat-based consommé. The sign above his door read 'Boulanger débite des restaurants divins', which in English reads 'Boulanger sells restorative broth fit for the gods'. The sign was an advertisement for the soup and rich broth available in the shop. All seemed to be going well until Boulanger decided to serve sheep's feet in a white soup in breach of the rules of the guilds. Food caterers sued Boulanger. In his defense, Boulanger sought to convince the courts that, as he separately prepared the egg yolk-enriched sauce on the side and then poured it over the cooked mutton, he did not violate the rules of the time. Boulanger won his case, and, as a result, shops selling multiple types of food started to exist, which was the beginning of the rise of restaurants as we know today.

The French revolution

There are some who dispute Boulanger's story in spite of it being widespread. American Professor Rebecca Spang of Pennsylvania University History Department argues in her book, *The Invention of Restaurants*, that this story is not accurate and that the story of Boulanger being sued has no records in the courts. Professor Spang also rejects the idea that the spread of restaurants was the result of post-revolution France, which led to an increase of cooks seeking to establish eateries as a result of losing their jobs at the palaces of the noble class. On the contrary, she claims that the aristocrats knew that their domestic staff were seen as counter-revolutionary sympathizers and made sure to provide a safe passage for their servant crew to ensure their safety. Furthermore, the servants were deemed loyalists to the previous monarchy and were accordingly targeted. Instead, Professor Spang claims that the critical factor in the spread of restaurants was the abolition of the guilds by the French Revolution. This led to the abolition of the strict rules that those guilds had imposed on food outlets by forcing them to offer a single type of dish only. This change allowed for various types of dishes to be offered, which subsequently opened the doors wide for the rise of restaurants in the form that we know today.

Many, however, believe that with the storming of the Bastille prison in 1789 and the French Revolution, many of the aristocrats fled their houses. Before the French Revolution, aristocratic French households maintained elaborate culinary establishments and preferred to employ their own chefs. When the revolution reduced the number of private households offering employment, many chefs and cooks found themselves jobless, so they opened their own eating establishments. This led to the establishment of many restaurants, which these chefs opened in Paris by the end of the revolution. Before the revolution, there were no more than one hundred restaurants in Paris. This number jumped to 600 during the French Empire and to 3000 after that. It was said that in Paris, there were one hundred restaurants for each bookshop. The move of the chefs from private homes into restaurant kitchens kicked off a new gastronomic regime.

The French Revolution drew an end to the monopoly of the aristocratic class over fine dining where the aristocrats used to monopolize the best chefs and hold the most prestigious banquets for its members only. Hence, it is true to say that the French Revolution changed both culinary concepts and politics.

The middle class increased after the revolution. The middle class now held significant wealth, which in turn fueled expenditure on eating out at restaurants. However, despite the fall of the aristocratic class, they still had the passion to fulfill their need to have distinguished food and excellent service in elegant surroundings. Some businessmen saw an opportunity to cater to this need and established elegant restaurants to cater to the middle class. These restaurants competed to attract members of the middle class as customers. This, in turn, led to some chefs of the time becoming famous and sought after. It is therefore true to say, in a strange paradox, that the French Revolution that called for equality was the reason for the rise of fine-dining restaurants. After the defeat of Napoleon, many of Europe's rich came to Paris to enjoy its luxury restaurants.

The French Revolution was a milestone in the history of food. It not only removed one class from power and brought another class in its place, but it also introduced a new lifestyle with all of its components of manners and behaviors.

The years following the French Revolution saw the spread of restaurants that served elegant diners. People no longer sat at common tables, but each customer or group of customers had their own dining table which was covered with cloth. Although there existed places to serve food, the first restaurant to offer personalized service to its customers in elegant décor and atmosphere was around the year 1760. Among the famous restaurants during that period were Trois Frères, which was famous for offering a dish of salted codfish with garlic, oil, and cream.

Since 1770, restaurants used menus, which provide the customer with the option to choose a meal from within the price range listed on the menu. Before that, a menu would contain the items that would be served on the table so that the customer was merely aware of what would be served, in the same way that we experience a banquet today.

In 1782, Antoine Beauvilliers opened the first prominent and grand restaurant in Paris called 'Le Grand Taverne de Londres'. Beauvilliers was considered the first to combine the four essentials of an elegant dining room: smart, well-trained waiters, a choice cellar, and superior cooking. It became the first restaurant to present food in the way that we know today where the customer occupies a table dedicated to him and chooses his food from a menu. In 1814, he wrote 'L'art du Cuisinier' in two volumes, which became a standard work on French culinary art. In addition, Beauvilliers laid down the rules of hospitality, the dishes to be avoided, and the ones to be ordered instantly in a gracious tone. His works and recommendations are still favored today.

In 1786, the municipality of Paris issued an order that granted the new food institutions an official status legitimizing the business of restaurants in the way that we are familiar with today.

The nineteenth century saw the rise of cafés, which is an example of restaurants but without the table service. Instead, the customer orders the food and drink from a counter and collects it from the counter. Restaurants used to have special chambers for women to preserve their privacy. While attending restaurants was an acceptable social behavior, the same was not true for attending cafés. French philosopher Montesquieu, in his book *The Spirit of Law,* commented on this particular social more as mentioned earlier, saying that it was indecent for a gentleman to have lunch with a lady in a café, but it was acceptable for him to have dinner with her in a restaurant. By 1803, restaurants had become cultural institutions and would show up in plays and stories.

In 1815, Chef Marie-Antoine Carême, who was the favored chef by both international royalty and by the newly rich of Paris and who was also known for spectacularly decorative sugar, marzipan and pastry sculptures, published the first cookery book titled 'Le Pâtissier Royal Parisien'. Carême was haute cuisine's original maestro, and his books were regarded as codes of fine dining. He was the first to distinguish the meat-heavy, decorative, and more labor-intensive cuisine from the regional French home cooking and the first to catalog it and organize it so that it could be easily understood. He created four essential sauces, known as the 'mother sauces,' including béchamel, which formed the basis of hundreds of dishes. Carême was the first celebrity chef, and he had amongst his customers the famous French diplomat Charles Maurice de Talleyrand, King George IV, the Russian Tzar and the barons to the Rothschild family. His reputation crossed the continent, and his gastronomic displays became the epitome of French fine dining. He systematized many basic principles of gastronomy, and his methods were followed by many chefs. He wanted to "set the standards for beauty in classical and modern cookery, and attest to the distant future that the French chefs of the nineteenth century were the most famous in the world," as he wrote in his papers.

In 1897, Fernand Point and (later on) his students Paul Bocuse, Jean and Pierre Troisgros, Alain Chapel, François and Louis Outhier, along with chefs Michel Guérard and Roger Vergé, founded Nouvelle cuisine, a style of cooking that focused on natural flavors, shortened cooking times, and innovative combinations.

In 1827, two Italian brothers of Swiss origin opened Café Del Monico in New York. Their focus on French dishes and advertising their business as a European-style café made it a magnet for New York's European expatriates and the American-nouveau riches. The brothers laid down the basis of fine dining in the US in the twentieth century. This was followed by the opening of Antoine's restaurant in New Orleans as the second fine-dining restaurant outside of the hotels. It is still one of the oldest family-run restaurants in the United States.

Between the years 1830 and 1840, the restaurant Treatment House in Boston introduced the concept of Russian Service. This is a manner of dining that involves courses being brought to the table sequentially and the food being portioned on a serving plate by servants before being given to the diner.

Before that, restaurants presented all the plates on the table at one time. The Russian Ambassador Alexander Kurakin is credited with bringing this kind of service to France in 1810, and it eventually caught on in England. It contrasts with the older *service* 'à la française' (service in the French style) in which all the food (or at least several courses) is brought out simultaneously in an impressive display of tureens and serving dishes, and the diners put it on their plates themselves. Today, *service* 'à la russe' is the most common among restaurants worldwide.

August Escoffier and Ferran Adria

One cannot, however, discuss fine dining without mentioning Auguste Escoffier, who is referred to as "The Chef of Kings and The King of Chefs." Escoffier's real journey in Haute Cuisine started when he met the legendary Swiss hotelier César Ritz. For six years, Escoffier worked with Ritz at Grand Hotel in Monte Carlo during the summer and at the National in Lucerne during the winter.

When Ritz was hired to run the Savoy hotel in London in 1889, he invited Escoffier to develop an elegant restaurant in the hotel. Escoffier was at his height at the Savoy. The Savoy's restaurant quickly became the delight of its clientele, including the Duke of Orleans–one of the hotel's first royal residents–and the Prince of Wales, a frequent guest. Escoffier and the Savoy became known worldwide. At the time, women did not dine out in public places in the Anglo-Saxon world, only men did. Escoffier changed that at the Savoy. It was there that Escoffier perfected the codification of French haute cuisine. He invented many dishes, including the Crème and the 'pêche Melba', created in 1894 for Australian opera diva Nellie Melba.

Escoffier realized that logistics are as important as the cooking. He insisted that customers be served hot food quickly. He streamlined and made sweeping changes. He popularized writing out meal menus in the order in which the items would be served. He simplified things by getting rid of the over-the-top food display, and reducing the number of courses. Above all, he came up with the Brigade style to make the kitchen a cohesive unit. Until then, each station had been autonomous, producing everything necessary to a dish in its charge. Under Escoffier, to eliminate duplication and save time, each station provided its specialty to the rest of the kitchen. The garde-manger butchered and portioned all the meats and fish, the sauciers provided all the sauces, etc. Escoffier's experience in the military taught him the importance of preserving food, and he began working on methods of canning meats, vegetables, and sauces, and developed a way to preserve tomato sauce in champagne bottles. He transformed people's image of a chef into one that was clean, meticulous, who did not drink, smoke, or scream.

Escoffier also wrote many books that became bibles in their field, including 'Le Guide Culinaire' (1903), a compendium of about five thousand recipes that still dominate French cooking; 'Le Carnet d'Epicure' (1911); and 'Le Livre des Menus' (1912).

In this context, one also needs to refer to Ferran Adria, a Spanish chef who is considered one of the best chefs in the world. Adria further renewed the cooking methods, drawing inspiration from the legendary Escoffier, which led to him using new methods that are the backbone of modern cooking. He is the pioneer of Molecular Gastronomy and brought to the world the idea of 'mandarin air,' eating smoke, caramelized quails, trout egg tempura, and a number of foams and emulsions. His restaurant El Bulli was named the best restaurant in the world by the prestigious *Restaurant* magazine a record five times.

The second half of the twentieth century experienced the renovation of French cuisine and its journey to globalization. Until then, there was so much reverence for the rules and techniques of food preparation influenced by the grand cuisine system of Carême and Escoffier. By the 1960s, a few young French chefs who trained with a brilliant chef, Fernand Point, started to take issues with the system. Point's students (mentioned earlier) started to experiment with lighter menus and introduced lower fat sauces and vegetable purées. The nouvelle movement took hold of the culinary landscape in France and spurred new trends in world cuisine, fundamentally changing the dining concept. Escoffier had championed service 'à la Francaise', in which empty plates were set before diners and waiters served and carved food at the table. The new trend featured plated dishes assembled in the kitchen by chefs. The concept of service was no longer only limited to covering the table with white cloth but saw the waiters playing a much larger role. The education and the training of waiters became a critical part of fine dining to anticipate the customer's needs. Menus became more sophisticated, which made the waiters play a role in explaining them to the customers. With the change of the role that the waiters play, other aspects of the role also changed. Tipping the waiters was not part of the service anymore. Instead, restaurants charged a percentage of the bill as a service charge.

The developments in transportation during the twentieth century and the ease of movement led to an increase in tourism numbers. As a result, dining out became part of the tourism culture.

eight volumes of 'L'Almanach des gourmands' established its own academy and had a panel that made up a tasting jury. In this sense, it is not an exaggeration to call Grimod the father of restaurant guides. In its first edition, the book used a geographical schema to name and rate the restaurants based on their geographical location in Paris. However, from the fourth edition onwards, Grimod changed that approach and started classifying restaurants according to different categories such as 'Patisserie' or 'Wine Sellers.' 'L'Almanach des gourmands' was one of the great literary and publishing successes of its day; the first volume alone sold out four editions.

We cannot ignore the impact of Roze de Chantoiseau. Mr. de Chantoiseau was a multi-talented man. Apart from owning his own restaurant, he also published a unique pamphlet on economic theories, which proposed a fiscal program designed to increase the money supply without increasing taxes or encouraging inflationary pressures in France. His theory was that if the shortage limited the movement of commodities, so too did the lack of reliable information related to these goods. To help remedy this issue, in 1769, de Chantoiseau published a type of yellow pages which cataloged thousands of Paris merchants containing an alphabetical list of the names, titles, and addresses of traders, wholesalers, bankers, artists, and artisans. His guide proved a considerable success and became an important reference for Parisians and visitors alike. It is regarded as the godfather of today's famous Michelin guide.

In the early guides and writings, food was not the central focus. In fact, the first food critics were more focused on things such as the atmosphere, décor and price rather than with food. During the second half of the nineteenth century, some newspapers published a few articles which critiqued some restaurants. In 1859, the New York Times published the first food critique titled *How We Dine*.

Today, there is no single guide to rate restaurants. All the guides available today are merely attempts by different parties and groups to find and present a unified criteria of important elements that must exist in a restaurant to be accredited and acceptable. In addition, the rating given to a particular restaurant at a particular time does not mean that the restaurant's rating is fixed and cannot be changed in the future.

Contemporary awards and rankings for the gastronomic upper echelon are typically determined by two camps. On the one hand are professional critics, such as those employed by France's venerated Michelin Guide, and staffs of American magazines Bon Appetit, Food & Wine, Esquire and GQ, all of which publish influential chef and restaurant lists. On the other end of the spectrum lies user-generated reviews like TripAdvisor or OpenTable. What these democratic content aggregates lack in reliability or expertise, they make up for in breadth and impact. Some, like The World's 50 Best list, fits neither mold. Votes are cast by what the organization rather opaquely calls its 'academy,' a collection of 1,000 individuals with 'expert opinions' and designated geographic areas of expertise, who openly accept complimentary meals and services.

In this chapter, we will address a few of the most famous restaurant rating guides. The purpose of food guides, such as the famous Michelin guide, is to rate the quality of food and the dining experience in general. When one considers the rating awarded to a restaurant, he needs to be cautious. It is questionable whether one or even a few visits to a restaurant will suffice because restaurants have an almost organic quality about them. No matter how much objectivity is applied, the question is: how should we derive objectivity from different food critics' or voters' subjective judgments? Each critic attaches significance in different degrees to taste, technique, ingredients, conception, and execution. Therefore, any task to establish a worldwide gastronomic ranking in the strict sense is not humanly possible.

It is also worth noting that the life cycle of a restaurant in general is around five years. It is an extremely tough and competitive industry. Some restaurants may close their doors while others may change hands to new management, which may launch the restaurant with a new identity. However, this rule is not an absolute one. Some restaurants, for example, may operate successfully for many years and even decades. It is fair to say that the majority of restaurants, unless extremely successful, do not last beyond five years. In some cases, chefs decide to close down their restaurants in spite of its success and launch a new restaurant to present a different cuisine. In London, for example, Chef Ollie Dabbous decided to close down his successful restaurant Dabbous and launch a new one called Hide.

Restaurant guides aim to classify restaurants into categories depending on the quality of food or service by using symbols such as stars or numbers. Some guides may be published in the form of books while others may only be available online. The ratings these guides provide also find their way into the mainstream media such as newspapers, magazines, and blogs, particularly those that focus on travel and tourism. Some of these guides depend solely on ratings and reviews made by travelers depending on their own personal experience. These guides would not focus only on restaurants but may rate hotels and other tourist services and attractions as well. The most famous among these is TripAdvisor, which has become very popular among tourists and travelers who rely on the reviews published to make their choices of hotels and restaurants. However, one has to take these types of reviews with a bit of caution since they are fully reliant on the personal taste and experience of the travelers who post the reviews. Hence, they are not as credible as more solid guides that rely on certain criteria for their ratings.

The rise of social media influencers has been a blessing for restaurants. A single post can catapult relatively unknown restaurants to instant fame, allowing restaurants to access a wider audience exponentially faster than before. If a restaurant was good, it would get a Michelin star. Then, through word of mouth, it would get famous but it could take years. That pace has become a lot quicker. Once somebody famous goes and posts on social media, that restaurant could be packed for months. Likewise, for foodies, social media has become a crucial tool, especially for those who want the latest information on the best and hottest restaurants. One of the downsides of social media is that many influencers post for a fee, which casts doubt on the credibility of the post. Another clear downside is that the meal becomes more about the picture rather than the food.

The following table shows examples of some of the most famous guides worldwide and the mechanisms that they follow.

Name	**Scope**	**Evaluation Method**	**Mechanism**
Michelin	The World	Stars	Professional Inspectors
Zagat	The World	Degrees	Public Evaluation
Gault Millau	Europe/Africa	Degrees	Local Inspectors
Tabelog	Japan	Degrees	Tasters & Public Evaluation
Automobile Association	United Kingdom	Badges	Professional Inspectors
World Best 50	The World	Rank System	Tasters

The differences between the guides mean that a restaurant may achieve an advanced rating with one guide while it may not achieve the same position with a different guide. Some guides focus primarily, for example, on food while others may take other elements into consideration such as the level of service or the overall ambiance and atmosphere of the restaurant. In addition, some guides may be subjective and depend heavily on the personal experience of the reviewer while others are based on certain guidelines that must be followed. And finally, we must not forget that taste is a very personal thing and that it depends on each person's subjective preferences. Take, for example, a steak: some would prefer it rare while others may like it well done. There is nothing wrong with either, but it is this variety of preferences and choices that make eating a wonderful world that pleases everyone.

A restaurant that obtains a high ranking, particularly if the rating was from a credible and famous institution, will usually have an enhanced reputation, which will cause its business to flourish. Take, for example, Noma in Copenhagen (in its first version); when the restaurant was announced to be the best restaurant in the world by the World's Best 50 list, Noma's reservation requests skyrocketed, reaching over 100,000, and the waiting list extended to one full year. When Noma managed to maintain its ranking for three consecutive years, the waiting list reached 120,000 people! Another example is El Celler de Can Roca in Girona, Spain. When the restaurant was voted the the best restaurant in the world, its website received more than 2.5 million hits in the next twenty-four hours. The waiting list extended to one full year and became so long that the restaurant hired three dedicated staff to answer calls for reservations.

Conversely, if a restaurant's rating is downgraded, it will lead to the restaurant losing its cachet and fame and ultimately its business. Some restaurants, however, can still overcome this depending on their historical reputation. One of the most tragic stories in this regard is the case of the famous French Chef Bernard Loiseau who committed suicide in 2003 when newspaper reports hinted that his restaurant La Côte d'Or might lose its three-star status. Ironically, in the wake of Loiseau's death, Michelin denied that it had warned the chef that his third star was in jeopardy. This incident indicates what a rating means for a chef to the extent that he would consider it a matter of life or death and would be prepared to risk his life to avoid the shame that he may receive as a result of the downgrading his rating.

Following this general and overall description, it is worthwhile exploring some of the most famous food guides in the world and try to understand how they work. We will deal with three guides that I personally believe are the most famous and influential ones. From my personal experience, I also find these guides to be in general most useful when I am searching for a memorable restaurant to dine in. My personal experience is helpful for me to have my own 'review' and remarks on these guides.

With Dr. Tariq Riad and Jeppe Skadhauge in front of Noma (in its first location), Copenhagen, Denmark. Noma regularly ranks as one of the best restaurants in the world in various guides.

Michelin

There is likely no other expression more used to describe a dining establishment than 'Michelin-starred restaurant.' It would not be exaggerating to say that the Michelin guide is the most famous amongst all restaurant guides and probably the most credible as well. The Michelin guide is the oldest European hotel and restaurant reference guide. It was launched by the car tire manufacturers and brothers Édouard and André Michelin, who were passionate about food and restaurants in addition to cars.

Michelin stars are some of the most highly coveted accolades in the culinary arts world and something that virtually all chefs try to achieve throughout their careers. The guide's annual publication evokes shrieks of delight amongst the newcomers. Having at least one Michelin star can do wonders for a restaurant's business. Having three stars solidifies a restaurant as undeniably one of the best in the world. Some chefs, in fact, plan to achieve the stars from the day they open their restaurant and work with that goal in mind.

The solid link between Michelin and the travel world arises from the fact that Michelin is a tire manufacturer company and that is its core business. In August 1900, the two Michelin brothers published the first blue book of the guide. The company began making atlases, which included certain restaurants on different routes. As a travel guide, they tried to entice France's car owners to take more trips and literally burn more rubber. The first edition, with 35,000 copies, was given free to motorists. It listed the petrol stations across France, contained information on garages for the different 'marques,' where to get your Citroen or Peugeot repaired, where to find supplies and parts, and where to find toilets, meals, and accommodation along the way. This information was very useful to motorists at the time, particularly since there was no easy mobile communication at the time. The goal behind issuing the guide had no link to restaurants. Rather, the guide was meant to increase the use of cars and, accordingly, car tire usage. It is to be noted that when the Michelin guide was launched, driving was not as easy as it is today because there was limited availability of petrol stations. In fact, there were no more than 2,200 cars in the whole of France. Hence, issuing a guide that showed where hotels, inns, restaurants and service stations were located was an important factor in encouraging car owners to use their cars and drive around.

Michelin subsequently introduced guides for Algeria and Tunisia (1907); the Alps and the Rhine (Northern Italy, Switzerland, Bavaria and the Netherlands) (1908); Germany, Spain, and Portugal (1910); and Ireland and the British Isles (1911). In 1909, an English-language version of the guide to France was published.

In 1920, the Michelin Guide went commercial. The story has it (according to the ViaMichelin website), that André Michelin discovered the guides being used to prop up a workbench in a tire merchant's shop. Deciding that "man only truly respects what he pays for," a price was put on the guide: 750 francs (about 2.15 dollars), and advertising was taken out of the guide. In 1923, the company added a chapter on restaurants. In 1926, the star system was born with the creation of the dining star as a symbol of quality. Then, in 1931, the hierarchy of zero, one, two, and three stars was introduced, and the blue cover was changed to the now-familiar red. Finally, in 1936, the criteria for the starred rankings were published.

One star means a very good restaurant in its category. Two stars mean excellent cooking, worth a detour, while the three stars mean exceptional cuisine and worth a special journey. For a restaurant to be granted this status, it must manage to maintain and continue a consistent level of quality. This means that a customer should enjoy the same dining experience every time he visits, to the finest details—the sauce that he had on a Sunday evening should taste the same on a Wednesday evening and have the same texture.

Red Guides have historically listed many more restaurants than rival guides, relying on an extensive system of symbols to describe each one in as little as two lines. Reviews of starred restaurants also include two to three culinary specialties. Short summaries (2-3 lines) were added in 2002/2003 to enhance descriptions of many establishments. The symbols are the same throughout all editions.

Today, the collection covers twenty-eight titles in more than twenty-five countries. The red guide has been fully devoted to restaurants and is a bible for chefs and foodies throughout the world. The famous French chef and one of the pioneers of the French nouvelle cuisine in the 1960s, Paul Bocuse, said that Michelin is the only guide that counts. The annual launch of the guide in France is accompanied by major media attention, similar to that which accompanies the Academy Awards for movies. The listing or delisting of restaurants gives rise to significant debate in media. It is to be noted that there is another guide less popular than the Michelin guide called The Michelin Green Guide which is more of a travel guide, listing and describing local sites of interest and other travel-related locations such as hotels and tourist attractions.

How does Michelin award its famous stars, and what criteria does it follow in rating restaurants? To start with, it is important to understand that there is no such concept as a Michelin-star chef. Unlike commonly believed, the stars are awarded to the restaurant and not to the chef. The reasoning is obvious:

different chefs cook at the same restaurant. The quality the stars are supposed to attest to can only really come from a whole kitchen. Hence, the star reflects the collective work of the restaurant as a whole. Accordingly, if the chef leaves a Michelin-starred restaurant, that does not automatically mean that the restaurant loses its star(s). Similarly, when a chef moves from a Michelin-starred restaurant to another one, this does not by itself make the new restaurant eligible for the star. Likewise, if a Michelin-starred restaurant opens a branch in another country, that branch does not automatically qualify for the star. However, in spite of this, normally the fame and the interest which accompanies Michelin stars goes to the main chef in the restaurant, and this could be the reason for the common belief that the stars are awarded to the chef.

The exact scoring systems used by Michelin inspectors remains a very closely guarded secret. Yet we do know some aspects of the process. Michelin awards its stars through a system of professional reviewers called inspectors who are employed by Michelin. The inspectors have high academic credentials and experience in the fields of food and restaurants. Some of them may have even been chefs at some point in their lives. The inspectors have to pass an extensive training course in France before being qualified to review and rate restaurants. In theory, the inspectors have to eat food and do field inspections of almost 240 restaurants each year and write thousands of reports of their visits. Michelin inspectors are anonymous; they do not identify themselves, and their meals and expenses are paid for by Michelin, never by a restaurant being reviewed. The identity of the inspectors is hidden, and they are always anonymous. It is said that Michelin's instructions do not allow their inspectors to disclose their line of work, even to their families. If the identity of an inspector is revealed, then he or she will be sent on an open-ended leave until the matter is resolved. It may happen, however, that the inspectors have to reveal their identity when they need to do a technical visit to some restaurants for the purpose of collecting data or taking photos. In this case, these inspectors are not allowed to review that particular restaurant, but it can be reviewed by other inspectors. The inspectors are prohibited from talking to the public and the media. Driving over 18,000 miles every year, dangers on the road are more of a concern to inspectors than the health risks one might perceive to be associated with enjoying such a rich diet.

Michelin ensures there are regular health check-ups for inspectors, while they are also entitled to a bi-annual cholesterol check.

The focus of the Michelin rating is on the food. Restaurants may receive zero to three stars for the quality of their food based on five criteria: quality of the ingredients used, mastery of flavor and cooking techniques, the personality of the chef in his cuisine, value for money, and consistency between visits. Michelin claims to have an objective standard that extends across continents. So a Michelin three-starred place can't just be the best restaurant in a particular city. A three-starred restaurant in, say, Hong Kong must be as good as a three-starred restaurant in Paris or New York.

The décor, atmosphere, and even the level of the service are not factors that are counted in Michelin's rating although many believe that the quality of service follows by default. If the restaurant is of a high standard, they may believe that that qualifies it to earn a Michelin star and it should give equal consideration and care to the service and atmosphere. The focus in particular is on the quality of the ingredients, the skill in the preparation of the food, the mixing of different flavors, level of creativity in creating the dish, the expression of the identity of the chef, the consistency in the standards, and level of cooking, and the use of innovated cooking techniques.

Although Michelin does not take into consideration the level of service and atmosphere, it does display a symbol of a 'fork and knife' as an indication of the type of restaurant and its level of comfort. The rating is from one to five. Hence, one fork and one knife indicate a restaurant with a reasonable level of comfort while five forks and knives indicate a luxury level of service. Red forks and knives signify that the restaurant is not only comfortable, but 'pleasant' as well. There are other symbols that Michelin displays. Coins, for example, indicate restaurants that serve a menu for a certain price or less. Grapes indicate restaurants that offer an interesting selection of wines. The patio parasol represents the option of terrace dining for the diners or a relaxing meal in an open-air environment. The counter symbol denotes the dining option in an open kitchen concept, where chefs are observed up close from the counters, a full view of the chefs in full action.

pronouncing upon the food. The French either wouldn't take me very seriously or they wouldn't be very happy."

In spite of the high standards that Michelin follows and in spite of all the fame that is attached to it, the Michelin guide was not able to avoid criticism and sometimes faults. One of the criticisms is that the guide has been slow in responding to the changes in the world culinary scene. It was not until 2006 that Michelin launched a guide for New York City. Up until then, the guide only covered Europe. There were also many cities outside Europe experiencing major developments in their restaurant scene where creative new chefs were flourishing.

Michelin realized that awarding a restaurant a star or more may, in many cases, lead to an increase in the prices that the restaurant charges as an indication of the quality of the restaurant on account of the star. The guide has moved away from traditional perceptions that it rewarded high-class, French-biased restaurants with tablecloths and formal waiters. This was represented in the UK guide for 2015, which even made reference to the rise of 'hipster hangouts', such as The Clove Club in Shoreditch, a bar-restaurant that gained its first star this year. The Soho tapas bar, Barrafina, and Indian curry house, Gymkhana, also claimed their first stars. Meanwhile, there were also star awards for three country pubs, including the Star Inn in North Yorkshire, where guests can enjoy a three-course dinner for just over £30 (39.2 dollars). Therefore, in 1955, the guide started highlighted restaurants offering "exceptionally good food at moderate prices," a feature now called 'Bib Gourmand.' Restaurants in this class must offer menu items priced below a maximum as determined by local economic standards. In 2005, Michelin introduced the Rising Star category, originally created to denote one- or two-star restaurants being considered for two and three stars in the next year. The Rising Star has been extended to apply to new restaurants likely to be starred in the next evaluation. The purpose is to let the restaurant know that it has a chance, encouraging it to put in some extra effort.

In 2010, the guide awarded a star to a popular restaurant in Hong Kong called Tim Ho Wan. The restaurant got fame for being the cheapest Michelin-starred restaurant globally. Lately, Michelin has awarded one star to a street food stall called Hong Kong Soya Sauce Chicken Rice and Noodle. This became one of the first two street-food stalls in the world to be awarded a Michelin star, alongside Hill Street Tai Hwa Pork Noodle, gaining the recognition in the 2016 list for Singapore. This was a strong message that the focus above everything else is on food.

However, some people still find that Michelin does not understand foreign cuisines as well as it does French cuisine. Michelin is not necessarily an indicator of quality when it comes to Indian and Chinese food, for example.

Even today, there are cities with interesting gastronomy experiences that are not covered by the Michelin guide. The city of Dubai, for example, has a wide variety of restaurants, some of which would definitely be worthy of a Michelin star. In fact, some world-renowned chefs whose restaurants have earned Michelin stars have restaurants in Dubai. Heinz Beck whose restaurant in Rome has three stars, Jean Georges, Pierre Gagnaire, and others–all of whom have more than one Michelin star–have chosen Dubai as a venue for their restaurants. Yet Dubai is still not covered by the guide. One of the reasons that has been given is that the city does not have enough restaurants that would merit the issuance of a dedicated guide. In my opinion, issuing a guide for Dubai is just around the corner, but those in charge of tourism have to exercise more efforts with Michelin. The benefits to Dubai's tourism industry are beyond imagination.

Michelin was also criticized when the number of restaurants with Michelin stars in Tokyo increased from 191 restaurants in 2008 to 775 restaurants in 2013. A jump like that could not be easily explained. It is said that the reason for such an increase was that Michelin was seeking to increase its tire sales in Japan. Michelin, in an attempt to respond to its critics, used figures to show that the number of restaurants in Tokyo was fifteen times more than Paris.

In South Korea, a member of the People's Party, Song Ki-Seok, criticized Michelin, accusing it of receiving handsome money to launch a guide for Seoul. According to the statement issued by Mr. Ki-Seok, the Korean Tourism

Authority had concluded an agreement with Michelin according to which it would pay the latter 100,000 euros (117,995 dollars) in addition to 300,000 euros (approx. 351,000 dollars) annually for a period of three years as a contribution in the cost of publishing.

It is also said that the Tourism Authority in Thailand has given 5,000,000 dollars for Michelin to issue a guide for Bangkok. The first guide for Bangkok was issued in 2018.

Among other criticisms of Michelin is that the restaurants seeking a star must only source their ingredients from specific Michelin-approved suppliers. Another accusation leveled against the guide is that some chefs have become so famous and powerful that Michelin does not dare remove their stars in spite of their restaurants not being of the same level as when they got the stars.

It is also interesting to note that the Waterside Inn has had a three-star rating for so many years and that the former UK and subsequently international head of Michelin (Derek Brown) became the director of that restaurant company after he retired. Derek Bulmer, Brown's successor as head of the UK Michelin Guide, subsequently started a restaurant consulting company and boasts about having assisted 11 restaurants to gain a Michelin star as well as consulting with numerous other one- and two-star places in the UK. Also of interest is James Bulmer, (the son of Derek Bulmer) who was, until November 2018, Group CEO of the Fat Duck Group, which has six Michelin stars between them. As one leading critic of three-star Michelins remarked, the Waterside Inn would be considered a reasonable provincial one-star if it was in France rather than the Thames Valley.

In 2004, Pascal Rémy, a Michelin inspector for 16 years before being sacked after announcing that he planned to publish his diaries, published a book called 'L'inspecteur se me a table'. Mr. Rémy sued Michelin for unfair dismissal, but he lost his suit. In his book, Mr. Rémy casts doubt on Michelin's standards and that the number of inspectors is not sufficient to make the visits that the guide claims its inspectors does. He maintained that the guide had become lax in its standards. Though Michelin states that its inspectors visited all 4,000 reviewed restaurants in France every 18 months, and all starred restaurants several times a year, Rémy said only about one visit every 3½ years was possible because there were only 11 inspectors in France when he was hired, rather than the 50 or more hinted by Michelin. That number, he said, had shrunk to five by the time he was fired in December 2003. Rémy also accused the guide of favoritism. He alleged that Michelin treated famous and influential chefs as 'untouchable' and not subject to the same rigorous standards as lesser-known chefs. Personally, I have experienced this twice: in La Pergola in Rome and in Enoteca Pinchiorri in Florence. Both of these two restaurants have three-starred restaurants, but I found them to be uncreative and the dishes were bland and did not justify the stars. My impression was also shared by another foodie who was of the same opinion.

Some non-French food critics have alleged that the rating system is biased in favor of French cuisine or French dining standards. In the UK, *The Guardian* commented in 1997 that "some people maintain the guide's principal purpose is as a tool of Gallic cultural imperialism." As Bruce Palling mentions in his article *What's gone wrong with Michelin* "it is pointless to assess the British food scene solely through French-tinted glasses and even worse if the highest awards here go to what are in essence French branded spinoffs, which are not in the same league as their original places."

So the question is: how reliable are the star ratings? Usually, they are very accurate. But there are gaps. From my experience, I find that one has a better chance of having a memorable meal at restaurants that have one or two stars. With three-starred restaurants, one is taking a chance–you could either hit the lottery or go down the drain! With three stars, there are factors other than creativity and superb ingredients that contribute to it.

In spite of all the criticisms of Michelin, it undoubtedly remains the mother of all guides and the guide to go to for choosing a memorable culinary experience. Yes, one may be disappointed sometimes, but the chances of disappointment with Michelin is less than with other guides.

Zagat Restaurant Guide, 2015 edition.

Zagat

The second food guide that we will examine is the American Zagat. Zagat is a restaurant guidebook that assigns numbered ratings to dining establishments across four different categories: food, décor, service, and cost. The guide was founded in 1979 by two married lawyers, Nina and Tim Zagat, who dined out as a hobby. The idea was to collect and correlate the ratings of restaurants by diners. For their first guide covering New York City, the Zagats surveyed their friends–basically 200 amateur critics rated 100 restaurants on food, décor, service, cleanliness, and cost. (Cleanliness was eventually dropped as a category.) At the time, the survey was groundbreaking. It served as the first-ever space for critical eaters to share their opinions.

At its height in 2005, Zagat included 70 cities with reviews based on the input of 250,000 individuals reporting on and rating restaurants and other tourist attractions. The guides are sold in book form and were formerly only available as a paid subscription on the Zagat website.

Zagat differs from Michelin in various ways. Unlike Michelin, Zagat's restaurant ratings and reviews are crowdsourced: They are based on a survey of thousands of people, which Zagat's team compiles and summarizes. That is why it is said that Michelin is a guide for the elite while Zagat is for the common. A restaurant's final numbered rating is an aggregate of survey data. The ratings were originally on a thirty-point scale, with thirty being the highest. Restaurants are not rated on their food only but also on their décor and service. In fact, each of these categories has an individual rating and there is an overall rating for the restaurant as a whole. A restaurant that receives a Zagat rating uses the Zagat sign as an indication that it has been scored by Zagat for its quality.

Zagat issues a guide for each individual city. There is a guide for New York City, for example, a guide for London, and so on. The guide has an index of the different restaurants and their cuisines. It also has a brief description explaining if the restaurant was good for large groups, if it was romantic, etc.

In 2011, the technology giant Google acquired Zagat in a deal worth 151 million dollars. The traditional 30-point rankings were replaced with a 5-point scale. At the time, it was said that by acquiring Zagat, Google would likely use Zagat ratings to bolster its 'Google Offers' product, which is a daily deals service that was launched after Google failed to acquire Groupon. With Zagat's ratings and reviews, Google would be able to compete directly with Yelp, which is another company Google failed to acquire. That could have been the reason for using the five-point scale so that it was similar to other competitive rating guides. However, on March 6, 2018, Google sold the company to restaurant discovery platform The Infatuation for an undisclosed amount.

The Zagat guide has many more restaurant listings than Michelin. The difficulty of obtaining a Michelin star and the process involved means that the Michelin list is relatively limited. With Zagat, on the other hand, any restaurant can be listed, but the rating for each restaurant would be different. A restaurant could be included in Zagat but with a poor ranking. In contrast, a restaurant cannot be included in Michelin unless it is of a certain quality. Therefore, while a Michelin-starred restaurant should, in general, guarantee a high standard, a listing on Zagat cannot guarantee such quality.

One of the flaws of Zagat is that restaurants can influence the ratings by inviting friends to include high ratings that would not necessarily reflect the actual quality of the restaurant.

For me, Zagat was the first restaurant guide that I came across and used in choosing restaurants that I would dine in. Having used it for quite a number of years, I would say that Zagat is not a fully reliable restaurant guide. The high ratings of Zagat do not necessarily mean a high-quality restaurant or food. I was disappointed with some of the high rankings of Zagat. With time, I gained more experience in reading between the lines and being able to distinguish when a description is accurate or exaggerated.

The World's 50 Best

In 2002, a new restaurant guide was launched which was different from the previous guides and which aimed to identify the best fifty restaurants in the world. A lavish grand ceremony accompanies the launch of the award every year. The award ceremony is attended by journalists, foodies, the media, and is followed by many around the globe. The annual list gets a lot of attention from the world's media, and the fifty restaurants on the list become news. There is an extended list of 51-100 restaurants, but the attention is always directed to the top fifty restaurants.

The World's 50 Best(W50B) also runs two regional lists: Latin America's 50 Best Restaurants and Asia's 50 Best Restaurants. It has evolved into a reliable guide to culinary profundity, a tribute to cooking's dazzling powers of transcendence, a champion of food-making as art. That's a remarkable development when you consider that it is far younger than Michelin and other champions of competitive dining. It didn't even exist until 2002.

The list is produced by UK media company William Reed Business Media, which originally appeared in the British magazine *Restaurant*, based on a poll of international chefs, restauranteurs, gourmands, and restaurant critics. The list originated as a one-off stunt by the staff of *Restaurant* magazine. It was more successful than they expected and soon became established as a major event in the culinary world. The award ceremony used to take place in London until 2016 when it was moved to New York and then Melbourne. The list works as a barometer of global gastronomic trends. The top restaurants have sometimes been forerunners of molecular gastronomy. Beyond the publicity frenzy, the list also gained influence by tapping into the very human need for approval and belonging. Unlike the Michelin Guide, which is judged by a small group of anonymous inspectors, the World's 50 Best ranking is decided by more than a thousand mostly well-known chefs, food writers, and gourmands—a composition that gratifies chefs whose restaurants make the list with the knowledge they have the respect of their peers. The list is not a professional guide of restaurants, but more of a description of what a group of foodies find interesting at a particular time.

Why a restaurateur might want to get on the list is obvious: its effects can be transformative. Restaurants cannot operate and survive only with ideals and principles—they are subject to economic realities. And the conditions of the food industry can be brutal. For example, even successful restaurateurs such as David Chang complain that "restaurants are at the mercy of the weather, acts of God, a sluggish economy—and if you have just one bad week, it can sink your ship." This is where the role of the World's 50 Best comes into play: the awards have now become a massive international revenue-generating machine. Finding a place on the list may be a restaurant's salvation and its continued economic success. Winners find their profiles instantly raised. It was the climb up the ladder of the 50 Best that turned Noma, like El Bulli before it, into the most influential restaurant in the world—and, not coincidentally, filled its reservation book in perpetuity. And once a restaurant is on the list, that restaurant tends to stay on the list. In a self-perpetuating cycle, the ranking begets articles begets visitors begets social media begets votes.

The main reason for launching this guide was the dissatisfaction with the prevailing restaurant guides and to do away with the French composition, which was dominant with the Michelin guide. This distinction was apparent when the guide was first launched. It included restaurant El Bulli, which has three Michelin stars, as well as a restaurant on a farm in Canada. It also included restaurant Nepenthe, which serves burgers. Some of the restaurants on the list did not serve exceptional food, but their atmosphere and ambiance were exceptional.

In the view of many foodies, the list was more provoking than convincing as it was unconventional in its approach by rating non-fancy restaurants. The initial idea was to publish the list only once. But the success of the list encouraged the organizers to continue. The keenness of celebrity chefs to attend the launch ceremony provided credibility and fame to the list, which again attracted more chefs to attend. Because the chefs came, the list mattered, and because the list mattered, the chefs came.

The Sunday Times described The World's 50 Best list to be the authority in the world of food and restaurants, surpassing the French guides. For many, the W50B is the face of modern gastronomy. It sets food trends; it creates demand; and it alters preferences. Similarly to Michelin being sponsored by the well-known tire company, the W50B list is sponsored by the Italian water company San Pellegrino.

The guidelines of The World's 50 Best list reflect the creative part of cooking. It focuses on the gastronomic part of cooking and stresses the point that some chefs are more creative in their work and that some restaurants create new senses of taste to the extent that they take a diner on an artful culinary journey where senses are intertwined with taste. Fine food is an art, those who cook and prepare it are artists, and restaurants are the canvases on which they paint. This description, in the words of Daniel Humm and Will Guidara of Eleven Madison Park, allows chefs to focus not only on the conventional approach on taste but to "to create these magical worlds where people can escape from a world that increasingly needs a little more magic." The list is an opportunity for unconventional chefs to bring out their skills and to explore new worlds in cooking such as the revolutionists from within like chef Yannick Alléno, whose groundbreaking work with sauces—the soul of French cuisine—led to mind boggling creations like a millefeuille composed of so-called 18-month avocados (named for the extraordinarily long fermentation period), chia seeds, and a coconut extraction. He was quoted as saying that "if you want to change the French cuisine, then you need to change the types of sauces." Similarly, the famous chef Massimo Bottura of Osteria Francescana in Modena reinvented some of the classic Italian dishes such as lasagna with new ingredients and texture.

Some would view the W50B guide as an English attempt to undermine the absolute French dominance over the culinary scene. It is not surprising, therefore, that the French are the most critical of this list. It is to be noted that no French restaurant has achieved the first place on the list, which has been an insult to the French dignity that has ruled over the culinary scene for many decades. Mirazur finally managed to reach the top of the list last year, although it is to be mentioned that the chef is Argentinian and it is said that he managed to get the votes of all Latin America's judges. In all cases, one cannot ignore that many of the chefs whose restaurants are on the list have gotten their training and expertise in French restaurants. So, it is not fair to fully exclude the impact of French cuisine and style on the world cooking platform.

Some find the idea of ranking a restaurant as the best in the world to be wrong because the criteria of taste are always arbitrary. In order to decide that a restaurant is the 'best' restaurant in the world, one has to determine not only what 'best' means, but also what the 'world' should be. The 'world', as Robert Appelbaum in his book *Dishing It Out* explains, will be where the news writers and their readers are most willing to dine. Since taste is a relative matter, the determination by those individuals is not merely a reflection of their own sense of taste, but the power that the media have to impose that choice on the general public. The website of the guide describes the list to provide "a snapshot of some of the best destinations for unique culinary experiences, in addition to being a barometer for global gastronomic trends." Given that the list is based on personal experience, it can never be definitive.

Criticism of The World's 50 Best list has been loud and ample over the past few years. In recent years, certain eminent chefs and restaurateurs have expressed discontent because of what they believe to be arbitrary and non-credible judging that is "susceptible to corruption." For example, Parisian chef Guy Savoy denounced it for being unethical and open to manipulation by industrial actors. The harshest criticism has actually come from within, from former voters. As expressed by international chef-restaurateur Joël Robuchon, the system is prone to "cronyism, 'flip of a coin' voting and geopolitical influence and lobbying."

Among the criticisms that are directed to the list is that it has a preference for restaurants that provide expensive tasting menus against the conventional 'à la carte' restaurants, in spite of the fact that some of the latter are no less in quality, taste, and creativity than the set menu restaurants. Another criticism is that the judges who make the evaluations and decide the ranking are not prohibited from receiving free meals and travel tickets from the tourism boards of the countries that wish to have their restaurants make their way on the list. In fact, the organizers do not reimburse the judges for the cost of the meals that the voters have, nor does it require that they should bear that cost. This opens the door for the restaurants to bear the cost of meals that the voters have, in total contradiction to the strict rules of Michelin, which prohibits its inspectors from dining at the cost of the restaurants.

The speaker on behalf of the guide, William Drew, caused a fuss when he made a comment during an interview with the Huffington Post that having tourism boards and restaurants bear the cost of the meals of the inspectors is no different than having his magazine pay a food critic. In fact, some of the judges publicly mention that they are the World's 50 Best tastemakers or judges, although it is assumed that their identity should remain anonymous.

The list is prone to the national bias as well. Food writers and gastronomic travelers from the countries with fewer restaurants on the list may act strategically in order to vote for a specific restaurant to guarantee representation. This is similar to the theory of public choice: if individuals are rational actors, there is no reason why they would not like to maximize their own interests instead of the interests of the organization to which they belong. Indeed, voters act against the interests or objectives and pursue their own interests–in this case, the promotion of their countries.

The ranking of the restaurants on the list is made by 1,500 voters or judges. The elites, in this case, belong to three groups: chefs, journalists, and so-called gastronauts. Some gastronauts are from sectors of the food business–wine importers, restaurant consultants–whose jobs allow them to eat widely, restaurant owners, food critics, bloggers and, of course, foodies. Most, however, are simply civilian members of the very rich, but the heavyweight is still given to the chefs. This seems a bit strange to ask chefs to rate restaurants. Each voter gets to cast 10 votes (previously 7) in order of preference for restaurants that the voter has visited in the past 18 months. Four votes must be cast for restaurants outside the jurisdiction where the judge resides.

The jurisdictions are divided into twenty-seven groups. The regions are intended to ensure that the most populous countries don't overwhelm the vote, but they are apportioned according to no particular formula. (William Drew, the group editor of the World's 50 Best, said that the regions are redrawn every year according to factors such as culinary history, population size, GDP, and standard of living, but he admitted that "ultimately, it's a qualitative judgment.") Each region has a supervisor who appoints 36 members, including himself. The panel in each region is made up of food writers and critics, chefs, restaurateurs, and well-traveled gourmets. Some regions span more than one country. The decision on how the world is divided up is left to the organizer and regional chairs and is debated and reassessed annually. The divisions are designed to represent the global restaurant scene at the current time as fairly as possible. At least twenty-five percent of the panelists from each region change each year. The World's 50 Best's methodology is a hybrid of two very different ways of thinking about rankings: On one hand, there's the American love of a survey–the belief in consensus that undergirds guides like Zagat. On the other is the European ideal of the expert, reflected in the fantasy of all-knowing, all-seeing Michelin inspectors roaming the countryside in their cloaks of invisibility. The ranking is done without any checklist, based solely on voters' personal experience. The only rule is that the voter should not vote for a restaurant that he has a financial stake in.

Where Restaurant Reservations Come From

An important pillar of the social structure of the world of restaurants that is frequently overlooked is how to book a table at a restaurant. Restaurants vary in whether they have a mechanism of reservation as much as they do in the methods of reservation. While many restaurants in the vast majority of the world do not require a reservation, and some do not have a policy or simply any channel for making one, so-called higher-end restaurants mainly in overcrowded cities often require a reservation, and some may have tables booked for weeks in advance. The modern reservation system as we know today has significantly evolved from the classic modus operandi of restaurants that existed on travel routes providing meals for their visitors.

There is no known date when the reservation system started. All that we know is that during the middle of the twentieth century, the phrase 'reserving a table in a restaurant' started to spread. Some argue that the system of reserving a table preceded the existence of the term and that the preceding term to reserve a table was to 'occupy a table.' Professor Spang argues in her book *The Invention of Restaurants* that the term 'restaurant' goes back to the eighteenth century in France and that the concept of reserving a table was derived from the concept of reserving a room in a restaurant.

As discussed in previous chapters, during the eighteenth century, 'caterers' ('traiteurs') either served clients in their homes or in rooms at the 'traiteur's'. The first self-styled restaurateurs borrowed from cafés in having lots of small tables in one big room. Throughout the nineteenth century, many big city restaurants continued to have both a (very) large public eating room with numerous, small (private) tables and a number of smaller rooms that could be reserved for more private meals. This concept can still be seen in many restaurants today where they have private rooms with a large table that can be booked in advance for large groups that desire to dine in privacy.

From this concept, the mechanism of reserving a table in a restaurant evolved as a convenient means for someone who wanted to invite a guest to a restaurant. He would book a table in advance, even agree on the menu, and pay in advance. This could be very convenient, particularly on intimate occasions where a person would like to see things running smoothly without any embarrassing surprises.

With the social changes that happened during the twentieth century and with women strongly entering the workforce, there was an increasing need to dine in restaurants. With that, there was also a need for a reservation mechanism so that the person would be guaranteed a table at a time he wanted to do dine. In the fifties, there was the rise of critical writings about restaurants. However, there was no culture of restaurants as we know today. Around this time, if a positive article about a restaurant was published, it would lead to an increase in turnout. This phenomenon eventually led to difficulties in securing a table at the most popular restaurants. Thus, the need for an advanced reservation system emerged.

The importance of reservation

Organizing reservations and allocating tables is not as easy as some may think. Guests notice only the easy and simple part of the procedure with the hostess greeting them, enquiring about their reservation, and leading them to the table. However, there are other matters that could complicate this operation.

Restaurants that take reservations face four different time management issues: (1) No-shows: will customers arrive? (2) Late shows: will customers arrive at the specified time? (3) Short-shows: will customers show up with the number of guests specified in the reservation? (4) Dining duration: how long will customers stay? Methods for managing each of these and the potential customer satisfaction issues associated with each will be discussed in this chapter.

First and foremost, a reservation system helps restaurants run their operations in an efficient way. Reservations not only give restaurants the opportunity to select the most profitable mix of customers but also helps them better schedule their staff and workflow. Restaurants can, through the mechanism of pre-booking, know the number of potential guests in advance. Accordingly, they can have an idea of the amount of ingredients that need to be available and prepared. Restaurants can also know in advance if there is high demand on particular days. Accordingly, they can extend their operating hours either by starting early or finishing late in order to be able to serve a larger number of guests. The system can also enable restaurants to control the amount of time that a table is occupied, which helps it use its resources more efficiently and increase its revenues.

Furthermore, the system helps restaurants understand the rate of vacant tables and to work to fill in these vacancies through marketing and promotion on nights when demand is not so high. On the other hand, advanced bookings help provide information for restaurants about the nights that the demand is high so the restaurant can be better prepared to receive a larger number of guests and allocate the available time and occupancy so that there is not a lot of pressure on the kitchen during a particular hour.

The importance of a reservation system also lies in the fact that it could also be used as a marketing tool for restaurants. Reserving some tables in advance means that there are fewer tables available, and guests will attempt to book the available tables fearing that it may run out and not having tables available if they arrive at the restaurant without a reservation. In addition, the reservation system helps some restaurants have a market share from their competitors. This happens when a guest tries to book a table in a restaurant and does not succeed due to the non-availability of tables in that restaurant. In this case, the guest will try to book a table at his second choice of restaurant. Without a reservation system, that guest would not be able to know in advance that he will not be able to get a table in a restaurant that is his first choice until he arrives at that restaurant, only to find that it may be too late for him to find an alternative.

Finally, reservations give customers the assurance that capacity has been set aside for them and give customers more control over their time. This is important in the context of the pressure and fast pace that can occur when everyone tries to use their available time as efficiently as possible. As a general rule, diners prefer the reservation system over the system of first-come, first-serve system and one where a guest arrives and has to add his name to a waiting list.

Types of reservations

As we mentioned earlier, restaurants differ in using or not using the method of reservation. Those who do use a reservation system differ in the ways and the mechanisms of making a reservation.

Restaurants that do not use a reservation system

There are quite a number of restaurants in the world that work on the system of first-come, first-serve. With these types of restaurants, a customer cannot book a table in advance. Rather, he arrives at the restaurant and waits until a table becomes available. The period that it may take him to find a table will depend on the time that he has arrived and the level of occupancy in the restaurant. If the client has arrived on a busy weekend, then he may have to wait for quite a long time. I have seen this in some themed restaurants like Planet Hollywood in the US. The restaurant was famous in the late-nineties as the owners were the stars of Hollywood and because of its thematic nature. The restaurant didn't accept reservations, and the queues were quite long, so diners had to wait for an hour or more before a table became available.

Within this category are some restaurants that do not accept reservations but will add your name to a waiting list, take your phone number, and then send you an SMS or call you when the table is close to being ready. This system allows diners to use their time more efficiently. It is also very useful for restaurants that are located within a shopping mall or close to one since the diners can use the waiting time to shop around until the table becomes available. Some of these restaurants provide diners with a pager that beeps once the table becomes ready.

Restaurants that use a reservation system

Many restaurants have realized that a smooth and easy reservations procedure, which enables a restaurant to receive guests and seat them quickly on arrival, is the first step in creating a good impression with the guest about the restaurant and its quality. The majority of restaurants today do accept reservations. This process involves a customer calling the restaurant to book a table or booking online for a particular number of diners at a particular date and time.

Some restaurants have an offset practice that is derived from the reservation system. For example, they impose a number of hours that a table can be occupied after which the table has to be returned so that it can be occupied by another customer. Others require a table to be turned back in an hour-and-a-half for two diners and two-hours-and-a-half for larger groups, after which the table has to be returned back to the restaurant. The reason for imposing such a requirement is that time is a critical element in the operation of the restaurant. Imposing a maximum time for each table helps the restaurant to preplan the management of the kitchen. It also provides more efficiency so that the tables can be occupied more than once.

On the other hand, you can find places that, while accepting reservations, offer two different cycles within which a customer has to book a table. The first cycle, for example, may start at around 7 P.M., and the second cycle may start at around 9 or 9:30 P.M.. A customer wishing to book a table can only book a table within one of these two cycles and not at any other time. A customer who books the first cycle has to clear his table before the second cycle starts so that the next customer who has booked the table during the second cycle can occupy the table. This system attempts to strike a balance between the freedom of the customer to choose and the restaurant's desire to turn around the table more than once to generate more income.

Japan

Many restaurants have a more complicated system for reservations. In Japan, for example, restaurants can be extremely small, some with less than eight seats and one dinner service per day. A last-minute cancellation can have a significant financial effect on the business. The recent increase in such cancellations has prompted many restaurants to implement strict cancellation policies in respect of foreigners. Some sushi restaurants are reluctant to serve foreigners due to a history of last-minute cancellations, language difficulties, and complaints about prices. Tourists are more unpredictable, and this makes some Japanese chefs uncomfortable. Some would still accept reservations, but most were restricted to different time slots or seated away from regular customers. Some Japanese have opened lunch service especially for foreign guests, a practice that some have characterized as a form of segregation.

"Generally, Japanese chefs are much more interested in accommodating their local customers who come over and over again to their restaurants. The relationship is important and builds over time," says

Andrea Fazzari, author of *Tokyo New Wave: 31 Chefs Defining Japan's Next Generation*. There are restaurants that refuse so-called 'ichigen-san' (first-time diners) and only take reservations from 'jyorenkyaku' (regular customers). Irrespective of one's profile, social status, connections, or wealth, if you are not a regular customer, the restaurant will not accept a booking. In cases where a regular customer makes a booking on behalf of a non-regular customer, there are restaurants that go as far as requesting that the regular customer who made the booking accompany the non-regular customer. These restaurants are called 'Ichigen-San' or 'Okotowari', meaning no first-time customers. There are other restaurants in Japan that adopt the membership style. A reservation in these restaurants is not possible except for the members of the restaurant. Non-members will not be able to secure a table in these restaurants. It is to be noted that these restaurants are not similar to club restaurants in which membership is open for all, whether in sport clubs or commercial clubs. These restaurants in Japan are not clubs with restaurants but normal restaurants requiring membership to accept reservations.

Among the restaurants that do not accept reservations except from regular customers is the famous steakhouse Kawamura in the Japanese capital Tokyo. This restaurant is famous for a particular type of meat and style of cooking that is unique to it. It is near impossible to book a table at this restaurant even if one tries to do so months or years in advance. The restaurant does not have a telephone number that can be contacted nor a registration. The restaurant declined a request for a reservation for the US President Barack Obama when he was visiting Tokyo despite the continuous attempts by the US embassy and the protocol department in the Japanese cabinet. The reason given was that the president's visit may annoy regular customers. The restaurant also refused a request to book a table for the Japanese Prime Minister Shinzo Abe for the same reason. During the last 10 years, the restaurant has admitted only 18 foreign guests. I was lucky to be number 19 in 2019.

Steak at legendary restaurant Kawamura

Another restaurant of this kind is Sugalabo, which is considered one of the ten best restaurants in the Japanese capital Tokyo. The telephone number of this restaurant is not available for the public; it is not possible to call the restaurant to book a table. The restaurant does not have a signboard and cannot be distinguished when one passes by in front of it. It can only be booked by one of the regulars.

Amongst the restaurants that are extremely difficult to reserve is the famous sushi restaurant called Sushi Mitani. It is believed that booking a table in this restaurant requires the booking to be made three years in advance with payment to be made in advance. Another restaurant is Chiane, which has only one table which seats five diners. To secure a booking in the restaurant requires the booking to be made one year in advance with a commendation from one of the regulars. Restaurant Ichikawa was threatened that it would lose its Michelin star because Michelin inspectors were finding it difficult to book a table at the restaurant.

Other practices

Outside Japan there are quite a few restaurants, particularly three-starred ones or those that are in the list of the World's 50 Best list, that use a complicated reservation system. These restaurants, for example, will not accept a reservation longer than three months in advance. For example, one cannot book a table four or five months in advance but instead has to wait until three months in advance of the date that he wants to dine in and then try to secure a booking. Hence, if you were trying to book a table on the first day of September, you would need to call on the first day of June. If you were unable to book a table, you could not try to secure a booking for the next day or days. You must wait to try to book a table for the 2nd of September and so on. I recall trying to book a table at The Fat Duck, but I kept failing because tables were given away in the first 15 minutes from the time that the bookings were open. I did manage to get a table by asking two different people to be ready before the reservation time opened so they could also try to book at the same time.

There are restaurants that will call a customer on the day to confirm the reservation in order to reduce the number of people who may not show up. Other restaurants insist that all guests must arrive shortly before the booking time and will not allow the group to be seated until all the group members arrive. This is done to ensure more efficacy in turning around the table.

A few restaurants, particularly those that fall in the category of fine dining, do not accept reservations by phone or via their website unless the reservation is confirmed by a credit card. Restaurants usually have a cancellation policy of a few days before the reservation date. If the customer does not cancel his reservation during the specified cancellation period, his credit card will be charged. Some restaurants even charge a fixed sum for each member of the group if they do not show. So if the reservation was made for five people, for example, but only four show up, then the restaurant imposes a charge for the guest that did not show up. While some deem that confirmation of a reservation through credit card is acceptable, many customers find that setting a time limit for the time that the table can be occupied and charging in cases where the full group does not show up to be unacceptable and incomprehensible practices that spoil the dining experience.

There are restaurants that take an even more extreme route. They not only take the credit card details but they debit a fixed sum in advance for each number of the party. If the guests do not show up, then they lose the amount that has been charged in advance. I recall when I booked a table for four persons at Brae outside Melbourne in Australia. The restaurant is listed among the best fifty restaurants in the world. Unfortunately, my two guests were not able to join us on that day because one of them was very ill. The restaurant charged us for four persons although only two of us were dining.

Restaurants justify such harsh measures on the basis that people who book a table but do not show up are depriving other customers of getting a table. In cases of a no-show, the restaurant loses the customers that here on the waiting list. In addition, they will lose the costs incurred in purchasing the food ingredients. Most restaurants operate on thin margins. No-shows can be the difference between red ink or black for the evening. This is a business where profits measured in low, single-digit percentages are considered pretty healthy and where fewer than ten-percent of people who don't show up for reservations constitute a significant enough burden. There are also logistical problems caused by people who fail to show up for a booking. For example, when a restaurant allocates a table of four to only two diners, this means the restaurant is losing two customers. Restaurant owners estimate the percentage of no-shows to be twenty-percent of the total reservations each night, which is a huge burden on them. The uncertainty of customers' commitment to their bookings leads some restaurants to overbook, similar to the practice in airline companies.

The math can be startling. At a restaurant like Alinea, a mere table of two no-shows each night can add up to a quarter of a million dollars a year. After the restaurant moved to the system of tickets for reservations, the number of no-shows reduced from as high as seventeen-percent to less than one-percent.

Ticket systems

This system allows restaurants to have different prices for bookings. A table that is booked for 8 P.M. on Saturday night is generally more expensive than a table booked during weekdays. The website Reserve has introduced the service of auctioning table bookings in the literal meaning of this word. Anyone who wants to book a table in a particular restaurant would have to pay a premium that may reach twenty-five percent of the original value of the ticket to be able to buy that ticket. The application Table 8 enables its users to book last minute tables in member restaurants against an annual fee of 95 dollars in addition, of course, to the bill price.

Some find other solutions to the issue of customer's not committing to their bookings. The OpenTable app, which is widely used to book restaurants, uses a punishment method; skip out on four reservations in a year without canceling (which you are free to do up to the moment of your reservation), and your OpenTable account will be closed. The shutout is automatic since the system automatically logs no-shows.

Others propose a mechanism of rating customers similar to the form used in the famous taxi company Uber. They demand that restaurant booking websites and applications should allow restaurants to rate the customer and give negative points when a customer does not commit to his booking or cancels it at an inappropriate time. Likewise, customers who adhere to their bookings should be provided with certain incentives like being able to book a table at peak times or obtain special tables. They argue that if a customer knows in advance that his behavior will be rated, then this would lead him to adhere to the good etiquette in dealing with the restaurant.

A few restaurants are already taking extreme measures to avoid reservation-flakes, forcing diners to front money for their tables. They require diners to pay for the entire meal when they book. Among the restaurants that adopt this system are the famous Tickets restaurant in Barcelona, Columbia Room in Washington DC, Clove Club in London, and Ernst in Berlin. These and other restaurants justify this process by the fact that they provide a comprehensive dining experience for the customers where presenting the bill at the end of the meal and asking the client to pay would be inappropriate. This system also helps to fix the imbalance in the economic scale between the customer and the restaurant. With the normal booking system, when a customer does not show up for his booking without canceling in advance, he does not have any losses, but the restaurant would lose the value of the booking. With a prepaid system, part of the risks, if not all losses, are borne by the customer, which changes the economic relationship between the customer and the restaurant.

However, a few restaurant owners criticize this system and argue that adopting the tickets system or the system of different rates according to the timing of the bookings could be an efficient way when the restaurant is successful and famous. But this system would not be tolerated by customers of neighborhood restaurants, which constitute the backbone of the restaurant business. In addition, some of the famous restaurants that adopt a strict reservation system would find that they have lost their favorite customers once their fame fades. These owners argue that the pre-paid tickets system may be suitable for fine-dining restaurants that customers visit because of its name or because of the celebrity chefs that own them, but this may not be suitable for all restaurants.

Online bookings

Traditionally, restaurants managed their reservation systems with a reservation book, meaning they received the reservations via telephone calls and wrote them down in a book. Nowadays, as a consequence of the mass use of the internet and its benefits, experts have seen the opportunity and added value of creating online reservation systems, and already many restaurants have replaced the traditional format with these new systems.

An important advantage of online reservation systems is the flexibility they offer when making a reservation. When reservations are managed in the traditional way, patrons are only able to call a restaurant to make a reservation during operational hours. On the contrary, when reservations are managed through an online reservation system, customers are able to make their reservations at any time and from any place they choose. In general, patrons have a better experience when making an online reservation because it is a quick process, and the service is available 24/7, and the system provides all the necessary information in order to make the desired reservation with ease. Restaurants can easily process the data and apply statistics to understand the direction, timings, and dates when bookings are at peak, and the number of persons on each table, which would help restaurants to better plan for their business. In fact, some restaurants have completely done away with the conventional method of booking and will not accept a booking except through their website. An example of these restaurants is the famous sushi restaurant Tetsu in London. This restaurant does not accept bookings over the telephone. Rather, the customer must book a table only through their online portal.

Today, many websites exist which provide this service for multiple venues, such as Tock, Bookatable, Chope, Killer Rezzy (which also offers 'rogue' reservations, which members can sell), Open Table, Clicktable, and Yelp. This has provided various options and choices for customers which enables them to easily book a table in their restaurant of choice. Some of these websites and apps even provide their users with privileges and points depending on the frequency that they use them for booking a table at a restaurant. These points can later be used to get discounts at various restaurants.

Reservation goals and criterion

Some scholars argue that there are certain goals that the reservation system tries to achieve. Among them is fairness. A customer should feel and have the impressions that the outcome of the reservation system was reasonable, acceptable, and fair. This criterion applies not only to restaurants but to many industries as well. It is an important element in customer satisfaction and loyalty in the long run. The customer should receive a reasonable price while the merchant should receive a reasonable profit. In the case of restaurant reservations, the price that the customer pays is in lieu of the non-material cost that is represented in waiting and in inconvenience. Therefore, payment guarantees the customers' comfort and the restaurant's income as well.

The second goal that the reservation system observes is delay. Studies have shown that there is a direct relationship between the expected waiting time and the customer's satisfaction. The shorter the waiting time, the more satisfied the customer, particularly the time that precedes the service. In order to avoid waiting times, restaurants should be able to control the pace of serving the customer without making them feel rushed.

The third goal is to give the customer the feeling of control over his service. When the matter relates to reservations, customer satisfaction is usually higher in restaurants that give him the option of choosing the time of the reservation or when the restaurant does not impose a requirement that all guests should be present before being seated.

The fourth goal is to provide convenience of service. This refers to customers' desire to save time. The availability of websites and apps providing reservation services saves the customer time and effort that he needs when he wants to book a table.

As can be seen, restaurant reservation is not as simple as it may look. There are different methods that different restaurants resort to. Some of these methods are meant to protect the customers while others are meant to protect the interests of the restaurants. Personally, I always prefer to dine at a restaurant that accepts reservations. This way, I know that when I arrive, I will have a table ready for me. I do not mind payment in advance for my reservation as long as a cancellation is allowed before a reasonable time. On the other hand, I find the pre-paid reservation system a bit rigid and inflexible, especially because it does not accommodate circumstances beyond one's control. It could be a source of inconvenience-a huge one if the party is big or if one's plans change due to an emergency.

Cities as Food Destinations

By the end of the nineteenth century, travel advancements stoked luxury tourism, which inspired travelers to want to eat when they were away from home. Eating became an art rather than merely a necessity. Part of the travel experience involved dining at famous Parisian cafés and restaurants, which by then had built a solid reputation for excellent food and service.

With the growth and popularity of culinary culture in large cities around the world, tourism authorities in many countries started to pay more attention to culinary interests. Apart from the fact that food represents the identity of a nation, it has in recent years become a tool for attracting tourism. For many people, food is now a primary motivation in their decision to visit a particular country. Culinary tourism plays a major part in the contemporary experience economy. Dining is a key part of all cultures, a major element of global intangible heritage, and an increasingly important attraction for tourists. The link between food and tourism also provides a platform for local economic development and culinary experiences to help brand and market destinations, as well as supporting the local culture that is so attractive to tourists.

The Organization for Economic Cooperation and Development (OECD) published a report on the Creative Economy and Tourism (OECD, 2014). It recognized that gastronomy is an important part of intangible heritage and that it provides an essential link to tourism. United Nations Educational, Scientific and Cultural Organization (UNESCO) has also already designated a number of gastronomy elements of the world as intangible heritage, including the gastronomic middle of the French, Mediterranean diet, and the traditional Mexican cuisine.

Food often comprises almost thirty-percent or more of tourist expenditure, and this money is often spent directly with local businesses. It is also argued that integrating gastronomic experiences into sustainable tourism developments in rural and outlying areas may help ease poverty. Travelers are spending more time and money on unique food and beverage experiences. There has been a global increase in the number of food tour companies, food and beverage focused events, and food and beverage experience-focused marketing efforts. Dining out is common among tourists, and food is believed to rank alongside climate, accommodation, and scenery in importance to tourists. Many tourists today choose their destinations, taking into consideration the availability of reasonably-priced restaurants or even fine-dining restaurants. Furthermore, the availability of good restaurants in a particular city makes it more attractive from a tourism perspective.

Food tourism includes activities such as:

- Cooking classes
- Food tours
- Wine, beer, and food festivals
- Specialty dining experiences

The World Food Travel Association (WFTA) estimated in a survey that was conducted in 2016 that up to ninety-three percent of tourists are deemed food tourists. Food tourists are travelers who have participated in a food or drink experience within 12 months, such as visiting a culinary school, participating in a food-related tour, eating in a fine-dining restaurant, eating at a popular street-food kiosk, or visiting a chocolate or dessert factory.

Having said that, it is not easy to estimate the direct economic contribution of food tourism to the GDP of a particular country. This would require an examination of the number of tourists that visited a particular country and a calculation of the amount that they spend on food and beverages. Such an analysis would also require a deeper examination of the amount spent by tourists on food as a necessity, like money spent on having lunch or dinner against the money that is spent on food purely for tasting or joy.

The World Food Travel Association (WFTA) has come up with a formula to estimate this contribution. The Association estimates that tourists spend twenty-five percent of their budget on food and beverages. This could go up to 35 percent in more expensive destinations, and it could also drop to fifteen-percent in more affordable destinations. Culinary enthusiasts, on the other hand, may spend more than twenty-five percent of their travel budget on food.

In 2017, nearly thirty million people visited Japan, with many drawn to the country's capital to take part in its world-class restaurant scene. In 2018, tourists visiting Japan from overseas spent 886 billion yen (almost 8.5 billion dollars) on food and beverages, more than the total tourism spending across all categories in 2011, according to data from the Japan Tourism Agency. The volume of the global food and beverages market has been estimated to exceed 5650 billion dollars according to the Food and Beverages Global Market report 2018. Statista, the reputable German online portal for statistics, has estimated the volume of food and beverages market in the GCC to reach 34 billion dollars in 2020. Saudi Arabia is on the top of the list with a market size of 18.2 billion dollars, followed by the UAE with a market size of 11.5 billion dollars.

Naturally, it is expected that cities compete to attract this industry. Tourism authorities in different countries promote not only their restaurants and cuisines but also their cities as being preferred for culinary tourism due to the fact that such destinations attract more tourists and, therefore, more income. Tourism authorities around the world organize food festivals in order to promote their respective countries' restaurants and cuisines. They invite celebrity chefs to attend these festivals and present some of their top dishes. Some sponsor certain international food festivals like W50B, which in turn attract international media and increases the popularity of these cities and their restaurants.

Some cities have come up with creative ideas. Vienna, for example, hosts an annual event called 'Vollpension'. It started as a try-out tour in a food truck throughout Austria. Grandmothers used to sell their best cakes at festivals, meetings, etc. It was a huge success, and people wanted more. So they started a pop-up restaurant in Vienna. Again, the success was overwhelming. The Vollpension today is a unique lunchroom in the center of Vienna, Austria. The employees are all elderly people (aged 65+). The 'Vollpension' feels and looks like your grandmother's house: it's warm, antique, and cozy.

Tulum in Mexico came up with the unique concept of Zine, which is a festival that combines exquisite food and HD entertainment in the lush jungle of Tulum. Amsterdam came up with a food festival called 'Kinderkookkafé', a children's cooking café where kids take charge of the restaurant. They set up the tables, cook the meals, and serve the food. Peru has also been very successful in this area in recent years. Statistics show that an increasing number of tourists spend a night or two in Peru to explore its restaurants.

Culinary tourism is not limited to tourism from abroad, as it can also encourage local tourism, particularly in those countries that are composed of different regions, each having its own cuisines. It is also not restricted to fine dining. In fact, a large part of culinary tourism is about discovering street food, which is very popular now, and local beverages. Fans of street food generally like to explore the street-food options that are available in their home countries.

Finally, in addition to the direct impact of culinary tourism, there are certain other indirect benefits which are generated by this type of tourism. These include:

- An increase in the number of tourists and visitors to that particular country.
- An increase in the volume of sales of hotel rooms, airline tickets, restaurants, and car rentals.
- Media interest in cities that are seen as food destinations.
- The increase in competitive expertise in that particular city for tourism in general.
- The increase in food and beverage revenues and taxes.
- Increase of awareness of the importance of specialized regions in culinary tourism.

Dubai

Despite the fact that the Arabic kitchen has a long and rich history, Arab cities have not yet recognized the advantages of converting this rich culture into a full industry where the cities become culinary tourist destinations. However, among the few Arab cities that have recognized the importance of food festivals is Dubai. The city hosts an annual food festival which runs for two weeks and is aimed at boosting Dubai as a gastronomic destination. The festival aims to highlight Dubai's cosmopolitan culture by showing the different cuisines that are available. The festival has been successful and managed to attract more than 190,000 visitors in 2017 with an increase of thirty-four percent over the previous year. It has become a permanent part of Dubai's annual activities.

The festival's flagship event is the Beach Canteen, which showcases some of Dubai's best food concepts. The pop-up event also features entertainment and a dedicated family area. Dubai Restaurant Week sees many of Dubai's most in-demand restaurants come together for 10 days to offer diners carefully curated two-course lunch menus and three-course dinner menus. The Restaurant Week hosts local and international chefs who present some of their irresistible dishes. Among the chefs that the event has hosted are famous names like the Michelin-starred chef Giorgio Locatelli who has presented a BBC TV show called Pure Italian. The event has also hosted chef Annabel Karmel who is the UK's top family and children meals chef. Another celebrity chef is Sanjeev Kapoor who is the most celebrated face of Indian cuisine.

The festival hosts many side activities like culinary shows and classes for adults and children. The festival also presents prizes for Dubai's local cuisines with judges rating some of the dishes that are presented in the popular restaurants in Dubai like the best local dessert and the best local dish.

The festival has not ignored catering for the health conscious, and healthy food is available at the festival. In 2017, it hosted chef John Buenaventura to make healthy juices and smoothies using fruits and vegetables that were planted in a greenhouse that was made specifically for the festival. The purpose was to educate people about the concept of healthy food and to encourage them to grow their own food and vegetables in their homes.

However, there are areas that the organizers of the festival can improve. The festival has not yet been successful in broadening its horizon in terms of attracting tourists from abroad. Also, many of its food activities are not stand-alone food-related activities, but are linked to other non-food activities. My personal observation is that the festival and the city in general needs a guide for its various and many restaurants. The guide doesn't need be a sophisticated one like Michelin, for example. The guide should be user friendly and direct Dubai's citizens and its tourists to the different restaurants, in terms of price and cuisines, that the city has to offer. Every metropolitan city has a restaurant guide of some form or another.

However, outside of the festival in other times of the year, there are tailored culinary tours. A company called Frying Pan Adventures organizes tours to certain Dubai food scenes. The company offers different culinary tours depending on the choice of the participants and can be dedicated to particular cuisines like Indian cuisine or Arabic cuisine. But even without the tours, when it comes to gourmet food, you can find all manner of creations in Dubai–from camel stir-fry to truffle ice cream. Yet there is one thing missing: a Michelin star. The Emirate needs to do more to attract Michelin. It has all the potential but needs the will.

CHEF'S SPECIALITIES & TYPES

Some may think that all chefs are of one category, ranking, or that they do the same type of work. After all, every chef cooks. In fact, this is an oversimplified view of the cooking process and the various and complicated cooking processes that are performed inside the kitchen. As much as teaching has different subjects which are covered by teachers of different backgrounds and specialties, cooking also has different specialties and training requirements.

Professional kitchens usually adopt a hierarchy so that the chefs and customers understand where each chef sits in the overall relative status or authority in the kitchen. The role of Executive Chef is the top position in a professional kitchen. An individual that aspires to be an Executive Chef must pass various levels of education, qualification, and training before reaching such a high ranking. The Executive Chef is the mastermind in the kitchen. To attain the position of Executive Chef is the dream of every person that takes cooking as a profession.

We will review here briefly the different specialties of chefs, which I find important to note. Every food enthusiast who wants to have a general idea of food and restaurants must have some background in this.

Executive chef

The executive chef, sometimes called 'chef de cuisine', is at the very top of the kitchen management structure. Only the largest establishments have an executive chef, and it is primarily a management role. There is usually only one executive chef in the kitchen. The competition to reach such a high ranking is extensive and may take years of studying in culinary schools and training in restaurants.

It would be unusual for an executive chef to be involved with the details of food preparation. Rather, the executive chef's main role is to prepare the identity and theme of the restaurant's menus to suit the different seasons. A menu for the summer, for example, is usually different from one for the winter. There are some menus that cater seasonal products. There are also menus that have a certain identity or are particular to a certain region. Executive chefs also are involved in the creation of the food recipes and ensure the safety of the work conditions and the hygiene of the kitchen.

In some big restaurants and hotels, the specialty of the 'chef de cuisine' could be different from the executive chef. The executive chef is the one to whom all other chefs report.

Sous chef

The 'sous-chef de cuisine' is second-in-command, and literally means 'under chef.' The role will typically overlap with that of the head chef's, but the sous-chef will tend to be more hands-on and actively involved in the day-to-day running of the kitchen. There could be more than one sous-chef in a restaurant assisting the executive chef. The sous-chef will also fill in for the head chef when they are away. They follow the details of the operations in the kitchen and review the details of the work, and are also in charge of the food that will be served to the guests.

Pastry chef

A pastry chef is a professional that specializes in desserts such as cakes, cookies, and many other pastries. Their primary responsibility is baking, preparing, or pairing baked sweets to match demands, menus, hot/cold beverages, or even wines recommended by the main chef if they are working in a fine-dining restaurant.

Reaching the rank of a pastry chef requires specialized skills acquired through in-depth education. You need to be innovative, creative, detailed oriented, and have an artistic eye to be a pastry chef. Due to the nature of their work, their position in the kitchen is equivalent to the executive chef or the head chef. It is not unusual for pastry chefs to be referred to in menus in a separate way, particularly if they were famous and well-known in their specialty.

Station chef (chef de partie)

Each 'chef de partie' is responsible for running a specific section of the kitchen, and they are usually the only worker in that department, although in some larger kitchens each station chef may have several assistants. This is a term that can have multiple hierarchical meanings, such as junior or senior.

Saucier chef

Saucier chefs are culinary professionals frequently employed by well-staffed, high-end kitchens, such as those located in hotels, resorts, and fine-dining restaurants. They create a variety of sauces, soups, and stocks, and often work closely with other chefs to develop flavors that complement entrees, appetizers, and desserts.

Other chefs

There are also other specialties in the kitchen. For example, there is the butcher chef (also known as boucher) who is in charge of preparing meats and poultry before they are delivered to their retrospective stations. The butcher chef may also handle fish and seafood preparations. There could also be a fish chef (also known as 'poissonnier') who is an expert in the preparation of fish dishes, and often responsible for fish butchering as well as creating the appropriate sauces. Another specialty is the grill chef (also known as grillardin) and, as the name implies, the master of all foods that require grilling. A vegetable chef (also known as 'entremetier') would be in charge of preparing vegetables, soups, starches, and eggs. Larger establishments may employ multiple chefs to work at this station.

From a ranking point of view, there are 'commis chefs' who are novice chefs that work under a 'chef de partie' in order to learn the ins-and-outs of a specific station. These are often people who have recently completed, or are still undertaking, formal culinary training.

As you can see, the kitchen, how it works, and its staff are a big and integrated world where every member is running a particular show in harmony with the others. It is like a machine or orchestra where every part is doing its work and any fault in one part of the production may lead to the dish being damaged, to the extent that it cannot be presented to the guest.

My Own Dining Experience

I was hesitant to write about my own experience with dining in restaurants around the world. There are two reasons for my hesitation.

The first is that food is all about personal taste and will differ from one person to another. It is true that there are certain objective criteria that may be relied on to determine what is or is not acceptable when it comes to food or restaurants, but there is also a large subjective element involved when deciding what is a delicious meal and what is not. A person, for example, may like kebab and consider kebab restaurants as his indicator of what delicious food is. There is nothing wrong with kebab. It is a delicious meal if it is properly seasoned and prepared. The same person may not like sushi, for example, and may consider it too raw for his taste. Another person, on the other hand, may very much like sushi. In such circumstances, we cannot treat sushi to be a delicious dish just because it suits the taste of one person and consider kebab not to be a delicious dish simply because it does not suit the taste of another person.

In fact, even within the same type of cuisine, one may find different preferences. Like I mentioned in the first chapter, some people like their steak rare while others prefer it medium or even well-done. These are personal considerations that could not be objectively categorized. In fact, peoples' preferences and tastes may change over time. Personally, I always used to order my steaks well done. Today, I like my steak done medium. I find that a steak cooked medium to be the perfect balance and style of cooking a steak because it maintains the tenderness of the meat without losing the taste.

Thus, people's taste in food and restaurants are based on their personal experiences and impressions, which cannot be easily generalized. I am often asked what the best restaurant in the world is or in a particular city. My answer is always that there is no 'best' restaurant. There are distinguished restaurants in each country and in each city. There are distinguished restaurants in a particular category, like fine dining or street food for example. There are also distinguished restaurants in certain cuisines, like Indian or Chinese cuisine for example. When determining whether a restaurant is good or not, the focus should be mainly on the food. It is not always necessary for that restaurant to be expensive or luxurious. It is very much possible to find a street food kiosk offering extremely delicious dishes.

The second reason why I was hesitant to include my personal rating for restaurants in the book is that I did not wish this book to be merely a guide for rating restaurants. There are other specialized guides and websites which are dedicated to this purpose, and I'm not here to compete with them.

My own views and remarks on the restaurants that I have visited, particularly in the past few years when I started to note down my remarks, are available on Trip Advisor and more recently on my Instagram account where one can refer to them. I may collate them together in a blog one day.

I mention the restaurants below with two caveats. The first is that my notes stem from my personal impression, which some people may disagree with. The second caveat is that the life cycle of restaurants in general tends to be about five years. After that period, most restaurants start to decline. New and better restaurants may come on the scene, the chef may leave a particular restaurant, or it could be that the general trend for a particular cuisine may change. Of course, there are always exceptions to the rule, and there will always be restaurants that maintain their status for years and even decades.

It is not possible for me to present my restaurant experience without first mentioning and starting with the city where I was born, raised, and still live in. Dubai has many types of restaurants. I am frequently asked what the best restaurant in Dubai is. From my personal experience, the two restaurants that managed to maintain their quality level for quite a long time are La Petite Maison, which serves Mediterranean French cuisine and Zuma, which serves fusion Japanese cuisine. For this latter kind of cuisine, one has to know what he plans to order or should seek some guidance, otherwise it is easy to get confused due to the nature of this cuisine. This is particularly the case as there are no clear lines that distinguish an appetizer from a main course. The same applies to Nobu in the Atlantis hotel.

For the sake of making it easier, I have tried to divide the restaurants into cuisine categories. I have to mention that this list is not conclusive, and there could be other restaurants that are equally as good.

global influences as well as lesser-known Indian cooking styles, hence the 'accent.'

Berenjak

A boho-chic casual Persian joint in Soho. Berenjak gives kebabs a twist by combining Iranian home cooking with seasonal British ingredients.

Mohsen

Mohsen is a long-established Persian restaurant in London. Mohsen has been sticking to the same simple, successful formula for many years and the food is consistently good.

China Tang

A Park Lane institution serving authentic Chinese dishes. One of my favorite Chinese restaurants in London.

Yauatcha

High glam Chinese restaurant in Soho known for their dim sum and desserts.

Hakkasan

Classy Cantonese cooking, this Michelin-starred trendsetter remains a benchmark against which all high-end fusion Chinese restaurants should be judged.

A Wong

A casual eatery that managed to get a Michelin star, serving innovative but extremely delicious dim sums. Their egg custard dumpling dessert is to die for.

Imperial Treasure

The original one in Shanghai has two Michelin stars and their new branch in London will not fail you.

Kai

while the cooking features dishes from several provinces in China, it's the southern region of Nanyang which is closest to what is being served. Kai is one of the top fusion Chinese restaurants in London.

Lucky Cat

Chef Gordon Ramsay's new sleekly groomed and nightclub-y London restaurant. Serving Japanese and Chinese dishes blended with British ingredients that are designed for sharing.

Cut

This swanky steakhouse at the five-star 45 Park Lane hotel comes from Wolfgang Puck, an Australian celebrity chef based in the US who found fame with A-list haunt Spago in Beverly Hills. Cut stands out from The Steakhouse in London. If you are in the mood for steak, then this is the place to go.

Dinings

Dinings has a reputation larger than its compact setting for great Japanese food with innovative flourishes served in Tapas style.

Dinings SW3

A menu featuring creative Japanese izakaya and sushi with elevated plating in a contemporary setting. Unlike the Marylebone branch, here in SW3 a glossy street-level sushi bar gives way to a sunken dining room that's as well-groomed.

Nobu

The hype has died down, but London's Nobu is still a heavyweight on the Japanese dining scene. Imitations of the restaurant's signature dishes—black cod with miso, or rock shrimp tempura, for example—can be found on many a menu in the capital.

Roka

Zuma's younger sister; smaller dishes for half the price.

Endo at the Rotunda

A 16-seater sushi restaurant in White City, providing one of the most unique and delicious omakase sushi experiences in London.

Sushi Samaba

Japan, Brazil, and Peru come together in this expensive New York import on floors 38 and 39 of Heron Tower: great views, great décor, wonderful sushi.

Pied á Terre

This elegant Michelin-starred French restaurant, a stayer on London's dining scene, presents plenty of Francophile favorites.

Dinner by Heston Blumenthal

Chef Heston Blumenthal remains one of the most famous names in UK food, and his sole London two Michelin-starred restaurant caper through time and has has a menu recreating dishes from the Middle Ages, the Restoration, and the Victorian era.

Comptoir Gascon

One of three restaurants in the Gascon empire. Chef Pascal Aussgnac brings rustic French food to the heart of London.

Restaurant Story

Chef Tom Sellers' novel approach to British classics serving quirky dishes (like edible candles).

Roux at the Landau

French cuisine served in a grand Victorian hotel's elegant, circular dining room.

Roganic

This compact Marylebone restaurant serves up exciting and innovative food.

Scott's

One of London's oldest seafood restaurants. For over 150 years serving fabulous fish and shellfish in a club-like Mayfair setting.

Wright Brothers Soho Oyster House

Seafood restaurant serving daily specials fresh off the boats and hand-sourced shellfish platters.

The Clove Club

Michelin-starred restaurant, named one of the world's best in 2017 serving a daily-changing menu of nine cutting-edge, modern dishes.

Waterside Inn

Overlooking the River Thames, holds a historic place in British culinary history. Opened in September 1972 by Michel Roux, it gained a Michelin star in the brand-new Michelin UK guide in 1974, a second in 1977, and the ultimate third star in 1985, which it has retained ever since.

Alain Ducasse

Alain Ducasse has three Michelin stars, serving modern French haute cuisine.

Bibendum Restaurant

With two Michelin stars, Chef Claude Bosi's cooking shows a man proud of his French heritage.

Club Gascon

Famous as one of the best places to eat duck and foie gras since opening in 1998.

Gordon Ramsay at 68 Royal Hospital Road

Ramsay's flagship serving polished French dishes is one of Britain's finest restaurants and London's longest-running with three Michelin stars (held since 2001).

The Greenhouse

The Greenhouse has had many chefs over the years since its opening in 1977, including Chefs Gary Rhodes, Antonin Bonnet, and Arnaud Bignon. The latest to take the reins in the kitchen is Chef Alex Dilling, who was previously the executive chef of Chef Helene Darroze's two restaurants. The cuisine is essentially French with a mix of classical and modern influences.

L'Enclume

Two Michelin stars in a sleepy Lakeland village is a destination in itself.

Marcus at The Berkeley

High-end French-style dishes with British ingredients from celebrity chef Marcus Wareing.

Pollen Street Social

Modern British menu by Chef Jason Atherton.

Launceston Place

Fine-dining restaurant in an 1839 townhouse.

Chez Bruce

High-end modern French dining.

Arros QD

Modernist Spanish dishes with paella and wood-fired dishes from celebrated Spanish Chef Quique Dacosta.

The Mayfair Chippy

For a great traditional British fish and chips.

Nautilus Fish

Simple venue for classic British fish and chips.

Paris

One cannot write about food and ignore Paris where gastronomy began. Paris offers such a wide choice of restaurants that it is difficult to compile, even in a dedicated book. Therefore, I will restrict the list here to restaurants that serve French cuisine. This is not to say that Paris does not offer culturally diverse options of cuisines. In fact, the options are so vast that I need to restrict and limit what can be mentioned here.

Alliance

A small place of about 10 tables. Alliance is the fruit of the meeting of two memorable men: Toshitaka Omiya and Shawn Joyeux who worked together at restaurant Agapé.

La Dame de Pic

Signature cuisine from renowned French Chef Anne-Sophie Pic.

Le Pre Catelan

Three Michelin-starred restaurant in a beautiful pavilion.

Restaurant yam'Tcha

A tiny Franco-Asian kitchen in Les Halles by Chef Adeline Grattard, serving ingeniously fused French and Cantonese flavors.

Apicius

Created by Chef Jean-Pierre Vigato, a champion of fine dining.

Auda Izakaya by Pierre Lambert

This tiny place offers French-Japanese cuisine in the form of omakase.

L'Ambroisie

A traditional French restaurant that has maintained three Michelin stars for more than thirty years.

A brand-new contemporary menu, achieved by a chef who trained with Chef Joël Robuchon.

Le Bon Georges
Modern Parisian Bistro.

New York

New York is undoubtedly a global city in all aspects, and so is its cuisine. New York started as an immigrant city where immigrants from all over the world settled and brought with them their culture. This added diversity and richness to its culture, lifestyle, and obviously its restaurants. New York has been a foodie destination for quite a long time. Today, the city maintains its charm as a food destination although there are newcomers to the global scene that have surpassed it.

It is difficult to determine which restaurant in New York is the best one. The city has different cuisines, which makes it difficult to choose from. However, there are certain restaurants that cannot be ignored when one is talking about restaurants in New York.

Chef Thomas Keller's New American restaurant Per Se in Columbus Circle is one of New York's most iconic and impressive restaurants. Eleven Maddison Park is an upscale American restaurant by Chef Daniel Humm. It was voted the best restaurant in the world in 2017. I have to admit, however, that I didn't find it to be as good as the claims.

I found two restaurants in New York to be outstanding. The first is the three Michelin-starred restaurant The Chef's Table at Brooklyn Fare by Chef César Ramirez. It was the first New York City restaurant outside Manhattan to receive three Michelin stars. The restaurant serves a 20-course tasting menu that fuses French and Japanese flavors that's unlike anything else you will eat in New York. The other restaurant that I found to be outstanding is Chef Ronny Emborg's Atera. This tasting-menu-only restaurant is creativity at its peak.

Another restaurant that has received many excellent reviews but I could not visit due to the COVID-19 is Atomix. The restaurant serves a Korean tasting menu that is claimed to be the next evolution of fine dining. Another upscale Korean restaurant in New York is Jungsik, serving innovative, high-end Korean fare.

One of the world's top farmstead restaurants is Blue Hill at Stone Bars, which has three Michelin stars and appears on the W50B list. However, I have to admit that after a long wait and high expectations, my visit to the restaurant was disappointing. The restaurant concept is based on a tasting menu centered on produce that is often pulled from the earth mere hours before hitting a plate. What I found was more form over substance. What we were served were mere plants, not even vegetables. There was no actual 'food' to eat. It is possible that because our visit was during winter, we missed some of the more interesting barbecues and proteins that are normally served during summer.

Momofuku Ko

Another modern concept in New York. It is a three-sided counter wrapped around an open kitchen that provides an interesting tour of Asian-inspired American cuisine.

Kurumazushi

Another high-end sushi place serving sashimi, rolls and set omakase menus in a traditional Japanese setting.

Cronut

The famous Cronut was created by pastry Chef Dominique Ansel, who was named the World's Best Pastry Chef by the World's 50 Best Restaurant Awards. His 'cult-status' Cronuts draw 'crazy morning lines' to this SoHo 'fantasy land' of dessert.

Katz's Delicatessen

One of the last remaining old Eastern European spots on the Lower East Side. Established in 1888, Katz's is a true NY institution that serves the best pastrami sandwiches.

Tokyo

Another popular destination with foodies is Tokyo. Tokyo as a food destination may not be very much known to the general public, possibly because of its restrictive reservation policies. This could be attributed to the incorrect common thinking that Japanese food is only raw sushi. A 2017 survey by the Japan Travel Bureau Foundation and the Development Bank of Japan showed that sushi is the most popular food among tourists.

However, Tokyo, and Japan in general, are not only about sushi but is heaven for a food lover. One just needs to be appreciative of the quality of the ingredients that are used in the Japanese cuisine. I would also argue that the growing overseas interest in Japan has boosted the number and the quality of restaurants especially in Tokyo. It has encouraged chefs to step up their game, to source better ingredients, and to work with food producers to improve their products.

Sushi in Japan is part food and part theater, a dining experience unique among Japanese culinary traditions. From the closed-off tuna auctions of 'Tsukiji' to the chefs who meticulously craft morsels of fish for loyal customers, each player has a role to play in this carefully scripted world. To many Westerners who visit Japan, the sushi industry is traditional and reluctant to change.

We will start with a list of top sushi restaurants. I have to mention that I have not managed yet to attend all the below restaurants, so I have relied on the recommendations of friends whose tastes I trust.

Sukiyabashi Jiro Hoten

The first sushi restaurant in the world to receive three Michelin stars, although it was removed from the Michelin Guide in November 2019 as it does not receive reservations from the general public. There is another Jiro Roppongi which is managed by his younger son, just to avoid confusion.

Sushi Sugita

Currently Japan's best sushi according to local guides, despite having only one Michelin star, it knocked out Saito from his throne in Tabelog, Japan's most recognizable food rating system—open to the public but reservations have a 6-month waiting time.

Katsumi Ichikawa

This one is for members only. You will not regret it if you manage to get a reservation.

Mitani

A three-year waiting list. It must be worth it!

Sushi Namba Hibiya

Famous for having on the menu a specific temperature of rice and fish for every dish.

Sushi Saito

Another sushi restaurant which was crowned with three Michelin stars. It was also on the list of Asia's 50 Best. Regulars only reservation.

Sushi Amamoto

Received two Michelin stars in its first year of operation two years ago. Its meals last 4-5 hours.

Sushi Arai

One of the top highly ranked sushi restaurants in Tokyo.

Sushi Take

Chef Fumie Takeuchi, the only female sushi master.

Sushi Kimura

(Two Michelin stars) It's probably unique in a manner that it uses the most extreme fish aging sushi in Japan, where it ages the fish to the level just before it goes rotten and then serves it (safe to eat).

Sushi Occhi

A members-only restaurant from an ex-Mitani student.

Sushi Yoshino (aka Sushi T)

This one is also for members only. Members may repeat or recirculate due to commonality.

Sushi Fujinaga

Another members-only place with membership already at full capacity; it's unique due to serving a Bunshi Gastronomic approach towards sushi; pricey.

Sushi Sawada

Personally an all-time favorite, however, the chef is notorious for not liking foreigners, banning a lot of people from certain countries, and banning celebrities like Steven Spielberg; no pictures are allowed. A feature was done about them on CNN; the chef is an ex-truck driver that eventually became chef whose restaurant earned two Michelin-stars.

Sushi Kiyota (Special VIP Branch)

They have two branches, one which is normal. It is Tokyo's most expensive sushi at 120k yen per head.

Sushi Nakamura, Sushi Taku and Sushi Kanesake are some of the other novice options. All three have one Michelin star.

Unlike what some people may think, Tokyo is not only about sushi. It also has other gastronomic cuisines. For French cuisine, there are the following amazing restaurants:

Quintessence

A three Michelin-starred Japanese French fusion restaurant that has been listed as among the 50 best restaurants in Asia by CNN. So hard to book that even the chefs in France of L'Astrance failed to get a reservation.

L'effervescence

This two Michelin-starred restaurant serves fine French cuisine with a Japanese inspiration.

Abysse

A French restaurant that specializes in seafood dishes.

Sugalabo

Japan's best seasonal ingredients are on display in a stunning open kitchen at this introduction-only restaurant. A restaurant with no number or registration. A very difficult one to book.

Esquisse

The two Michelin-starred restaurant has been one of the best-rated Western restaurants in Tokyo since it opened in 2012.

L'Osier

A Michelin three-star classic French cuisine restaurant. It is close to impossible to find a table here.

Narisawa

With two Michelin stars, this eponymous restaurant is a favorite with gourmands all over the world. It is on the list of the W50B restaurants.

Taillevent Robuchon

In Ebisu, which is modeled after a French Chateau. It serves terrific yet formal dinners and lunches.

Kawamura

If you are a meat lover then you cannot visit Tokyo without trying to go here. No matter how good your hotel or credit card concierge is, or how fluent you speak Japanese, it is near impossible to get into Kawamura, even by reserving it very far in advance. Unless you are introduced, there is no point in trying to make a reservation. Kawamura-san specifically stated that he will decline all requests from hotel concierges, even if he has space. (Which is, in any event, highly unlikely, given he gets booked up approximately five months in advance.) Don't get confused with other restaurants sharing similar names. It is known as the 'best' steak place in Tokyo, and, I would say, in the world. I was the 19th foreign visitor to this introduction-only steakhouse in Ginza. The beef at Kawamura is not necessarily Kobe beef. He is obsessed with finding the highest quality beef. The chef will simply close the restaurant if he is unable to source top drawer beef, and he will advise clients to come and eat another time.

The chef at Kawamura

The filet steak (only option) is incredibly flavorful. It is so tender that it can be effortlessly cut with a table knife. Its richness and depth of flavor are unparalleled in the Western world. Kawamura-san does not season the meat at all before or after cooking. He thinks it is completely unnecessary. Eating sushi in Japan ruined eating sushi elsewhere; beef has now been ruined too. Patrons are pampered with a constant flow of extravagant ingredients. But in addition to the quality, the cooking style itself is unique. No seasoning whatsoever and cooking on a low heat until the steak is medium. The steak is out of this world.

Tajima Beef Club Charcoal Klin Steak Ichimiya

Another excellent steakhouse, where you can enjoy the finest, charcoal-grilled Tajima beef.

Steak Eda

On the top 5 list. No photos are allowed to be taken there.

Aragawa

Considered a pillar of Japanese steak house, its main branch in Kobe and second branch in Tokyo cost anywhere between 750 to 1,000 dollars.

Ginza Hirayama

Kawamura's apprentice, easy to score a reservation.

Shima

Very good, casual, and easy-going high-quality steak, though it lacks the refined ambiance and consistency.

Ishigaki Yoshida

Serving Ishikagi province steak, they only slaughter one cow a month, and he gets the main cuts—easy to book.

Yutaka in Kyoto

Considered an establishment; both Kawamura and Shima have graduated from it, yet it is easy to book.

Robata

Traditional country grilling. There is a place in Roppongi called Robata-ya that is popular and worth visiting.

Tempura in Japan should be heavenly if eaten in a proper place. Here are a few recommendations.

Kondo

This is one of the best anywhere. Small, need reservations.

Asagi

A tiny restaurant in Ginza with terrific food. Reservations are a must if you are lucky.

Mikawa

One of the oldest and best in Tokyo. Ask for counter when you reserve.

Tempura Kondo

A two Michelin star tempura. It is an establishment and Bill Clinton's favorite spot.

Teppanyaki

Steak and seafood are cooked in front of you. No show here but good, serious food.

Morimoto XEX

Need reservations, not casual, and expensive.

Sazanka

At the Hotel Okura. Traditional Teppanyaki in a nice setting. One of the originals, many foreigners and business people come here.

Ginza Ukaitei

The real deal here–bring your credit card as you will pay.

Finally, I need to mention two Japanese restaurants that are popular and worth visiting if one wants to try authentic Japanese cuisine.

Gonpachi

The most popular restaurant in Tokyo among foreign visitors after it became immensely famous when it was modeled for the movie set of the famous fighting scene from *Kill Bill*. Moreover, this is the restaurant where former US President George W. Bush went for dinner.

Kohaku

A traditional kaiseki with an innovative hint. It requires booking three months in advance as it has three Michelin stars.

About the Author

He may be known as the architect of the Dubai International Financial Centre and one of the UAE's most distinguished lawyers, but Dr. Habib Al Mulla's unassuming passion lies in none other than food.

A self-proclaimed foodie, Al Mulla makes it a point to explore restaurants and food cultures around the globe while sharing his reviews and personal critiques on his own social media channels with a consolidated following of over 30,000 on Twitter and Instagram. Today, he is seen as an expert not only in law but in food as well.

His dedication to finding the world's most exquisite dishes has led him to plan entire trips around carefully chosen restaurants and hidden gastronomical gems in nearly every corner of the world, while his love for food resulted in the publishing of his first book on culinary culture and restaurants in the Arabic language in 2018.

A Foodie's Guide to the World of Gastronomy dives deep into the fascinating evolution of restaurants and fine dining, and the inescapable connection between food, culture, and tourism.

Twitter: @DrHabibAlMulla

Instagram: @HabibAlMulla